千窍芯

Tricks and Chips

上

桃花面 / 著

江苏凤凰文艺出版社

图书在版编目（CIP）数据

千窍芯：全二册/桃花面著．－－南京：江苏凤凰文艺出版社，2023.5
ISBN 978-7-5594-6582-5

Ⅰ．①千… Ⅱ．①桃… Ⅲ．①长篇小说－中国－当代 Ⅳ．① I247.5

中国版本图书馆 CIP 数据核字 (2022) 第 168604 号

千窍芯：全二册

桃花面 著

策　　划	栗子文化
策划编辑	钱　丽
责任编辑	白　涵
特约编辑	王雨亭
封面绘图	颜美娟
封面设计	奇文云海
版式设计	段文婷
出版发行	江苏凤凰文艺出版社
	南京市中央路 165 号，邮编：210009
网　　址	http://www.jswenyi.com
印　　刷	三河市国新印装有限公司
开　　本	670 毫米 ×970 毫米 1/16
印　　张	37.5
字　　数	734 千字
版　　次	2023 年 5 月第 1 版
印　　次	2023 年 5 月第 1 次印刷
书　　号	ISBN 978-7-5594-6582-5
定　　价	82.00 元（全二册）

江苏凤凰文艺版图书凡印刷、装订错误，可向出版社调换，联系电话 025-83280257

目录

001 第一部 允你上位
    第一章 承诺　002
    第二章 围猎　031
    第三章 坐庄　063
    第四章 入局　076
    第五章 战火　098
    第六章 王者　115

141 第二部 先活下来
    第七章 "三不"　142
    第八章 孤臣　169
    第九章 星火　211

261 第三部 深渊薄冰
    第十章 差距　262
    第十一章 争夺　283
    第十二章 溃败　307
    第十三章 无域　361
    第十四章 治乱　389

417 第四部 亡于桎梏
    第十五章 成败　418
    第十六章 变局　444
    第十七章 对决　482
    第十八章 逼迫　510
    第十九章 枷锁　543
    第二十章 寒冬　570

第一部 允你上位

第一章　承诺

踏过荆棘丛生的路，熬过最长最黑的夜，只因心中有团不灭的火。

1.引子

哲学家说人不可能跨进同一条河流，因为世界在变。

可接下来要讲述的故事，却让人怀疑这句话，这是几年前发生的事情，却好像随时还会再发生。

大概是对那条河流的向往，会让人不断跨进它。

那天，雪追着黑夜的尽头，急匆匆地飘落下来。

楼顶积上了一层薄雪，大概是公司研发的芯片的21万倍厚度。日出的阳光洒在了这层初雪上，炫人眼目。他站在那里，看着这转白的世界，没有勃发出任何"问苍茫大地，谁主沉浮"的豪迈来。

他拨了一个电话，看着屏幕上面的名字：杭。

拉长的铃音在手机里响着，电话那头无人接听，转为语音留言提示，滴的一声后，他的留言是重重的一声叹息，嘴边的雾气在眼前散开。

他跨过围栏，纵身一跃。

对面咖啡店的店员在热情地问候顾客，他陨落的声音那么轻，湮灭在研磨咖啡的声音里。一首圣诞乐曲传遍各个角落：We wish you a Merry Christmas, we wish you a Merry Christmas and Happy New Year...（祝你圣诞快乐，祝你圣诞快乐和新年快乐）

云威大厦的楼下，冷风止不住地把雪压向大地，有一滴血瞬间洒落在远处的街边，绽出一朵殷红的花。

这是他在这个世界上最后的印记。

警察上门调查此事，翟云忠，男，四十一岁，云威集团董事长兼总裁，死前没有留下遗书，没有和律师交代遗嘱，他的助理表示之前并没有看出任何征兆。

云威大厦内部员工噤若寒蝉，一向标榜民主的内网BBS上全体静音，连一则讣告都没发。

因为这一切来得太突然、太诡异了，越是身在这座大楼的人，越是不敢妄自发言，谁也无法预估可能的影响。他们都在等警方的结论。

警察开始调取监控，画面还算清晰，七点四十分，翟云忠从办公室出来，看不出情绪波动，全程脚步都很平稳地走进了专用电梯，另外一个监控显示，四分钟后他从顶楼天台出来，走到了围栏边缘。

警察现场勘察，天台的雪化了，他走过的路线也随着雪消失得无影无踪，仿佛从没来过。

不过监控录像上显示，七点二十八分，也就是在他离开办公室前的十二分钟，一个女人从他门口出来，那是他临死前见过的最后一个人，经人辨认是集团一位女高管，名叫颜亿盼。

十点整，警察敲门进她办公室时，她正站在窗边，低头看着楼下出神。窗外纯蓝的天空和纯白的世界里，她一袭玫瑰红的职业套裙格外显眼。

听到身后的声音，她侧过脸，阳光勾勒出美丽的脸部线条，卷发发尾弯弯地勾至耳旁一侧，她没有说话，又转过去看向窗外。

"颜副总，我们是市公安局的，"一位警察开口，"有几个问题想问你。"

"你说……雪要下多久才能把血盖住？"颜亿盼兀自问道，声音很低，却足以让所有人听清。

只是大家不知她在问谁，更不知该如何回答，她似乎也并没有等人回答，转过身来，大家的目光都落在她脸上。三十出头的样子，容颜姣好，颇有成熟的韵味。通常女人年轻时就坐到高管的位置多多少少会因戒备过度而给人一种强势凌厉之感，她身上却丝毫没有，反而带有历经千帆的从容气质，一双明眸，似有深涧。

"什么问题？"颜亿盼边说，边缓缓走回座位坐下。

"翟云忠临死前对你说了什么？"警察问道。

"一些日常工作，手头的项目进展什么的。"她从抽屉里拿出一包花茶，撕开包装，往玻璃杯倒去。

"他有没有流露出要跳楼的想法？"

"没有。"她细长的手指弹了一下花茶包装袋，最后一朵玫瑰落入玻璃杯。

"有争吵吗？"

"没有。"她拿起旁边煮热的茶壶,往玻璃杯倒去,桌子上一滴水也没溅出来。

等水流声消失以后,屋里有了短暂的沉寂。

"你怎么评价翟云忠?"一个冰冷的声音传来,循着声音,她看到一个男人坐在沙发上,他穿的并不是蓝色制服,而是黑色的夹克,手里正把玩着一个打火机,白净的脸透着一股子浑不凛,在一群制服中间显得格外违和。

"自大,盲目,过于仁厚。"颜亿盼眼神不知看向哪里,声音低缓,倒没有显出丝毫批判的高傲来。

男人站了起来,走向颜亿盼,坐到她办公桌对面的椅子上,自己介绍道:"检察院渎职侵权局侦察处处长刘江。"说完,还伸出手,颜亿盼轻轻和他握了握手。

"这样评价一个刚去世的人不好吧,"刘江坐下后说道,手也不闲着,拿起颜亿盼桌子上一份升职报告,大剌剌地翻了起来,"更何况这个人临死前还给你升了职……不是颜副总了,是颜总。"

"在公司里,你获得的任何好处,都要加倍偿还。"颜亿盼抬着眼看向他,似含着笑意,"刘处长,不懂吧。"

"没在公司干过,是不懂……"刘江干笑了一声,问道,"那他说了要你怎样偿还吗?"

颜亿盼的脸上的凝滞稍纵即逝,说道:"好好工作咯,不然还天天给他烧纸啊?"

刘江捕捉到这一点变化,问道:"颜总平时都几点上班?"

颜亿盼也不看他,端起茶杯,垂眸轻轻吹了一下上面的茶沫,玫瑰花香淡淡飘来,她抿了一口,放下茶杯,道:"七点前到公司。"

"是因为翟云忠这么早?"

"是因为七点前,不堵车。"

颜亿盼靠在椅背上,手随意搭在扶手上,似乎早已把他的心思看透,接着语气平稳地说道:"董事长确实是从七点开始办公,不过,和他见面至少要提前两三天预约,今天正好是我的汇报时间。不是他临时安排,也不是我突然敲门进去。"

刘江见她回答得坦荡,一时无言,想把球踢给别的工作人员,使了个眼色示意同僚们接着问。

"刘处长对我的回答还满意吗?"颜亿盼没给他这个机会,把茶杯放到离笔记本有一段距离的位置,看着刘江问道。她眼神真诚,语气温和到让刘江尴尬。

伴随着同事们投来的目光,他干咳了一声,说道:"挺好的,颜总挺敬业的。"

"我一向敬业,"颜亿盼按了开机键,看着屏幕柔声说道,"满意的话,能不能让我工作了?"

刘江笑了笑,站起来,从桌上的名片盒里抽出一张颜亿盼的名片,"感谢颜总配合,我们随时联系。"

他说完,掏出手机,按照名片上的手机号给颜亿盼拨了过去。

一首悠扬的铃音响起,颜亿盼脸上的笑意隐去,拿起手机,摁断了电话。

她的电脑传来了开机声。

一行人逐个往外走。

"刘处长。"颜亿盼放下电话,说了一句。

刘江顿住脚步回头,笑道:"颜总还有事找我?"

"你是从什么时候开始调查翟云忠的?"颜亿盼问道。

刘江脸上有些僵硬,一时没回答。

"不是今天开始的吧?"

刘江沉默地凝视着她,斟酌着她这么问的意义,也知道在这个女人面前回避无济于事。

"知道了。"颜亿盼饶有深意地看了他一眼,嘴角勾了勾,低头开始敲电脑。

刘江不想多留,带着办案人员离开。

过道里,一个办案人员问道:"头,她问那话,是不是说你调查翟云忠,所以他才……"

"放屁!"刘江低声骂道。

办案人员不知他是骂颜亿盼还是骂自己,等了一会儿,看刘江又大步往前走,跟上说道:"提拔她的伯乐死了,她居然还有心情煮茶。"

"不煮茶干什么?跑楼下哭吗?估计她都没泪腺这个构造。"刘江冷笑道,摁了电梯下行键,"不过,你没看她电脑一直没开机吗?"

办案人员若有所思,然后轻轻地点了点头道:"看来心里还是有事呢。"

"她肯定脱不了干系,就顺着她查。"刘江神色冷峻地说道。

2.续引

从山脚到山顶,雪白一片,中间黑色的地带聚着一大群人,他们不是来吊唁的,他们是媒体,和云威内部的噤若寒蝉不同,外部的轰动在很短的时间内就爆开了。

大型科技集团老总、翟氏家族、资本家族、芯片……一系列关键词持续在热搜上发酵。

翟氏家族老二跳楼的新闻极具爆款特质:神秘家族、血腥、名企衰落……

灵堂设在半山腰的崇安寺,据说每年大年初一都会封山一天,翟家在这里聚会吃斋。葬礼当天，翟家没有人多说话，更多的是茫然和困惑。

佛钟一敲，万籁俱寂。远山有几只鸟稀稀拉拉地飞走。

媒体突然都往前涌去，寺庙的大门打开，一阵大风吹得红门吱呀作响，两边高高悬挂的白色灯笼，上面黑色的"奠"字晃晃荡荡。门口先是出现一个瘦瘦的小女孩，个子挺高，脸上还很稚嫩，这应该是翟云忠的大女儿，八九岁的样子，手捧着遗像，眼泪不停地往下掉，让人动容。

身后的女人身穿素色的麻质丧服，缓缓跨出大门，她戴着一副黑色的墨镜，大家只能看到她细长的眉毛和淡色的薄唇，清早的冷风很大，长裙垂落的裙角不断被吹起，和这风卷起的雪融为一体。她看起来三十四五岁，沉静自持。媒体一时被慑住了，停顿片刻后又冲上前忘乎所以地对着她拍照。

她牵着的一个三岁左右的小男孩，手上挽着纯白的布，媒体的闪光灯使他不停地眨眼，他很蒙地看着母亲，不知道发生了什么。

身后的黑衣人从两边出来开道，女人眼帘低垂，看着脚底的路，往前走着，媒体自然地让开了道路。

他们身后有人抬着棺木出来，棺木被放在铺满白菊的灵车上，身后跟着翟家亲眷。一辆古旧的黑色红旗轿车紧跟在队伍后面，接着是各种名车。媒体被死死地拦在山腰，黑色的送葬队伍一路向山顶行去，两边的花圈挽联延绵不断。

摄影记者看着自己拍的照片如获至宝，立刻打开电脑上传。媒体开始报道：翟云忠的妻子乔婉杭于葬礼露面。

事实上，这次葬礼是外界第一次拍到她的模样，而这一次媒体也并未满足，因为这依然不是一个清晰的肖像，墨镜下是怎样的一双眼睛，没有人能清楚描绘。

她继承了丈夫的全部股权，将成为云威集团的第一股东，可翟云忠都没有扛下的局面，她又有多大能力接下来。公司内外，到处是豺狼虎豹，他们必然死盯着这个女人，随时准备把翟云忠的残余部队和家人吞食得干干净净。

家族送葬队伍后面跟着大哥翟云孝，翟云孝身材瘦削，两颊的肌肉有些凹陷，如果单看面相，他的样子其实比翟云忠还和善些，而事实怎么样，就很难说了。他现在是云腾集团的董事长兼总裁。云腾和云威过去是一家集团下的两个子公司，都是翟老爷子一手操办起来的，后来兄弟俩分家，老大管云腾，主要做房地产；老二管云威，以科技产业为主。

队伍中未见老三翟云鸿。媒体十年前曾报道过云威上市时三兄弟相拥庆祝的照片，彼时，天空飘落的是缤纷闪耀的彩带鲜花，周边是狂欢和掌声，和此时从天空飘落的素色纸钱形成鲜明对比。

上山的时候，众人皆沉默，唯余踏雪声。

此时，一声稚嫩的童音传来："妈妈，下山以后可以吃饺纸（子）吗？我想吃莲藕饺纸（子）。"

几声低笑，一阵唏嘘。

是乔婉杭的小儿子，正被她牵着上山，脚底还总是打滑，身体歪来歪去。男孩抬头发现姐姐眼里噙泪不满地看着他，也就低头不再说话，那样子委屈极了。

乔婉杭用手抚了抚孩子细软的头发，低声道："可以。"

半山腰，哀乐声音穿行在松林里。

墓碑前，乔婉杭把遗像嵌入墓碑，黑白遗像中的人脸意气风发。旁边一个僧人手里捧着一个木制盘子，上面是青翠的侧柏枝。乔婉杭从木盘里取出一支绿枝，弯腰把翠绿的侧柏枝放在遗像下。家人也都照做，然后在墓前环形排开。

几位僧人在为亡灵超度，木鱼的声音让山中显得更为幽深寂静。家人们双手合十，闭着眼睛，无比虔诚地低头跟念着简单的经文。

齐声念诵经文的声音和大家一动不动诚惶诚恐的姿态让墓碑前的一切变得庄重而严肃。

乔婉杭没按指引念诵经文，而是低下头，独自一步一步走到棺木前，融化的雪和泥混在一起让她的脚步不稳，旁边有人试着搀扶她，她轻轻避开，全程没有丝毫失仪之处。她一直走到棺木前，摘下了墨镜，一缕细发垂至鬓边，眼睛里全是红血丝，不像是哭过，倒像是几夜未合眼后的状态。白雪的亮度似乎给她双眼难以承受的刺痛，她用左手捂了一下双眼后，垂眸看着棺木。她肤色雪白，眸色偏浅，眉眼间透着让人难以接近的高贵。只是这种高贵没有任何力量，如同开在雪山顶即将败落的花。

她弯下腰，一只手环抱着棺木上方，闭上眼，低头轻吻冰冷的棺木。

那一刻，她险些塌下身子伏在棺木上，她撑着直起身来，棺木开始下葬。身旁的女儿冻得通红的双手紧紧地握拳，但仍无法克制地抖动着肩膀抽泣。乔婉杭看着棺木静静地沉入红土中，她吸了一口气，回头看了看远山，冷风吹过，她眼尾发红，神色凄然。

下山时，队伍并未从原路返回，而是从另外一条路下山。

行至一个山坳处，便见到不远处有一个小禅院。光线透过木制窗棂照射进来，一个老者盘腿坐在禅院中央。对面高处的紫檀木佛像在光线中只留下一个暗色的剪影，如同佛像一般的岿然不动。这是翟家老爷子，三兄弟的亲爹翟亦礼。

大哥翟云孝上前跟乔婉杭说了几句话，抬手指了指禅院，大意是让她去见见公公翟亦礼。乔婉杭垂眸抿着嘴唇，翟云孝话都没说完，她就直接抬脚就往山下走，都没往禅院那边看一眼。

同意经过这里，却不同意拜会，像是故意让人难受。众人也不方便插手劝说，队伍继续往下走。

翟亦礼在十年前突然放弃自己缔造的商业版图,将产业分给三个儿子,一心向佛,潜心修行,他修行的禅院和对面山上儿子的新坟相对,每日枯守于此,不知会是何种心态。

紧闭的禅门外,一个胖胖的男人软趴趴地倚着,身上的白色粗麻丧服皱成一堆。他手里拿着一个酒瓶,醉眼微眯,无力地敲着木门,一下,又一下。这便是翟家老三翟云鸿,他未去送葬却跑来这里喝酒,也不枉外界给他"浪荡子"的称号。他敲了半天的门,里面的人也不见动,他的手无力地垂落下来,用力拔开黄酒罐上的木塞,喝了一口。

"长亭外,古道边,芳草碧连天。问君此去几时来,来时莫徘徊。"门外传来翟云鸿的半吟半唱,曲不成曲,调不成调。山中静谧,歌声和着雪初融后汇成溪水流淌的声音,音色低沉而空灵。听不出哀伤和悲痛,嘴角浮现着半醉半醒的笑意,无奈而清冷。

里面的剪影似乎被裹挟着歌声而入的风吹得有些颤抖。

黑色的队伍蜿蜒下山,他的歌声丝丝入耳。

"天之涯,地之角,知交半零落。人生难得是欢聚,唯有离别……"最后的诗从嗓子里念了出来,忽而,声音戛然而止,随着酒瓶的破碎声,翟云鸿歪斜着卧倒在禅房紧闭的门前。

夕阳斜照,山川覆盖的雪色冰冷,另一面却有雪初化之景,一片鲜艳的余晖覆在山间,乔婉杭携幼子缓缓下山。

3. 承诺

清早,雪未化尽,地上汲着水,闪着阳光的银白,寒气直逼人脸。

颜亿盼去花店买了一束雏菊后来到公司,大楼下雕刻着"云威大厦"四个字的大理石台前有人设了一个吊唁台,上面有一张翟云忠微笑的彩色照片,还有一些花圈、雏菊,和已经被风吹灭的蜡烛。

颜亿盼把雏菊放下后,看到一张黑色卡片,她拿起来看了一眼,上面写了一行字,"你未曾离去,梦想还将继续",没有签名。她把卡片放了回去。

冷风吹着白色的花,飘落的花瓣在路边飞舞。

这几天,公司里的众人将对八卦的好奇、对前途的担忧伪装成了关切,小心地送到了颜亿盼面前。

开会、吃饭、上厕所都有人接近试探。

"你那天那么早就去老板办公室了啊。"

"老板人好,临死还想着给你升职报告。"

"颜总以后跟你混了，肯定知道内幕。"

直到警察发布了通告，总结起来就八个字：排除他杀，原因不详。

大家这才觉得高看了她，她不过是恰巧和翟云忠有个工作汇报而已，翟云忠捎带手签发了她的升职报告而已。翟云忠身边颇有一批得力干将，职级比她高、能力比她强、权力比她大的不在少数，"为了升职要挟老板"或什么"江山社稷之托"远远轮不上她。

世界却并没有因此消停。

她走进云威大厦，还没上电梯就遇到HR（人力资源）总监Lisa，她很抱歉地通知颜亿盼，经董事会决策，现在公司由CEO（首席执行官）廖森暂时接管，特殊时期，公司冻结了内部晋升。她的升职报告虽然有董事长签字，不对，是前董事长签字，还是被打了回来。

最后，Lisa发挥了她人事部总监如春风般和煦的沟通方式，微笑着对颜亿盼说："我们都是公司的老员工，也能理解公司现在的难处，对吧？"

"呵，我要说不理解，你怎么办呢？"颜亿盼眉眼扬了扬，说道。

"这个位置，本来一年前就该给你，我只能说抱歉。"Lisa这人一感受到压力，就和应激反应一样，马上示弱，"我还有个培训，回见啊。"

这个位置颜亿盼已经等了一年，这话不假。进公司十年来，她从来没有放松过对自己的要求，凡事都要做到最好，一年前因为预算有限，在选择升职加薪还是扩大部门之间，她选择了扩大部门。没想到拖到今天会是这个结局。

云威总经理的位置和副总经理的定位不一样，前者是能参与战略决策的角色，后者是个副职，主要还是在执行层面。一个左右时局，一个被时局左右。

只可惜，努力一场，到头来一场空。

颜亿盼走进电梯间，她难得晚来公司，电梯里空无一人。LED屏幕上开始播放廖森和翟云忠五年前接受的节目采访，那次震惊业内的高价收购也引发了各界的猜测，面对主持人的提问，翟云忠笑称："这不是收购，这是结婚。"

给足了廖森面子。

主持人推了推眼镜，看着廖森说道："云威拿出了36亿，这是近十年来行业最高的彩礼。"

"不用多久，我会让他知道这笔彩礼不值一提。"廖森的笑是那样自信。

作为他们"婚姻"的见证者，当时，摄像机离颜亿盼只有几厘米距离，她戴着耳麦，随时和导播沟通，以防二人说出不当言论。但采访超乎想象地顺畅。

没有争执，没有怨念。

现在看来，她还是没有看到本质。

多年前翟云忠把云威经营得风生水起，当时廖森是国内知名的主板厂商凯乐的董事长，凯乐在电子领域是云威的有力竞争者，但是云威的扩张速度太快，凯乐被挤压得市场份额越来越小，最终被云威兼并。

曾经不可一世的廖森兵败投诚。

到如今，盛衰无常，王者跳了楼，降将掌了权。

颜亿盼进入办公区以后，走到媒体沟通部的办公室，问几个下属："这周的舆情报告准备好了吗？"

Amy的下属徐婵支支吾吾摇头，说："Amy姐还在检查。"

"她人呢？"

徐婵摇头。

Amy就是廖森从凯乐带过来的公关经理，这几年一直在她手下，也算是如履薄冰服从她的安排。

可现在情况变了，她大概也装够了，不再那么谨小慎微了。比如，电梯里播的采访材料就越过了颜亿盼的授权，被调用播出。无非是为了廖森上位制造内部舆论。

回到办公室，就看到廖森的助理李欧在门口等她，说是廖森约见。

看来这权力是要更迭了。

李欧解释道："昨天给您邮件没回，大概是太忙了，所以就来找你了。"

不是她太忙，是真的没想回。颜亿盼心道。

看来躲不了，她跟着李欧坐总裁专用电梯上了顶楼。电梯出口为分界线，左边是曾经翟云忠的办公室，右边是廖森的办公室。

翟云忠收购凯乐之后，知道廖森是个心高气傲之人，也知道他是个可用之才，如同所有具有博大胸襟的帝王一般，他接纳了这个"败军之将"，并在他的办公室对面按照同样风格给廖森装修了办公室，配备了同样的代步车，职位都与他相当，翟云忠是总裁，廖森是CEO。

理想主义者不会真正理解野心家。对于野心家而言，如果可以独占鳌头，绝不会平分秋色。

廖森和翟云忠的蜜月期还不到三年，就开始产生意见分歧。最后成了廖森管营销，翟云忠管研发，两人互不干扰，但也绝谈不上"举案齐眉"。

李欧出电梯后朝右走去，引她走向廖森的办公室，办公室门口坐着一个女人，日式妆容配职业西装，干练和亲和糅杂在一起，正是颜亿盼下属部门媒体沟通部的经理Amy。Amy见到她肩膀一僵，颜亿盼看到她手里的文件正是《舆情检测报告》。

Amy顺着她的目光，拿着文件的手不自觉地缩了缩，扯出个笑来说："领导，您来了。"

颜亿盼没有回答，跟着李欧进去了。

廖森的办公室很大，座位后面的书柜上有一幅他和董事长签字仪式上握手的照片，这张照片既表达了他对董事长的友好关系，更重要的是说明了自己和董事长是"合作关系"，而不是上下级，他有自己的独立性。

颜亿盼坐下，看到廖森办公桌上新增加的一些新年纪念品，有和供应商团队在足球场上一同勾肩搭背的照片。还有一个彩色的泥塑，是西装革履的廖森和蝙蝠侠，据说廖森是蝙蝠侠的粉丝。蝙蝠侠——一个黑暗骑士，一个正义使者，一个力挽狂澜的英雄，廖森向往的形象。所有这些，对于一个将近五十岁的男人来说很有活力。

"你这一年来我办公室的次数，十个手指头数得过来吧。"廖森从旁边的休息室出来，挺拔的身形，永远保持克制的笑容。私人助理拿着两条领带让他选，他看了看，转头问颜亿盼："亿盼，帮忙选一个？"

颜亿盼手指向那条深蓝色的领带。

廖森于是抽了出来，很麻利地给自己戴上，然后示意颜亿盼坐下。

"下午的新闻发布会你别去了，换Amy吧。"廖森单刀直入地把她发言人的位置给拿了下来。

"Amy？她准备了吗？"颜亿盼心里并不舒服，这个发言人的位置，她干了六年。不过，老板都不在了，换发言人也是正常。

"我前几天让她准备了，"廖森看着颜亿盼，"你不用担心，媒体那块，她还是有把握的，以后就交给她打理吧。我对你有更高的要求。"

"是吗？"颜亿盼笑了笑，抬眼说道，"那我真是荣幸了。"

"我从一开始就看好你。"廖森似乎洞悉了她的想法，嘴唇撇了撇，说道，"你现在的位置在公司很重要，公司的战略布局能否实现，也取决于你们沟通部的与外界的合作共赢，你和冬奥会合作，就很厉害，但坦白说，这是一年前的事情……这两年你突破不大。"

"我努力还不够。"

"是你努力的方向不对。"廖森很快就否定了。

颜亿盼知道廖森做事向来雷厉风行，这一次必然也是有所准备，说白了，给不给你升职就是看你是不是向我靠拢。

"你这几年的工作能力，大家都有目共睹。过去公司有很多地方不合规，还处于草创阶段的思维，每个人都认为自己是创业者，都有自己的想法，结果让执行无效，内耗增多。我想这个状况以后都会改善。"

看来是要谈联手的事情，廖森知道颜亿盼的价值，他需要一个契机来收服她。

"您可以直说您的期待。"颜亿盼说，她知道廖森也不喜欢绕圈子。

廖森笑了起来："颜总最大的优点就是脑子清楚，做事利落。今天下午，你跟我去见投资商。"

"投资商？"

"你以为公司现在是什么状况，"廖森眼神有些黯淡，顿了顿，说道，"我们需要资本和外脑来对公司进行改革。"

"哪家投资商？"

"永盛。"

颜亿盼倒吸了口凉气。

廖森要引入号称是金融巨鳄的永盛，这家投资机构以血性凶残为名，高对赌条件、大刀阔斧地改革，裁员、拆分、改组，只要能高利润，他们从不手软。

"只有永盛一家选择吗？"

"只有永盛开出的条件最有诚意。"

"什么条件？"

"砍掉研发。"

果然！

廖森的声音很平淡，却让颜亿盼感到一记重拳挥向她的大脑，她定了定，发现廖森也在观察她的反应，她笑道："廖总，我问的是我们的条件，不是他们的。"

廖森笑了："注资金额不低于50亿，美元。你做好准备，这件事，还在谈，谈成再对外公布。不过，无论引进什么资本，对方都有这个条件，因为他们觉得研发太烧钱。"

颜亿盼觉得不管是不是外资的条件，砍掉研发一定也是廖森希望的。因为这两年，他和翟云忠在这个事情上都互不相让。到现在，大厦旁边那座研发楼，廖森都没法刷卡进入。

"我懂。"颜亿盼说。

"你懂就好，"廖森眼光在她脸上转了一圈，似乎在权衡什么，最终说道，"那下午两点，楼下大堂出发。"

颜亿盼点点头站了起来，廖森也站起来说："我是真想看看，在这绝境里能不能走出一条光明道来。"

"我希望我在这条光明道上。"颜亿盼笑道。

她往外走时，Amy往里进，还是给她一个调整尚佳的职业笑容。

她说了句话，声音低到只能用口型判断内容，眼里的笑意却透着冰冷的气焰，接着擦身而过。

Amy的脸瞬间僵了。

她说："好得很，恭喜。"

颜亿盼走出过道，迎面看到翟云忠办公室紧闭的大门，显眼的白色封条和黄色警戒线让这个地方充满了禁忌色彩。曾经谈笑风生的地方，此刻冷清得让人心惊。

一周前，她在这里和他有最后一次谈话。

只是当时，她并不知道这是见他的最后一面。

她简单汇报了资宁科技园区内工厂的开工仪式，翟云忠边听边签那份升职报告，头都没抬地说："工厂离市区远，仪式搞热闹些。"

颜亿盼很放松，身子靠在椅背上，笑着说道："我会让鞭炮声响彻整个市区。"

翟云忠签完字，合上报告，递给她说："记住你的承诺，它让你坐到了这个位置。"

这句话当时对她没有什么触动，算是个升职寄语吧，无非是让你卖命帮他赚更多钱，如果对方有脸画个天大的饼，她也可以不要脸地许个逆天的承诺。

这句谈话放在当时，还远远够不上承诺的分量，太轻了。

此刻，廖森要砍掉研发，与之一脉相承的科技园也就没有存在的必要了。

翟云忠曾在和政府汇报那块地的用途时提到，那里将是中国信息产业的腹地。芯片研发、封装、测试、集成将在那里形成一条产业链。

翟云忠曾和很多人大声畅谈自己的梦想，高喊为国为民谋福祉，多数带有表演性质，但那一次，她相信他是认真的，那就是他的理想。

他说那些话的时候，是不是料到有今天。她也不能再去问他了。

因为他死了。

因为他死了，一切都不同了。

那句轻描淡写的话，放在今天，太重了。

4.引狼

下午，地下车库，廖森、CFO（首席财务官）汤跃先下来了，颜亿盼坐电梯前接了一个电话，下来的时间晚了些。

她从B1的防火门出来的时候，迎面看到那辆奔驰商务车，心中猛地一揪，一时惘然，她曾和翟云忠坐同款车去外面谈判，那个时候她从不敢让董事长等。

汤跃的级别本来比颜亿盼高两级，但此刻坐在副驾驶，颜亿盼上车坐在廖森旁边。

世事无常，她处于这乱局中，再无人护航引领。

他已经死了，但我得活着。

一路上，几个人都没怎么说话，估计廖森和汤跃已经做好准备，颜亿盼也没有多问。

到了约定的商务会所，地方隐秘而高端。

李欧在门口等着，低声向廖森汇报永盛那边三个人的情况。廖森只是听着，没有问话。

他们进入约定好的会议室，三位老美和一个翻译围着茶几等着，见廖森走过来，他们都站了起来。

其中一位投资人还学会了中国人打招呼的方式，用带音调的中文称廖森"更年轻了"。

廖森很受用，接着简单介绍了一下颜亿盼，称她将负责和股东们的沟通，还无奈调侃道："女人的方式总是柔和一些。"

男人们都颇为认同，颜亿盼笑道："但愿吧。"

这次投资的永盛主导人叫Keith，他和颜亿盼握手的时候说道："你是这里唯一的女人，小心一点，外界都管我们叫野狼。"

颜亿盼笑了起来，老美在社交场合总是表现得幽默大度，心里盘算的利益却比谁都清楚。

从谈判中，颜亿盼知道，廖森三个月前就见过永盛的人。一个正苦于在公司内权力受限，希望引入外资夺权；一个正在中国寻找可以产生高利润的领域，可谓暗通款曲，就等时机了。

谈判中，外资把要求讲得非常明确："没有研发、没有科技园、没有封测、没有代工，保留集成，侧重点是营销，把利润集中在最高的地方。"

翻译不断地说这个不行，那个不行，听得人头大。

"如果刀切得太快，对公司的震动还是比较大。"汤跃说道。

"现在你们的研发投入比在外面采购还贵三倍，没有必要自己搞。"另一位红头发外国人说道，"你们那个董事长就是不自量力，最后见上帝去了。"

红头发外国人说这句话的时候，大概还以为自己很幽默，除了汤跃干笑了一声，另外两位都沉默不语，气氛一时尴尬。

"这一块，会动，但不能操之过急，"廖森语气沉缓地答道，"中国讲究个有理有利有节，我们会准备改革的步骤方案，确认执行可行性，再动。"

"行，不过，这个方案定下来，我们再注资。"Keith很强硬，"还有董事会席位，不得少于三个。"

廖森说道："现在新来的继承人是个家庭妇女，不了解情况，不出意外的话，不会参与经营，席位会直接按照入资比例分配。不会多，也不会少。"

云威大厦一层，媒体发布会现场。扛着相机的，举着话筒的，拿着录音笔的记者们此刻坐在一层的礼堂里，他们终于等到了云威官方的正面回应。

"大家对董事长的去世都感到惋惜和悲痛。我代表云威管理层向董事长的家人表达深切惋惜，请节哀顺变。我们会带着对董事长的怀念继续经营好云威。"电视上，云威的新发言人Amy站在话筒前，弯腰说道，态度沉痛而有分寸。

"云威是不是面临破产？"记者问道。

"请不要发布不实消息，"Amy态度严肃，没有告知媒体过多的现实，"云威一直在正常运行，公司管理层有完善的管理机制，与合作伙伴的合约受法律保护，不会因为董事长的去世而终止。"

"云威会不会有新的掌权人？"日报的记者问。

"高层没有变动。"

"请问未来云威的战略调整方向是什么，是否会有裁员？"

Amy站直了身体，这是昨天晚上和廖森反复确认的内容："无裁员计划。"

这句话旨在稳定未来投资人的情绪。

"翟云忠的股权继承人乔婉杭女士是否会进入董事会？"周刊记者问道。

"我们也在等董事会公告，如果有任何消息，我会第一时间公布。"Amy温和地答道。

……

廖森等人与老外的谈判一直持续到七点多，双方出会所时，天已经转黑了。大家虽然坐下来把各自的条件说了，但还没有到落实阶段，都是在互相探底。

送投资人出来的时候，红头发老外笑眯眯地对颜亿盼说道："晚上和我们去酒吧玩一会儿吗？颜小姐。"

颜亿盼半真半假地摇头道："我老板去见上帝了，我没有心情娱乐了呢。"

这句话听起来直白而又扫兴，廖森看了一眼颜亿盼，又转脸对他们说："我们还有很多事要准备，我让李欧陪你们。"

送走这批人以后，他们上了车。

"Keith提的缩减研发这一块好像没有可谈的空间了。"汤跃坐在副驾驶上说道。

"别的可谈，这个没得谈了。"廖森说道，"拖得太久，都是内耗。"

"如果董事长之前早听您的也不会……"汤跃接着道。

"把这些条款，和那个继承人确认以后，"廖森打断了他的话，"再让亿盼和董事会成员沟通。"

"是啊，那个继承人一人占了51%的股份，她赞同，董事会的元老们否定也无效了。"汤跃说道。

廖森微不可察地轻哼了一声。

车里，汤跃的手机信息提示音响了一声，他低头打开，Amy接受采访的声音传了过来："公司CEO廖总会继续带领团队实现公司战略，完成董事长未完成的遗愿。"

汤跃还评论道："别说，Amy讲得真不错，亿盼，我说这个你不介意吧。"

"这有什么好介意的，我们都是要被后浪拍在沙滩上的。"颜亿盼答道，她也打开手机看到视频下方的评论，几乎都是对Amy的赞颂。

"姐姐声音真好听。"

"不是原来那个亿盼了啊，还真有点不适应。"

"老板都换了，换个代言人很正常……"

"年轻妹妹招人疼。"

……

看来，公关公司这次给她配了一批水军，颜亿盼暗自想到，关了手机，看向窗外。

Amy温柔的声音依然填充着车内憋闷的空气。

廖森似乎也没有多大兴趣听这些掩人耳目的采访，问汤跃："你没有耳机吗？"

汤跃赶紧关了视频。

下车前，廖森向汤跃和颜亿盼交代了几句和永盛邮件确认相关的事情，确认完成好后，下次直接签合同。

速战速决，以免后患。

颜亿盼回到办公区域时，看到大部分的人还没有走，公关部的同事们已经回来了。Amy正坐在座位上修剪"蓝色妖姬"，她见颜亿盼来了，立刻站起来，把花小心而迅速地插入花瓶，拢了拢，跟在颜亿盼背后进了办公室。

Amy一边把花瓶放在颜亿盼的办公桌上，一边说："我特别紧张，一直等着您，我讲得是不是不好？"

"讲得很好。语气、表情管理都很到位。"颜亿盼放下包，扯开丝巾，拉着椅子坐了下来。

"您这么说，我就放心了，"Amy整理了几朵花的位置，"蓝色天下这次安排很到位，他们筹备到半夜，我真的理解您之前的难了，我根本不懂什么临场反应，都是按照大家商量的意思，一字一句背下来的，排练了好多遍。"

"万事开头难，以后就好了。"

"您之前立的标杆太高了，今天有记者还问您怎么没来，看来对我不满意。"

"他们满不满意不重要，Lawrence满意才重要。"颜亿盼说着，Lawrence是廖森在凯乐时的名字，在这里，他的亲信们还是会亲切地叫他Lawrence，"哦，Lawrence肯定满意，我记得在凯乐的时候，你就是他的发言人。"

Amy尴尬地笑了笑，接着说："今天和几个记者私下沟通，他们都猜到您要升职了，所以这些抛头露面的工作才交给了我。"

颜亿盼笑而不语，那份升职报告现在在哪儿呢？廖森的垃圾箱还是人事部的废弃文件夹？

"领导，这是我前段时间招标的新的公关公司，蓝色天下。"Amy掏出准备已久的审批单，"这次试用感觉不错。"

颜亿盼接了审批单，随手翻开了几页。过去公关公司从来没有换，因为他们对云威、对媒体，更是对颜亿盼的风格熟识，所以摩擦很小。之前Amy想换这家，被颜亿盼否了。

颜亿盼在最后一页签下了名字，递给她说："那些采访交给你，我很放心。你一定能给公关部带来新局面。"

Amy笑着点头接过，公共关系科，这个外部事务沟通部最大的科室，以后就脱离颜亿盼的五指山了。

颜亿盼整理了一些资料后，便离开办公室，下了楼。

高楼的灯盏数目在减少，路灯照在水泥地上发着惨白的光。有几辆出租车在门口蹲活，夜宵摊开始收摊，行人无几。云威坐落的地方白天繁华喧闹，夜晚九点又会迎来一个下班高峰，因为过了这个时间打车是可以报销的。但一旦过了十点，真正留下来只有对工作执着的中坚力量。这片园区变得无比安静。

颜亿盼再次经过吊唁点，蜡烛早已燃尽，几朵残花横七竖八地洒落着，她没有回头，继续往前走到自己的停车位。

身后的风吹起吊唁的卡片，黑色钢笔字写着："你未曾离去，梦想还将继续。"

卡片被吹到黑暗无光的地方，不知落入何处。

颜亿盼回到家后回复了一些信息，大部分都是在对她不再做发言人表示不解和遗憾，她敷衍了一阵，就靠在沙发椅背上闭目休息。

门口响起了开门声。

颜亿盼回头看了一眼，是她丈夫程远。

程远是云威集团芯片研发工程院的院长，今年三十四岁，曾是个少年天才，十五岁被清华录取，之后进美国麻省理工读硕，毕业后回国进入中科院研究所，然后被翟云忠挖了过来，二十九岁的时候就升任工程院院长。理论上，他们夫妻二人都是公司的骨干，珠联璧合可以大干一番，但事实上，两人结婚六年，分居半年，每周平均说的话一只手都算得过来。

廊道灯不甚明亮，程远脱了外衣，露出里面一件灰色羊绒衫，低头换了鞋，就往客厅走，他身材高挑，下颌线分明，单眼睑，眉毛和过于直挺的鼻梁不论远看近看都给人一种冷漠的感觉。

颜亿盼柔声问道："今天怎么回来了？"

程远手里提着一袋食物，走向厨房："我回了一趟爸妈家。今天是妈的生日。"

颜亿盼张了张嘴有些愕然，她缓缓站了起来，往衣帽间走，说道："我明天给妈寄礼物。"

程远把带回来的餐盒一个一个放入冰箱，冰箱里空空如也，只有几罐牛奶和一包吐司。程远检查了一下吐司的日期，看到过期后，随手就扔进了旁边的垃圾桶里。

夜深，颜亿盼从衣帽间出来，换了吊带睡衣，还没有卸妆。她来到客厅喝水，寻找着丈夫的身影，发现他已经回到自己的房间，门虚掩着，里面透着台灯柔和的光。

她缓缓朝丈夫的房间走去，透过半开的门，她看到程远半裸的身影，他刚洗过澡，穿着松松的睡裤，正站在书桌前低头翻看着什么，背部的肌肉线条在台灯的侧影下浮动闪烁，他一向自律，自律到让人觉得没有这桩婚姻，他也可以过得很好。

还没到门口，丈夫的门突然关上，她握了握拳头，想敲门又顿住了，颓然转身，进入旁边的主卧。

她在职场上举着锋利的刀，随时准备杀出一条血路来，但是在家里，她却无从下手。

5.走狗

高档住宅区的清晨，除了几个投送报纸和牛奶的工人在走动外，小路上格外宁静。

廖森在阳光房里，伴随着贝多芬交响乐在一个拉伸器械上做着运动。动作虽然很有力度，但他毕竟是四十多岁的人了，额头细汗密布。他站起来拉开窗帘，外面的日头高了些，他从窗台上拿起蜂蜜水慢慢喝下，然后做了一个深呼吸。

廖森走向客厅，坐在餐桌中央，他的太太给他盛了一碗粥，桌子上是一份《新时代》。这是他每天的习惯，他喝了一口粥，一股暖流驱散了冬日的寒意。

他翻开报纸，突然猛地把报纸摔在桌上，勺子掉落，他站了起来，回卧室准备换衣服。

桌上，经济版的大标题写着《云威易主 永盛入局》，上面的图片是商务会所外的门口，廖森与Keith握手的照片，还有两张小图是颜亿盼和他们谈话的画面。看起来一派祥和，旁边还有CFO汤跃，融资意图明显。

廖森神色铁青地出了门。

云威公关部内电话沟通声此起彼伏。

徐婵等Amy的下属们在解释：

"抱歉，无可奉告。"

"请不要急于转载未经确认的信息。"

"如果传播谣言，我们保留诉讼的权力！"

"见面也不代表达成共识！"

……

自从董事长去世，颜亿盼就再没五点半起床，七点前到公司。这一天，八点的时候，她听到程远出门的声音，也就起来了。

早上她看到网络上转载的那篇文章，唯一的缺点就是把廖森拍得模糊，把她拍得太清晰了。报道很尽责地把所有参与谈判的人的背景梳理了一遍，还罗列了永盛曾经在中国投资的企业的生命周期。

可以说永盛所到之处，都实现了高利润。对赌完成后，它立刻撤资，入资企业仿佛被抽干一样，立刻开始走下坡路。即便这样，饮鸩止渴的人依然不少。

她开车到公司后并没有急于上楼，而是去了一趟食堂。云威食堂的早餐非常丰盛，过去她很少吃，以后，她打算按时吃饭，活得长点、活得久点。

云威是研发型公司，有将近一半的人是弹性工作制，十点半前不算迟到，八点多食堂里的人倒也不算少，她点了小米粥、鲜虾饺和小菜。

一路上，她感受到别人指指点点的目光。

食堂电视里还在播Amy昨天接受采访的画面："公司CEO廖总会继续带领团队实现公司战略，完成董事长未完成的遗愿。"

现在电视媒体的反应速度远低于网络。

颜亿盼刚咽下一颗饺子，对面一人砰地放下餐具，坐了下来。是投融资部的庄耀辉，在资宁产业园项目中，他负责磕下银行贷款，颜亿盼负责拿地，两人彼时是翟云忠的不贰之臣。

"为什么？"庄耀辉的声音因愤怒变得颤抖。

"老庄，我只负责联络，沟通的内容来自高层的决策。"颜亿盼的筷子悬在空中。

"亏董事长一心信任你、培养你、提拔你！"庄耀辉的喊声震动天花板。

颜亿盼猛地感到一股滚烫的东西扑面而来，她用手抹了一把，才知道脸上被泼了一碗醪糟鸡蛋汤。

她真是搞不懂，庄耀辉一个男的，大早上吃什么醪糟鸡蛋汤，更不理解一个搞金融的为什么脾气会这么暴。

四周发出一声声惊呼。

颜亿盼抽了旁边的纸巾擦拭，避免汤汁落在裙子上。庄耀辉这个行凶者居然比她还激动,手脚发抖,几乎要站不稳,口里还不忘和古时候忠臣一样骂道:"走狗!"

随着一声急促的高跟鞋的声音,人事部Lisa走了过来,拿出湿纸巾小心地替颜亿盼擦拭。一些同事过来拉庄耀辉。

食堂的混乱盖过了电视的声音。

角落里,程远刚吃完饭,把餐具扔进回收柜,他站在那里看着颜亿盼的惨剧,脸上冰冷,没有上前。旁边还有研发部的同事,看着自己老大的脸色,都不敢说话。

庄耀辉被一群人从后门拉走。

Lisa帮颜亿盼收拾了一下,也带着颜亿盼离开。

闹剧结束,食堂又热闹起来,大家又增加了新的话题。

这时,省电视台才开始播放最新消息,云威在董事长离开后,正在接触国外金融大鳄永盛,曾以芯片研发为主业的云威命运难测……

庄耀辉明明发泄了情绪,心情却并没有变好,他从地下一层楼梯走到角落,正准备拉门出去,突然被人用手一把拉了一个趔趄,紧接着重重的一拳打在了他的脸颊上,他疼得腰都直不起来,背部又遭到一个肘击,他整个人都趴在了地上,眼镜也掉了。

他找到破损的眼镜,颤颤巍巍地戴起来,侧过脸看到出口处一张模糊的背光身影,那人俯视着他,似乎还在笑。

"程、程院长?"

程远看着他,也不说话。

庄耀辉生怕他再踩上自己一脚,赶紧站了起来,大声吼道:"你以为这是你家吗,还玩护妻那套,这是公司,人家把你当绊脚石、当筹码卖了,你还不知道,男人啊男人。醒醒吧!程院长,你老婆攀高枝了!"

庄耀辉自顾自说着,程远却没有理他,拉开门就出去了。

庄耀辉一副追出去干架的劲头,刚冲到门口,却见到程远拿出烟,靠在墙边,歪着头点燃,也不说话。

庄耀辉摸了摸撕裂般疼痛的嘴角,看着程远一副清冷落寞的样子,一时也蒙了。

他想了半天,走过去,伸出手来:"给我也来一根。"

程远把半包烟往他身上砸去,等他接稳了,见他又伸手,又砸了打火机过去。

庄耀辉点了烟,蹲在墙角抽了起来,无奈说道:"以后还有什么可玩的,你的研发中心砍了,公司基本就是他廖森的人了。"

程远也不答,只看着头顶的天不说话。

庄耀辉继续说道:"听说外面很多公司开天价挖你,还有让你去美国的,你不动心?"

程远神色恹恹,吐出一口青色的烟,依然不说话。

庄耀辉看他这样,也沉默了。良久,他听到程远说了一句:"她不是那样的人,你别那么说她,下次我再听到,就没那么客气了。"

"你管这叫客气?"庄耀辉立马站了起来,看着自己身上的灰,再看看程远,见他把烟往墙上一摁,弹进垃圾桶里,转身从侧门进入。

程远顺着安全通道,走到公司二楼,这里是员工健身房,下班后才开放,只有人事部有卡。

Lisa正过来,手里提着颜亿盼在办公室的衣服,她看到程远走近,此刻也猜不到他要做什么。她对员工关系一向嗅觉灵敏,听说二人关系破裂,程远一直住公司附近的宾馆。

谁知程远上来便朝她伸了手:"我来吧。"

Lisa便把那包衣服连同健身房的门禁卡塞给了他,觉得免去了处理这棘手的员工关系的任务,说了句:"谢谢。"

"我的事,要你谢什么?"程远接过衣服,说道。

Lisa简直无语,转身要走,就听程远在她背后说了一句:"谢了。"

他刷卡进入,健身房空荡荡的,冰冷的器材在阳光下闪着寒光。

里面的浴室有水声,他走过去,看到浴室门口的架子上堆着颜亿盼被弄脏的大衣和丝巾。

他站在门口,里面浴室的门只关了一扇,他犹豫了一下,进去了。

他敲了两下门,水声停了,颜亿盼带着鼻音的声音问道:"Lisa?"

"我。"

里面的人听了他的声音,也不答,水声又响了起来,过了不知多久,水声停了,传来窸窸窣窣穿衣服的声音,他把毛衣递了进去,颜亿盼湿漉漉的手伸出来接过。

过了一会儿,程远问道:"他跳楼那天是不是跟你说了什么?"

里面顿时没了声音,也不知道在干什么,程远听她反问道:"为什么这么问?"

"就是好奇。"

"你不是从来不关心八卦吗?"说完,颜亿盼推门出来,一阵热雾扑面而来,她走了出来,未施粉黛的脸上消解了那种妖媚明艳,多出来些许无辜和清丽。她眼角湿红,嘴唇湿润,两人许久没这么亲密,程远怔了一下,怀疑她是不是在里面哭了。

不，他了解的颜亿盼从不会无故浪费一滴眼泪。

颜亿盼擦过他的肩膀，走向镜子前用毛巾擦头发。

程远跟过去，才反应过来这是女浴室，立刻又回到门口，看着她，问："不想说？"

"你知道他为什么死吗？"颜亿盼问道。

程远看着镜子里的她，摇头。

颜亿盼也学他的语气问道："不想说？还是不知道？"

"说这些没有意义了。"程远倚着门框，看她整理衣领和头发，说道，"你都已经选好站队了。"

颜亿盼的动作凝滞了半秒，回头看着他，坏笑着说道："那可不一定。"

那白净无瑕的笑容，比平日里的浓妆更让人信服，叫人一不小心就会卸下所有戒备，这才是真正的她，在他面前，连算计人也懒得遮遮掩掩。

程远调整了站姿，转向她，目光灼灼，反问道："你不是一向谁强站谁吗？"

颜亿盼又转过头，看着镜子里的程远，说："谁给的价高，我站谁。"

程远嗤笑了一声："这次怎么失控了？媒体不是一直在你手里。"

"媒体没在我手上了。"

"哦，不在你手上了……"程远这么说着，眼睛却打量着颜亿盼。

颜亿盼避开他的眼神，转身拿着脏衣服，放进一个白色布袋里。

房间里的热雾未散，迷人眼目。

她刚走出门，感到身后的人用一只手揽着她的腰，身体上前，双臂缓慢地收紧，就这么箍着她，头靠在她颈侧，温热的呼吸在她微凉的皮肤上，让人心痒，她仰了仰头，呼出一口气，身体放松下来。

她把手轻轻搭在他的臂弯，两人都不说话，日光闪耀着照在过道上，将两人融入一圈白色光晕中。

"你不害怕吗？"程远在她耳边低声问道。

"怕什么？"颜亿盼回答，"你不还在吗？"

她听得身后的人轻笑了一声，温存太短，还来不及回味，那人就撤回了手臂，站在她身后，她没有回头，就往前走去。

她清瘦的背影像孤寂飘摇的一道旗帜，一直消失在过道尽头，程远闭了闭眼，抬脚离开。

颜亿盼刚回到办公室，就接到廖森助理李欧的电话。

她简单补了点妆，搭着电梯上了顶楼，刚走出没几步，就看到Amy站在廖森办公室门口，一副犯错等待惩罚的小媳妇样子，粉色腮红并没有让她显得更讨喜。她身后还跟着公关公司的两个人。

Amy看到廖森出来，正要带着人上前解释，被廖森身后的李欧拦住了，廖森径直进入旁边的总裁会议室。

"Lawrence现在没有时间。"李欧说。

"只需要五分钟时间，公关公司这边准备了补救措施。"Amy的解释很急促。

"那明天他能看到日报的道歉声明吗？"

"日报……应该不会……"Amy蹙眉摇头。

"Amy，你在凯乐的时候就跟着他了，你觉得他会听你解释吗？"Leo低声说道，"先回去，你不管做错什么都是他的人，等这件事平息了，你再来。"

助理手里拿着蓝色天下的年度合作审批单退还给Amy，摇了摇头，蓝色天下和云威的合作就此终止了。

此刻，Amy听到背后的脚步声，顿时感到背脊发凉。回头看时，颜亿盼飘然而至。之前在李欧面前表现还算得体的她，此刻眼圈猛地红了。

身旁的助理立刻弯了腰对颜亿盼说道："Lawrence在等您。"

颜亿盼柔声细语地对Amy说道："你这一个不小心，翻出的海浪打翻一船人呐。"

Amy眼角的泪不争气地流了出来。

李欧往会议室走去，颜亿盼抬脚离开前，又顿住脚步，转身用纤长的手指轻轻地抹去了Amy的眼泪，仿佛什么都不曾发生一般云淡风轻。Amy的身体不自觉地抖了一下。

"你用一杯脏水换我出局，够狠。"Amy压着声音恨恨地说道，眼角挂着泪，嘴还不服软。

"Amy，多提高自己的业务水平，我那杯脏水可没那么便宜。"颜亿盼说完，便往前走去。

总裁会议室，董事会的成员分别坐在两端。廖森靠在座椅上，烟雾缭绕，他示意助理把窗户打开。此时的他，也在因为这篇报道接受审讯。

颜亿盼坐在汤跃身后，眉眼低垂，打开手里的笔记本电脑，接受所有董事会成员对她的审视，在他们看来，她作为翟云忠的嫡系，此刻离职、甚至殉道才更符合人设。

"廖森啊，董事长走了以后，是没有人约束得了你了。"一位五十多岁的男人坐在一边，他曾是翟亦礼的助理桑浩宁。

廖森坐正了，双手交握放在桌子上。

"各位，我没有和大家商量，是因为永盛和我们还未达成合作意向，现在只是接洽阶段。"他的语气倒是诚恳，在座的毕竟都是金主。

"你别兜圈子，到底什么意思？"一位股东问道。在座的也都是老江湖，哄孩子的方式肯定不行。

"打算把我们这些人拼死打下的江山贱卖给外资。"桑总挑明了说。

廖森脸上似笑非笑："桑总，今非昔比，云威现在面临的问题大家也都知道，接下来无论是研发，还是营销，都需要资金，我没打算先斩后奏，证监会有明确规定，我一己之力不可能让永盛贸然进入。"

"你现在是打算和我们商量吗？"另一位老者声音沙哑。他是云威的高级顾问李荃，曾经的中国区销售副总，大家都叫他李老。

这时候门突然推开了，翟云忠的大哥翟云孝走了进来，他只是环顾四周，然后找了一个角落的位置坐了下来。李老见他进来，面容稍霁。

翟云孝虽然是董事会的一员，但是因为之前和翟云忠分家，他在云威几乎没有发言权。

桑总指了指在座的元老，说道："我们已经沟通过，永盛只想捞利润，对公司经营没有好处。"

廖森靠在椅子上。这种局面他不想应对，不然也不会秘密与永盛谈判，本来计划一切准备就绪再召开股东大会施压。

短暂的沉默后，廖森说道："今天早上，我给证券公司打电话，他们正在草拟各位增持的意向书，如果你们都愿意增持，我可以现在就给永盛打电话，终止谈判。"

"你威胁我们！"伴随着拍桌子的声音，喧嚷声此起彼伏。

椅子被推开的声音传来，一个身影站了起来，是老三翟云鸿，他说："你们先讨论方案，要是可行，我奉陪。这会儿我就不陪聊了。"

"云鸿，翟家的资产都要拱手让人了，你怎么无动于衷。"桑总站起来说道。

翟云鸿冷笑一声，转身离去。

廖森站了起来："云威的外债还有今年财年的经营计划，资金缺口是这个数。"他举起右手做了一个手势，强调道："至少80亿。我无所谓，我走了还是职业经理人，不过是背了个骂名，各位损失的可是真金白银。一会儿证券公司的人过来，增持还是减持，你们看着办。"

廖森说完站起来就往外走，董事会瞬间炸开了锅，有人喊道："董事长已经被他逼死了，现在又来逼我们！"

廖森不为所动，脚步不停。

"廖森。"翟云孝的声音传来，会议室安静下来了。

廖森转身看着翟云孝。

"你的难处，我理解。"翟云孝坐在那里，平静中透着股威严，"不过，你别忘了，你头顶的这片天是谁给的。"

廖森脸上的那点强势在这时如火焰的余烬，没什么力道了，他神色沉沉，回头对颜亿盼说："你出来一下。"然后又对李欧说："你把他们的意见都记下来。"说完就推门出去了。

众人骂了半天，但也有相反的声音，例如公司高级顾问项天，在廖森走后，他发言道："话不能这么说，现在我们都老了，总要有人出头来做改革。除了他，你们还有别的选择吗？"

他曾是云威的CEO（首席行政官），后来让位于廖森，也的确是相信廖森的能力。

颜亿盼收起笔记本往外走时，察觉到翟云孝投来的目光，于是回头朝他抿嘴一笑，点头问候。翟云孝看着她，脸上露出一丝意味不明的笑意。

6.我要等的人

"记者怎么会跟到那里去？"廖森进了办公室，扯了扯衣领，头也不回地说了一句。

"董事长去世后，我们这里所有人都被盯着了，也许盯的是我，也许是您，还有可能是汤跃。"颜亿盼解释道。

"你没察觉吗？"廖森回头看了颜亿盼一眼，问道。

颜亿盼笑了一下，说道："我们共事的时间太少，您要是对我很了解的话，就不会这么问。"

颜亿盼知道廖森在怀疑她，可是廖森把她拉到谈判里来，不也就是为了让别人看到连翟云忠的亲信都站在自己这边，来增强他此后在公司的说服力吗？

"如果这次融资不成功，我就要考虑你的对外事务部存在的必要性了。"廖森说完，拉开椅子坐下，示意颜亿盼也坐下。

"我这个位置，怎么做都是错，"颜亿盼坐下后，说道，"将错就错了。"

"接下来，怎么处理媒体煽风点火的事。"

"这次是我们赚了个头版，过去这个位置十万都拿不下来。"颜亿盼依然笑着，仿佛不是什么大事。

廖森听到这里也跟着她笑了出来。

颜亿盼坐直了身体，说道："我可以借着这股风，把云威的融资需求说说，也算是给永盛施压，他们谈判的气焰还是嚣张了些。"

廖森看着颜亿盼，想了想，点了点头："这是你的场子，你来收拾。"

谈话就这么结束了，颜亿盼转身出去的时候，依然提着一口气。廖森这个人即便是怀疑你，也有怀疑你的用法。

她回办公室后，火速让公关部的纸媒对接人徐婵约这个记者见面，对方还挺拿腔拿调，说手头有所有高管的车牌号和联系方式，随时准备再曝光云威内幕，让投资人都远离云威，而且提出要颜亿盼亲自出面，一对一谈，徐婵瑟缩地把颜亿盼的手机号码给了记者。时间是记者定的，晚上八点；地址颜亿盼选的，就在她家附近的咖啡店。

Amy老老实实坐在工位上，一语不发，她也真的体会到，主权从来都不在她手上。

天色渐晚，楼下车水马龙，云威位于市区高新技术企业中心的两栋楼都灯火通明，一座是行政办公楼，一座是研发中心楼。

风雨飘摇中，没有人能猜到这里哪盏灯会灭，哪盏灯会亮。

办公楼里的人有战战兢兢谋前程的，也有听天由命随大流的，还有不自量力想左右时局的。

细声低语中，尽是在这座城市打拼的人的无奈和不甘。

下班后，颜亿盼开车来到小区门口，下了车，抬头看了一眼自家的屋子，一片漆黑。

附近的酒吧门口停满了豪车，美女靓仔们在这样的夜晚兴致都颇高，叫嚣着狂欢着。

她从车厢里拿了一瓶盐味苏打水，靠在车头喝了一口，记者还没来，她倒是放下身段，早早站在咖啡店门口等着。

夜风冰凉，她拢了拢领子。

不远处传来一声叫骂声。

她回头看到几米处的垃圾箱边上，一个小男孩正和一个大叔争抢一大袋东西，撕扯中，黑色袋子被小男孩扯破了，里面的塑料瓶和易拉罐全掉了出来，滚得到处都是。

大叔凶神恶煞地抄起手上夹垃圾的竹钳子，用力朝小男孩脑袋一甩，男孩"啊——"地大叫了一声，捂着脸不动了，就这个空挡，大叔赶紧弯腰把地上的瓶瓶罐罐捡起来。口里还咒骂着："这地方是老子管的！没长眼的！"

他麻利地把一袋瓶子往自己的三轮板车上一扔，然后跳上车，弯腰用力一蹬，板车飕地蹿过了马路，消失在林荫道上。

男孩揉了揉眼睛，又很快睁开，四下寻找有没有落下来的易拉罐。

颜亿盼喝了最后一口苏打水，朝那个男孩走过去。

男孩一眼看到颜亿盼放在她面前的易拉罐，本能般伸手迅速夺过，颜亿盼这才发现男孩半边脸颊都是肿着的血印子，哭痕黑不溜秋地挂在脸上，看起来十岁左右的年纪，脸上却满是愁容。

"他那些瓶子值多少钱？"颜亿盼瞟了一眼大叔离开的方向，随口问道。

"那是我捡的！"男孩不服气地反驳。

"我问你值多少钱？"

"五六块总是有的……"男孩看着大叔消失的道路愤恨地说。

颜亿盼从口袋里翻了翻，找到十块钱出来，男孩惊讶地看着她，手伸了出来，想接，又没敢接。他的手被冻得发紫，缩在那里瑟瑟发抖。

"你和阿姨掰个手腕，赢了，这钱就是你的。"

男孩想了想，重重地一点头，两人找到路边一个不高的水泥围栏，男孩把手里的易拉罐小心地放在脚边，手架在上面，开始掰手腕。

男孩手背粗糙，掌心还有一些陈年刮伤的痕迹，她触到那双冰凉的黑乎乎的手，男孩看着颜亿盼白皙的手，大概有些在意这种差距，往后缩了一下，颜亿盼全然不顾，握紧了男孩的手，他的指关节很冷硬。

男孩显然用了全部的力气，咬着牙身子都倾了过来，但还是输了。

"你就是耍我玩的！"男孩收了手，低头捡起那个易拉罐要走。

"你连我都打不过，怎么打得过他？"颜亿盼在他身后笑道。

男孩停下脚步，背对着她又抹了一下眼睛。

"你过来，我告诉你一个办法打赢他。"

男孩立刻又转身过来，走到颜亿盼面前，眼睛亮晶晶的。

"能早起吗？"

"能！几点都行。"

"好，旁边这个小区每天早上六点，门卫就开门了，会有进小区送奶、送报纸的，你也跟着进来……"

"他住这个小区？"男孩有些蒙。

"听我说完，"颜亿盼收起了之前逗小孩的语气，继续说，"这个小区有十栋楼，每栋楼有六个单元，你挨个走楼梯上去，楼道里有人们放的一些垃圾，准备上班的时候拿楼下扔的，里面通常有快递纸箱子、瓶子什么的。你挑自己要的拿走，别弄乱别的就行。"

小孩认真地听着，不断地点头，似乎忘了要报仇的事，又问道："要是他们赶我走怎么办？"

"赶走了你就去别家，这个小区好几千户，总能捡到卖钱的。要是有住户认识你了，你可以请求他们给你留着纸盒和瓶子。"

"嗯，我最能跑了，力气也大！"

颜亿盼看着满脸脏兮兮泪痕的男孩，心生悲悯，之前他被揍的时候颜亿盼只觉不公，此时男孩要拼尽全力做出一些改变时，她的心反倒抽了一下。

男孩并没有读懂颜亿盼的眼神，意识到自己刚刚输了，觉得大人看穿他说了大话。

颜亿盼笑了起来。

"拼不过力气的时候，"她轻轻点了男孩的额头一下，"就要学会拼脑子。"

"阿姨你住哪里？"

"你要来我家收瓶子啊？"

男孩沉默了几秒，说道："如果赚了钱，我请你吃包子。"

"你还挺阔气，"颜亿盼笑了起来，"你赚了钱，可以请门卫吃包子。"

男孩想了想，明白请门卫吃包子是因为到时候进小区可能就不会被拦了。

"好！"男孩像获得了什么武林秘籍一样，不自觉地跳了一下。

"回去吧。"颜亿盼一挥手，男孩点了点头，往旁边的一条巷子跑了过去。

远处欢庆圣诞的年轻人开始放声高歌，灯红酒绿的世界里，男孩的身影消失在巷尾。

"啪啪啪"，三声掌声从身后传来。

颜亿盼回头看过去，是个剃平头、戴黑框眼镜的年轻男人，一副文绉绉的样子，他并不是电话约见的记者，而是那位署名记者的领导，名叫王克，是资深编辑。

"颜总，没想到你还会逗小孩。"王克笑着说道。

颜亿盼低头抿嘴一笑，然后下巴一抬，眼一瞟，示意他跟过来，两人就这样一前一后进了旁边的咖啡馆，选了一个晦暗的角落，坐了下来。

"谢谢领导放水！"刚一坐下，王克压低嗓音说道，"要喝什么，我请。"

"蜂蜜柠檬水吧，晚上茶和咖啡都不敢喝了。"

原来，谈判这个事情是颜亿盼通知了王克，在这个领域混了十年，哪些人脉可以用，她一清二楚。王克做她的暗线至少有六年了，消息灵、嘴巴严、笔力强是他最大的优势。

"我让小记者放出消息，是他跟了廖森的车牌。"王克说道，"你不用担心。"

"我不担心，不管是谁泄露了消息，对我都没什么好处。"

"那你为什么……"王克不解，"风险挺大的。"

"如果不是我，也会有别人，而我在里面，可能还有翻盘的机会。"

"看来，翟云忠跳楼前真的和你说了什么。"王克扶了扶眼镜，目不转睛地看着颜亿盼。

"我说了些玩笑话，他说那是承诺，到现在，我也没法和他争辩了。"颜亿盼看着窗外路灯泛着柔和的光，行人渐少，她淡然说道，"他说是承诺，那就是承诺吧。"

"这是一个用生命在激励下属的老板啊。"王克已经猜到颜亿盼铤而走险必然和翟云忠有关。

颜亿盼听到这里,眉眼一弯,无奈地笑了起来,就像你答应朋友在他婚礼上放最响亮的鞭炮,最后才知道,如果要实现这个目标,首先,他得有个新娘。

而颜亿盼要做的,是确保这个新娘不被人拐跑了。

这件事告诉我们:和领导聊天,一定要小心他挖坑。

蜂蜜水上来后,颜亿盼拿勺子搅了搅。

事实上,相比翟云忠说的话,更让她无法释怀的是他那双眼睛,仿佛是一个深不见底的黑洞中两团燃烧的火焰,明明四周冰冷无望,却还是吸引你往前走,一探究竟。

"你说你这情况……"王克脸上还是困惑,问道,"廖森这个野心家,怎么敢用你?"

"他是想要我背这个背信弃义的小人名头,我是翟云忠的嫡系,我来引入外资,在集团内才更有说服力。"颜亿盼喝了一口水,"我没靠山,怎么着也躲不过,不如早点把战火点起来,各自暴露了野心,大佬们争斗,我这种虾兵蟹将才有可能借势翻盘。"

在颜亿盼看来,现在最大的问题不是谁在电视上露面,而是谁会掌权这家公司。说白了就是谁占得先机,谁更有话语权。她手里那点资源太有限,这次能调动的都调动了,好在现在已经惊动了那帮有钱有权又不干正事的人。

"到底谁会拦住外资呢?"颜亿盼眉头轻蹙,继续了他们的话题。她知道现在公司的状况确实不好,真要没有资本进入,恐怕也撑不下去。

"翟云孝你不回头考虑一下吗?他的云腾地产一直在暗中抛售西南的项目,到今天为止,额度超过50亿。"王克一直盯云威、云腾的动态,对各种变化也是极为敏感。

颜亿盼神色微动:"持续多长时间了?"

"有一个月了。在你们董事长死之前他们就开始了,胃口很大哦……"王克说道。

颜亿盼有些犹豫,说道:"他之前和翟云忠闹成那样,我总觉得与他合作不是翟云忠的意思。"

王克挥了下手,说:"现在最有能力对抗外资的是他哥,翟云孝。"

"我让你调查的那个人呢?"颜亿盼握着咖啡杯问道。

"我怕你要失望了。"王克说着,掏出手机,打开后翻到一页记录,然后递给颜亿盼。

"就这一页?"莹白的屏幕投射在颜亿盼脸上,眼中有难以捉摸的忧虑。

"就这一页,爸爸是前任副部长,她从卫斯理女子学院毕业,就是那个培养总统夫人、总裁夫人的学校,学的是金融,全优毕业,还在华尔街实习过,估计也是为了以后给总裁管管家里的账,所以,嫁了人就辞职了,接着生孩子、养孩子、再生……"

"然后呢?"颜亿盼把手机页面往下拉,发现到头了。

"没了,就这些。"王克摆摆手,显然对谈论的这个女人没什么兴致,"你应该知道,她从来没来过云威,更别说插手业务了。"

乔婉杭,翟云忠的遗孀,这个局面的关键。她手里空有股权,毫无实权,董事会、公司都在观望她的表态,她手里的股份会自己留着,还是转让,都不得而知。

"是……"颜亿盼不无郁闷地说道,"别说管业务了,我给她发过邮件,邀请她作为家属参加政界商界的内部私人聚会,她全都拒绝,无一例外。"

"这应该和她没关系,翟家有规定,女人不能参与家族事业。"

"这样家底的人,会不会在美国有一番自己的事业?"颜亿盼想寻找到一丝希望。

"的确,人家还是会长。"记者很快肯定了她的想法。

颜亿盼抬起眼眸,颇为期待时,就听到记者说:"她是华人社区麻将协会会长。"

麻将……麻将协会……会长?

这什么鬼?

在美国十几年混了个这玩意儿?

名门闺秀?

名校楷模?

这和廖森说的也没有区别,一个养尊处优的富太太,不懂经营,极有可能把股份一卖,回美国玩麻将了。

可这样一个人却握着绝对的股权,定公司走向,定部门生死,定员工去留。

颜亿盼把手机推回给王克。

王克收回手机,问道:"这样的人,你还等吗?"

第二章　围猎

7.猎物哪里逃?

　　颜亿盼没有急于接触乔婉杭，比她急的人有的是。
　　她在第二天大清早就见到了她。
　　公司大楼的后门，出入的人极少。
　　李欧正站在一辆黑色轿车旁边，车门开着，他弯着腰，空抬着右手，想迎请董事长夫人出来，像很多饭店门口的一座迎来送往的雕像，扯着个笑脸，右手僵举着直到发抖，乔婉杭还是没有动。
　　廖森此举要么是不想大张旗鼓让很多人见到乔婉杭，要么就是故意让乔婉杭难堪，总之，从后门接人，绝不是要迎接一个接班人的态度。
　　僵持了很长时间，李欧终于放下右手，弯腰关上门。
　　司机绕到前门。
　　门童开门，乔婉杭出来，大步穿过玻璃门。
　　她刚跨入大堂，眼神有些恍然，抬眼看了看这个陌生的地方。
　　公司还没有到上班时间，只有一两个人往里走，保洁在打扫卫生，前台没人。她疏离高贵的气质和现代化玻璃钢筋的大厦格格不入。她甚至不知道该朝哪个方向走，保安和助理分至两边，一直把她送到贵宾电梯，那里倒是有几个股东和廖森的亲信迎接她，大家都弯着腰，向她表达节哀的问候。
　　她一袭黑裙，身上别了一朵极小的白花，头发简单地绾了一个小髻在颈后，耳朵上戴了一对绿莹莹的翡翠耳环，衬得人脸透白、冰冷。

颜亿盼在另一边等电梯,乔婉杭似乎注意到她的眼神,侧脸看了她一眼,颜亿盼朝她微微弯腰致敬,乔婉杭顿了一下,点头回应,但显然并不知道和她打招呼的人是谁。

然后,乔婉杭问李欧:"厕所在哪儿?"

李欧愣了一下,回道:"一层有,顶层也有……您是要?"

她直接就往旁边走去。李欧赶紧跟上给她带路……上厕所。

李欧脚步急切地像宫女迈小碎步,乔婉杭倒是不急不慌,不知是心力损耗过大,还是本来就对此次会面无所谓,她步伐散漫随意,眼皮都不怎么抬,目光冷淡,完全不似这里白领的意气风发,像是故意要膈应人一般。

总之那些公司权贵们都候在电梯口抹汗皱眉。

颜亿盼无心观赏这出戏,坐电梯上了楼。

她刚进办公区域,就看到一个穿着棕色外套的男人,是来找她的。他的外套的款式中规中矩,中山领显得格外老气,脸上的年岁却不大,颜亿盼认出他来,是资宁县政府的办事员小张。半年前,她在云威买地建工厂的签字仪式上见过他。

二人寒暄几句,小张拿出资宁县政府的红头文件,递给颜亿盼。

小张的普通话夹杂着口音:"颜总,你们也知道,因为云威这样的大公司去我们那儿开工厂,市里很重视,报告都打到省里了,我们县长和你们董事长也签订了协议,现在已经半年了,第一笔资金到账以后,就冒得(没有)动静了。我们县长这段时间急得病都犯了。睡不卓(着)觉啊!"

颜亿盼让小张坐下,小张不坐,颜亿盼便也站着翻看文件,是催款的文件。

小张继续说着:"颜总,你们公司这么大,我也不认识啥人,就认识您了,签约仪式上,我们那边的人都议论了好久,说您气度非凡,肯定说了算。"

"小张啊,这件事情我会找公司负责投融资的人沟通。"颜亿盼把文件拿在手里。

"颜总,县长说如果要不到款,我就别回去。"

颜亿盼无奈地笑了笑,说:"你大老远过来,我让同事陪你在林隐寺走走,你上次不是说想去许愿吗?回去后你再和县里领导说,我们公司这么大,不会赖账,资金可能会晚点到。"

颜亿盼把袁州叫了进来。

"晚点是什么时候啰。"

"我明天给你电话,告诉你时间。"

小张推脱:"不用,你能今天下午吗,我还是想回去。"

颜亿盼:"行,那让袁州带你去吃个饭,出去逛逛,拿到交差的消息,就送你上高铁。"

小张:"哦,那阔以(可以)的,这里我真的不熟,麻烦颜总了。这件事情,我们也不好办,上面压力蛮大的……"

她拿着文件来到投融资部总监庄耀辉的办公室,里面大门紧闭。他手底下的专员说,里面都是银行贷款经理,在催款。

颜亿盼拿着文件又回来了。从乔婉杭出现的阵仗来看,廖森应该是想和她谈股权转让的事宜,因为外资如果进来,廖森首先要砍掉的就是大量的研发投入,所以,资宁科技园区的晶圆工厂、代工厂也不可能再迁入,否则这几年会是大投入,面对资宁政府,他很可能选择赔款,而不是支付尾款。

乔婉杭什么态度,她不得而知,翟云忠有没有给她什么临终遗言,也不得而知。现在公司的确是火烧眉毛的状态。

一句话:缺钱啊!

而此刻,各位猎手都饥肠辘辘地盯着这只母鹿。

狩猎场里,她还能往哪里逃?

乔婉杭总算上了顶层。廖森在电梯门口接待,亲切地慰问着她此刻的身体和心情,表示了自己的悲痛。其他人跟在后面,众人径直进入总裁办公室。

茶喝了三杯,股东还没有来齐。乔婉杭靠在椅子上,问旁边的助理:"一共多少人会参加这个会议?"

助理也不知该如何回答,看着廖森。

"加您,一共十五位股东。"廖森低声回答,"他们有些人喜欢拿搪(摆架子),不参加这种会议。"

"1、2、3、4、5……"乔婉杭轻声数着,还直接上手点数,细长的手指在半空中很轻地点着,如同羽毛落在每个人脸上,而他们的感受就像被老师点名的差生,担心着受罚。她接着道:"还缺八人。就算我们达成一致也不过半。"

廖森立刻说道:"先由我们首席财务官汤跃给您介绍一下这次会议的议题。"

乔婉杭什么也没说就站了起来,廖森立刻腾地起立,想阻拦她离开,才发现她只是拉椅子,椅子拖地发出摩擦的声音。她慢吞吞地寻找着一个观感好一些的位置,缓缓坐定后,她抱胸靠着椅子,调整了一下椅子的高度,一只手撑在扶手上,斜了一眼汤跃,抬了抬下巴,示意他可以开始了。

CFO汤跃上前,滔滔不绝,说起永盛和云威牵手的好处。

乔婉杭并没有用心听,她瞳孔颜色本就偏淡,不聚焦的时候给人目下无尘、极难接近之感,此时,她环视这一圈空荡荡的座位,红木会议桌上放着的一份份资料夹孤零零地摞在那儿。在这里,她不得不强迫自己应对。

从看到的与会情况来判断,这部分董事会成员分裂得厉害,来的六人就是廖森以及廖森的拥护者了,不到一半。当初把廖森拉入董事会也有他们的功劳,其实这道命题对他们而言很简单，引入外资虽然手中的股份占比会下降，但股价大概率会上涨，对公司对他们都有好处。他们和廖森一样，是坚定的务实派，问心无愧。

剩余的自然是问心有愧：他们多半是翟家元老，受翟家恩惠多年，没有勇气在老二死后不到一个月，放下脸面逼迫遗孀让位。谁都不想当这个恶人，所以干脆避而不见。

总裁会议室里，汤跃的热情讲解在紧张又活泼的表情中结束了。

乔婉杭放下茶杯，语气平和："就是说，永盛来了以后我的股份就下降到20%。"

廖森的面部表情放松下来，看来，这个女人关注的只是她手里的资金。

"但是资金不会缩水，外资进入，股金肯定会上涨。两年后您可以择机抛售，肯定比现在的收益多。"汤跃说道。这个时候，这些董事会的高管要压抑自己热切的希望，小心翼翼地让乔婉杭签订外资入股的同意书，实现企业的平稳过渡。

"是吗？想什么时候抛都可以？"乔婉杭手中空空的茶杯无人续水，她抬眼看着在座的各位。

"抛售前要提前半年通知证监会。"汤跃补充道。

乔婉杭一副了然的模样。

廖森身体放松地靠在老板椅上，看来这件事情很好办。

李欧拿起茶壶准备给乔婉杭续水，被廖森接了过来，准备亲自把茶满上，乔婉杭把手中的茶杯轻轻放在前面的杯托上，终止了这次喝茶。廖森停止了动作，放下茶壶。

"翟太是否同意这次与永盛的合作？这是协议……"汤跃小心地问道，拿出了笔，乔婉杭没有接，他继续说道，"毕竟这是对公司有利的决策，相信廖总和在座的各位都不会辜负前董事长的期许。"

"情况我知道了，说多了，我也未必听得懂。"乔婉杭打断了他，说道，"容我考虑几天。"

乔婉杭这次是真站了起来，往门外走，其他人束手无策。

廖森的怒火无法控制，大声说道："他作为董事长可以说不干就不干！"

乔婉杭神色凝滞，眼圈泛红，没有回头。

汤跃没能拦住廖森，廖森继续说道："您作为他的遗孀，可以甩手就走，我还要背负这上万人的吃饭问题，如果错过这个时机，公司就等着破产清算了。"

气氛不太融洽了，大家都提着万分小心，看着廖森那让人胆寒的模样。

"去你的。"乔婉杭低声吐了这么一句。

在座的众人此刻脸都绿了，有的还想确认自己刚刚是不是听到一句国骂。

任凭廖森巧舌如簧，这时居然张着嘴不会说话了。

"人都没来齐,你骗我上来喝茶啊?"乔婉杭说完,一把拍开李欧的胳膊,抬腿就出了门。

廖森深吸一口气,威逼利诱、情理相劝,该说的话也说尽了,要不是为了她手里51%的股份,要不是觉得她什么也不懂,也不会这么着急把她引来。廖森这么久来第一次感到自己遇到一个不懂商业的人,也是倒了霉了,节奏完全带不起来。正沮丧无奈中,忽而看到乔婉杭又转身。他立刻挺直了腰。

却见她看了一眼李欧,指了指桌子上那些合同和文件,做了个勾手的动作,李欧立刻会意,弯腰拿起合同等文件交到她手里。

她拿着文件,转身就出了门。

廖森之前不下来迎接,这次不知怎的,跨着大步,出来送她。李欧也亦步亦趋地跟在后头。

只见乔婉杭走在灰白墙壁的过道,抬眼看到对面的红色木门,上面的铭牌标签写着:董事长办公室。

外面拉满了黄色警戒线,空荡荡的,寥落又禁忌。廖森顿在那里不敢向前。

乔婉杭此时脸上才有了和之前不同的情绪,仿佛那个地方一把拧住了她的心脏。她深吸一口气,径直往那个办公室走去。

廖森这才反应过来,上前阻拦,说:"检察院规定不让……"

她回头瞟了一眼廖森,冷声道:"怎么,你会把监控给他们吗?"

廖森和李欧都被定住了一样,站在原处一动不动。眼睁睁看着她几下扯开警戒线,推门进入翟云忠的办公室后,反手关上门。

刚进入丈夫的办公室,疲惫、无助、忧愁浮在了乔婉杭脸上。

短短两周时间,这个房间就充满了灰尘的味道和冷冽的气息。

她站在那里,脚步僵硬了几秒,然后才走到那张松木办公桌前。

她用手轻轻触摸着丈夫生前经常翻开的文件夹,刚刚的她如此轻松无畏,到此刻,仿佛被抽离了所有的胆气,双手静静地感受着文件夹冰凉的触感,颤动的手指连一张张薄纸都握不住。

她抬头望过去,窗外的天空遥远灰暗,高楼漠然耸立,她本想走向窗边,看看他曾每天看的风景,但脚却定在原地走不过去。

一个人得多么残忍,才选在别人欢庆的节日离去,让她和孩子们在这个本该团聚的日子里只剩下悲伤和痛苦。

这个地方给她带来了极低的气压,让人无法呼吸,却又有强大的吸附力,如临深渊一般,让她想逃离,又想靠近。

她最后没有动他的任何工作文件,而是打开旁边的一个衣柜,里面挂着色系相近的领带和浅色同款衬衣。他这个人就是这样,缺乏变化。

她握着一件衬衣的衣袖，看到上面一粒扣子被一线牵着，摇摇欲坠，她细细抚摸着衣袖边缘细微磨损的痕迹，必是他常穿的一件。
　　咯哒一声，扣子轻轻掉落在木制衣柜里，极细微的声音仿佛震颤在了她心里。
　　一滴泪落在了衣袖上，洇出一圈湿痕。
　　她双手紧紧抓着衣袖，低着头久久没有动弹。
　　衣袖皱在一团，盛不下她的泪水，也盛不下她哪怕片刻的脆弱。

8.这是猎物？还是魔鬼？

　　乔婉杭出来时很平静，甚至不忘把门关上，把警戒线再度拉起来。
　　李欧给她按了电梯，廖森早已不知去了哪里。
　　电梯里其他几人也都不停地偷看乔婉杭，她的气质和职场精英相去甚远，她目不斜视，看着前方，无视所有关注。
　　电梯下行路上，大家纷纷逃离，电梯里只剩下她和李欧了。
　　本来嘛，廖森的接待策略就是如此，不要让乔婉杭产生任何高高在上的尊贵感，不要培养她的欲望，要让她明白这个公司没有她的位置，让这个养尊处优的女人知难而退。
　　但没想到这个女人完全不按套路出牌，几次三番让李欧觉得自己多余长了手脚，怎么做都是错。
　　从接她到送她，李欧明显感觉到她的变化，如果之前有抵触和不爽，此刻剩下的就是浑身散发的冷空气。
　　李欧再不敢多说一句话，多做一个动作。
　　二人从电梯出来后，公司已经忙碌起来，人来人往。他低头把她送上了车，明显松了一口气。
　　此刻，却有一人的视线没离开过她。
　　那便是颜亿盼。颜亿盼处理完小张的事情后，就下楼坐在了车里，见乔婉杭上车，便驱车跟上。
　　说不上有什么理由促使她跟着这个女人，颜亿盼只知道，她们两个人的见面无可避免。
　　如果乔婉杭和她的丈夫想法一致，直接授权那最好不过。如果不是，她就得把乔婉杭放在障碍物一栏中来对待了。
　　乔婉杭的车一路进入到一栋古香古色的别墅里。
　　颜亿盼将车停靠在院外不远处的一条林荫道上，下了车，朝大门方向走去。
　　一座有些年代的别墅藏在一片翠绿中，门前庭院的青石板上停着一辆古旧的红旗轿车，道路靠外的一侧种着竹子，竹节和竹竿部分残留了点点白雪，底部阴凉的地方有一层白雪盖着土地，此刻正是中午，白日当空，没有一丝云，阳光在这个庭院中也显得小心翼翼，层层叠叠地分布在林子下，风过林梢，吹来点点草叶的清香。

乔婉杭的车进去没多久，一辆黑色的宝马7系朝着大门口开来，停在了黑色镂空铁门外，车内有人跳下来摁了门铃，这个人是翟云孝的助理，中年发福的身材，在门口焦急地等了很久，才来了一个管家模样的人慢吞吞地走过来。两人的沟通中，管家一直摇头，指了指里面，一手把着门不让对方进来。

很明显，乔婉杭谢绝了见面。

管家正要关门，翟云孝的助理满脸堆笑地上前一步，手用了狠劲儿把大门一把推开，管家也在推拉中差点跌倒，最后不得不撤到了一边。

入口的右侧明明有一条车行道，车却不走，而是直直上了正对面的人行窄道。窄道两边种着法国鸢尾，大雪过后几片绿色的叶子低垂着探出半个身子来，车一往无前，直接轧了过去，两排鸢尾几乎没有幸免，花被碾压得七零八落，身上留下一道重重的车辙印记，看起来格外凄惨。

而此刻，乔婉杭正站在门口的台阶上，头发随意地披在耳后，居高临下地看着一个年轻男人从车上下来。他是翟云孝的儿子翟绪纲，继承了他父亲的深邃眼眶，长得白面书生一般，他勉强挤了个笑脸，过分亲热地叫了一声："婶婶。"

他爹此刻正忙着在外面卖地筹资，他又来游说。父子俩是想扶持弟弟的公司呢，还是有别的打算，谁知道呢？

乔婉杭提着裙子缓步下来，翟绪纲面对迎接，还很商务范地伸出手。乔婉杭却像没看到一样，转身走向旁边那辆宝马车。

敲了敲驾驶座的车窗，坐在里面的司机按下车窗，张着嘴一脸好奇地看着她，乔婉杭抬手做了一个让他出来的动作，他赶紧勾腰缩背地出来，下车时，地上雪太滑，他差点单膝跪下。

这个司机是翟云孝的御用司机，年纪恐怕比乔婉杭还大些。

翟绪纲和助理站在一边抻着脖子看。

乔婉杭上下打量着司机，似乎饶有兴致地欣赏他的身材，那司机浑身都哆嗦起来。

她扬了扬头，在他耳边说了句话。

司机大概吓蒙了，看着她，又看看自己的老板。

翟绪纲连忙走向前。

乔婉杭继续看着司机，指了指房子："那你老板别想进我屋子。"

司机开始哆哆嗦嗦脱衣服。

站在栏杆外灌木丛边的颜亿盼默默观察着这一切，此刻，只觉得头皮发麻。

037

这是什么操作？

皮夹克、毛背心、衬衣、秋衣、外裤、秋裤……

司机想留背心的时候，乔婉杭用力扯了一下肩带，没有触碰到司机的身体，手抬了抬，示意连这件也别留。

风裹着雪直往这群人身上吹，乔婉杭的头发被吹得贴在半边脸上，净色的眸子看不清情绪，那样子却说不出的疯。

司机就这样光着膀子，穿着条内裤，然后乔婉杭一指，让司机站在她那两排被轧的鸢尾花边上。

翟绪纲拿出刚刚硬闯人家院子的豪气，也跟着吼了司机："你怎么开的车？！知道那是什么吗？那些鸢尾，是法国外长送给婶婶父亲的礼物！你居然敢开车轧过它！"

雪将化未化，地上一片雪白一片枯黄的，凌乱不堪，天空透着冷到底的纯蓝色，司机紧抱着胳膊，缩着腰，冻得瑟瑟发抖，浑身通红。

乔婉杭打量了司机冻红的身体后，转身上楼，翟绪纲和助理立刻跟在后面上了台阶。

司机站在雪地里，缩着肩膀，手捂着胸前，一动不敢动。

好在翟绪纲和助理没待多久就出来了。

司机迅速跳上了车，不知道是冻傻了，还是吓傻了，车开得歪歪扭扭，逃命一般离开了这座别墅。

颜亿盼看明白了，现在去见她不是个好时机。

这是一个魔鬼……这个女人在折磨人方面真是一流啊。

就这个下马威……还有屁股都没坐热的见面，翟云孝出师不利啊。

颜亿盼开车离开，穿过这片别墅区后驶入大道，不知为何，那个地方给人一种莫名的压迫感，在那里，她能清楚地感觉到里面的女人和自己出身的悬殊，言行处世方式也大不同。那个女人像是个被惯坏的女王，做事不计后果。

娇贵、任性、残酷。

还在等红绿灯时，她的手机响了，低头一看，来电的是翟云孝。

这老狐狸又想玩什么把戏。

"亿盼，"他非常直接，"我们谈谈，就现在，老地方，风止林。"

看来，他已经知道自己儿子的遭遇了。翟云孝这个人做事她还是了解的，不会这么没轻重，很有可能乔婉杭就是拒绝和他沟通，油盐不进。儿子又急于完成老爹给的任务才硬闯，没承想碰到硬茬儿了。

颜亿盼呼出一口气，开着车来到约定的地点。她不知道乔婉杭最后的选择，是翟云孝，还是廖森，没有签订合同就都有变数。对颜亿盼而言，这两方都不是好惹的，这两方，她都不想公开得罪。不然，事情还没办成，人就没了。

庭院幽深的会所，翟云孝和颜亿盼坐在阁楼的包厢里，服务员上了茶。

颜亿盼看了一眼楼下种的碧桃，说道："奇怪，楼下什么时候改成桃树了，过去的竹林还更好一些。"

"你很久没来了，两年前就改了。"

"我上次来是三年前，您带我去见王处长，就在楼下请他吃的饭。"

"其实当时也是想借王处长的口劝你跟我一起进入云腾。"

颜亿盼笑了起来，她的笑容常常给人很好相处的错觉。

翟云孝说道："王处长现在已经升调北京了。"

"人往高处走嘛，"颜亿盼微微叹了口气，"都过去好久了。"

翟云孝看着她，忽地笑了起来，问她："你跟着乔婉杭做什么？"

"没想好。"颜亿盼看着窗外，淡淡地说道，"就是想看看。"

远山还有积雪未化，眼前的碧桃却已长出了新芽。

"老二跳楼，你有责任，所以你紧张，对吗？"

颜亿盼听到这句话时，感到未化的雪带来的寒气，她不再看窗外，而是看向了翟云孝。

翟云孝低着头，用茶盖轻轻拨开茶杯里的茶沫。

"什么意思？"颜亿盼笑容隐去。

"如果不是你三番四次游说他做资宁科技园项目，他的资金链也不会断，你为了自己的业绩，为了能坐上VP（副总裁）的位置，忽悠自己的老板，让他有了不切实际的野心，最后，泡沫被戳破，他也把自己逼上了绝路。"翟云孝向来给人一种温厚大度的形象，只有真正接触过的人才知道，这个人有着鹰隼一般的眼力和杀伤力极强的爪子。

"野心也好，幻想也好，那是他的选择，我只负责执行。"颜亿盼说这话时，心里并不是问心无愧，因为当时，她比谁都积极地推动，她也确实想过凭借这事进入公司最顶层的战略委员会。

可惜，一步之遥。

"这句'只负责执行'，就是你的第二宗罪。"翟云孝看着颜亿盼脸上难看的表情，也收起了笑意，正色道，"你是集团少有的可以把老二的话坚定不移变成现实的人，从来不找借口，更不会管他的决策是否荒谬，只要能为你升职铺路，你就紧随其后。即便眼看着走到死胡同，你也不做任何规劝。"

翟云孝的话，字字诛心。

颜亿盼即便再能演，此刻已然有愤怒之色，反驳道："难道不是你？三年前，您带走了云威最优质的资产和精兵强将,害得云威好几年缓不过来。"

翟云孝继续说道:"我不否认,商场就是这样,你愿意跟着他干,无非是他好掌控,好说话,肯给你想要的。可惜,慈不掌兵。他注定失败。"

"你到底想说什么?"颜亿盼已经很不耐烦听他分析时局了。

"我在云威有一些计划,需要你推进。"

"你就不怕我也忽悠你,把你带坑里了?"

"我说过,我不是老二,也不是廖森,你的问题在我这里就是优势。"

"你不如叫廖森推进,他现在可是只手遮天。"

翟云忠的眼睛如鹰隼一般看着她,冷冷说道:"他的问题就在于他想只手遮天。"

房间里静得让人发虚,只有过滤网滴着茶的声音,清透无比。翟云孝说的是对的,廖森这个人,引入的是资本,想要的是实权。他向来不喜欢家族制,所以对翟家的人都是面上不得罪,行动上也远谈不上效忠。

翟云孝放下茶杯,说道:"颜亿盼,咱们之前合作过项目,你知道我厌烦无效沟通,不如你告诉我你要什么?"

"就算是我要的,但你给的,我未必会接。"

翟云孝看她仍在防备,索性敞开了说:"我以前说过,云威可以给翟云忠玩,但是玩坏了,我来返修。这家公司我无论如何也不会交到外资手里。"

"如果交到你手里,你要怎么修?砍掉研发,还是把资宁产业园夷为平地?"

"老二搞的那些研发就是无底洞。"

"这么说吧,你之前说的那几宗罪,我都认。"颜亿盼决定结束这场互相挖坑的沟通,翟云忠选她,就当是她咎由自取吧,她接着说道,"我想要VP的位置,老板是谁,不重要。不过有一点,如果资宁产业园没了,我作为项目主导人,别说VP,就连在云威立足都难了。"

说完,她站了起来。

她是有对外对内的沟通义务,也有自上而下的沟通能力,但如果道不同,沟通就是浪费时间。

她起身离开,穿过桃树林,走出幽静的前厅,夕阳映照着茶苑旁的湖面,五光十色的流光打在雕龙画栋上,婆娑激滟,却让人看不透里面的景致,外面的行人不多。

上车前,她回头看了一眼这个茶苑,以后还会来吗?那种无法左右自己前程的感觉扑面而来。这几年,她奋力奔跑,总是试图抢夺先机,但是常常事与愿违,越走越远,回不了头。

9.火吻

颜亿盼回到家中，脸上的疲态才显露出来。

她发现丈夫已经回来，正直直地坐在客厅，沉默不语，像是在想事情。

她走进客厅，解开丝巾，靠坐在绵软的皮沙发上，等待丈夫的话语。程远却没有说话，他站起来走进厨房，从锅里把菜盛了出来。她有些讶异，跟了过去，看着他的举动。

他拿着饭勺准备盛饭，她接了过来。

他没有说话，但她看出了端倪。乔婉杭早上的动静如蜻蜓掠过水面，看似波澜不惊，那一点涟漪，足以引发水下生物的震动。公司内部各种版本的猜测不绝于耳，媒体的推测在现实中找到了依据。即便每天关门搞研发的丈夫也会听到。

她声音温和："你都好久没做过饭了。"

程远淡淡地答："我过段时间准备住公司。"

"住公司？"

"嗯。"

程远把煲的汤端了出来。他看到瓦罐上沾上一些黑乎乎的东西，有些走神，拿着瓦罐对着凉水冲了冲，瓦罐突然裂开，所有的汤倾泻而下落到洗碗池里。程远呆住了，突然意识到手很烫，把瓦罐一起扔进洗碗池，用凉水冲了冲自己的手。颜亿盼凑近，拿着程远的手，见他手指发红。

"家里没有烫伤膏，我去买。"她转身要走，被程远拉了回来。

"没事。"

颜亿盼跑去卫生间，手里蘸了豌豆大小的青草膏，给他食指发红的部分轻轻抹匀了，程远看着颜亿盼，眼神幽暗。

"你本来就忙，就别做了。"颜亿盼说道。

程远没说话。

她把盛好的米饭端了出来，菜做得很精致。

程远从旁边的柜子上拿来红酒，给自己倒上，又问："你要吗？"

颜亿盼接过杯子放在桌上。

程远给她倒酒，碰了一下她的杯子，就闷头吃饭，随口说了一句："我还以为你升职了，毕竟你为这个牺牲了很多。"

分不清是怜悯，还是嘲讽。

颜亿盼手抖了一下，有些惊讶地看着丈夫，丈夫只是低头吃饭。颜亿盼又觉得自己想多了。她半年前为了这次年终升职，瞒着丈夫到医院终止了妊娠。丈夫以为是因为辛劳而流产，还请假照顾她两周，之后，两人就处在加班分居状态。

人有多远，心有多远，都没人探究。

吃过饭后，颜亿盼准备收拾碗筷，程远接了过来："你手别沾水了。"

忙完后，两人都回到各自的房间，颜亿盼洗过澡后，换上了红色的真丝睡裙，有些心神不宁，她对程远有愧疚，也担心他这几年全身心投入研发事业，一旦中断，对他的伤害会很大。

她坐在床边，看着半圆形的玻璃，拉下窗帘，如果再这样下去，这场婚姻怕是很难维系，她不想这样。

她穿上拖鞋，推门进入次卧，程远没睡，也没在工作，连灯都没开，外面都市流光闪烁，勾勒出他孤寂的背影。

她从窗台上的烟盒里抽出一根烟，含在嘴里，对着程远嘴边的烟火，她细长的手指上，烟火胡明忽灭，烟点燃了，她嫣然一笑，道："Kissing the fire".（吻火，来自徐志摩的诗。）

她轻轻吐了一口烟，娇媚的轮廓融入烟雾中。

斑斓的夜光下，程远有些恍惚，在窗台上的一株绿萝盆里把烟碾灭了，吻了上去。

印象中程远一直温文尔雅，现在的他有些陌生，她的一只手被程远禁锢，程远另一手放在她的后脖颈处，紧紧搂着她的脖子，防止她躲避。

亲吻变成一场撕咬。

颜亿盼感到难以忍受，她下意识地把他踢开，试图坐起来。

他扑了上来，将她禁锢在身下，没有了动作，微弱的灯光下，她感受到他肌肤的凉意。

颜亿盼突然有些心疼，没再反抗，手抚着他的脖颈把他往下轻轻一摁，松松地抱在了怀里。

窗帘被吹起，落在他裸露的背上，他仔细端详着她的眼睛，到底是什么让他陷入其中，她的眼睛鲜少和端庄宁静沾边，即便是现在微微睁开的眼睛也还带着一丝丝流淌的欲望。

他的眼里充满血丝，从点燃的欲望，再到一丝怨怒，他终于恢复了冷静。

颜亿盼对这突如其来的火焰到寒冰的过程感到了害怕。颜亿盼仰头吻着他凉丝丝的唇，手抚摸着他的背脊，贴了上去。

"为什么？"他咬了咬她的耳垂，低声问道。

她眼中有些惶惑，他问的是哪个为什么，她闭着眼，侧过身靠在他的胸膛上，搂着他，她不想探究竟。

她吻上他的嘴角，他侧过脸看着她，眼神里似乎有一丝嘲弄，她有些害怕，他的手拂过她的腰际，她不自觉抖动了一下，感到他的手轻轻放在她的腹部，轻揉着像画圈，她吸了口气闭上眼，手也攀上来抚着他的背，随即听到他在耳边冷冷地说:"不怕怀上吗?"

她还未做反应,便被他一把推开。

他背过她躺着,一语不发。

她觉得心在颤抖,这样下去的尽头是什么?她起身往主卧走,光裸的脚踩到散在地上的丈夫工作的稿纸,程远没有动,外面的月光映照在他失落的脸上。

主卧里,颜亿盼翻看着抽屉里的药材,有益母草颗粒、乌鸡白凤丸这些调理身体的药,她想了想,觉得程远应该不至于发现什么,不会有什么问题,于是关上了抽屉,面朝窗户躺下,睁着眼看着外面,不知何时才沉沉睡去。

天微明,关门的声音并不大,但颜亿盼坐了起来,穿上床头的鞋子,打开门走向客厅,次卧的灯还亮着,床叠得很整齐,昨晚的事如同一场混乱的梦,现实中仿佛什么都没有发生,她关了灯。

10.大哥,你输得起吗?

颜亿盼来到公司,看着催款的红头文件,给小张电话,只能通知他,这笔费用暂时没拨下来,请宽限两周时间,如果两周没有结果,云威愿意赔偿违约金。

小张还在那边唠叨个没完,她正揉着额头,就接到财务部的邮件:云腾愿意提供1.4亿的无息贷款。

这正好是资宁科技园的二期款。

颜亿盼惊讶,小张那边话没说完,她便急匆匆地找借口挂了。

庄耀辉突然门也不敲地闯进来,颜亿盼看清了,这次他手里没有什么醪糟鸡蛋汤。

庄耀辉表情很激动,问道:"是不是你,是不是你,是不是你?"

颜亿盼还没说话,庄耀辉又开始了他无法控制的激动情绪:"资本市场里无息贷款就是无偿献血。救公司的命,这是何等的好事!你找了翟云孝,我知道你过去是他的手下……"

颜亿盼立刻明白翟云孝约她见面时说的有些事需要你来推进是什么意思。

翟云孝是个政治高手,他知道拿下云威,除了拼资本,还要拼人心。这种完成弟弟遗志的姿态确实能收买一部分翟云忠的亲信。

"资本市场没有免费的资本,只是还没到他提条件的时候。"颜亿盼回答道。

"什么条件不条件的?大家都知道,现在能解燃眉之急的就是好资本,咱们得抓住机会啊!"庄耀辉突然意识到,自己之前还在食堂里给她难堪,又补充了一句,"亿盼,接吧,如果你对我不满,泼我一锅鸡蛋汤都行!"

"你冷静一下,这是云腾的机会,未必是云威的机会。"

"云威姓翟总好过姓资。"庄耀辉毕竟常年负责云威的投融资项目,他知道永盛的到来带给他的将是巨大的盈利压力。

"如果我们擅自做主接受这笔费用，不合适，这个项目也不仅仅是我们两个部门参与，我们还要看看其他人的态度。"

庄耀辉立刻点头，说道："对对，我们旗帜鲜明地和廖森对抗的胜算不大。但如果站出来的人多了，就好说了。"

庄耀辉说完，又转身出去了，出去前还不忘回头对颜亿盼说："我欠你一锅醪糟鸡蛋汤。"

颜亿盼虽然给了庄耀辉一个充足的理由等待，但她心里并没有多在意别人是不是支持她接受这笔费用，作为项目发起人，她有权选择接受任何一笔费用。

她真正在意的是那个还悬在空中未落下来的女人。

那个女人的股权如同一根法力无边的神杖。只是，她未必想接过神杖，或者即便接过，她也并不知道怎么用。

这才是最麻烦的，颜亿盼不想被误伤。

乔婉杭到底选谁？

耐心等待，伺机而动，这是她在职场摸爬滚打得出的最简单有效的定律。

……

即便没人敢轻举妄动，但声势还是传开了：公司的危机会解除的，因为我们背后是翟家的权势，这不，大哥翟云孝开着装载全新马达的挪亚方舟来拯救众生了。

翟云孝不仅在公司里收买大权在握的重臣，在家族里也开始拉拢股权在握的老臣。

周末，翟云孝以翟家长子的身份邀请家族世交参加葬礼的还礼宴。中国传统重视礼尚往来，但凡人们想见面，总是会有无数理由开展永无止境的社交，不管你是不是出于真心。

这场还礼宴居然没有邀请未亡人乔婉杭，理由是，她精神状况不佳，不便见客。

翟云孝家一楼的前厅有一半是玻璃，整个房间通透无比，花园里也放了一些休息用的椅子和冷餐。

大家在这里进行着友好和平的社交，翟云孝放下往年当董事长的架子，在自家院子里招呼这些商业伙伴们，自然要说一些"体己话"。"我这个弟弟啊，就是这样，当初父亲把云威集团交给他的时候，就告诫过他，不要太心软，现在身边的人都不和他一条心，他尸骨未寒，就着急要卖他的公司。"

"是啊，始料不及。"桑总瞥眼看着他，接着道，"你这个做大哥的有什么打算？"

"这毕竟是我们翟家的产业，当初父亲给他的时候，我就做好准备了，如果真被他玩坏了，我这个做大哥的负责返修。"

那些渴望继续分红的既得利益者巴不得有人站起来挑起这副重担，赶紧举杯感叹："翟家有你，纵使前方曲折泥泞，我们也愿意和你蹚过。"

桑总并未举杯，他是翟义礼培养的人，清楚老大翟云孝和老二翟云忠这几年的关系，对老大到底是临危受命，还是早有预谋，他心里还是有笔账的。几个顽固派依旧冷淡，如同世外高人，看着这里的一切，物是人非，又有几个人还有当初的执念。

而一边的李老，在觥筹交错中，如一株老而不枯的古树，坐在那里一动不动。

翟云孝还是晚辈，上前给他送来了切好的糕点，精致的陶瓷盘子上是三色荷花酥，一层一层薄而酥脆，他用充满对长辈关怀的语气说道："李老，知道您要来，我让厨房做的糕点都是无糖的。"

李老手扶着拐杖看了他一眼，似笑非笑："我嗓子不好，这个咽不下去。"

服务小生送来了咖啡，被李老推了出去，"睡眠更不好，喝不了这个。"

翟云孝让服务小生送来了桂花茶："这桂花是父亲当年种的，那个时候中秋，都会邀请您上桂花园赏花，您还会给我们带绍兴黄酒，我三弟有一次在佛堂偷偷喝了一盅，还喝醉了，睡在菩萨脚下，哈哈……"

李老眉头上深刻的皱纹松动了一下，忆往昔峥嵘岁月，惆怅万千。翟云孝拿起一颗荷花酥，李老接了过来，手有些抖，翟云孝两手捧成心状帮他接着碎末，翟绪纲看自己父亲如此卑微，赶紧拿来白色餐巾准备给翟云孝擦手，翟云孝狠狠剜了他一眼。翟绪纲赶紧收起餐巾，站在一旁不敢离去。

"手艺和那个时候比，不差吧？"

"做得倒是细致啊，可惜我现在老了，尝不出什么味道了。"

李老喝下一口桂花茶，冲翟云孝点了点头，说道："茶还是自家种出的味道好，我们这批人都是老思维，云威云腾分家的时候，我不愿意看到，那都是在你爸爸带着我们一手做起来的，现在云威这个状况，到你手里总还是在自己家里，别辜负了老一辈的心血。"

不知是不是外面的风迷了老人的眼，他眼角湿润，站了起来，拄着拐杖缓缓走向大门，翟云孝要送，他一摆手没让，司机在门口等着。

翟绪纲问："李老什么意思？"

翟云孝心情大好，拍了拍儿子的肩膀："以后，你肩上的担子就重了。"

不知何时，桑总已经和某位名媛跳起了舞，发福的身段比这草地还柔软。

翟云忠去世的阴霾在这里早已消散。

一首《千里明月寄相思》的舞曲不知何时响起，乔婉杭也不知何时坐在了宾客区。她穿着黑色的套裙，头上别了一朵极小的白花，妆容素淡，能看出她还在服丧期。

翟绪纲注意到了所有欢愉气氛中的某个岑寂的黑点，发现是乔婉杭，赶紧上前弯腰问候："您过来怎么也没通知我们,我爸爸还担心您的身体。"说着,还瞟了一眼她手腕上戴的一个极细的脉搏监控手表,"医生说您心脏出了问题,我们以为您不来了……"

乔婉杭一眼都没看他,站了起来,宾客们也都不说话了。翟云孝静静地坐在一边喝着咖啡,看着自己的弟妹有何举动。

乔婉杭拿起一盅酒举杯,各位宾客出于礼貌,也都举杯,大家正准备喝酒时,乔婉杭对着西山的方向,把酒倒向草地。宾客们手顿在半空中,一时无措,只见乔婉杭转身鞠躬:"谢谢各位挚友在我丈夫去世后给予的帮助,他在天之灵定会感念各位的善意和恩德。"然后,又给自己倒了一杯,"我以妻子的身份,敬各位。"

名门闺秀的端庄仪态还是有的。在座的众人都屏住呼吸,桑总举杯,被旁边的同僚一个眼神示意,定在那里。

乔婉杭喝下一杯。

"父亲一直叮嘱我们要照顾好你和两个孩子,看到你能恢复,很好。"翟云孝站起来,笑容慈祥,高举酒杯。大家跟着举杯。

"让大哥费心了。这个还礼宴很周到。"乔婉杭说完,把酒盅和杯子放在服务生的盘子里,往大门走去,经过翟云孝身边时,说道:"你父亲也同样说过,做生意的学不会收手,会把自己口袋里的也输了去。大哥,你输得起吗?"

翟云孝叱咤商界多年,遇到的对手不少,像这种说大话的他见多了。他淡然一笑:"我倒是很愿意看到,我弟弟后继有人。"

乔婉杭冷着脸出去了。

11.靠近猎物的时候

高层管理者的制胜秘诀就是信息优先,比如还礼宴上的种种细节,以及乔婉杭对翟云孝的态度很快在内部悄然传开,并引发了诸多猜测。

那笔从天而降的无息贷款,就这样悬在了空中。

本身受波及最大的研发中心在大厦旁边却丝毫未受影响,照样灯火通明。颜亿盼的丈夫程远,继续住在公司旁边的酒店不回家,仿佛在赶什么任务一般。外面也开始盛传国际芯片企业高薪挖云威研发人才的消息,其中以程远的工资最高。那栋小楼里面的人是什么样的,没有人知道。

外围的人倒开始替他们着想,都在说:

"这些人怎么不着急?"

"人家着什么急,他们领N+1走人才爽呢!"

"研发部的工资向来是公司最高,领完钱够玩几年了。"

颜亿盼看着日历表上给小张的倒计时,还有三天。如果这三天廖森定了和永盛合作，那么，工厂就要关闭了。

她低头发现一箱苹果和一大包资宁特产鸭，貌似是小张那天留下的。那些东西的土味和这里玻璃透亮的冰冷冲突得厉害。颜亿盼皱了皱眉头，找人来分了这些。

办公室外面，那帮员工在分鸭肉，吃得不亦乐乎。颜亿盼拿着资料准备出门找财务，看看有没有解决办法。

颜亿盼来到财务办公室的时候，恰好遇到庄耀辉，他脸色铁青，颇有怨气，对颜亿盼说道："别去了，我已经问了一圈，参加项目的那帮人没一个敢出头接这笔款，闻风丧胆什么意思，我现在是懂了。"

"财务毕竟是汤跃在管。"颜亿盼微不可察地叹了口气。汤跃是廖森的铁杆。

"亿盼，资宁科技园项目要黄了，这上亿的赔款是要算在你我头上的。"庄耀辉说完，仰天长叹了一声就走了。

颜亿盼没有过多劝解，独自下了楼。她并不希望给外界一个她在结盟对抗廖森的印象。

这局牌她只能顺势打，抢着做庄是要被大佬毙掉的。

沟通部办公室里有人小声在议论："你们说咱领导为什么不吃鸡鸭肉？"

"是不是某种后遗症……"营销部杨阳小声猜测。

"上辈子是折翼的天使？"徐婵嗤笑道。

大家突然看到出现在门口的"折翼天使"，没敢过多议论。

"装模作样。"Amy看着颜亿盼进了自己办公室，撇撇嘴道。

颜亿盼不吃家禽这件事，她从来也没说过，但做下属的总是会关注领导的喜好，看出她从不点这些菜，别人点了也从来不夹，几乎也都能判断了。

这天正好是颜亿盼和程远的相识纪念日，她总是期冀，两个人也许还有修复关系的可能，便约他去两人第一次见面的西餐厅。

那时，颜亿盼二十五岁，追她的人不少，程远当时刚进研发中心不久，因为总闷在实验室，在云威被那些姑娘们给忽略了。她是因为一个项目找他做了技术顾问，所以时不时要去请教他。某天，程远请她去了一家开在庭院里的米其林餐厅。颜亿盼就是单纯觉得程远抹黄油、拿调羹喝汤的手极好看，便暗自期待，两人能时不时一起出来吃饭。

机会不多，但每次她都把握了。

程远有一日形容她：巧笑倩兮，美目盼兮。

她便知道，程远再逃不出她给他编织的美梦。

可梦终是要醒，程远的家世、为人和学识都在日后的相处中一点点渗透过来，有个做院士的父亲，自己也是中美顶级名校毕业，看问题总能直指本质，处事上有着无所顾忌的纯粹和执着。

颜亿盼看出了二人的差距，却依然不想放手。

她本也优秀，也努力，用她婆婆曾经转发的一篇公众号文章来说就是"生得贫贱，心比天高"。只是，她和程远所处的环境终究不同，两人都在各自的领域出众，生活上却渐行渐远。

她等到了晚上九点，可他还有一个技术会议无法脱身。

颜亿盼开着车独自离开餐厅。

她即便如何懂得自制自控，回到家也没有办法伪装。她打开过道灯，脱下高跟鞋，又开了客厅灯。客厅是统一精装修的风格，看起来很高档，大理石地板，中间有玻璃隔屏，黑白灰的色泽让整个环境显得冰冷简洁，几乎没有鲜花、布艺等可以让家看起来温馨的装饰。

有时候她都怀疑程远是太喜欢工作，还是太不喜欢这个家。

她心中苦闷，却又无处诉说，自己从冰箱里翻出些发蔫的青菜，择青菜的时候跟青菜有仇似的，用力把叶片扒下来，菜秆一根根扯断，在水里使劲儿搓揉，最后放在水里煮了，然后随便放了些调料拌了拌，就着苏打水，坐在餐厅里吃着，最后还是没吃几口，就又倒掉了。她呆坐着翻了下手机，看了看微博热搜，没什么有趣的，便又关了客厅的灯，回到卧室，胡乱洗了个澡，就倒在床上睡了。

她从不对外提起她的过去，连想都不愿想，但那个充满混乱、臭浊气味的地方依然趁着夜深入梦来。

还是那个熟悉的地方，明明已经离开快二十年了，此刻却看得真切无比。

笼子里装满了鸡鸭，在铁笼子里扑腾腾地跳着，钢丝制的笼子比她还高，低低地压在她的头顶，周遭湿冷臭浊，嘈杂的鸡鸣鸭叫混合着斩杀动物的惨叫声让她想走，却挪不开脚步。

因为，她看到里面有一只雪白的天鹅，站在角落里，引颈嘶鸣。

很多人伸手去抓，都落了空，有人还被它咬掉了肉，吓得都躲开。

"亿盼，你去抓吧。"颜亿盼听到了父亲的声音。

她稚嫩的手里捧着山里采的红彤彤的野果，蹲在笼子边上，颤巍巍地伸着手靠近那只天鹅。天鹅看到了她，扇动了翅膀，穿过那些啄米的鸡鸭，走了过来。

她一手让天鹅吃果子，一手轻轻抚摸着天鹅的翅膀，柔软、漂亮，羽毛的光泽甚至有些刺目。

天鹅仰头吃下几颗果子以后，她变化了抚摸天鹅的力度，忽地反手一把掐住了天鹅的脖颈，将天鹅拖了出来，天鹅的瞳孔在收缩，狠狠地盯着她，黑色的眼睛立刻因充血变得鲜红。

颜亿盼猛然醒过来，额头上全是冷汗，睁着眼看着窗外漆黑的夜。

她记起小时候，父亲带她去山里捕鸟，告诉她：靠近猎物的时候，要带着爱它的心，而不是杀它的心。你脑子里但凡有一点要伤害它的想法，都会转变成气味，它嗅觉灵敏，一旦闻到了，就会飞走。

第二天清早，颜亿盼在办公室看新财年计划书的时候，接到检察院刘江的电话，询问她："翟云忠办公室里的遗物是不是寄回办公室？"

"从哪儿拿的，放哪儿去。"颜亿盼答道。

她对刘江很是防备，知道这个人不简单，总是在寻找机会套话，巴不得套出点她和翟云忠之间藏的什么不可告人的秘密。

"不好吧，还有私人物品，"刘江一副担忧的声调，"那个办公室会不会有新总裁搬进去……"

这句话倒是提醒颜亿盼了，她想到了一个更周全的方法："你寄到他家里去吧，他妻子可以接收。"

"好嘞！"刘江很快挂了电话。

12.是你，是你害死了爸爸

律师Eason从包里拿出一份文件，放在乔婉杭面前的茶几上，说道："你给的方向没有错，工厂旁边的温泉酒店是翟云孝的，做得很隐秘，我们通过内部审计在一笔资金流里查出来的，就放在云腾下属地产公司的项目下面。"

她拿出文件来翻阅，确实隐秘，云腾那么大一个集团藏这么一个酒店，为了什么？就为了和自己弟弟抢一块地？

"不过，不是他们两个在抢这块地。"Eason否定了乔婉杭的想法，"翟云忠先生在他们确认建度假村以后，才在旁边建工厂，现在工厂施工没完成，他们一直没办法开张。"

这个信息让乔婉杭也有些诧异。

寂静的夜里，电话铃声刚响起就停下，乔婉杭接起了电话，压低嗓音："喂。"

"资料都看到了吧。"黎坤的声音清晰无比地传来，黎坤是翟家在美国处理业务的律师事务所老板。这个人的特点就是在家族中的天平总是很稳，不偏不倚，只做业务，不介入家族纠葛。

"黎叔，你说云忠死前到底是想做什么，是想收回云腾？"

"唯有一种可能性比较大，他在那里建厂是想拖住老大的资金链，如果工厂一直是在建状态，老大的度假村无法顺利开张，资金不能回笼。不过，从另外一个角度来说，度假村在工厂旁边，生意也会受影响。翟云忠先生在临死前应该是在和自己的大哥对抗。"

"从老爷子带云忠进公司那天，老大就开始防着他，对付他，出的全是阴招狠招，最后还把他的公司给拆了，云忠不到万不得已不会反击。"乔婉杭试着解释丈夫的行为。

"翟太，你有什么打算？"

"我现在还没想好，我只是想知道他为什么会自杀。"乔婉杭顿了顿，声音不自觉地有些发颤，"我知道他资金出了问题，但往常更糟的时候也都过来了，这么多年，我还是不了解他，我不该那时候……"

"你身体要紧，不要多想。"

"黎叔，我不懂，真的不懂。"

"有些事，自然会明朗……如果还有需要我做的，尽管说。"

挂了电话后，乔婉杭翻看这些资料，试图厘清所有的头绪，但迄今为止，她唯一可以肯定的是：让大哥接手云威，不是他所愿。

不知不觉坐到了天色漆黑，阿姨才敲门告诉她，下午的时候警务人员把一些翟云忠的遗物给送了过来。东西现在搁在储物间，询问夫人要怎么处理。

乔婉杭让阿姨带着孩子去卧室，自己把东西一箱箱搬进书房。

书房里静悄悄地，箱子居然已经被拆开过，不知道是不是送过来就这样。

乔婉杭翻看箱子里的东西，发现里面都是一些他签过字的公司文件，一时半会儿她也看不明白，还有护照、身份证什么的。

在最下面，她看到有一个塑料袋装着两部手机，一个是黑莓，一个是苹果。

她摩挲着手机，常摁的键有磨痕，却很冰冷。

她找了充电设备，给两台手机都充上电，开机后，依然静悄悄地，没有任何新信息，估计警方已经检查过里面的资料。现在离他去世已经快两周了，没有人再会给他短信和电话了。

苹果手机最后一个拨出电话显示：杭。

拨打时间：2019年12月25日 7:00。

这个电话是往美国家里拨的，她没有接到。

按照死亡证明书的记录，这个时间点他应该正在楼顶。

跳楼前，他曾经联系过她。

为什么没有接？

她心里猛地一抽。

那天她在做什么？

她不想去想那些无法挽回的事情，继续低头小心整理着东西，不想吵到孩子们。

"我听到你们吵架了，"身后突然传来女儿发颤的声音，"爸爸来美国看我们的时候，你们吵得好凶，摔了盘子，凳子都扔在地上，警察还来了！"

乔婉杭蓦地坐直了身子，回头看向门口的女儿，她穿着单薄的睡衣，脸上挂着泪。

"你根本不爱他，你说再也不想见到他，爸爸很生气！"女儿突然嘶喊起来，"是你！都是你！你害死了爸爸！"

乔婉杭只觉得头晕目眩，她伤心、痛苦，甚至愤懑都无处发泄。

"你不想见他，他才去……"小姑娘哭得喘不上气，"去那里的，都不见我们……"

她一把抓住膝上的资料重重地拍在桌子上，情绪一时难以自制，抬眼看着女儿，冲上前，喊道："住口！"

女儿很害怕，反而冲上前踢打她，阿姨闻声跑了过来，口里一个劲地道歉说以为她睡了，就去带老二了。她让阿姨先出去，任由女儿踢打够了，才跪了下来，用力抱着女儿，让她在自己怀里抽泣。

她这才想起，从回来到现在，女儿一直都不和她说话，今天大概是警方过来送东西，这孩子自己先拆了看。

她抱着女儿，直到女儿累了，困了，在她身边睡着了。

夜色太浓，浓到黏稠，直将人困于其中，无法喘息。

她把女儿抱回房间后，又呆呆坐了很久，女儿的泪痕已经干了，她那颗枯萎的心却好似撕裂出一个巨大的口子，血泪汩汩地淌着。

他们最后两年的回忆并不美好，孩子都看到了，并且记住了。

她回到卧室，翻开堆在一边的行李箱，在凌乱的衣物里抽出一条白色裤子，从裤子口袋里掏出一个骰子，是麻将桌上那种小骰子，玛瑙质地，红得剔透，红得耀眼。她紧紧捏在手里。

那天圣诞，她不在家，非常任性地把孩子交给了阿姨，她真的厌倦了圣诞之夜，两个孩子轮番轰炸地问她："爸爸怎么没来？我们怎么不回中国？……"

那天，丈夫死的那天，她在打麻将……

那天，她手气出奇地好，也许是她和牌的时候，他跳楼了……

事实上，阿姨在门口叫她回去的时候，她一把抢过了骰子，在手里颠了颠，还对牌友们说："我不回来，不许开局。"

她走回家，看到黎叔直直地站在车外等她，回家懵懵懂懂地收拾了行李，一时好像没有听清黎叔说的话，又不敢再去确认，然后有人送她坐上飞机，飞机上她一直没阖眼，下了飞机以后，她恍惚还觉得翟云忠会像过去一样在出口接她。

昏昏沉沉中，在家族律师和翟云鸿妻子的陪同下处理了各种事情。当时老大和老三都在外地，赶回来时被媒体纠缠，整个家族都混乱无比。她身在其中，从头到尾，没有见过丈夫最后一面，没听他说过一句话。脑海里总回荡着，他怎么了？怎么了？到底……

她此刻拿着这个骰子，心中一阵绞痛。

从恍惚迷茫，再到悲伤无力，此刻的绞痛突然而起。她站起来扶着窗台不停地深呼吸，直到平息下来。

有时候她都不敢相信，自己这些年就这样过来了，生孩子、带孩子，与麻将为伴。一直到翟云忠去世，她都不知道确切发生了什么。

翟云忠已经连续两年没回家过春节，更别说圣诞节了，这天底下有几个董事长做成他这个样子？云威集团是一家全球企业，外国员工放圣诞节假期的时候，他要和中国员工在中国加班；中国员工过春节的时候，他要和外国员工共同探讨技术问题。这么多年她也早已习惯，但让她觉得无比吊诡的是，这样努力的一个人，最后竟然走到这一步。

自己原本偏安一隅，却忽地被扔进了一个绞杀场。

她靠在椅背上，闭上了眼睛。

或许，他并没有死，就是不想见她……那些都是假象……等她证明自己不是那样的……或许，他会回来呢？

屋内安静无比，穿过过道，客厅挂着一张全家福。照片中的乔婉杭穿着花色旗袍和小香风的外套，发型是当时流行的波波头，很复古也很优雅，女儿坐在爸爸的手臂上，他们肆意地笑看着儿子举着双手步履蹒跚地往前冲。

曾经这个家也有温暖幸福的时刻。

现在，这个家分崩离析。

女儿说得对，是她害死了他。

她让他生无可恋。

从此，她要负疚前行，直至死去。

13. 一个对公，一个对私

乔婉杭一早就见到了廖森，他一直在别墅外大门前站着等她，比上回的姿态低了不少。

事实上，翟云孝那张邀请函是廖森转送给她的，这个人巴不得看到兄弟反目的戏码，做职业经理人的没有一个喜欢家族企业的裙带关系。

廖森这次被请进别墅后，也转变了策略，分析局势的话不再多说，先行道歉：“我这个人性子急，您不要计较。以后，您如果觉得我把公司打理得不好，可以随时让我走人。”

颇有诚意，但乔婉杭没有回应他的道歉，说道：“下周约永盛见一面吧。”

“好，没问题。您什么时候方便？”

"就和你上次约我的时间一样,哪一天都行。"

廖森离开后,乔婉杭一直放在身边的手机响了,那是翟云忠的手机。

她看着来电显示是:中国超速小分队。

这名字好像是故意和翟云忠平时稳重的做派捣乱一般。

她接了起来,却没有说话。

"羽先生……您总算开机了!"那边的声音很欣喜,看起来并不知道机主去世的消息,羽姓应该是化名,取了翟字的部首,对方继续说着,声音变得更谨慎,"年度冠军赛今晚就开始了,这个活动如果没有您赞助,早就不办了。团队去年的会费您还没交,这都跨年了。"

乔婉杭轻咳了一声,像在思考的样子,反而鼓励了对方赶紧解释。

"本来您说年底资金会到账,我们也都垫钱准备了,拖太久大家心里都犯嘀咕……"

"在哪?"

"……"对方听到声音,愣了几秒,"您是他什么人,他人呢?"

"他……他的事情现在我在代理。"没来由地,她不想说出翟云忠去世的消息,既然他选择不用真名,那些人也没必要知道他的下落。

"哦?这样啊……"对方好像不太相信,但还是继续问道,"您刚刚问地址是要来现场?"

"不能去吗?"

"没什么不能的,不过羽老板从不出席……地址我一会儿发给您。晚上八点开始。"那人继续说着,"那会费……"

"我过去交。"

"行,到时候见。"

她挂了电话,又开始翻手机里的照片,事实上,这两天她没事就看,工作那台手机上都是一些产品图,确切地说就是芯片设计图、主板图,还有截取的一些最新研究论文的图片,中英文都有。这些产品她不算十分了解,现在也只是在网上查阅云威的网站,开始拿着本子——记录云威历届出产的芯片型号和参数。私人用的手机上就是几张孩子的图片,还有一张他们最后一次见面在美国逛超市的图片。

反复翻看后,并没有更新的结论,这才是可怕的地方,这些图片对她而言没有形成一个可以勾起无数回忆和联想的线索,很单薄,很陌生。

此刻,她却极度想了解有关翟云忠的一切,那些他在见家人前隐藏好的纷纷扰扰,那些让他一直坚持的动力,和让他突然放弃的原因。

短信提示音响起,对方发来了一个地址,她看着这个陌生的地址,心中莫名有些期待,这似乎是翟云忠过往生活的延续。

一直到入夜，她安顿好两个孩子，才动身出发，司机看到她给的地址，也有些迷惑。她让司机循着导航开过去，车穿过闹市区，最后开到了一个像是废弃的工厂地带，里面弯弯绕绕，有一些带院子的民居，司机也迷路了，比约定时间晚了半个小时才到。

导航提示到达目的地，她下车后，看到眼前是个二层楼，外面就是灰白的水泥墙，布满凌乱的涂鸦，在昏黄的路灯下，显得怪异而又鲜明。像是某个艺术家的工作室，但外面还有一个小黑板，写着当天的特价酒水和快餐，像是个酒吧。

生锈铁门上有个灯牌，歪歪扭扭写着：暗火。

司机要陪同进入，被乔婉杭拦住了，让他在外面等，她不想表现得需要保护。

她推铁门时，手上立时染了一层红锈，一股热浪迎面而来，有节奏的鼓点像在脑袋顶上一个劲儿地猛敲，她眼前发亮，抬头看到挂在二楼平台上的一个巨大的幕布，投影着几辆摩托车在一个荒郊狂奔，四周漆黑，偶有路灯，音效极佳，感觉车的马达声都引起了地板的震动，屏幕下人头涌动，只要有超车，欢呼声和口哨声就会传来。

这是现场直播吗？超速小分队原来是地下摩托赛车俱乐部？

大屏幕下还有五台小屏幕，是车的主观视角，直接能看到摩托在赛道上飞速前行，旁边的树木和标记"咻咻咻"地往后飞，车越过障碍时方向盘的摇晃如在眼前。

砰！砰！砰！有一辆红色的摩托车连撞了三辆车，其中一辆还撞到围墙，翻了车，烟雾顿起，尖叫声传来，有人却高举酒杯碰杯庆祝，也有人摔东西叫骂。

乔婉杭只觉得头皮发紧，这种地下活动，真是……二啊！

忽地，DJ打碟的声音爆开来，人群散开，有潮男潮女，也有看起来很普通的工薪族。跳舞的、喝酒的，大屏幕下排列着五六台电脑。乔婉杭感到有些茫然。

旁边吧台上调酒师调了一整排龙舌兰，抹完盐渍，乔婉杭随手拿了一杯，喝了口，试图平息某种视觉冲击带来的眩晕感。

乔婉杭问旁边一个刚从人群中下来的人道："前面是在做什么？"

"压赛车手啊，那边，下注，五个，选一个。"

这里难道是个地下赌场？

正想着，她身边来了两个穿着格子衬衫的男人，乔婉杭发现这里的服务生调酒师都是穿格子衬衫，牛仔裤，挂个工牌，一副程序员打扮，却完全没有程序员的文气，像新手包的粽子，青翠的粽叶过紧地裹着糯米，鼓鼓囊囊像随时要溢出粽肉。

"您是羽老板的代理人吧？我们老大在二楼等您。"其中一个粽子说道。

乔婉杭直接把酒杯放在来人的手上，跟着他们从一个铁楼梯上楼，穿过一个黑黢黢的过道后，她进了一个包房，不知是不是迎合整个小楼的风格，这里的灯光不甚明亮，正对着的窗台映照着楼下闪耀的光，她进来后，有人把窗子哗地关上了，喧闹声顿时小了很多。

屋子很小，还站了不少"粽子"，挺有排场的，这也提醒了乔婉杭，对方是催债的。

主座沙发上是一个很瘦的男人，他站起来隔着中间的茶几，弯腰伸手说道："我是刘召，是给你打电话的超速小分队队长。您怎么称呼？"

乔婉杭和他握了手，说道："姓乔。"

"乔女士，请坐。"刘召示意她坐在左边的红沙发上。乔婉杭才注意到对面的红沙发上坐着一个女人，也不说话，正眉眼含笑地看着她。或许是身侧窗台投射来的光线不断变幻，她脸上仿若铺了层迷离的薄纱，让人瞧不出笑意是友善还是别的什么。

刘召顺着乔婉杭的眼光看着女人说道："过去替羽先生打款的是你，可最近，你说公司有点事，所以一直拖延到今天，好在，羽先生有了一个代理人，"他又看向乔婉杭，说，"是你。"

两人都看了一眼对方。

刘召拿着烟斗的手对着两个女人晃了晃，说："你们俩认识吗？"

"不认识。"乔婉杭答道。

"不算认识。"对面的女人随后答道。

乔婉杭越发好奇地看着这个女人，什么叫不算认识，仔细看她又觉得有些面熟。

女人正是颜亿盼，两人曾在云威大厦一楼见过短暂的一面。

乔婉杭想不起什么时候，但根据刘召的提示，猜到她可能在云威工作，大概是自己去云威的时候见过。

大家都心照不宣地不愿意交流更多，不愿透露自己知道多少，也不去探听对方的来头。

"颜小姐算是对公，乔女士算是对私吧。"刘召也看明白两个人不熟，总结了一句，然后接着道，"费用还是老规矩，会费五十万，但是因为之前羽先生说过赞助决赛，加起来是九十万，如果愿意，今年的会费没涨，也可以一并交了。"

旁边的粽子立刻拿出一份清单递了过来。乔婉杭把清单往旁边拨了拨，也不看，挑眼瞟了一眼刘召，没质疑费用，而是说道："我想知道这是个什么会？"

刘召听到这里，脸上有些诧异，大概觉得羽先生找的代理人有点草率，又看了一眼颜亿盼。颜亿盼嘴角弯了弯，似乎料到如此，也不解释，只低头喝了口苏打水。

刘召皱了皱眉头，耐心说道："我们是一个游戏芯片评测组织，自发的，民间的。叫来的都是游戏玩家。刚刚你看到的，就是现在市面上最新几款芯片跑游戏的场景，今天测的有Nvidia的显卡、Intel的，还有Xtone和云威的几款芯片。"

"测完会对外公布吗？"乔婉杭继续问道。因为她很好奇，公司是有评测部门的，外面也有评测机构，这么做的意义是什么。

"不会，就是玩地下的，比外头那些更残酷些，不搞粉饰太平那一套，厉害还是垃圾都亮得明明白白，偶尔会有顶尖游戏玩家参加，为的也就是推动各家开发适合他们玩游戏的芯片，产品好的话，能传个口碑吧。"

的确，这些人如果真的玩职业赛，这个价格还下不来。

只是，乔婉杭也不想就这样平白无故听人说了几句，就把钱交了，于是说道："我想和这位颜小姐单独聊两句，可以吗？"

刘召看了看颜亿盼，颜亿盼点头表示同意，刘召站了起来，把人都带了出去。

"颜小姐在……"乔婉杭正要说话，颜亿盼做了一个嘘声的动作，然后站了起来，手一用力，把窗户拉开了。

外面节奏感极强的音乐瞬间爆破进来，然后她站在窗台旁边，招手示意乔婉杭来自己身边。

14.我谁也不相信！

乔婉杭带着好奇，也就跟着过去了。窗台不大，刚好够两个人站着，肩膀隔了不到一个拳头的距离。

两人就这样站在窗边看着一楼群魔乱舞，颜亿盼声量不大地说道："他们这些人都精着呢，别被录音了。"

乔婉杭反应过来，这样的喧闹确实为她们二人的交谈加密了，不禁笑了起来，点了点头。

"你刚刚想说什么？"颜亿盼手支在窗台上，靠近她问道。

"我想起你来了，"乔婉杭看着颜亿盼那双眼睛，映照着外面的流光溢彩，说，"你是我进云威第一个和我打招呼的人。"

颜亿盼温柔地笑了笑："难得你还有印象，我叫颜亿盼，负责公司的对外事务。"说完伸出手。

乔婉杭伸出手握住她的手，晃了晃，例行公事地介绍自己："乔婉杭，负责拿钱的。"

颜亿盼听到这个介绍笑了起来，她注意到乔婉杭手腕上戴着的是一个雕刻精细的辣绿玉手镯，耳钉是祖母绿宝石，联想到她家门口的兰草，猜想她应是喜欢绿色，之前因为服丧期，那种绿色被湮灭在素色中。别人戴绿会有一种清雅之意，乔婉杭戴绿却多出了一种骄奢之感，尤其她身着黑裙，那绿色像幽暗深渊中燃烧的磷火。

颜亿盼让自己的谈话尽量带有公事公办的意味："之前也就是按董事长的指示给他们打款，是我部门里的服务商操作，不透露云威，走董事长的个人拓展专用款项，不过现在这笔费用冻结了。"

"你来过这里？"乔婉杭指了指外面的空间，问道。

"本来不打算过来的，"颜亿盼没有直接回答这个问题，"但是听服务商说队长在打听'代理人'的身份,说新'代理人'要过来,我猜到是你,所以也就过来了,怕他们讹人。"

"我还真是两眼一抹黑就来了,说不定会被押在这里。"乔婉杭此刻比之前放松很多,开起了玩笑。

"估计我们回去后,这个队长就能猜到董事长的身份了。"颜亿盼不无忧虑地说道,她过去是云威的对外发言人,网上她的照片还是不少的,乔婉杭这个样子也瞒不了多久。有时候,不透露太多个人信息,也能确保大家都不越界。

乔婉杭轻轻靠近颜亿盼,忽然搂了一把她的肩膀,在她耳边说了一句:"他可能早就知道呢。"

"是吗?"颜亿盼有些愕然,对这样突然的肢体接触有些不自在,眼睛看向楼下,低声说,"那我失算了?"

"你说……"乔婉杭感到她身体有丝僵硬,就放开了手,头倚在窗棂上,看着她问道,"这钱我交,还是不交?"

"不着急交,"颜亿盼没有给定论,侧脸看着乔婉杭,感觉她神色有些异样,似在冷冷审视,又似在真诚询问,接着道,"因为公司以后的策略很难说了。"

"怎么很难说?"

"董事长……不在了,他之前的决策不一定能贯彻,芯片评测是为芯片研发服务的,如果研发都没了……评测自然也没了。"颜亿盼说这话时语气隐隐有些发沉。

"哦,"乔婉杭点了点头,挑眉道,"那我这次赖账?"

颜亿盼突然想到乔婉杭很爱玩麻将,这句"赖账",让她听起来有些想笑,说道:"可以赖到骰子落地,玩家定局……"然后侧目看着她,真诚地说道,"全看你了。"

浮光掠影中,乔婉杭感觉这个女人比之前的样子更柔和,她看似随意的几句话,却很真挚地提醒她,决策权交到了你手里,请珍视它。

"你不怕今天他们拿不到钱,不放我们走?"乔婉杭问道。

"怕呀,怎么不怕……我还没被绑架过呢。"颜亿盼说完这句话,转身背靠着窗台,看向外面的门,略有些不屑地笑道,"看他有没有这个胆了。"

乔婉杭点了点头,说道:"好,让他们进来吧。"

颜亿盼去开门。

没过一会儿,刘召带着下属再次进来,还让人给乔婉杭带来了一杯红酒,坐定后问道:"二位商量得怎么样了?公家结账还是私人结账?"

"刘召,你们下一次集结活动是什么时候?"颜亿盼问道,打算拖延时间。

"别等下一次了,这都快春节了。让我们大家都过个好年。"刘召说道。

颜亿盼显得有些麻烦的样子。

"颜小姐，看来你没起到好作用啊，"刘召显然有些愠怒，说道，"我是真不想搞得和道上的一样查你的公司，上门去闹，我也是读书人，想体面一点解决这个问题。"

刘召身边的粽子们立刻也配合地露出凶神恶煞的面孔。

颜亿盼也绷直了背坐着。

"你们一会儿还有比赛吗？我看下面的机器还没撤。"乔婉杭仿佛完全看不到这里的火花，饶有兴致地问道。

"一会儿十点还有最后一场。"

"我想下个注，可以吗？"乔婉杭说道。

"可以是可以。"刘召露出困惑的神情，不知道乔婉杭这个时候问这些是什么意思。

"用云威芯片的机器是哪台？"乔婉杭问道，这句话相当于自报家门。

刘召倒也没露出多少诧异，而是问了问旁边的人。

颜亿盼蹙着眉，心中不无担忧，这个魔鬼会玩出什么花样？

"3号。"旁边有个粽子说道。

"好，我就买3号赢。"乔婉杭说道。

"下注多少？"刘召问。

"就是欠你们的费用了，九十万。"

刘召嗤笑了一声："就是说，如果云威输了，你才交费？如果赢了，你就不交了？这，对我可不划算。"

"不，如果云威赢了，这笔费用颜小姐可以通过公司来交，那需要一些时间走流程，不过可以顺带把今年的会费也交了；如果云威输了，之前的欠账我今晚就还了。"

刘召听懂了意思，他要么拿得多，等得久，要么拿得少，不用等。对方既然不再隐瞒身份，估计也不打算赖账。于是拿起酒杯举杯，乔婉杭也举了杯，颜亿盼缓缓举起杯子，心中依然疑惑。但既然眼前这个女人能决定云威的方向，她也就陪着玩了。

三人碰杯。

酒吧再次沸腾！

五个屏幕上，是他们下注的玩家，每个玩家面前的仪表盘转动都能看得清清楚楚。

屏幕闪耀的画面投向酒吧里每个人激动紧张的脸上。

三人坐在游戏大屏幕前的吧台上，乔婉杭坐在中央，颜亿盼和刘召分坐两侧，都死死注视着屏幕。

暗火酒吧赢来了史上最高额的赌注，不断有呼喊声、口哨声传来。

房顶都要被掀开了。

几个游戏玩家都披上了荣耀上阵，每个人都厮杀得你死我活。

赛道上，一辆车忽地脱离了赛道，颜亿盼看到不是云威对应的那辆，猛地松了口气。她这才发现自己居然如此在意一场荒唐的赌局。她还从没这么紧张过，感觉自己身体的血液随时都要沸腾一般，此刻突然很想很想哭。

仿佛那辆在黑暗中狂奔的车就是云威，没有人知道它是否能到达终点，也没有人知道它是否能赢得比赛。

摩托车越过关卡，穿过两边都是树木的道路。

从黄昏一直跑到夜晚，日光西沉，远处一片漆黑。

十几辆摩托车在黑夜里飞速奔跑，远方是城市温暖的灯火，但距离现场残酷的比拼无比遥远，摩托到了弯道，那灯火成了虚幻的背景，越来越远。

音频的风声嘶鸣，如在耳畔，像是把人带入了现场。

速度出奇的快，直让人喘不上气。

云威还是排在第三，第一名Xtone遥遥领先，距离终点还有两站，她忽然明白乔婉杭的选择了，如果云威赢了，那么她将继续丈夫那条研发路，自然公司可以结账。如果输了，她为亡夫过去的游戏买单，一切到此为止。

又过了一站，这个时候，大家一阵惊呼，云威的战车冲到了第二，颜亿盼握紧拳头，还剩最后一站，她侧过脸看着乔婉杭，她的脸上没有之前葬礼上的颓然，多了一些决然。

不要输，不要输，我们已经走了那么远，那么久，程远几乎从来没有按时回过家，那么多人都为此做出了巨大的付出。

不要输，不要输，这是那个人离去时最后的愿望。

颜亿盼双手交握，在暗自祈祷。

刘召发现身边的颜亿盼身体有些发抖，不自觉地轻轻拍了拍颜亿盼紧握的手背，试图让她放松些，这个动作乔婉杭看在眼里。

赛车冲入未知的黑夜，聚焦的视线让人身临其境地体验着赛车手的专注和疯狂。

云威和Xtone的距离越来越近。大家似乎为这个国产芯片的坚持触发了内心某种不屈，所有人都大喊："3号！3号！3号！"

此刻，天空下起了小雨，视线里能感到砸在脸上的雨滴，路灯在雨帘下，变成一团一团穿着长裙子的幽灵，幕布的黑夜和四周的安静融为一体，整个空间只有马达的疯狂嘶鸣。

"云威雄起！"有个人嘶喊了一声。

乔婉杭听到这句话，蓦地抬起了头，恍然隔世般看着这个闪耀着雨光的世界。光泽炫目，她双手捂着眼睛狠狠地揉了揉。

三四辆车在一个长长的隧道中穿行。

云威3号和4号Xtone并驾齐驱，整个屋子仿佛被点燃了一样，那火光烧到了每个人的眼里、心里。

旁边甚至有青年男女冲上台跟着节奏疯狂摇摆，期待着黑马的逆袭。

头顶的彩灯都黯淡下来，所有的目光都投向那一方屏幕。

掌声还未落下，只听得一声巨大的轰鸣，Xtone4号猛地加速，甩了云威一个车身，径直往前冲了过去。

云威3号和它拉开了一段距离，依然紧紧跟随，未曾被完全甩开。

3号屏幕的主观视觉被投到大屏幕上，前面的车依然稳健地向前冲，旁边还有NPC的车也在飞速奔驰。

又有车相撞，飞出了赛道。接着几辆摩托纷纷相撞，1号摩托也被卷入其中，残骸从赛车手的耳边飞驰而过。

前面的车不停地变化着次序，如同火舌交替喷薄而行。

两边排列整齐的红色车灯一闪而过

3号绕过车的残骸，继续前行，画面有一丝卡顿，雨夜里，这辆摩托遇到了颠簸和路滑，差点也脱离赛道，扶手摇晃了几下又调整了过来。

赛道上的黄线如蛇一般蜿蜒变幻。

耳边的音乐也变成了某种不甘心的呼喊。

轮胎摩擦地面的声音仿佛划动着每个人身体里的毛细血管。

然而，奇迹没有发生。

幸运女神没有降临。

前方发出庆贺的口哨声。

云威输了。

"啊——"全场嘶喊。

乔婉杭垂下眼帘，撑着桌子，站了起来。

颜亿盼紧握着拳头，大拇指几乎要把食指掐出血来，她没有动，就那样坐在原处，半天说不出话。

人群散开。

酒吧的温度也降了下来。

"走吧，刘队长，交钱去。"乔婉杭长长地呼出一口气，说道。

刘召抬头看着她，尽管可以收账了，此刻却没有露出多少喜色。他回头看了一眼颜亿盼，见她低着头，背微微弯下，眼睛里印着酒吧炙热灯火，盯着酒杯出神，猜不透她的情绪。

已至深夜，酒吧的音乐少了躁动，逐渐走向平缓，有的人还在那儿喝酒聊天，有的人还在舞池中央摇摆,大部分人都往外走。

乔婉杭从刘召办公室出来的时候,颜亿盼就站在稀稀散散人群的尽头,就这样看着她,脸上再没有之前收放自如的笑容。

乔婉杭走过去对她说:"走吧。"

"你以后有什么打算?"颜亿盼的语气不像之前那般温柔,但似乎也少了些伪饰。

"颜小姐是个明白人。我不是来继承他的公司的,我就是想做个了结。"

颜亿盼深吸一口气,说道:"你要怎么了结我无权干涉,就一点,不要引入外资。"

乔婉杭看着她,周遭光影散去,这才是她本来的面目,没了卿卿算计,不再压抑着所有忧虑,直接展示在面前的是她的所有目的。

"颜总,今天这出大戏导得不错,为的就是这句话吧。"

"我不像您,忙得很,没有功夫导戏。"颜亿盼看着她答道。

"可惜,还没等到我完全信任你,就说出这样一句越权的话,不觉得唐突吗?"

"早说晚说总是要说,我不想看到你把翟董苦心建立的基业推翻。"

"他放弃了,对吗?"

"我不知道他的死算不算是放弃……"颜亿盼只觉得这件事怎么解释都让人匪夷所思,一切都如云里雾里。

"他为什么会……跳下去,你知道吗?"

"……他并没有和我说。"

"是吧,你让我放弃外资想必也是出于你的个人发展考虑。"

颜亿盼知道自己百口莫辩,轻叹了口气,无奈地笑道:"看来,我说什么你都不会相信了……"

"我先生死在这里,如果当时有人拉他一把,或者拦他一下,他不会走上这条路,这里的所有人,我都不相信;所有人,我都不原谅。"乔婉杭的语气决然而又直白。

"是,也对,"颜亿盼算是认命地点了点头,接着说,"找你的人都有他们的目的,信息千差万别,都试图影响你,我也是他们当中的一个。"

事实上,经过这一出,乔婉杭对颜亿盼并无反感,相比翟云孝的阴狠迂回和廖森的凶猛施压,这个女人的诚意,她能感受到。

颜亿盼瞥了一眼乔婉杭,放弃挣扎般说道:"现在我多给你一个选择,你也听听。"

"说吧。"

"您可以示弱……站出来向股东、公众表达作为未亡人的困境和担忧,我想会有人愿意出手。毕竟您现在的状况很容易引起公众的同情，舆论的力量不可忽视。"

"资本的本质是一样的，说同情，最终都是为了利益……"她见颜亿盼还想解释，手一抬阻止了，接着看向她，"还有，颜小姐让我在公众面前洒狗血，我做不到。"

那神情，仿佛折辱了她一般。

"这难道不是您现在可以拿在手里的武器吗？现在大家对此事还保持着关注……"

乔婉杭冷哼一声："在我看来，云威是个绞杀机，用了二十年时间将我丈夫绞杀至死，如果有投资人要结束这一切，让云威走出泥潭，我不会拒绝。"

颜亿盼轻闭了闭眼，一时有些难过，说道："看来，你是真不关心他做的事。"

"关心又有什么用？今天，这次比赛，看起来是一步之遥，实际上已经是他拼尽全力才做到的，他人已经走了，事情总要有个结果。"

乔婉杭说完，便往前走去，过道里已经没有人，只有光怪陆离的涂鸦和海报，充斥着令人迷惘的酒气，将两个女人拢在这混乱的空间里。

"你想要清净，继续过富太太的生活，我能理解，"颜亿盼难掩心中的失落，冷冷说道，"但我很好奇，没有他的庇护，你以后的日子会不会好。"

乔婉杭听到这里，莫名心头一凉，侧过脸看着颜亿盼，此时，这个女人脸上明明有笑意，明亮的眼眸却似附上一层寒冰，凉薄至极，显然，之前试图接近她的耐心已经耗尽。

乔婉杭转身用力推门要出去，却发现这扇大锈铁门推不动。

颜亿盼上前弯腰拉开铁门下的一个铁栓，再替她把门往后拉开，见她跨过门槛后，回头看了自己一眼，似有让人无法读懂的一抹笑意。前方的车灯亮了起来，她朝着灯光的方向走了过去。

第三章　坐庄

15.过堂

资宁镇在远郊，曾经也是一个江南古镇，春水碧于天，画船听雨眠。此时还未过春节，但是各家各户开始准备过年熏肉，炊烟袅袅地融入这深山里漫出的冰冷雾气中。

外头的人都向往这世外桃源，而里头的人却耐不住贫穷和寂寞。

已经打下地基的大片工厂用地被绿网盖住，工厂盖了一半，旁边一个颇有古镇风格的酒店看起来倒像是完工了，白色的墙面，八角屋顶，房檐的木棱上雕刻着古时灵兽，木制圆形窗棂透着一幅一幅的江南景致。资宁度假酒店就这样有模有样地立在山脚下。牌匾还未挂上，外面围了一圈隔离板。

工厂因为停工，加上前几日又下了雪，雪融了以后，连着下了数天的雨，泥混着山里的雨水灌入酒店门前，车进不来，也出不去。原本计划开春营业，遇到这种情况，酒店总经理穿着黑色的雨衣和工作人员在门前铲泥，看着这楼台烟雨，苦不堪言。

他们铲的泥偏偏又顺着雨水淹了旁边的人工虾池和禾田，附近的农民不干了，就这样围在了酒店门口，拿着铲子朝着酒店泼泥。镇政府的人赶了过来，曾去过颜亿盼办公室催款的办事员小张此时穿着厚皮雨衣和黑套鞋，在门前指挥，大喊着让两方停止交手。啪的一声，不知被谁用一把泥巴糊在了脸上。

"你就是帮着他们说话！"

"这酒店在这里本来就碍事，昨晚，他们还往山里扔了一堆装修材料。"

"破坏风水！"

农民们此起彼伏地喊着。

事实上，大家讨厌这酒店，是因为它的到来断了村民"农家乐"的财路，原本来这里的城里人都住在各个村民家，这酒店一旦开张，村民那些小门小户还怎么迎客。

村里有几个在外面读书的大学生，写了一封"毁池淹田为捞钱，民生多艰无路走"的投诉信到了市里。这座城市在国际上形象良好，又准备申请为国际峰会举办地，事情如果再往上捅，大家都难看。

市政府派人下来了。几方围在酒店大堂商量，得出结论。这件事情的关键是因为工厂停工了，工厂一旦开工，泥土就不会灌到旁边的酒店，也自然不会影响下游的良田和虾池。

村民本应偏向云威集团，毕竟，工厂一开，他们那些外出打工的青壮年大概也会回家了。如果外来务工的人多了，镇上的生意就会更好。但是，因为停工，工厂关闭的传言很快在这个小地方扩散开来，村民们突破了工厂的大门，开始在里面养家畜。搞得到处臭烘烘的，酒店自然也不满。

颜亿盼让袁州去到现场协调，袁州和政府打交道是老手，笑眯眯地说着自己的难处，推诿着责任，皱着眉表示理解对方的难处，和酒店总经理打打太极、施施压，最后承诺回去一定把这件事情的严重性向上通报。说到底，也不能有结果。不过是取证、听证。

此刻，袁州拍摄的现场视频和照片正在云威顶层会议上展现。

会议室半弧形的落地窗能看到远处山顶未化的雪，与窗外的寒冷不同，会议室的暖风开得很足，有人因为干燥闷热而紧张地吞咽着口水。

椭圆形的主席位置坐着廖森，颜亿盼坐在右手边的中心。颜亿盼左边是Amy，右边是袁州，都是科室经理。她对面有财务、法务、投融资部的各部门领导。颜亿盼看到这个阵势，已猜到八九分，借着资宁科技园那边的村民闹事，廖森一次性把与翟云忠生前未了的资宁工厂项目的相关人员都聚拢了来。

顶层的人总是会有一个能力，那就是把小事做大，或者把大事化小，这要取决于他们要达到的目的。毕竟这种事情，下面的人再怎么闹，最后还是会按照上面的人博弈的结果处理。企业、政府、资本总是会各自画好责权范围，给众生一个交代。

会议上大家都没有结论，廖森老神在在，一语不发地看着现场调查视频。

视频最后一段倒是引起各位看客的注意，当时他们正要离开，天下起了小雨，酒店门口突然来了一辆豪车。出来的一个女人打着黑伞。黑伞下只有一张雪白的侧脸，颜亿盼一眼便认出了是乔婉杭。

显然廖森也认出来了，问了一句："她去做什么？"

"我还真打听了一下。"袁州对领导问了这句话，而自己恰巧跟进了，展现出一丝得意，"听村支书说，她承包了一片虾池，说两个孩子爱吃虾。"

这是什么操作？颜亿盼听到这里，只觉得脑袋已经来不及想这个女人给她带来的心灵震动。

这个时间居然想着满足家人的口腹之欲。真是服了，这个少奶奶什么路数，想起一出是一出。

整个会议室爆发了一阵大笑，有的笑得是老泪纵横，前仰后合。

颜亿盼听到几个老家伙在那说："这女人啊……还是顾家，不错，不错。"

廖森的助理过来在他耳边说了一句，他点了点头，然后看了一眼这群看热闹不嫌事大的人："她也不容易，别觉得自己站在什么制高点上就对人家指手画脚。"

廖森话一出，现场都安静了下来。

"回归正题吧，"廖森把袁州提交的那些文件翻了翻，又放在手边，接着说，"情况大家也都清楚，董事长走得突然，说句实话，我也在调整，在适应，过去我管的业务偏销售渠道，对R&D（研发）过问不多，现在一起涌上来很多事情，我这几天都在考虑是不是赶紧在你们中间提拔人来接这个班。"

廖森站位很高，姿态很低，这和过去的会议不同。过去他巴不得让所有人都知道他是公司的二号人物。大家听到接班这个词，急功近利的会涌动希望，老谋深算的会诚惶诚恐，都不敢接茬。

廖森继续诚恳地说道："请你们过来，主要是想了解一下过去董事长操作的几个项目的情况，看看在这个情况下，是否继续。当然，如果能完成董事长的遗愿最好，如果现实状况不允许，我们看有没有别的解决方案。"

"就从今天这个闹事的资宁项目开始吧，庄耀辉，你最早做的投融资分析，先来说说吧。"廖森把眼神投给了投融资部的庄耀辉。

庄耀辉清了清嗓子，他态度从容，如就义一般，心无旁骛，他的声音在会议室回荡："资宁项目从前年四月份正式启动，招投标、规划，再到基建……如果资金到位，预计今年四月份二期开工。财务那边应该是待付款阶段。"

"是的。"王朋点头，"但是现在账面上这笔款项还未到位，云腾提出出资帮忙，但……"

"云腾那边不要着急，预付款支付了？"廖森问道。

"定金、预付款都付过了。"王朋回答。

"总支出是？"

"地价都是公开数据。"王朋已然是个硬核人物，不管对谁，都只对上市公司的数据负责。

"我问的不是这个。"

"如果加上一些周边支出费用，不仅仅是地的话，我们可能还要再核实。"王朋没有正面回答，颜亿盼知道他还是有所保留。

"在座的还有谁参与到这个项目里？"廖森明知故问。

大约有三分之二的人，包括颜亿盼，各自都在惶惑中，也不敢表态。

廖森扫视了一下，说："之前没参与这个项目的今天可以先离开。"

人员稀稀拉拉地离开。剩余的那几个人，都屏住了呼吸。

接着，李欧突然推门进来，身后跟着几个西装革履的人，黑压压地进来后，坐在圆桌会议旁边，一字排开，整个气氛立刻变得诡谲起来。

"这次把大家叫过来，是因为有人这段时间在调查云威，与其让外部调查，不如我们自审自查。"廖森一边说，一边将手摆向一众黑西装，介绍道，"这是我们公司会计师事务所的审计团队。"

汤跃接过话："他们提前做了第三方审计，集中在项目审计方面，像资宁科技园项目，需要你们来配合，我希望由资宁项目负责人颜亿盼对接。亿盼，有问题吗？"

汤跃说完，靠向旋转椅的右侧，等着各位发言。

颜亿盼的英文名字是"Epan"，每个人叫起来都很亲切很顺口，可在座的有几个对她真正亲近？这个会议廖森没有让她有丝毫准备，一开腔，就把箭射向她。

面对并不意外的突袭，颜亿盼有三个推测，一是乔婉杭大概被监视着，那天晚上她俩的接触，可能传到了这只老狐狸的耳朵里；二是廖森知道不能铲除颜亿盼，就变着法地让她知难而退；三是廖森或许还想用颜亿盼，此刻算是一场过堂，行不行，都先审。

"没有问题。"颜亿盼浅浅一笑。

廖森示意助理给每个人倒茶，大家也都不敢说话。

茶水飘着热气，却没有一个人伸手去拿这滚烫的茶。

廖森继续说道："借用这个机会，我也向大家做个检讨，公司管理体系出现了问题，现在要外面的人过来质疑，我脸上无光，但我相信，在未来，大家可以携手并进，成就公司，也成就自己。"

汤跃带头鼓掌。

本以为这番高调唱完大家就可以撤了，没想到李欧拿了一个文件进来给廖森，廖森翻开文件，点了点头。

"还有一个事情要宣布，经董事会决定，还有人事部的考核，颜亿盼这几年工作兢兢业业，创造了骄人的成绩，特将她升职为对外战略沟通部总经理，主要负责这次外资谈判，以及配合外部审计资宁科技园项目。亿盼，恭喜你！"

颜亿盼差点把一口茶吐到对面汤跃的脸上。这不是提拔她，是让她站在翟云忠余党的对立面。

廖森手里拿着颜亿盼两周前的升职报告，转了过来，给大家看了一眼，然后让李欧收了起来。

所有人都鼓掌。

颜亿盼呵呵了两声，挤出某种失心疯般的笑容，那个挂在她职位上的"副"字被廖森随手摘除了，前面还加了个"战略"，挺唬人的，难道这意味着她离公司最高战略决策层近了一步？她心里交织着担忧、惶惑。

"今天的会议就到这里。"廖森站起来，当着大家的面，无比亲切地对颜亿盼说道，"这周还是你和我去见永盛的人，上次他们都很喜欢你，这次可不能有任何问题，否则，我还找你。"

颜亿盼看着廖森，扬了扬嘴角。

"嚇，够快的。"黄西出来的时候骂了一句，"还以为她要脱层皮，没想到紫袍加身。"

"吴三桂叛变都没这么快。"

"老庄呢？老庄这次怎么不收拾她了？"

庄耀辉早已低头出去了，曾经的同盟已然分崩离析。

Amy回头看了一眼玻璃门内的廖森和颜亿盼，困惑和失落都有一点。

颜亿盼怎么会不懂，廖森能容她，是需要她来稳定时局，待外资进入，如果她愿意被收服，事情好办，如果不行，再动手也不迟。

她听到丧钟为自己而鸣。

翟云忠曾经的亲信们就向她投来了审视的目光，如同看待一个让人又恨又怕的妖孽。

"亏董事长一心信任你，培养你，提拔你！"

庄耀辉那天的话，又在她耳边响起。

其实这些人的眼光倒是其次，那时候她一心推动开设资宁科技园，他们当时也是这样看着她，觉得她好大喜功。

被众人唾沫淹死这事儿，她老早就不在乎了。

不过，永盛这个事情，她是真的不想去，既不想成为亲手把外资引入的人，又不想再次见到乔婉杭，前脚刚义正词严劝人拒绝外资，后脚就坐在她身边谈引入外资的条款。

真是分裂啊！

颜亿盼想到这里，又不禁暗恼，那又怎么样，她有资格鄙视我吗？我遭烈火烹油，你却就着火大，烤虾吃。

躲，是躲不了的。

她不是"站在风口浪尖紧握住日月旋转"的大老板，充其量是前朝得宠的弄臣，无论谁上位，都不会着急先把她干掉，她是过渡期最好的润滑油。只要她不学周星星的妈，举着前朝的剑，斩本朝的官，总能在夹缝中谋点阳光雨露。

下楼那个间隙，她收到婆婆发来的微信，就三个字：见一面。

然后发来了定位，是一个离她家不远的餐厅。

前些年她和婆婆关系不好，即便在一个城市，也很少来往，直到去年怀孕，才时不时有些走动，可肚子里的孩子没了以后，她似乎比颜亿盼还受打击，能不见则不见。

这一次来，应该是算好了时间，有再次怀孕的可能性，想劝她把重心从工作移到生活。

躲，是躲不了的。

16.上刀山下火海，有人陪才有趣

颜亿盼回到办公室，战略沟通部的众人在袁州带领下开始鼓掌："恭喜领导！领导万岁！"

颜亿盼应承着下属们的庆祝，她的升职，往往意味着自己的部门受重视。

颜亿盼回到办公室，看到地上堆满了检察院退还的资料，坐下来后才觉得头晕脑涨。

资宁的小张再次打来电话，颜亿盼没有接。他发来了信息："颜总，肖副市长说，如果过年前再不付款，地皮将进入二次拍卖程序……"

"小张，春节前一定给你一个答复。"她正犹豫要不要点发送，听到邮箱的邮件提示音。

邮箱里Lisa给她发来了新的职级调整通知。点开邮件，公司内网上公布了升职信息，她的一张照片放在了正中央。

她看了看小张的短信，把要发的内容又删除了。

颜亿盼翻看和资宁有关的资料，翻出了刘江的名片，给他拨了一个电话。

那边无比夸张地说道："难得，颜总，难得啊！"

"你有一份很重要的资料没有还给我。"颜亿盼揉额说道。

"哦？哪份？"

"前董事长签订的一份资宁地产预付款，这份合同非常重要。"

"哦，好像是，不能多借我看几天吗？"

"不能呢，说实话，这个项目十有八九要黄了，你拿的是原件，一式两份，我没有多余的，解约的时候需要。不过我部门有一份存档用的扫描件，签字、红章什么的都没有差别，我可以打印出来给你。"

那边停顿了几秒，说道："行，我一会儿派人去取。"

"好，我等着。"

半小时后，果然来了一个工作人员，手里拿着一个文件袋递了过来，颜亿盼打开后，把资料拿了出来，同时从抽屉最下面的保险柜里拿了一份资料和旁边打印的文件一起放了进去。

颜亿盼随后把Amy叫进办公室。

"你准备一下，明天和我一起去参加永盛的谈判。"

Amy有些讶异，因为上次谈判的后续工作被她搞砸了，廖森不会想见她。

颜亿盼看出她的疑惑："你是我带的人，他不会说什么。还有，这几天把上次谈判的内容，写一份详细的会议纪要发给我。"

原来颜亿盼需要的不是她，而是她的前情提要，她答道："好的。"

"对了，大家伙儿说要您请客，需要我定座位吗？"Amy问道。

"等忙过这一阵吧。"

大概六点的时候，天空猛地暗了下来，眼见要下雨，她让办公室里的人都赶紧回家，自己又挨了一会儿才从办公室出来，外面气压极低，直捂在人脸上一样。

头顶上几声闷雷，也没见下雨。

她开车来到约定的地方，餐厅里的人很少，在一个靠窗的位置，她见到了婆婆。

程母六十多岁，短发，穿着一件红棕色的羊绒衫，她过去在公公任教的知名大学负责行政工作，本也善于与人打交道，可两个人都跨越不了隔阂，如同生活在两个世界，亲近不起来。

"妈，点餐了吗？"她刚一坐下就问。

"你给自己点一些，我一会儿就走。"

服务员给颜亿盼倒茶，她随手点了一些吃的，才发现程母的座椅旁放了一个较大的挎包，以为是给他们拿了什么吃的用的，问道："妈，您这一大包是什么？"

"是程远搁在床边没洗的衣服，那些你们没吃的菜，我也倒了，餐盒我拿回家。"

"哦，您回了趟我们家啊。"颜亿盼有一种针刺的感觉，心知这又是要兴师问罪。

"是，你不知道今天是小年吧。"

"我知道，"颜亿盼连大年都不一定过得好，怎么还会想着过小年，她违心地答道，"可是程远要加班。"

"你离开程远吧。"程母看着低头倒水的儿媳，下定决心一般，缓缓说道。

颜亿盼没有料到婆婆会突然来这么一句，准备好关于备孕的措辞完全用不上。直到服务员送来柠檬水，她定了定神，给自己倒了一杯，她从来没有在任何场合失态，此刻紧握着玻璃瓶。是的，她应该早就料到。她喝下一杯水，嗓子眼却还是发干。

看来，婆婆比廖森有魄力，直接想把这个心存异心的儿媳干掉，不给任何机会。

她一时不知道说什么，但不想就此落荒而逃。

"你们俩到现在还分居呢吧。"程母乘胜追击。

"主要是作息不太一样。"她继续避重就轻。

"这里就我们俩，不用装了。"婆婆的声音很低，话语里压着一股子火。

"您上次生日，就商量了这事吗？"颜亿盼眼见躲不过，直接问道。

"算是吧……"她说这话时，也没多少底气，但过了一会儿又抬头说道，"你说你知道是小年，你看看别人家，哪家不是欢天喜地的，再看看你们，那个冰窟窿能叫家吗？"程母意识到自己又在老调重弹，她是过来了结事情，不是挑起矛盾的，"这种话，我以后再也不用说了。"

婆婆从包里拿出一个首饰盒，推了过去："你现在送的礼物是一年比一年贵，但是，我告诉你，我还是看不上。从一开始我就知道，他娶你不会幸福……你也年轻，他也年轻，不要再互相拖累了。"

"程远是这么和你说的？"颜亿盼没意识到她的眼圈已经发红，"我拖累他了？"

"这几年，我们都很努力接纳你，也想让你们过得幸福，拿钱想给你换学区房为以后着想，你说，不要。几个月前有美国硅谷的公司高薪挖他，程远说，不去，还想着你生了孩子后，他在这边能顾全这个家，可是，没有用，这些都没有用。你从来都不考虑他，你连孩子都可以不和他商量就拿掉，你还有什么事情做不出来！"本想控制情绪的程母还是没有绷住。

颜亿盼也是第一次听说程远有机会出国这件事情，更震惊于程远知道她终止妊娠这件事，苦笑道："他的事我不知道，我的事他倒是都知道……"

居然有一点释然，总算不用再隐瞒什么了。也明白婆婆让他们离婚，想必是清楚他们两个以后很难再有孩子了。

"他又不傻。"婆婆把离婚协议给她，说，"这是离婚协议，你结婚的时候你娘家就送了几套大花被子，房子是我们买的，还是留给他，他这些年工资也都交给你了，存了多少谁也不知道，都给你了，我们也不要了。如果没什么意见，找个时间办了。"她准备要走，拎包的手有些发抖，声音里有些哭腔，"他那么重的事业心，本该找个顾家的。"

"顾家？"颜亿盼闷声说道，她一早知道他们对她的意见无非集中在这几点，之前是出身不好，怕拖累程远，后来是只想着工作，不能帮助程远，她很好奇婆婆为什么可以这么理直气壮，于是问了一句，"为什么是要我顾家，而不是他？"

程母的身体僵在那里，她其实看出颜亿盼进来的时候情绪就很差，本以为会大吵一架，但这状若无辜的问话，让她更加生气了，感觉自己一腔怒火都发给了空气。

程母索性直指她的痛处，点明她的问题："你从来都不知足。婚姻你想往上攀，工作你也一心想往上爬。眼前的，你一个都守不住。"

这话倒是很像长辈对晚辈的说教，颜亿盼脸色彻底冷了下来，简直想把这几天的不爽都统统甩出来。

"您是院士夫人，我呢，生得贱，没什么眼光。"她打开了首饰盒，里面的玉镯透着上好的苹果绿，莹莹泛着光，她拿起来看了看，然后一把摔进旁边的垃圾桶，说了一句，"这个手镯配不上您，我有空再给您选一个配得上您身份的。"

程母已然气得喘不过来气，站起来还有些发晕，收拾包要离开。

颜亿盼站了起来，顺便帮婆婆拿起那一大包东西放她肩上。

程母简直对她这种明夸暗讽、绵里藏针、笑里藏刀的说辞刺激得快吐血了，说道："协议签了字，拿给我。"

颜亿盼看了一眼离婚协议，冷笑道："要离婚，让你儿子来提。你，没有资格。"

颜亿盼看着婆婆离去的背影，脸色越来越难看。

居然被婆婆提离婚，这叫什么事儿！

也不知道她会不会找来更有资格提离婚的程远过来，颜亿盼已经疲于应付。

服务员此时上了沙拉，她坐在那里吃，拿刀叉都带着要将食物肢解的狠劲。

外面陡然下起了雨。噼里啪啦地拍打着窗户。服务员跑到外面去收拾户外桌椅。

她站了起来，拿起那张离婚协议放进包里，冲进了雨夜。

所有那些话里，她其实最介意的是那句："眼前的，你一个都守不住。"

这句话把这段时间所有的无力感和四处碰壁的委屈都翻了出来。

是啊，她为什么总是那么好强，为什么一定要往上爬，她的内心是恐惧而自卑的，一开始，她是暗自较劲，想拼出一个让程远父母高看一眼的实力；后来，随着她一步一步往上走，她反而意识到，这种落差是弥补不了的，那种不安全感与生俱来，让她更加拼命地投入到工作中，就算以后他们真的分开，至少她不会太狼狈。

她就这么一路淋着雨往家走，浑身湿冷地进了屋。

她走到玻璃柜前，拿了一瓶红酒，灌了很多，然后坐在阳台上，看着雨夜里雾气弥漫着的灯火，别人的家或许是温暖的吧。她翻出包里的升职报告和离婚协议，摆在茶几上，眼圈发红，上面没有程远的签字，她拿起笔写了一笔，又放下。猛地踢了一脚玻璃茶几，纸张落在地上。

她想到曾经在艺术馆里看到的一幅画，一个精致漂亮的女偶被人刺中了心脏，胸口的棉花都溢了出来，她迷茫地坐在玻璃柜里，低头一针一线地缝好了。

不知道喝了多少酒，昏沉沉中，她莫名地推开程远的房间，趴在他的床上，抱着他的被子，头埋在里面哭了起来。

17.容我一个一个还击

　　外面的雨完全没有要停下来的意思，反而越下越大，她也不知道躺了多久，只觉得浑身都疼。
　　已是深夜，她迷迷糊糊感到有人在她身侧躺了下来，熟悉的气息传来。
　　她并未多想，转过身来，贴近那温热的怀抱，搂着他发凉的手臂。直到觉得两人的身体都暖了起来，她仰头看到程远垂眸看着她，想要坐起来，问了一句："你淋雨了？快起来换衣服。"
　　程远说完去扯她衣服。
　　颜亿盼不想听他说话，用力把手将他搂紧往自己身上带，腿轻轻地勾了上去，循着他的气息吻了过去。
　　不知是不是酒气撩人，还是外面的雨夜肆虐，两个人都乱了方寸一般缠在一起。
　　……
　　她用力咬了他的唇舌，眼泪滚落下来。
　　程远疼痛之余，摸到了她脸颊冰凉的水渍，抹了一把之后，把她紧搂在怀里。
　　雨还没有停，外面的风却小了很多，黑暗中，颜亿盼感受到程远的心跳敲击着她的胸口。
　　湿衣服都扔在了床脚。
　　夜渐深。
　　"你没有话要对我说吗？"程远问道。
　　"你呢？"颜亿盼身体不自觉颤抖了一下，把旁边的衣服扯了下来，裹在身上，"还是，想说的话都让你妈说了？"
　　她语气之冷，让程远简直怀疑刚刚和他在床上忘情贪欢的另有其人，自己大概是历史上第一个被自己老婆骗了身子的男人。
　　他回头看到颜亿盼忽地跌坐在床边，床边立刻一片湿痕。
　　他走了过去，上前用手背触碰她的额头，接着又反过来，整只手心覆在她额头上说道："你发烧了。"
　　程远出去找退烧药，颜亿盼拿着衣服穿起来，手里很无力，总感觉眼花，胸衣的扣子也扣不住。
　　"行了！"程远从外面拿了一个巨大的白毛巾一把将她裹住，把她摁回床边。
　　"张嘴。"他说道。
　　颜亿盼顺从地张开嘴，程远把一粒药丸塞在她嘴里，又递了温水过去，接着又拿着浴巾蒙在她头上，要给她擦头，她躲闪不过，坐在那里发蒙。

"对不起。"头顶被毛巾包裹着搓揉时,她说了一句。

程远的手顿了一下,用毛巾揉了揉她的头,拿开时,看到她发红的眼睛。颜亿盼低头道歉,还是少见的。

"怀孕的时候……可能是压力太大,总是睡不着,"颜亿盼说得很艰难,"吃了助眠的药,没有控制好药量,医生说让我别吃,对孩子会有影响,我又控制不了……"

说到这个问题,颜亿盼慌乱而自责。

程远极少见她这样,此刻,心里像被外面的雨水浇过,滴滴答答一直敲,湿漉漉又软绵绵。

"其实,你如果不想要孩子,可以和我说,没必要瞒着我,你知道我当时有多担心吗?"程远也坐在了她身边。

"不是你想的那样。"

"那是哪样?我记得当时你还说以后我们要带着孩子一起去野餐,你教语文,我教数学和英语,"程远说着坐了下来,看着她,"你也是有期待的,对吗?亿盼,为什么?"

颜亿盼闭上眼,说道:"很多事……你我都没有准备好。"

"亿盼,你对我们以后……"程远轻轻叹了口气,"没有信心吧。"

程远没有说是两人的关系,还是以后的工作,抑或是生活,大概都处在一个迷茫晦暗的状态吧。

"是,"颜亿盼抬头看着他,感觉面前的人影有些晃动,"我们都不是肯为家庭牺牲工作的人,这点,你其实很清楚。"

颜亿盼强撑着要站起来,去拿衣服。程远一把把她搋了回去,用力搂在怀里,好似一团火入了怀。

"明早,你还去上班吗?"程远低声问道。

"廖森约见永盛的人。"她叹了口气,"廖森可不是翟董,很不好说话。"

"真服了你了,我帮你请假。"

颜亿盼有些迟疑,程远如果请假,就更进一步表明了态度:没错,她和程远是一家的。

也好,迟早的事。她也没再多想,药效上来,她昏昏沉沉地睡去。

程远轻轻地起身,拿毛巾帮她把湿头发擦了好几次,才到了半干的状态。

她眼睛也睁不开,脸朝里轻声说道:"这场婚姻,劳驾先撑着。等闲下来,我再亲自收拾,外人都别插手。"

程远听到这里,苦笑一声,坐在旁边呆呆看了她一会儿,才出去了。

乔婉杭回中国后，一直在努力适应各种正式场合，比如马上要开始的谈判，廖森一直陪在她身边，生怕她被掳走一样。

上楼时，她看廖森接了一个电话，说是一个谈判人员今天来不了了。

直觉告诉她，这个来不了的人，是颜亿盼。如果是廖森的心腹，绝不会错过见证这么一个"改写历史的时刻"。

那天晚上的见面，给她留下了很深的印象。对方谈不上处心积虑，顶多算顺势而为，以形成一定的心理暗示。

险躁则不能理性，从小父亲就用儒家文化来和她说理，那时候听不进去，而现在，却不得不时刻提醒自己，她的决定会影响到很多人的前途。

外界看她多荒唐，她内心就要多清醒。

此时的她，一颗心渴望接近云威，看个究竟；另一颗心又在告诉她，这个是非之地，不容她久留。她脱离社会十几年，未曾想过有一天会卷进这晦暗危险的黑洞中，她看不清前路，也不知来路。她的能力、心力要怎么承担这样的重任，廖森只说是上万人的吃饭问题，是企业生存和盈利问题，但是她了解自己的丈夫，如果仅仅是这种压力，他不至于寻死，多年前，他甚至经历了比这更残酷的时刻，那时也没有听到他有丝毫悲观的情绪。连丈夫都逃不出的困境，她又该如何走出来？

这里所有人都带着属于自己的力量而来，资本、权力、头脑……

她呢？她有什么？

一行人坐定。云威和永盛的人分坐两边。

中间放了三盆鲜花，廖森让服务员撤出这些鲜花，说太干扰双方无间而高效地交流了。

双方的寒暄很短，服务员给美国人端上咖啡，给中方的茶还未倒满，永盛方的Keith就开始了："我们之前和廖森已经有过邮件往来，双方也都知道了各自的条件，现在谈的是落实。"

"到这个阶段，我们公司最大的股东也在现场，就把条件都放在桌面上吧。"廖森说道。

Keith提出的条件极为明确："研发部裁减54%。"

乔婉杭听到这里，想起颜亿盼之前说的话，"我不想看到你把翟董苦心建立的基业推翻。"

另一个外国人Chris接着说道："如果要永盛投入，一定要确保连续三年盈利不低于30%。否则，云威将向永盛赔偿7000万股永盛股票或者等值现金。"

"如果完成了呢？"廖森问道。

"如果增长率大于或等于30%，投资方将向云威集团赠送股票。"Keith笑道，"我相信你们可以完成。"

沉默。

永盛另一个负责证券的人翻阅了一份文件，一字不漏地读道："我们计划入资58亿美元，分三次注入，占股46%，在11人股东席位中占据6人。其中两人将进入企业投融资部负责审核公司投资。"

乔婉杭抬眼看了一眼Keith，Keith看的是廖森。

"翟太怎么看？"廖森问道。

"我需要和董事会再商量。"

"中国还有三天就过年了，我们都不希望这个决定拖到春节以后。"廖森继续施压。

"'我们'？是你？是永盛？还是云威其他人？"乔婉杭追问道。

"……永盛。"廖森沉声给了答案。

"好。"乔婉杭看了一眼廖森，说的话却是给永盛听，"有廖森做你们的代言人，你们大可以放心了。"

合同递过来，乔婉杭一张一张地翻阅，廖森早已习惯这个女人处事的我行我素，只是低头喝茶。

纸张翻动的声音似乎有一种魔力，让投资人变得焦躁不安。汤跃把笔递了过来。

门外响起了一阵敲门声。

未等里面答应，门就被一把推开，外面一阵冷风迎面扑来。

刘江站在门口，举着调查令，说道："乔婉杭女士，请你配合检察院调查。您涉嫌参与翟云忠在股市非法套现。"

一切来得太快就像龙卷风，投资人皱着眉头低声询问翻译情况。

翻译一时也不知道该怎么解释，只看着廖森。

谈判终止。

刘江和乔婉杭在门口交涉，廖森上前跟了出去。

乔婉杭就这样被刘江带出门。

一人口里低声用英语咒骂道："再好的局面也会被他们搞砸。做什么芯片！"

Keith用眼神刮了那人一眼，瞟了一眼走在前面的乔婉杭。

乔婉杭的脚步停了下来，微微侧脸，却没有说话。

穿着暗黑色商务西服的人都仿佛被点了穴，噤了声，不敢轻举妄动。

过道里，安静得只能听到外面风吹竹林的簌簌声。

没有人知道那几秒乔婉杭想了什么，最终她还是抬脚离开了。

第四章 入局

18.我比你们更想知道发生了什么

乔婉杭被带进检察院，名义上是配合调查，说是例行公事。实际上，刘江手里有一份她签字的转账记录单，也就是说翟云忠在处理夫妻共同财产的时候，她也做了签字授权，这也代表她是知情且许可其用途的。

市检察院和公安局不同，绿荫环绕，除了偶尔传来的电话声，过道上安静无比，乔婉杭被留在调查室，除了头顶的白炽灯显得过于简单，整个环境和小型会议室没有两样，甚至还有人用纸杯泡了速溶咖啡送进来。看来，问询的持续时间不会短。

刘江带着两个助理进来。

"您的律师半小时后到，您可以保持缄默，也可以配合调查。"

"律师在不在都没有影响，我知道的未必比你们多，你们尽管问。"她很配合，超乎想象的配合。

刘江把几份资料摆在她面前："这是证监会那边的调查报告，翟云忠先生在去世前一个月曾经增发股票，项目是云威的芯片科研，但是从云威拿到的项目财务报告来看，资金流向却分散到别的项目，比如资宁地产……"

"资金流向哪里我没有插手，不过是因为云威成立之初，我就拿了股份，所以我丈夫找到我说想定向增发的时候，我没有拒绝，我知道他一个人在中国打拼困难，不可能坐视不管。"

"那您知道从现在形成的证据链来看，您也涉嫌非法挪用股金吗？"

"是吗？您所说的那些项目有我的签名吗？"

"没有签名，不代表就和你无关，您和翟云忠先生是股权的共同持有人，对资金的使用都要承担相应的法律责任。"

"我相信现在早已经过了'怀璧其罪'的时候，我可以等你们的明确证据。"

"这里有一份你的授权书，授权私募基金把你的债券赎回，并且转到云威旗下的子公司，为什么？"

"私募基金的人找过我，说云威上市后，子公司可以用的资金很有限，而这家子公司是我丈夫一手培养的软件工程公司，他说前景好，我自然就转了。"

"所以，你事实上也参与到云威的经营中了？"

"如果你说对方知会我算是参与经营，那就是了。"

问题一个接一个不让人喘息地抛来。乔婉杭面前的咖啡一口没动。

另一个办事员进来，在刘江身边耳语："她的委托律师来了。"

"让他进来。"

一个戴着眼镜的律师进来，走向乔婉杭，说道："我是G&L律师事务所的律师Eason，黎先生给我电话。他们没有为难您吧？"

"没有。"乔婉杭答道。

Eason拿出资料，准备和刘江交涉。

"您好，突然传讯我的当事人，有法律依据吗？"Eason问道。

刘江完全不理会，问道："你的代理手续都全了吗？"

Eason从皮包里拿出资料，刘江翻看了一下。

"你连参与这次调查的资格都没有确认，先去外头把审批资料补全了！"

Eason走之前对乔婉杭说："不用理会他们。"然后被调查员带了出去。

刘江给同事使了一个眼色，他从文件袋掏出一个小型U盘，直接插入对面液晶屏幕下的接口内。他们试图能在这个过程中不断摧毁她的意志，让她全盘说出翟云忠身上的秘密。

"这是经济犯罪科的一个嫌犯，他提及翟云忠生前授权他在美元市场做黑市交易以套现。"刘江还体贴地介绍了光碟的背景。

乔婉杭神色黯淡，翟云忠生前的事情她知道得太少，只知道他这两年一直在世界各地奔波，鲜少表达对家庭的关心，打来的电话都是处理关于共有资产的事情。

屏幕上的男人满脸油光，说是翟云忠托人找到他之类的。视频在幽暗的角落一闪一闪，乔婉杭毫不抗拒，反而身体前倾紧紧地盯着屏幕。

视频长达一个小时，看完一遍后，她揉了揉眼睛。

"能再放一遍吗？"乔婉杭询问道。

刘江也是惊愕了，还有刑讯中对这种心理战术无感的人，调查员得到刘江点头同意后，再次倒回。

当电视里的男人说道："他拿不到银行背书了，找到我的时候，我手里正有钱。当时的周期是三天，非常急。"

乔婉杭说道："停一下。"

视频画面静止，沉闷狭窄的空间里，所有人似乎也瞬间静止。

乔婉杭问道："那天是哪天？"

刘江答道："2019年，2月4日。"

"嗯，那天也是除夕吧……"乔婉杭问了一句。

刘江一时语塞。查了一下，还真是。"怎么，那天他联系你了。"

"没有。"乔婉杭神色有些微妙，这个男人在除夕夜连一句问候都没有，却跑去干这个。她继续盯着银幕，之后，她用右手揉了一下发胀的眼睛，问刘江："您这儿有电话吗？"

"嗯？打给谁？"

"一个故交。"

乔婉杭从钱包中拿出一张纸，上面记录着一些电话号码，这是她回国的时候整理的，想着也许能用到。她纤细的手指轻轻扫了一遍排列的名单，然后落到了其中一个，拨打了过去。

"曹叔，我是乔婉杭，抱歉这个时候给你电话，是这样……"乔婉杭的声音低沉温润，仿佛就在家中和朋友聊天。

旁边的调查员对刘江说："她说的曹叔，会不会是咱们的'老曹'？"

刘江一时悟到了什么，把电视关了，走了出去。一个调查员也跟着出去。

刘江皱着眉头说："应该不会吧，她一个海归，哪会认识院长。"

嘴上这么说，心里却在打鼓。

调查室对面的一个玻璃镜外灯突然亮了，这是一个双面玻璃，如果对面灯不亮，乔婉杭看不到对面的情形。

这不是一次简单的配合调查，而是正儿八经的审讯，那头，曹院长扶了扶镜框，拿着手机，看着乔婉杭，笑容很淡，淡到说不出是故人相见的喜，还是物是人非的悲。

乔婉杭显然有些诧异，此刻她口中的老曹在场外监听整个过程，哦，不能叫监听，应该叫"观察指导"。二人眼睛对视的那一刻，乔婉杭难掩失望和担忧，忽然觉得有些精疲力竭，站起来的时候，手中的电话重重地放在了桌子上。

曹文新倒不避讳，他已过六旬，两鬓发白，威严不改。他从观察室推门出来，看到刘江定在那里，另一个调查员大气不敢出。这两人是故交，为何院长在整个过程中一句话都没说，如果真的得罪了乔婉杭，院长会不会雷霆震怒。

"院长，我才刚调来一个月，很多情况并不了解。"刘江显然也有不满，但是也担心自己的询问太像拷问,他是从其他部门被曹文新提拔上来的,一时没有适应检察院的办案风格。

"回去把整个笔录整理出来,然后给下一步方案。"曹院长丝毫没有责怪的意思,头也没回,直接走向调查室。

他率先伸手,乔婉杭愣了愣,两人用力地握了握手。

这时律师也进来了。

"乔婉杭,这个时候见你,希望你不要怪我。"曹院长说道。

"我们现在可以走了吗?"律师立刻跟上前说道。

"等一下,我有些话和你说。"曹院长看向乔婉杭。

"刚刚的审讯没有达到院长的要求?"乔婉杭挑眉问道。

曹院长尴尬地笑了笑,把她带出了调查室。

刘江和调查员在楼上看得一脸蒙,刘江用拉长的声音嘀咕:"故——交——"

"头儿,我们刚刚那样,会不会让老曹……"调查员在旁边低声说道。

"你少给我马后炮!"刘江愤然说道,"把她的档案拿过来,她这社会关系还真不少。"

19.种草

曹院长和乔婉杭走到检察院办公楼外的一个休息园林,律师Eason寸步不离地跟着。

"你留在这里。"乔婉杭对Eason说道。Eason脸上露出一丝担忧,想要劝阻。

曹院长倒是云淡风轻:"没事,他在旁边也好。"

二人在院里的亭子里坐着,Eason站在一边。

园内寂静无比,楼上的视角看不见亭子里的情况。

"本来想在云忠葬礼后去看你,但又怕打搅你。"曹院长语气温和。

"我也不太想见朋友,如果不是因为这件事,怎么会麻烦您。"

"这你就太见外了,你们结婚的时候我们一家还去参加了。"

乔婉杭脸上凄然一笑。曹院长叙旧的时候虽然拉近了距离,也勾起了哀愁。

"没想到……"曹院长关怀道,"你看起来状态还好。"

"不然呢?自己找根绳子了结了?"乔婉杭笑了笑,又恢复到之前的疲惫。

"今后有什么打算?"

Eason听到这里,走到另一边。

乔婉杭也有些愕然。"在这里,你们会问嫌疑人,今后有什么打算吗?"

"你不是嫌疑人,只是协助调查。"

"我本来打算处理完这边的事情就回美国。现在拜您所赐,恐怕没那么容易了。"

曹院长苦笑一声，问道："云忠这两年的事情你知道多少？"

Eason直接走到两人身边，义正词严地对乔婉杭说道："您可以不回答。"

乔婉杭眼神深邃地看着曹院长，他不再是出入她家向父亲请教问题的好学之士，话里有几分真诚，她无法分辨。

院长意识到自己的问题可能会超出朋友的关怀，解释道："我没有别的意思，老乔对我有提携之恩，生前给了我很多指导，责权范围内，我会尽量帮你。我也相信你的为人，不至于离开审讯室还来套你。"

"这两年我在美国，和云忠见面的次数不超过三次，他除了找我筹钱，没说过别的。我现在才刚靠近云威，就成了这样……只觉得它像一个深渊，看不到底。"

"你的直觉是对的……不过，很多事情，都不是我这个层面能掌握的。"

乔婉杭有些惊讶，意识到他可能知道更多，试探道："那，您看我还能在哪方面帮到您吗？"

"乔婉杭，不管你相不相信，我其实是希望你帮不了我们……"

乔婉杭看着他，说道："看来我也走不了了。"

曹院长眼神忧虑，按了按自己的额头，说道："你先回去吧。我来的时候，看到外面有人等着。"

曹院长把他们带到西门，这里的人很少，只有一个警卫站岗。

临分别的时候，曹院长从一个文件夹里拿出一个镶着金边的邀请函，上面写着时间和地点，还有一条标语："重发展，才有未来。"

曹院长说："这是你父亲早年间组织的一个聚会，都是推动发展建设的人员，叫作'交流会'，不断有后起之秀进入，你可以去看看，了解一下现在的中国。"

乔婉杭接过后，问道："您不去吗？"

"他们年年给我发，我都没时间参加。"

"你不是没时间参加，是你在这个位置。"乔婉杭笑了起来，"礼貌归礼貌，他们其实并不愿意见您，您也不想和他们走太近。"

"你还是没变啊，婉杭，什么事都看得透亮，不留余地啊。"曹院长说完，笑了起来，想了想，又说，"欢迎你回家。"

乔婉杭浅笑着点了一下头，没有多说，和Eason顺着小路离开。

刘江来到曹院长身后："院长，您这样就放了自己的故交？也不请她在院里食堂吃个饭？"

曹院长倒是爱才，道："小刘，你今天的问话有几个问题，要检讨。"

他继续往里走，刘江赶紧跟上。

"她要不找您，很可能还有突破，您这是暴露军情。"刘江丝毫不让步。

"今天还是有些突破的，"曹院长缓缓说道，"她会比我们更想知道云威里面到底有什么名堂。"

刘江立刻明白了，姜还是老的辣："种草了。"

"什么？"

"就是女人对购物的一种说法，让这个好奇一直埋在心里，生根发芽，然后采取行动。"

"她不是一般的女人，"曹院长摇头，"我觉得她有心理准备。"

"是吗？"刘处长收起了平时浑不凛的样子，"你是说，她自愿往坑里跳。"

"她接受询问的时候太平静了，好像是在等着我们找到她，然后跟着我们去看翟云忠生前经历的事情。"

刘江一时说不出话来。

20.是他给你的选择

颜亿盼被高烧折磨得昏昏沉沉，直到天黑才醒过来，点开微信，一串红色未读信息提醒。多是公司里的人问她情况。

她请假的次数极少，突然不去上班，又赶上这个敏感时期，总是引人猜测。那些人之前在背地里骂她是阿谀奉承的小人，现在又贴过来和她套近乎，应该是想从她口里讨得一张保命符什么的。

职场这个丛林生态，凶险，但也有趣。

最下面的是一个名叫"低腰小娘子"的给她连发了三个拍掌的表情符号。

这个名字差点让颜亿盼的体温又升了上去，看了看添加时间和号码，才知道是刘江。

颜亿盼给他回了一个问号。

刘江很快回了一句：保持联系。

看来，刘江既把她当嫌疑人调查，也把她当线人利用。她轻叹一口气，上面有她发给刘江永盛与云威的谈判地址，并且很歉意地告诉他："你的疑问，我回答不了，来这里，会有人回答。"

她清空了和他的聊天记录。

一声微信提示，程远的消息发了过来：烧退了吗？

她用电子体温表测了一下：38.2℃。

她喝了口水，头还发晕，回他：退了。

程远：锅里有粥，这段时间芯片内测，住宾馆，你照顾好自己。

她起来的时候看到桌子上的离婚协议不见了，大概是程远收了起来。不知道他怎么想的，有时候双方因为忙于工作，对感情这种事反而不急于求一个结果。

她热了锅里的粥，喝完后就坐在床上开始做些准备工作，接下来还有很多事情，这场牌局还没结束。

做完事情，她又补了一觉，清早的阳光带着热度洒在床头，她才总算觉得清醒了很多。洗漱过后，她坐在梳妆镜前化妆。

庄耀辉连发了几条语音，她点开来逐条自动播放：

"你什么时候来上班？"

"你知道吗，昨天翟太被检察院带走了！"

"廖森回来的时候，有人听到房间里骂人的声音。"

"她恐怕要回美国了。"

颜亿盼摁在眉尾的眉笔忽然断了，画了灰黑的一道，她拿着卷笔刀卷了一下，笔芯还是断的，反复两次依然如此，她把眉笔丢进垃圾桶，换了眉粉，涂了涂。

她开始翻看公司的BBS，这是翟云忠的主张，让员工畅所欲言，本意是让HR和工会倾听员工声音，因为内外沟通由她负责，所以给了她管理员账号，后台成了她查看舆情风向的据点，里面一些被HR以不利于团结为由删除的内容，她都能看到。

多事的员工都会在里面说自己了解或者大胆推测的八卦：有说前董事长欠赌债的，有说乔婉杭留在海外是替他洗钱的。

看来消息开始发酵了。

不过，即便没有这些小道消息，外资向来忌惮中国政府，他们出面带人，那情形，多会让他们望而却步。

她收拾好出了门，看到自己放在门口的纸箱和纸箱里的塑料瓶还没收走。

出了电梯，正看到几周前见到的那个小男孩，飞奔着往楼梯口跑，还带起一阵风，外面一个黑色塑料袋里放了一些塑料瓶和几个空箱子，应该是他在别处收集到的。

要说，中年人的世界总是很丧，可是这世界谁又是容易的呢？

这孩子身上就有一种与生俱来的倔强，在一种极丧的现实中爆燃地活着，这才是存活的快感啊。

到了公司，她直接奔赴定于下午召开的董事会议。她手里拿着早已经准备好的资宁地产项目特批程序，在董事会现场直接递交。

"公司现在内忧外患，唯有按照原定计划稳步推进资宁项目，才能减少外界的猜测。"这是她递交时的说辞。

桑总、李芏自然知道这意味着什么，他们已经准备把位置让给翟云孝，接受借款只是一个态度。

西方不亮东方亮，路总是有的。

董事会盖章后，一切成了定论。

颜亿盼出来时，看到廖森办公室的大门紧闭。庄耀辉、王朋等原先翟云忠的"余党"在会议室门口等颜亿盼，王朋接过盖章文档。

其余人对颜亿盼投来认可的眼神，当然也不乏质疑和畏惧，这个女人为了达到目的可以不择手段。

庄耀辉低声对颜亿盼说："你来之前，董事会在开会讨论是否要革除廖森的职位。"

颜亿盼有些惊讶："这个时候，不可能再大动干戈。"

"廖森可不是那么好拔除的，他在这里根基很深。"庄耀辉也认可这种说法。

"看吧，我们先按照原计划推进。"颜亿盼不禁松了口气。

"亿盼，你是不是提前知道检察院会带走那个翟太？"

颜亿盼神色微动，瞟了一眼庄耀辉："上面的神仙斗法，我们这些虾兵蟹将也只有观看的份儿。"

"我是虾兵，你可不是蟹将。"庄耀辉显然不信她这一套说法。

颜亿盼知道争辩毫无意义，低声问了他一句："老庄，翟董出事前和你说过什么没有？"

庄耀辉无奈摇头："在他眼里，我大概当不起托孤之臣，怎么，他跟你说了什么？"

颜亿盼笑了笑："没有。"

"你是不是也经常会想他为什么会这样就离开了？"庄耀辉眯着眼看着前方空白的玻璃，这片空白一直延伸到远山。

"嗯。不是经常，偶尔吧。"颜亿盼苦笑道，"可是也没想明白。"

这是实话，翟云忠的方方面面她知道得不少，并非是他主动告知的，多数是自己留意观察或有心搜集的信息，但关于他跳楼的原因，她想不明白，像是早有准备，又像是临时起意。她只能肯定一点，就是，他绝不是万念俱灰而死。

不过几天，外头已经斗转星移，掀起了血雨腥风。

乔婉杭的股权因为证监会的调查被无限期冻结。什么时候调查出结果，什么时候解冻。离开检察院后的乔婉杭，真正意识到现实的残酷。

因为翟云忠在外面以个人名义拆借资本等一系列操作，夫妻二人的共同财产也被全部查封，后面还有很多流程。

不知是不是为了迎接新年的到来，天空还飘起了雪。

乔婉杭本已经装饰着红灯笼的别墅被贴上了封条，他们必须在一天之内搬离这里。

"婶婶，您和小松可以住我们家，大家一起过个年。往后什么事情都不用担心。"翟绪纲打着一把大黑伞站在雪地里，装得像是从天而降的救世主，指挥着下属帮他们搬东西。看，虽然你们落难了，但是我不嫌弃你们，依旧平易近人，依然体贴入微，还恰到好处地表达善意。"回美国的事，年后再说。"说完，他把工作人员搬家时翻出来的限制令交给了乔婉杭。

看来希望翟云忠的遗留物统统消失的不仅仅是廖森。

三弟翟云鸿也过来了，搬家的货车便是他叫过来的，看样子是要收留这无家可归的女人和孩子，两个孩子脸冻得通红，赶紧上了他的车。

搬家人员还在忙活，乔婉杭的鸢尾也被她一株一株地挖了出来。

有人在小声议论，这个房子可不便宜，怎么没个古董名画什么的，难不成是被卖了。

子孙不肖，家道中落，谁说不是呢。

乔婉杭充耳不闻，把最后一株鸢尾放在陶瓷花盆里，端了起来，抬头时看到外面停着一辆红色的宝马，旁边站着一个女人，是颜亿盼。她没打伞，一件青翠欲滴的草绿色羊绒大衣披在身上，连体的帽子几乎盖住了眉毛，外面的雪就这样飘洒着，在一片深色家具和低沉气氛中，女人的着色过分明艳了。

乔婉杭看着那抹熟悉的笑意，看不出是善意，还是就是习惯。她放下了陶瓷花盆，顺着石阶路走了过去。

"人间自有真情在，我今天真是感受到了。这么多人来看我搬家。"乔婉杭居然还有心情调笑。

"你要搬去哪儿？"颜亿盼问道。

"怎么，要来看我？"

"不行吗？"

"看来我还有可用之处。"

"'可用之处'这几个字不应该放在你身上，"颜亿盼说这句话时居然带有几分珍重，"不过你如果说的是重要性，那确实如此，你的股权只是冻结，不是没收，你很重要。"

颜亿盼难得如此坦白，乔婉杭看着她，没有说话。

颜亿盼实在不习惯乔婉杭那种直视的眼神，她收起笑意，说道："翟董在湖边租过一个房子，还没到期，你不妨去看看。"

"你又给了我另外一个选择吗？"乔婉杭问。上次那个选择，她没有接，然后，她尝到了苦果。

"不是，"颜亿盼摇了摇头，看着一株株被搬上车的鸢尾，缓缓说道，"是他给你的选择。"

21.他居然选在了这里

当颜亿盼说出这句无比富有使命感的话时，乔婉杭并没有产生很强的使命感，而是背脊猛地发凉，紧接着冲向颜亿盼，抓着她的领子用力冲她喊："他究竟要我怎么样？！"

乔婉杭的力气竟然非常大，还推了颜亿盼一把，盯着她的眼睛大声问："你是他派来的地狱执事吗？！"

颜亿盼被推得靠后，眼里却丝毫不慌张，甚至有些期待地看这个女人在她面前失态，她就这样静静地看着这个女人几秒，抬起手来，虚握着乔婉杭顶在自己脖子上因用力而微微颤抖的双手，问道："你来不来？"

不得不承认，这句话在乔婉杭心里勾了一下，如同过去无数个空虚的夜里，有人给她电话，问道：三缺一，你来不来？

恰当的时候出现，引她入局。

房屋逐渐空了下来，搬在外头的红木长沙发孤零零地搁在草地上，上面还落了一层雪，两个女人把上面那点雪扫了扫，一黑一青坐在上面看着天边的云，乔婉杭压抑的愤怒似乎在那句嘶吼中得到了释放，现在一语不发，失落地看着东西从父亲留给自己的房子里搬出来，颜亿盼和她感觉不同，甚至有点看戏的乐趣。就是这样，胜利者高高在上享受世间繁华，游戏人生。失败者在角落里饮泣，蠢蠢欲动。她已经享受了十几年富太的生活，人间疾苦也应该尝尝了。

颜亿盼上车的时候，瞟了一眼一马当先的翟绪纲车队，笑着说道："把你车挪挪，别挡道。"

翟绪纲不得不把车一辆一辆移开，就这样，颜亿盼在前面开道。翟云鸿的车跟在后面，里面坐着乔婉杭一家人，一行车就这样离开了这片钟鸣鼎食之地，奔赴未知的前程。

这个点正是下班时间，路上还很堵，外面焦急的人们胡乱地摁着催促的喇叭。

"您怎么认识她的？"翟云鸿抬起下巴，示意前面的车，问乔婉杭。

"处理云忠的事情时，她在里面协调了一下。"

"这个女人……你还是别走得太近，"翟云鸿声音低沉，"防着她点。"

"怎么了？"乔婉杭看着前面风雪中缓慢前行的红色宝马问道。

"她呢，说是二哥的忠实下属，其实呢，长袖善舞，在大哥那边也有勾连。"

"有作风问题吗？"说实话，乔婉杭第一次见她不是没往那方面想，加上这次，连这种别人不知道的出租屋她都知道，不禁有些怀疑。

"漂亮的女人嘛，男人都喜欢。"翟云鸿嗤笑一声，"不过，像她这样长得漂亮又心机很深的女人，一般男人都不敢走太近，怕被蜇了。"

"可是我看她和你二哥还很熟。"

"二哥嘛，不是一般男人。"翟云鸿摇了摇头，说了一句，然后偏头对乔婉杭说，"嫂子，有什么事情……你如果实在不清楚可以去问爸，他人在山上，心里还是有你们的。"

"真要有我们，云忠也不会死吧。"乔婉杭说完，靠着椅背，看向窗外。

翟云鸿听到这里，觉得自己话说多了，便也闭嘴了。

身后低头玩平板电脑的小儿子问道："妈妈，我们去哪里？"

"去爸爸住的地方。"

"爸爸在那儿吗？"孩童继续低头玩着平板电脑里的游戏，懵懂地问道。

车内忽然凝固了片刻，只有游戏里的声响，乔婉杭看着前方发怔。

"爸爸去很远的地方了……"翟云鸿试着用孩子能听懂的流行说法来解释。

"他不在。"乔婉杭回答道。

"爸爸死了。"女儿阿青突然说了一句。

乔婉杭在后视镜里看着女儿，女儿嘟着嘴，故意作一般盯着乔婉杭，似乎想等她解释。

"阿青……"乔婉杭正要说话，女儿扭头看向窗外，眼泪啪嗒啪嗒地掉。

"你们不用担心，我会找到复活他的办法，"孩子放下手里的平板电脑，用小手轻轻抚慰姐姐的背，信心满满地说，"就像高斯和迪迦一样。"

翟云鸿叹了口气。

"好，妈妈等着。"乔婉杭说道。

天已经黑了下来，这里靠近郊区，应该是开发了一段时间，周边还有超市和汽车站点，旁边的矮楼亮起了灯，前面是一大片湖，马路两边的路灯倒影在湖中浮动，光晕照射着湖边柳条，随风飘摇。

"这里……"翟云鸿脸上有些愕然。

乔婉杭打开车窗，春风拂面，她低声说道："他居然选在了这里。"

车开过一个昏暗的马路，在路口停了下来，大车开不进去，颜亿盼下车带着乔婉杭穿过一条逼仄的小道。搬家公司的人开始往里搬东西。

门口有一位中介人员等着，见他们来了，上前说道："业主一直在国外，租户羽先生给过我们一把备用钥匙，说转交给一位叫乔婉杭的女士，请问是您吗？"

又是羽先生，乔婉杭听到这里，心中纳罕，说道："我是乔婉杭。"

她从中介手里接过钥匙，便把门打开，推门进入。中介人员把门廊的灯打开。

这是一个别致的小院，院子没怎么布置，地上的杂草已经长满了通向房屋的石板路，扑面而来的是清幽的草木气息。

中介说羽先生租了五年，现在还有两年半的租期，她让乔婉杭签了字以后，便离开了。

东西陆陆续续地搬了下来，放在外面的客厅里。两个孩子爬上爬下地拆东西，满是好奇地四处看着，乔婉杭谢过翟云鸿后，让他先回去了。

"你怎么知道这个地方？"乔婉杭站在院子里，问颜亿盼。从中介的口中，可以猜到，这应该就是翟云忠个人租的。

"刘召告诉我的，"颜亿盼边说边摇晃了几下院子外的一扇门，门缝处发出吱嘎吱嘎的声音，"明天我找个师傅来给你们这里做做检修。"

乔婉杭的思绪还停留在刘召知道这个地址的事情上，仍是一脸疑惑。

颜亿盼又接着解释了一下："你不是之前把费用交了吗，他给我电话，说评测报告是不是还是寄羽老板留的地址，我才知道他有这么个地方，然后在网上查到中介。"

"所以，如果你不查，"乔婉杭晃了晃手里的钥匙，"我可能还拿不到这把钥匙。"

"你还不信我？"颜亿盼笑了起来，瞟了她一眼，说道，"我还好奇，他为什么不直接给你，还绕了这个弯，你们之间没交流吗？还是他想给你一个惊喜。"

乔婉杭的心被戳了一下，他临死之前，两人确实没交流，她沉默几秒，问："那天刘召给我电话，是你让他打的吧？"

"你猜。"

"你别告诉我是：'是他让刘召打的。'"

"那你得去问刘召了。"颜亿盼笑了起来。

"别以为我不敢。"乔婉杭斜乜了她一眼说道。

颜亿盼立刻非常配合地把手机拿出来，翻出刘召的联系方式，右手食指正要按拨号键，被乔婉杭的食指轻轻挑开。

她拿出自己的手机，握着颜亿盼拿手机的左手，让她把屏幕朝向自己，然后一个一个摁了号码键，拨了过去。

"是我，上次给羽先生结账的人。"电话接通后，她松开了颜亿盼的手，颜亿盼扭动了一下手腕。

"哦，您好，乔女士。"刘召的声音传来。

乔婉杭既然是刘召的赞助者，自然问起话来也非常直接："刘召，能说说你和羽先生的事情吗？"

"我和羽先生不为人知的事……"刘召那边听到这样正式的问话，故作低沉地说道，大概也发现玩笑有点冷，自己干笑了几声以后，给出了答案，"我从没见过羽先生，刚开始还以为是游戏公司的幕后老总，玩票的，要硬件测评，便于采买什么的，那天颜小姐过来，百度了她的照片，我才晓得，羽先生是云威的老板，哎，云威在我们的测评中出现次数比几家外国的少多了……"

颜亿盼往旁边的木头架子走去，四下打量这个院子，显然对刘召怎么回答根本不关心。

刘召那边继续说："我和他唯一的联系就是他给钱，我给报告。这个地址用了两年多，你们来了，我才知道他去世，想着还能不能往这边寄报告，就又联系了颜小姐。"

"就这样？"

"就这样。"刘召语气沉沉，听起来颇为诚恳。

是自己想多了？乔婉杭都开始觉得自己想太多，只能挂了电话。

颜亿盼此刻目光投向里面那间屋子："我蛮好奇的，他住在这里做什么，你要不要进去看看？"

乔婉杭跨入客厅的大门，颜亿盼却只是笔直地站在门口。

"你不进来？"乔婉杭回头对她说。

"你邀请我进来吗？"颜亿盼此刻居然一副乖巧懂事又满脸期待的样子，把乔婉杭给看乐了。

"进来。"乔婉杭摆了一下手示意她可以进入。

颜亿盼是真的有些拘谨，这个地方，或许是翟云忠借她的手让自己妻子进入，他去世以后，有关暗火测评的事宜，不出意外地会交由颜亿盼善后，这个房子被发现是迟早的事情，而乔婉杭会不会接纳，却是未知的。

颜亿盼跟着乔婉杭进去后还是不敢轻易乱碰，只是跟在乔婉杭身后。

客厅很大，显得陈设过分简单，松木的柜子和沙发，一台壁挂式电视。中间隔着很大一块空地，简直可以溜冰了。

果然，她的小儿子拿出箱子里的一个滑板滑了起来。女儿很懂事地在一边打开箱子整理东西。

乔婉杭推门进入右侧的一个房间，面积不大，和外面的客厅不同，有人居住过的痕迹，一张红松木床，一排书柜，上面的书有中文的有英文的，一眼看去大多是技术类的书籍，旁边的书桌上满是灰尘。

书柜上有一张合影，是女儿阿青的小学运动会，衣服上贴着号码牌，举着一枚奖牌，乔婉杭牵着小儿子站在旁边，里面没有翟云忠。她看到床头柜上有一本没看完的书，书展开扣在柜子上。她翻过来，看着这一页，有些愣神，是一张芯片设计图。她把书签夹在他最后看的这一页上，合上了书。一支笔随意地掉在地上，她弯腰捡了起来，握在手里没有放下。

这里是翟云忠居住的房间。她坐在他叠好的被子旁边，摸了摸被子的边缘，有些发潮、发冷。

靠窗的柜子上有一台老式CD播放机，下面并排摆着很多CD，现在已经很少见了，翟云忠比较喜欢保留这种有年代感的东西，曾说这让他觉得自己不曾老去。

乔婉杭抹了一下CD机，一层薄灰，其中白色"Play"按钮有磨损痕迹，她按了一下按钮，声音从角落里的复古木制大音箱传来，前奏的电子音节奏明快而热烈。

> 我怕我没有机会
> 跟你说一声再见
> 因为也许就再也见不到你
> 明天我要离开
> 熟悉的地方和你
> 要分离
> 我眼泪就掉下去
> 我会牢牢记住你的脸
> 我会珍惜你给的思念
> 这些日子在我心中
> 永远都不会抹去
> 我不能答应你
> 我是否会再回来
> 不回头
> 不回头地走下去
> ……

是张震岳的《再见》。

乔婉杭站在窗前看着湖面，月亮被风吹碎，月影散落在湖间。

颜亿盼想，乔婉杭不会是在哭吧，想说安慰的话又无从说起，就站在她身后，没有上前。

"外面好黑啊……"乔婉杭看着窗外幽幽说道。

"嗯？"颜亿盼这才走过去，迅速瞥了她一眼，没哭，又顺着她的目光看向外面，说，"他为什么选这么一个地方？周围还挺冷清的。"

乔婉杭呼出一口气，缓缓说道："这里是他向我求婚的地方。"

湖边远处有星星点点的灯火，一轮新月孤零零地挂在幽深的天空，外面虫鸣蛙叫此起彼伏。

颜亿盼向外看，看不到任何浪漫。

乔婉杭脸上漾起一层柔和的微笑说："这里白天好看得很。"

22.朝着自己恐惧的方向前进

那年，2月27日，春潮回暖，碧波荡漾，翟云忠带着她，翟云鸿跟在后面做电灯泡，一同游湖，当时的湖边没有现在的亭台阁楼，还有些荒凉，兄弟俩捡了几颗石子，在手里把玩，翟云鸿拿起一颗薄且圆的石子，打起了水漂。

一、二、三、四、五。石头在水面上漂了五下沉落。

本就和翟云鸿商量好要衬托自己的翟云忠，此时当然不甘示弱。他捡起一颗石子，一、二、三，沉下去。一、二、三、四，沉下去。

翟云鸿笑道："二哥，你放弃吧，你在家看书的时候，我都在外头疯跑，玩这些，你玩不过我。"

翟云忠口袋里都准备了求婚戒指，这个时候被三弟比下去，那是万万不行的。他再次拿起石子，屏住呼吸，用力扔向湖心。

乔婉杭数着："一、二、三、四、五。"

勉强打了个平手。

乔婉杭鼓了掌，然后随手捡起颗石头，弯下腰，往湖中一扔。

一、二、三、四、五、六、七……

水面上的石头如同插了翅膀一样，掠水而过，一直飞到湖心。

她儿时贪玩，这些玩意也是手到擒来。

翟云忠看愣了，本想展现自己，让她扑在自己怀里，竖大拇指，现在反而败下阵来，那是万万不行的。翟云鸿看出他的心思，从旁边捡了一颗又薄又圆的石头，放在他手心，用眼神鼓励他，一定要拿下这一局。

拿下这一局，然后向心爱的姑娘求婚！

翟云忠摆好了姿势，用力一甩，石头嗖地飞了出去。

"一、二、三……"乔婉杭正数着。

石头再次飘起来的时候，翟云忠一下坐在了地上，"哎哟！"

两人围了过来。翟云忠脸已经是猪肝色，还是强撑着："我没事，我没事。"

"云忠，你脱臼了！"乔婉杭喊道，赶紧扶着他，让他坐在旁边的石墩上。

"哈哈哈哈哈……"翟云鸿丝毫不掩饰自己看到这一出的欢乐，几乎快笑趴在地上了，嘴里还说，"老二，你赢了，赢了，厉害啊，打个水漂，能给自己弄脱臼了！"

翟云忠一边疼得龇牙咧嘴，一边用力瞪翟云鸿，让他别太过分，翟云鸿还是没有止住笑，翟云忠歪着身子，口袋里掉出一个红丝绒的戒指盒，落在地上滚动着。

乔婉杭立刻明白是怎么回事，翟云鸿这才收了笑容，赶紧捡起来交到二哥手里，问："你求不求了？"

乔婉杭当时哪有心情，一是担心他，二是实在没有做好心理准备，翟云忠刚拿起戒指盒，张着嘴也不知道该怎么办，乔婉杭突然就跑了。

"我就知道，你只会帮倒忙！"翟云忠用好的那只手，指着翟云鸿骂道。

……

他们再次出现在这个地方时，已经是一周后，翟云忠的右手绑上了绷带。电灯泡翟云鸿已经不在身边了。

旁边的柳树挂上新绿，清风拂柳，他们在亭子里看着深绿湖水。翟云忠看着湖心，吸了口气，说道："亨利八世曾在信中对安妮说，诚将此身此心毫无保留地……"

"不要，那个结局太凄惨！"乔婉杭捂住他的嘴。

"啊，你都知道我要说什么了。"翟云忠握住她的手放在胸前。

亨利八世对安妮说的原话是：诚将此身此心毫无保留地交于你手，我的爱人及挚友，愿你垂爱，将其收留。

乔婉杭知道自己已经泄露了心意，只低头浅笑。

翟云忠拿出了那枚准备求婚的戒指。

还有一个月，乔婉杭和翟云忠就结婚十五年了，她站在窗前，看着湖面，脸上掠过一抹怆然笑意，耳边响起翟云忠当时对她说的话。

"我的爱人及挚友，今后的每一天和我走走这湖怎么样？晴天、雨天、雪天都一起。"

其实，乔婉杭刚听到那首歌的时候，很多无法宣之于口的情绪涌了上来，如果不是颜亿盼在她身后，她很可能会扑在床上大哭一通。但随着那嚣张洒脱的男声传来，她逐渐明白过来，这是翟云忠在弥补没有和她道别的遗憾，如同过去一样，是一种并不被期许的"哄哄你"，一种只有他自己能理解的幽默。

伤痛已经留在了那里，是永恒不灭的，而唯一能缓解自己伤痛的，就是踏着他没走完的路，不回头，不回头地走下去，就好像他还在身边一样。

这是让翟云忠精神复活的唯一方式。

搬运的人已经离开，颜亿盼在外面和他们交代了几句。翟云鸿让妻子从家里送来了晚餐。

"时候也不早了，你们先吃饭，"颜亿盼看着门外餐厅摆着的一桌菜，在她身边问道，"有什么事等过年以后再说？"

"我明天想去看看云威的研发工程院。"乔婉杭从房间里出来的时候说道。

"这么着急啊，"颜亿盼有些迟疑，"后天就除夕了，不少人都提前回家了。"

"我只是想看看，不想打搅任何人。"乔婉杭说。

"工程院还是有些特殊……"颜亿盼看外面有人在等她吃饭，也没再多说什么,"我来安排,约好时间告诉你。"

"行。"

"那我先撤了。"颜亿盼说完便往门外走去,乔婉杭送她到门口,两人互留了电话。

颜亿盼穿过狭窄的通道,上了车后,面露愁容,犹豫片刻,还是拨通了程远的电话,说明了一下翟太的想法。

"随时都行,"程远那边没有任何犹豫,颜亿盼正为程远如此配合松了口气,很快又听他说了一句,"只是,我没时间接待。"

"她第一次来这里,你这样不好吧。"

"这个地方,本来就不是用来参观的。"他压低了嗓音,那边好像是在开会。

"好吧,那明天我们来之前,你派个人带一下路总行吧。"

"几点?"

"十点。"

"嗯。"程远很快就挂了电话。

这个点,他还在加班。颜亿盼轻叹了口气,便开车离开了。程远的不配合让她格外担忧,乔婉杭要去研发部,无疑是想亲自验证自己曾对她说过的话,研发道路是她丈夫的选择。

从进入这个公司,到接触这些公司里的人,乔婉杭的表现可以用三个字概括:不配合。

她说,她不相信任何人,也不原谅任何人。

现在大概是要亲自验证这里的一切,亲自走近她口中的深渊。

颜亿盼快到家门口的时候,才发现路上行人少了,附近小区都挂起了灯笼。这座经济高速发展的现代化城市,有了些许年味。

她才想起要准备买回家的票,这一次是不能去程远家了。晚上,她去了一趟超市,给父母买了不少年货,这么多年来,她都是先陪程远在他父母家跨年,初三才回家,这一次,总算不用了。

在公司要带着防备、戴着面具处事,面对程远的家人也是,以后,终于不必了。

回到家后,她整理了那些要带回去的东西,多出了很多纸箱,她把纸箱放在门口的角落,小男孩每天会按时来收拾。她把在超市买的一双棉手套拆了包装、剪了商标,裹在手中用力搓了搓,又把一只手套正反翻了一面,再将两只手套揉成一团,最后一抬手,扔进了纸箱里。

她看着手套囫囵滚落在纸箱的角落,便转身关上了门。

冬天在外面干活时那寒冷刺骨的滋味,她非常清楚。但被人施舍的感觉会更痛苦，这种方式，反而较为体面。

第二天早上十点，当颜亿盼和乔婉杭站在云威研发楼一楼玻璃门外等待的时候，感到自己高估了程远的觉悟。

研发楼是一幢青色的石砖楼，六层高，旁边还有铁楼梯一直盘旋到二楼，上面攀爬着绿色藤蔓，和旁边玻璃钢筋结构的云威大厦形成鲜明的对比。

外面冷风飕飕，楼下空荡荡。

乔婉杭虽然没说什么，但脸色着实不好看。颜亿盼在一边耐心解释道："研发楼的工卡和办公楼的不一样，进出卡要直接在工程院申请，时间不够。"

很明显，这家公司有两套体系，研发体系和公司运营体系并不统一，研发人员可以随时出入公司任何地方；但类似财务、营销、商务、法务等公司运营部门，未经允许不能踏入工程院。也就是说，在这里，即便是CEO廖森，没有院长程远的批准，也无法进入。

没人知道廖森是什么时候产生砍掉研发的念头。通常，那些你死我活的矛盾，都始于一扇紧闭的门。

一阵"啪啪啪"的鞋底板声音传来，从楼梯上几乎是跳下来了一个穿着老北京黑布鞋和棕色大毛衣的研发人员，他跑了过来，头发有些凌乱，暂时没有办法判断年龄。他下楼后，解释了一句："程院长正在和美国硅谷开会，我们团队在风淋室做测试，听不到电话声音。我是IC技术部经理罗洛，欢迎您来研发中心。"

罗洛说完露出的笑容憨憨的，颜亿盼正在紧张，这位少奶奶会不会要求对方脱衣致歉什么的，却看到乔婉杭笑了，微微点了点头。

颜亿盼有些诧异于她在这里的克制，低声在她旁边解释："云威在美国硅谷有一个研发中心，有些芯片是两边研发人员合作开发的。"

"我知道。"乔婉杭点了点头。如果不是因为翟云忠每年去那个研发中心，乔婉杭恐怕一年也见不到他一次。

一楼右侧是个健身区，里面有乒乓球桌、台球桌，还有跑步机和健身器材。此时只有几个人坐在休息区讨论问题，并没有人在里面锻炼。罗洛说吃饭的时候和下班后会有一些人过来锻炼。

他们走到左侧的办公区，穿过磨砂玻璃门后，情形很不一样，仿佛从俗世一下穿越到了未来空间。里面各种大大小小的屏幕闪耀着蓝色的代码，五颜六色的主板有条不紊地排列在架子上，另一边玻璃隔离的区域是测试区，外面码放着手机，里面的人穿着银白色的隔离服，戴着护目镜。外面的人在电脑屏幕前不停地记录。除了低低的讨论声，就是敲击键盘的声音。

转角的过道里摆了一排模型，有一个晶体生长的动态模型，无线电真空管模型，两旁的图片没有一张是云威大楼里那种常见的企业文化海报，而是世界各国与这个领域相关的物理学家、化学家、数学家和工程师的照片，有真空二极管的发明者约翰·弗莱明（他将人类文明带入了电子时代），数学家冯·诺依曼、图灵，以及发明芯片的诺伊斯与基尔比，发明晶体管的物理学家肖克利，还有中国第一台独立自主设计和自主生产的晶体管计算机119计算机的图片以及它的研发者吴几康，旁边是主设计411B系列机型的慈云桂。

在全球电子领域科学家中，乔婉杭注意到中间的一位：调频广播技术的发明者埃德温·霍华德·阿姆斯特朗，他于1954年1月31日跳楼自杀。有报道引述阿姆斯特朗死前说过的话："只有我死了或者破产，他们才会停止。"

23.他跳楼前一晚有事发生！

和旁边的集团大厦不同，这里科研氛围很浓，像个大的实验室。乔婉杭进来后仿佛被摄魂一般，尽管不能完全消化吸收，但仍然被每一个细节所吸引。

"这里是IC技术部下面的CPU部门。"罗洛指了指一大片办公区，一边有很高的隔板，每个人的办公区除了电脑，还堆着书籍和一些电子用品，另一边则完全没有隔板，像一个开放式的会议桌。"CPU部门下又按照芯片功能分为不同的项目组，他是芯片平台与关键技术开发组项目经理。研发中心类似这样不同类型的开发组有四十来个，每个组都有工程师、高级工程师、专家等职位。"

年关将至，里面确实有不少空座位，但仍然比云威大厦留下的人多，办公室正对面是一个大型LED屏幕，上面正在直播实验室的芯片测试，下面有些人抬着头边看边做记录。

他们从一楼一直走到六楼，路上有人停下来和他们点头示意，有的组长找罗洛商量事情，他还会停下来做介绍：这是移动通信部经理、测试组组长……

乔婉杭并不能完全记住每张脸，但有了很清晰的印象，这些人除了有点没睡饱的样子，眼神都很干净，不太世故，见了面以后还是该做什么做什么。

倒是有一个戴着帽子的矮个子男孩，学着别的部门领导，憨直地伸手和乔婉杭握手，说什么："感谢翟总工给我们创造研发条件……"

旁边也有一两人跟着应和了几句，也机械地握了手。看得出来，这种社交场合，他们不太擅长，说话的样子又愣又尴尬，倒也很可爱。

"在这里，董事长让我们叫他'总工'。"罗洛在旁边补充了一句，又指了指一间办公室，说，"那边是程院长的办公室。"

他们往里看，有个电工在里面修电路，程远不在。

程远说不接待还真就不出来，一直在会议室里面，透过玻璃门，颜亿盼能看到他的后脑勺。他正在和工程师探讨一幅极其复杂的芯片设计图，上面的红蓝白线条交织，有一种奇妙的美感。程远看着图，在大屏幕上做标注，连头都没回一下。

他们走到旁边一排的主板区域。里面的主板从大到小整齐排列，深绿的底色，配上五颜六色的零部件。

乔婉杭拿起一块很纤巧的主板看着，大小刚盖过手掌。

罗洛介绍说："这是Edac主板，嵌入的是云威S级CPU（处理器）Cooler470。"这款主板在市面上还是很有名气的，他介绍的时候颇有些自豪，"对标英泰达的酷凌89，主频速度比它慢一些，但是图形处理能力要更强，不少游戏机喜欢用它。"

"SEED，是这款吧？"乔婉杭又拿起一款，这款主板和两个手掌大小相当，"我看报告，这款市场表现不太好。"

"对，这一款用在办公上后劲不足，窗口开多了容易宕机，你可以听到风扇噪音很大。"罗洛食指轻轻弹了一下旁边插着这款主板的黑色盒子，脸上露出些许自嘲的表情道，在大董事面前，他也完全不加掩饰。

"不过在金融市场上表现还不错，用在ATM机器上反应很快。还有去年召开的全球经济论坛，现场登录用的就是这款。"颜亿盼在他们身后，补充了一句，说起来很轻松，其实心里却捏了把汗。

从乔婉杭说要来研发中心，颜亿盼的心就一直悬着。

因为这个地方她完全无法掌控，而这里又如此关键，她不知道乔婉杭会不会和廖森有同样的感觉：这里的投入是个无底洞，这里的人都不听指挥，这里的技术是个谜……

如果没有翟云忠这尊大佛守着，恐怕早就被夷为平地。

翟云忠一直说研发中心不但是云威的心脏，未来结合资宁科技园还将成为中国ICT领域的腹地。

程远让这个心脏跳动着，颜亿盼确保资宁科技园——和心脏连接的血管畅通。只是，程远和颜亿盼的真实关系早已不是珠联璧合了，只能算勉强维系着，心脏在跳，血管也还算畅通，但对外界并没有免疫力。

资本可以加固他们之间的联系，也可以斩断他们的联系。

总之，生死难料。

看吧，程远依然如此，带着团队忙于研发，将研发以外的行政事务屏蔽，懂的人知道他在冲击一个又一个技术难题，不懂的人看待他们如同《皇帝的新衣》里的裁缝，不过是欺世盗名罢了，甚至现实远比童话里还要惨，皇帝还没等游行就直接跳楼了……

留下一个从海外归国的皇后，还有一群心思各异的大臣们。

好在这个皇后不是一片白纸，现在有点要继续丈夫遗愿的意思，股权什么时候能解冻？解冻以后呢？清偿完债务后是走人还是留下？即便留下，现在的云威她还掌控得了吗？

"你有话想说？"乔婉杭问了颜亿盼一句，看出她一副心事重重的样子。

"没有，"颜亿盼没料到她这么直接，赶紧答道，"您看就好。"

乔婉杭笑了笑，往前走去。

颜亿盼送她上车前，并没有追问她此次参观的感受和以后的打算。明天就是除夕，大家都好好过个年吧。

等乔婉杭的车离开后，颜亿盼回头发现程远居然已经下楼了，就站在台阶上。身上只穿了一件灰色的皮肤风衣，站在风口，冷风吹得他眼睛眯了眯，显得消瘦憔悴。

她走上台阶，问道："怎么不早点下来，好歹跟人打个招呼呀。"

程远看着乔婉杭远去的车，也不说话。见颜亿盼走进，他忽而上前伸手就摸她的额头，她本能要避开，踩空了楼梯往后一个趔趄，被他一把抓住，口里说着："怎么路都走不稳，病还没好利索呢？"

"我没事了。"颜亿盼站稳后说道。

"我买了两张今晚回你家的机票。"程远说道。

"呃……"颜亿盼有些诧异。

"你不会不让我进家门吧？"程远似乎对她此刻的表情不太满意。

"这次怎么去我家过年？你爸妈同意了吗？还是你妈这次不想和我守岁了？"颜亿盼像是琼瑶小说女主附体，连珠炮似的问着。

"你说你，在别人面前总是一副春风化雨的样子。"程远说着，眼珠瞟向大门外乔婉杭正转弯离开的车，怪罪道，"在我面前怎么这么冲？"

"那张离婚协议你藏哪儿了？"颜亿盼挑眉问道，带着几分玩笑的意思，"是不是想着哪天签了字再甩我面前。"

"你不要听我妈说什么，"程远脸上刚刚那点轻松忽地没了，脸沉了下来，"她什么都不知道。"

颜亿盼听到这里，之前那点怨念也散得差不多了，脸上有了霁色，问："今晚回家，我们是在登机口见呢？还是在哪儿见面。"

"下午我会早点回家收拾东西，晚上十点的飞机。"程远看了看表，又说，"一会儿我们去食堂吃个饭吧。"

"你不上去穿件衣服？"

"我不冷。"

此时中午下楼吃饭的人出来了，他们也就从旁边的小路走向食堂。

"董事长过去常来这里，他之前和你说了什么要紧的话没有？"在幽静的小路上，颜亿盼找到机会还是问了一句。

程远脚步有一瞬间的凝滞。

"颜总,"程远垂眸看她,缓缓说道,"部门之间还是不要搞情报吧,尤其是现在这个敏感时期。"

颜亿盼知道一涉及工作,这人瞬间化成顽石,只得低头在他身边专心走路。

他们同时出现在食堂的次数不多,而且公司内部总有人传言,他们两个人的关系早就已经破裂了。此刻这样一副革命战友、恩爱夫妻的样子,虽不常见,但依然像是给人饭菜里加了颗定心丸,好像公司不会有大的变动。

不过,"廖森"成了热搜词,在食堂出现的次数空前高了。因为自乔婉杭被带走那天,他遭董事会弹劾开始,就再也没有出现在办公室。说是提前休假,但大家都猜测他可能准备跳槽了。

"廖森不是个容易放弃的人。"颜亿盼听到旁边的议论,小声对程远说。

程远喝了口汤,像是没听到这些讨论一样,说了句:"鸡汤不错,放了黄芪,你可以多喝点。"

乔婉杭回到家,也不脱外套,也没顾上和孩子们吃饭,就大步走进了翟云忠的卧室——现在是她的卧室了。她进去后反手把门关上,然后从大衣口袋里拿出了一张纸,放在桌子上展平了,上面歪歪扭扭地写了两行字:

翟总工跳楼前一晚有事发生!!!
联系我,电话:139×××7560

给她纸条的正是那个看起来有些莽撞的矮个子男孩,当时和她握了手,把纸条传给了乔婉杭,她当时能感觉到他的手在发抖。

乔婉杭拿着这个纸条来回抚平。看得出来,他写这行字时很紧张,最后那个数字0写得像6,然后又被重重地描了一遍,那个位置还被汗水浸湿了。

她按照纸条上留的电话拨了过去,那边传来一个生涩的声音:"喂。"

第五章 战火

24.你们程院长,人怎么样?

  小男生约见的地方很特别,是长途汽车站旁边的一家陕西面馆。

  他是晚上八点的车回老家,约的六点,乔婉杭进来时,他就坐在角落的高脚凳上抖着脚,大包小包堆在座位旁边。面馆里人来人往,都是要赶路的旅客,很是嘈杂。

  小伙子自我感觉像个接头的特务,戴着顶鸭舌帽,表情严肃、谨慎而又故作自然,见面只是说了声自己叫小尹,然后就点了一碗臊子面,像是在寻找措辞,一直也不抬头,就低头吃面,吃的样子还挺艰难。

  乔婉杭觉得自己已经很低调了,但还是时不时地有人朝她看来。或许是因为她穿着高定坐在乌烟瘴气、满地都是用过的餐巾纸的地方,依然面不改色地咬了一口面前的肉夹馍,并且觉得味道好像还不错?

  "那天,"小男生总算开口了,眼睛看着前面带着油渍的墙壁,"是平安夜,我同屋和他女朋友那啥,哎,咳……就是给我'塞狗粮',我实在吃不下去了,就出来了。"

  乔婉杭对这种说辞并不熟,但也没打算纠结于此。

  "我也没地方去,就去了研发楼。那个时候都快凌晨了,大家都走了,我上楼的时候也没开灯,就着廊灯,直接到自己的工位拉开睡袋睡觉,刚躺下,就听到程院长办公室的门打开了,然后我闻到一股东西燃烧的味道。

  "我以为起火了,赶紧坐了起来,就看到程院长和翟总工还在里面……程院长对翟总工说了一句:'行了,大不了把工程院赔进去。'"

"翟总工骂了一句，还一脚踢飞了铁桶，我看到地上有火星子……他还要伸手去拿烧着的资料，被程院长一把拉开。他们撕扯起来，我听到翟总工吼了一句：'你搞对了路子，你比我有远见，比我聪明，爽了吧！……'

"程院长推开他，走到旁边清扫地上的东西，说了些什么我没听清楚，当时翟总工蹲在地上哭，哭得还挺大声……"

乔婉杭拿着肉夹馍的手有些凝滞，然后低着头，深吸了一口气，听他说下去。

"程院长扫完以后就坐在沙发上等着他哭完……说实话，我从来没见过他们这样，尤其是翟总工，他很少发火。后来，没过多久，他们就走了，几个小时以后，就是清早……翟总工就……"

乔婉杭想起来上午见到有人在程远办公室修电路，修的应该是火警感应器，他们烧掉的是什么呢？

"很多事情，如果不能获得全部信息，没办法推理给出可靠的结论，我只能把自己看到的告诉您，"小尹说着，反而没有了刚刚的紧张激动，吁了口气出来，好像卸下了一个压在身上的担子，又吃了最后一口面，擦了擦嘴，带着鼻音说，"翟夫人，如果你需要我，我随时可以站出来，翟总工对我们真的很好。"

乔婉杭看他的眼睛里有星火闪耀。

"谢谢你，小尹。"乔婉杭说完，想了想，又问了一句，"你们程院长，人怎么样？"

"程院长……很难说，"小尹在说程远的时候，情绪有些异样，有些紧张，又有些斟酌，"他从来不参加我们的团建，也不和我们开玩笑，罗洛那一批老员工对他很忠心。我的部门不是直接向他汇报，接触不多，就是觉得他挺'端着'的，和翟总工完全不同。翟总工如果在电梯里碰到我们，还会和我们聊一些家常话，问我们家住哪里，远不远？程院长要是看我们聊别的会问我们开发进度，蛮难相处的感觉。"

乔婉杭点了点头，沉默片刻，拍了拍小尹的肩膀，放下肉夹馍，站了起来，把账结了。小尹还大义凛然地让她先走，感觉自己代表了组织，还在店里坐了好一会儿才走。

乔婉杭回家的时候一直在琢磨，所有人知道的都比她多，翟云忠给了她一个无言的结局，他要么是不想让她参与到这些事里，要么就是并不相信她能收拾现在这个混乱的局面，或者是，他想给她一个自由的选择，可以离开，也可以留下。

她走到书桌旁边的一面大白板前，白板上写了不少字，也贴了很多标签，还有一些新闻报道。这是她花了好几天整理的。这段时间，她认真听、认真看，不妄下结论，尽量避免做出任何无可扭转的决定，她除了想理清公司局面，更想知道翟云忠究竟为何寻死。这是她决定留下来的根本原因，也是她从之前的焦躁、恨不得灭了所有人结束这一切，到现在逐渐走向平和的心理支撑。

白板的正中间画了个正方形,按照乔婉杭的习惯,可以认定为是一个简易麻将桌。乔婉杭用"乔"字代表自己位于方形的右边,左边是廖森,下方是翟云孝,上方是程远,颜亿盼在程远旁边,他俩之间有个双箭头写着夫妻,在麻将桌边围观的是曹院长,他旁边写了四个字:"渎职调查"。

　　乔婉杭拿起红色白板笔,在程远的名字旁边打了一个问号。

　　程远跟着颜亿盼回了她家,这是五年来,他们第一次回她老家过除夕。颜亿盼的家过去在农村,这几年搬进了县城,他们每次下飞机,都会租一辆车开回去。因为是夜路,颜亿盼坐在副驾驶也不敢睡觉,怕程远疲劳驾驶。

　　到家已经是后半夜了,爸妈都坐在客厅里,边看电视边等着他们。

　　车一到门口,两个老人就出来了。颜爸接过程远手里的行李,简直要扑上来一样拉着程远就往里走。每每看到这样,颜亿盼都会觉得不公平。她爸妈对程远真是打心底里喜欢。从第一次带他回家到现在,那种感情就没变,那个时候他们还没有盖这么一个小楼,是一个平房,程远来的时候非要帮他们干活,最后反而把院子里的藤架都搞散弄倒了,水管也被他拧爆了,在他们村里排上了"不中用女婿"第一名。

　　但就是这样笨拙的程远,第一天回家的夜里就搂着她说,原来你的生活是这样的,我以后一定对你好。

　　可是,他不知道,就连那个房子都是跟她大姨家借的,当时因为禽流感,家里赔了很多钱,那个破旧的房子被抵了出去。

　　后来,颜亿盼干脆不带程远回来,直到盖了这个二层小楼。

　　他们刚一进屋,就把给爸妈、亲戚的礼物都拿了出来,爸妈一边说别买东西人来了就行,一边笑得合不拢嘴。

　　二人上了二楼洗漱了一番,进睡房躺下了。在这里,他不是程院长,是老颜家的笨蛋女婿,她也不是颜总,是老颜家的漂亮女儿。

　　颜亿盼躺在电热毯温暖的被窝里,好像把她这几天眼睛里的冰凉给融化了一样,暖得眼睛发红、发酸。她有意往他怀里钻,想和他聊聊过去,却发现旁边这个人已经无比安稳地睡着了。程远迷糊中感到她在动,伸手搂了一把她,她不再动了,两人就这样沉入梦境。

　　县城里的年味比大城市的年味要浓,大清早就有人放起了鞭炮。颜父和颜母在楼下也忙开了,炸丸子、熬甜粥、炒米糕,香味飘到了楼上。

　　程远的手机在闪动,颜亿盼拿起来看是程母的来电,手机设置了静音,正在犹豫要不要接,对方就挂了,然后收到了程母的信息:

　　"你前几天在家那么闹一场,你爸爸到现在还在生气。你让他怎么过这个年?"

　　"儿子啊,委曲求全是换不了幸福的。"

  程母说的第二句也同样适合她。过去，她在程家真的可以用隐忍大度、乖巧懂事来形容，可是程母怎么都看不上眼，越乖巧，越觉得她有所图谋，于是在那不停折腾一套程父学校分配的房子，生怕被她算计了去。后来颜亿盼索性减少来往，忙于事业，她那边好像消停了，又说什么要把房子给他们，方便以后孩子上学。她拒绝了，这倒让程母更着急了，发现自己千防万防的儿媳妇心思都不在这个家里。

  结婚这么多年，颜亿盼看清楚了一件事，就是婚姻中双方家庭的差距很难跨越。就像几个不合适的齿轮，怎么转动都无法平滑融合。

  现在两边的齿轮锈死了，静止了……

  程远在旁边动了动，翻了个身。颜亿盼把手机放在旁边的柜子上，轻手轻脚地起来，替他把被子掖好。

  有时候，颜亿盼真是搞不懂程远，好像很近，又好像很远。看这样，来之前肯定和家里闹了一场。颜亿盼并不喜欢这样，她渴望在花团锦簇中被接纳被肯定，而不是一地鸡毛，她更不希望对方为他背负压力。程远和她不同，他是在一个温暖无忧的环境里长大的，从小就是被欣赏被宠爱的那个。这几年，不知道是婚姻的原因，还是工作的原因，他整个人越来越压抑，越来越沉默。

  她去旁边的洗手间，发现水龙头又结冰了，不得不去楼下提水，回来后，看到程远已经坐起来穿衣服了，手机也换了地方，肯定也看到了那两条信息。

  她拿起热水壶烧水，让程远先洗漱，一会儿下楼吃早饭。

  "我记得你们这儿早上有舞龙。"程远边穿鞋边说。

  "是啊，很快就来了，"颜亿盼去叠被子，"多穿点衣服，家里挺冷的。"

  程远看着她麻利地叠被子，忽而笑了一下，说："你其实挺会照顾人的。"

  "委屈你了，"颜亿盼从柜子里翻出一件黑色的大厚棉袄，一把拍到程远胸前，"这几年没让你享受到我热忱体贴的服务。"

  程远眉毛挑了挑，轻笑了一声，接过厚棉袄，说了一句："我从来没在这方面要求过你，你知道的吧？"

  "嗯，我知道。"颜亿盼低声回答，没再纠结早上看到的信息，看程远穿上她爸那件村干部一样的厚棉袄，强忍着不笑出来。

  程远倒是很享受似的，还对着旁边一面镜子来回摆动胳膊，学着电视里的人，把双手插进袖子里，耸着肩膀，做了个抹鼻涕的动作，皱着鼻子，傻憨憨一样问："媳妇，咱一会儿吃苞米棒子，还是菜团子？"

  逗得颜亿盼大笑了起来。

25.洪水猛兽的反扑

  颜亿盼和程远站在门口，一个穿着黑色厚棉袄，一个穿着大红厚棉袄，白雾在焰火中散开，龙头在他们头顶飞过，和着外头的锣鼓和碰铃，欢快地飞跃着，彩条蹦到了天上，仰头望去，满眼的红红绿绿，迷人眼目。

程远按照颜亿盼的指挥，给举着红色龙珠的领头人发了个红包。

颜父在外面放了一挂鞭炮。一家人回到屋子围着一个火炉，程远负责揉糯米团，颜亿盼负责往糯米团里塞红豆沙。

"亿盼，你高中资助你上学的那位老师，过年的时候你不去给人拜个年？"颜母边忙活边说。

"他早就不在本地了。"颜亿盼一边捏丸子一边说。

"没在本地也要去看啊，做人可不能忘恩负义。"颜父又补充了一句。

"你还有这么一个恩师？"程远也很好奇。

"那年禽流感，我们家所有的家禽都……"颜母看着窗外，准备每年春节都要进行的忆苦思甜教育。

"行了，过去那么久了，别说了。"颜亿盼却很不给面子地打断了她，"我找时间去看看老师。"

"也带我去，我要看看谁帮了我媳妇儿。"程远笑了起来。

趁着父母进厨房炸丸子的时候，颜亿盼低声对他说："明天回家吧。"

"哪有初一走的，说好初六回的。难得回来一次，看爸妈高兴的。"

颜亿盼看程远手里揉捏着糯米团也挺高兴的，便也没再说了。

一家人吃吃喝喝、串串亲戚、打打牌就过到了初五，天气回暖，颜亿盼拉着他说要去爬山。

车穿过泥泞的路，来到一片青瓦白墙的旧村落前，村落后是淡青色的山，远处云蒸霞蔚。

"这山看着不错……从哪里上去呢？"程远抬眼认真找着入口。

"你还以为这里有卖门票的呢？"颜亿盼笑了起来，然后指着一片破旧的房屋说，"我家过去住在那里。"

"嗯？"程远有些诧异，"你长大的地方？"

"是，"颜亿盼点了点头，"从村子往里走就能上山。"

颜亿盼说完往前走。

"怎么没听你说过？"

"这不就说了……"颜亿盼看着他，眸里闪着一丝狡黠。

这么多年了，那些一直藏在她心里的不想对外人道的过去，其实并没有那么不堪，与其被婆婆拿来攻击她，不如自己一点点撕开给他看。

"哪间房子是你们住的？"程远跟了上去。

"别去了，早给一个亲戚住了，我实在不想过去打招呼了。"

"这个地方住着挺有趣的,后山就是竹林,前面有稻田,空气也清新。"程远说得很轻松。

"那改天你也来体验一下,"颜亿盼淡然一笑,这里的生活绝算不上有趣,但她也懒得解释了,看着村落袅袅炊烟,走向前面一口井,"这里的水倒是比外面的甜。"

她走到村落前一片湿淋淋的空地,中间有一口直径不到一米的井,有两个妇女在那洗菜,"我带了水壶,可以打一壶回去给你尝尝。"

"嗯。"程远也跟了过来,看着井水倒映着天光,他和颜亿盼的脑袋投射在上面随水波晃动着,颇有趣。

她拿着井边的铁桶很娴熟地在井水上用力一摆,桶里就盛起了满满一桶水,她拉了上来,灌了一小壶水。

然后趁着程远拧瓶盖的时候,她把沾上凉水的手塞进了程远衣领里,程远猛地一缩脖子,"嘶"地叫了一声。

"你说挺有趣的,让你尝尝大冬天凉水洗脸的感觉。"颜亿盼大笑。

程远也不客气,沾了凉水的手去冰颜亿盼的脖子,两人就你追我逃地从村里的一条狭窄小路直往里走,路面还有些潮湿,他们就这样牵着手互相扶着,一直走到了后山脚下,一片泥草地里还长出一片野花和春笋,看着叫人欢快。

没走几步,程远摘了一朵野花偷偷插在颜亿盼的头发上,被颜亿盼发现,她又摘了一朵野花要插在程远的耳后,喊着:"八戒,戴上接亲了!"

程远大喊:"已经娶了颜老庄的颜亿盼了!"

两人打闹拉扯着,她的手机便响了。

一条庄耀辉转来的新闻链接:永盛抢购云威股票,云威易主已成定局。

想点开链接,村里信号不好,进度条走到一半便停了。

好在庄耀辉又发来了他的激情解说:永盛到底是资本运作高手,大规模买进云威的股票,份额已经达到了举牌线!!廖森真不是吃素的,我们还以为他要拍屁股走人了,没想到这几天跟着永盛在搞资本运作,明的不行来暗的了。

两人匆匆回家收拾行李,没有等到初六,当天下午便赶回了杭州。

上午还是陶渊明的"采菊东篱下,悠然见南山",到了晚上就成了"黄沙百战穿金甲,不破楼兰终不还"。

回家的路上,颜亿盼开车。

程远在用手机查了查最近永盛的动作,有财经消息称永盛说服了几个重要股东溢价转让股票。

看这个架势,是一定要拿下云威啊。

另一边,颜亿盼给乔婉杭电话,她的股权没有解冻,法律规定这种个人股权冻结最长可以达到三年,即便不是三年,永盛一旦占据主导权,完全可以快刀斩乱麻地处理云威的工程院和资宁科技园。

颜亿盼有一件事想不明白,为什么永盛一定要收购云威?

永盛明明不看好云威最核心的研发,却执着地要收购云威,背后强有力的支撑到底是什么?这些只想赚钱的外资,为什么会罔顾云威内部的复杂和潜在风险,变得如此野蛮。

颜亿盼问程远的想法,程远只是蹙眉摇头。他过年时积攒的那点轻松亲切现在消隐散尽,两个人之间又恢复到低气压状态。

颜亿盼这个时候也不得不探听翟云孝的口风,现在能和永盛抗衡的只有他了。

翟云孝的回答完全出乎颜亿盼的意料,他说:"这就是资本的力量,我没有办法左右,现在我那个弟妹如果愿意和我合作,也许还能有转机……亿盼,沉住气,以静制动吧。"

颜亿盼强压怒火挂了电话。这个时候,他倒成了既得利益者,两方争斗,他可以选择任何一方。

颜亿盼毕竟不是顶端操作资本的人,不过是借力打力,现在对方要怎么出手,她不能左右。人有时候想往上爬是为了体面而有尊严地生活,但是更多的时候是想摆脱受人摆布的局面。你落入水中,希望他拿个杆子救命,他放下杆子给周围的人看,摆个漂亮的姿态,等拿到自己想要的东西后,又抽出杆子,巴不得看你在水里多扑腾一会儿。

魔鬼没有休息日,别人休息时,正是他们猎杀时。

翟云孝挂了颜亿盼的电话,看着眼前那人,正是廖森。他在廖森递来的一份董事会成员名单上签了字,说道:"不管谁坐东,总是要有职业经理人打理,廖总,我还是信任你的。"

此刻他们正在翟云孝家的书房里,偌大的书房里摆满黑色的家居,给人庄重又压抑的感觉。翟云孝手里依然有从李笙、桑总那里拿到的云威股份,并且是董事会成员之一,对于永盛要进入董事会,他不打算阻止。

"五年前如果您不离开云威,或许不会有这一天,我一个人的力量实在有限。"廖森一边通过否定相同的对手拉拢眼前的股东,一边自谦着。

"过分谦虚就是虚伪了。"翟云孝倒没那么买账,停笔,"这次永盛入资,你还是做了不少工作。"

"那都是永盛的意思,他们在运作资本上还是有经验的。"廖森看似无心地说着,"不过,我听说那些大股东有翟氏家族的人,他们肯卖股份给外资是经过老爷子同意的。"

翟云孝此时正拿着签章要盖，听到这里手一顿，紧接着用力摁了下去，没有说话。站在门外的翟绪纲眉头皱了皱。

翟云孝把文件还给了廖森，伸出手与他握手。有时候股东和经营人总是要达成某种制衡，这种权力和资本的游戏，他们玩得不亦乐乎。

翟云孝这个人，懂得以小博大，拿出救资宁的那一个亿不过是投石问路，成就成，不成也能通过这个途径把手插进云威。如果能顺利地把地拿到手，他总有其他办法来盘活这个局面。

这个时候，他进一步可借刀杀人，借永盛之手砍掉云威资本消耗最大的研发，让自己的旅游地产扩大版图；退一步可和乔婉杭合作，共同对抗外资。总之，这步棋怎么下，他都要赢。

看到廖森出来，翟绪纲简单与他颔首示意，就大步走进父亲的书房。

"爷爷知道永盛的操作？"翟绪纲进来也不坐下，探着身子试探地问道。

"谁知道呢？"翟云孝心里隐隐不爽，冷笑了一声，"就算知道又能怎么样？他没了力挽狂澜的能力，顺水推舟还是可以的，他既不想云威倒闭，也不想咱们控股，可以理解。"

"永盛现在还在买进，会不会影响到我们？"

"我让廖森安排了，到时候一起见见那帮投资人，既来之，则安之。"

翟绪纲连忙点头："外资进来还是麻烦。"

翟云孝接着道："祸福相依吧，对我们未必是坏事，云威之前搞的研发是个无底洞，有外资兜着，我们压力也小点，该裁员还是关闭园区，我们都不要冲在前头。"

"我明白，您顾及家人，不好下手……"翟绪纲说这话的时候身体稍稍放松了下来，"咱们翟家，还得靠您撑起来。"

"拍马屁的话用不着你来说。"翟云孝对这儿子说变脸就变脸。

翟绪纲脸上讪讪，赶紧转移了话题，坐了下来："家宴已经准备好了，爸，您什么时候过去？"

"通知她了吗？"

"通知了，说会参加。"翟绪纲说到这里，颇为得意地坐了下来，跷着二郎腿，往后仰着，"这个时候，如果她还不努力拉拢我们，那就是要作死了。"

"她的限制令解除没有？"

"还、还没有。"翟绪纲立刻又放下二郎腿，坐正了身体。

"这些事情还要我出面吗？"翟云孝用食指关节敲了敲桌子，"让她们早点回美国，小学都要开学了，阿青书没念完呢吧。"

这话说得多体贴，想必乔婉杭听后也会感激涕零，苦海抽身，一切纷扰都让这

105

个做大哥的来承担。

翟云孝选的家族聚会地点是资宁云威科技园旁边的温泉度假酒店。他们总算不隐瞒了,同一个地段,兄弟俩分而治之。也不知道未来是你侵占我的地方搞科技,还是我侵占你的地方搞旅游。

红色圆桌上,一大家子的人都围坐在一起。家族聚会最是无趣,尽是千篇一律的祝福词,再加一些互助互爱的警句。但因为永盛的动作,这次聚会看起来好像有点价值,家人们总是团结起来一致对外才好。

翟绪纲一直坐立不安,看向旁边的大门,等着一家齐了开餐,可乔婉杭迟迟不出现。这时,旁边的大门忽然被推开,翟绪纲立刻站了起来,看到的却是两个孩子一前一后跑了进来,后面跟着阿姨,不见乔婉杭的身影。

翟云孝的脸色极其难看,他做惯了大家长的慈眉善目,此时脸上像挂了一个千斤顶,怎么也扯不出个笑来。

这个弟媳,在他看来,不单单是幼稚任性了,简直无药可救!

26.那就打个配合

颜亿盼踏进乔婉杭家的客厅时,看到她正倚在沙发上扔骰子,眼睛却没看着骰子,放空一般望着什么地方,脸上看不见紧张和担忧。

这倒是让颜亿盼的心悬了起来,她不会打算放弃吧?

乔婉杭看到颜亿盼后招手让她进来,给她细致地滤茶水,轻巧地将茶倒入瓷杯里,然后推到她面前。她看着乔婉杭那双修长白皙的手居然生出些自卑来,这双手未经俗世磨难,天生就是做这些好看优雅的事情的,想来摸麻将也是好看的。

颜亿盼喝了一口,身体稍微暖了过来,回头看了一眼这个家,已经布置得很温馨了,外面还有孩子的乐高玩具。只是,大过年的家里太冷清、太安静了。她一时竟不知道怎么开口来聊当下复杂的局面。

"问你一个问题。"还是乔婉杭开的口。

"问吧。"颜亿盼手还握着杯子。

"一红一绿两只鬼要吃了我,解决红鬼需要两发子弹,解决绿鬼需要一发子弹,但我只有两发子弹,要怎么解决这两只鬼?"

颜亿盼笑道:"先解决威胁最大的红鬼,少一个威胁,另一个再想办法?"

乔婉杭笑了笑,摇头。

"那和其中一个谈判,联合对付另一个?"颜亿盼身体前倾,再次建议。

乔婉杭继续摇头。

"离间二者关系,让他们自相残杀?"

"都不对，"乔婉杭眯了眯眼，说，"我只需要对红鬼开一枪，然后告诉这两只鬼，谁不听话，就干掉谁。"

颜亿盼拿着瓷杯的手不自觉抖了一下，水在杯中轻轻漾了漾。

挺绝的做法。

这时候，她听到乔婉杭爽朗的笑声，说道："网上的笑话，逗你笑笑。"

她也低头笑了起来。这是个玩笑，还是这位姐姐真的要这么执行？

乔婉杭和她不同，出生显贵的人，对于和人撕破脸这件事没有心理障碍，不像她，凡事都要瞻前顾后，得学着与虎谋皮。就像对那两只鬼，乔婉杭可以举枪，颜亿盼则要小心周旋。

不管怎么说，颜亿盼内心那些担忧，因为这个笑话得到了缓解，还被乔婉杭硬塞了不少茶点，那感觉就像孩子过来给人拜年一般，不把这家人的年货尝遍就不让走。

"我想保住工程院。"放松的气氛中，颜亿盼听到乔婉杭说了这么一句，兜兜转转，她们总算回到了原点，乔婉杭又给她添了茶，继续说道，"但是，我不想哭，也不想跪着求他们。"

这句话否定了之前颜亿盼给她提过的建议，用未亡人的眼泪打动别人。

"所以，得有一个前提。"乔婉杭定定地看着颜亿盼。

颜亿盼有种不祥的预感，类似……翟云忠去世前和她说话时的感觉，她需要十二分的小心应对才行，她问："什么前提？"

"你能向所有人证明工程院存在的必要性。"乔婉杭说完把骰子放进了自己面前的空杯子，几声清透的撞击声传来，屋内归于平静。

颜亿盼感到自己头顶上有个绳索在飘，那个归于尘埃的人一直试图往她身上套，她无论往哪里跑，都无济于事……她此刻想站起来离开，可是手脚不听使唤。

她明白过来，有些事情就如同命运一般，当你有了要守住一样东西的念头时，你就已经给自己套上了一个枷锁。《大话西游》里菩萨说的：从此，你将不再是个凡人。

"我来证明，"颜亿盼决定稍做一点挣扎，不再一人默默扛下所有，她食指轻轻指了指乔婉杭，"你来说，向所有人。"

乔婉杭是云威最有神秘感，也最有吸引力的面孔，她来说才最动人。

两人对视了几秒。

乔婉杭主动伸出手说："行，那就打个配合。"

两人简单握了握。

乔婉杭要保住工程院的出发点很简单，就是小尹描述的场景。

翟云忠是从来不会把自己脆弱的一面示人的，哪怕自杀也未留遗书，不给任何人留有同情他的余地。那天夜里，虽说小尹只听到只言片语，也许是断章取义了，但有两点可以肯定：这个工程院，翟云忠很在意；这个工程院，有不可告人的秘密。

以上任何一点，都足以支撑她保住工程院。

如同一段交响乐，路人小尹给她这第一乐章一个休止符，从廖森、颜亿盼，再到程远，这些人的立场各不相同，都难以驾驭，她未必能比丈夫更有能力在这乱局中杀出一条路来，但只要朝着这条路走去，就能无限接近翟云忠的心，无限接近那个真相。

颜亿盼回到家后，本能地觉得这件事可以找程远商量。

理论上，证明工程院存在的必要性这个命题并不难，毕竟它已经存在十多年了（前身是研发部）。存在即合理。可以回归原点，找到当时设立的原因。

这么晚，程远居然不在家，而且他们的行李也没送回来，记得在机场分别时，程远也没说急着去哪儿呀。

她给他电话："你在哪呢？"

"在办公室。"程远回答。

"这么着急吗？明天也不上班吧。"

"有点事要处理一下。"

"什么事？"

"就是突然想起一个技术方案有个严重的逻辑错误。"

"什么技术问题，非要晚上去改，而且非要你一个院长亲自去改。"颜亿盼还是了解程远的工作的，这个点跑回办公室，恐怕也和今天永盛入资云威有关。

"是啊，不解决睡不着觉。"程远那边说得不太走心，还补充了一句，"你早点休息。"就想挂电话。

"程远，"颜亿盼赶紧说，"你那里有没有董事长成立工程院时的审批文件。"

"……怎么了？"

"廖森很快就会动工程院了，我们总得防守吧。"

那边传来一声嗤笑："不想留可以不留。"

程远说完就挂了电话。

这……是唱的哪出？颜亿盼蒙了，她完全没有料到他是这个反应。

原来他为之奋斗的，其实并没有那么在意？

还是，知识分子的清高作祟？

颜亿盼进了他的房间，开始翻他的书柜，里面除了技术书籍几乎没有任何涉及公司研发的资料，这个人真是极为谨慎。

她想起他的墙里面有个保险柜，程远这个人对钱财没有概念，那个保险柜却是装修时他要求加进去的。出于对他工作的尊重，她从来不去碰这些。可如今也顾不得那么多了,她试着保险柜的密码,他的生日、自己的生日、结婚纪念日,三次都不对。

好死不死,程远的电话又响了。

她接起来,程远说了一句:"你在做什么?"

"……在洗澡。"

程远轻笑了一声,语气还算温和:"不要动那个保险柜。"

这混蛋居然安了远程报警系统!

"程远,你防着我?"

"我不是防着你……"程远顿了顿,说道,"那里面的东西,和你现在的工作没有关系,别再试了。"

"如果我一定想看呢?"

"亿盼,这是我的底线,"程远的语气带着冷硬,不容商量,"我们之所以能在一家公司里相安无事,是因为我们画了界线,就像我从不干预你的事。"

"好,我懂。"颜亿盼不得不恢复理智,本以为两人可以朝着同一个目标前行,现在看来,从来都是她一厢情愿。说你是妻子你就是妻子,说你是同事你就得是同事。

她刚挂了电话,很快就收到一封邮件:裁员计划表。

她没再停留,关了卧室门出来,查看邮件。

廖森果然雷厉风行,为了避免夜长梦多,要求她为节后的裁员做好危机预案。邮件中写明,她作为战略沟通部的领导将和HR总监Lisa一同负责此次裁员。

春节开工第一天,颜亿盼来到公司,并没有感受到裁员阴影,廖森带队,HR一众人跟随其后,给员工发了开工红包。一行人都穿着红色元素的正装,穿行于各个部门,来到对外沟通部时,廖森给颜亿盼红包,笑着说道:"今年祝你宏图大展。"

离开时,他的助理李欧还不忘提醒她十点来他办公室开会,有重要的事情安排。

简直讽刺!这边祝愿大家工作顺利,那边着手让人家丢掉饭碗。

颜亿盼拿出红包里的500元给袁州,让他给同事们点咖啡。

十点整,她来到办公室。

"这是证明你能力的时候。"廖森坐在大落地窗前,颇有趣味地看着颜亿盼说道,"还有资宁工厂,农民工们回来后就领违约金,云威一分钱都不会少给。"

"你做事别太绝了。"颜亿盼也有些厌倦在他面前扮演好员工了。

"是,我也不想太绝,所以叫你来,把前董事长留下的烂摊子都收拾好,女性管理者有天然优势,手段柔和。"

自从上次乔婉杭出局,导致永盛入资中断后,廖森和颜亿盼的敌对关系已然明朗,不是你走,就是我走。

廖森的算盘打得清楚明了,由颜亿盼这个余党来砍掉翟云忠的心头肉最合适不过。而一个用来砍杀部门的"酷吏"是不可能在公司久留的，一招致命，后患永除。

太阴损！

"一个月时间，3月25日是Deadline（最终日）。"廖森兀自说道，他不会给颜亿盼任何拒绝的机会，"那天，我们会对外发布财年报告和新的战略。"

"金三银四是找工作的好时机。"如果Lisa不说这句话，颜亿盼几乎忘记了她的存在。这个HR总监，惯于知道审时度势，总是选择最有时效的站位，她躲开颜亿盼眼神的鄙夷，补充道，"一切都会按照最新颁布的《劳动法》进行，不会亏待他们。"

27.赶尽杀绝

上班第一天，公司各个部门的高管没有一个因买回程票问题而请假的，大家都知道，这是关键时刻，普通员工也从领导那听来了风声，都早早归来。公司俨然一派团结紧凑的氛围。

战略事务部开始准备对外通稿和危机公关预警，Lisa来到颜亿盼的办公室门口，准备把裁人方案给她，毕竟颜亿盼比她高两级，态度上应当表示对她的尊重，但谁都知道，这个时候，无非就是知会她，让她做好准备别让外面舆情沸扬，不然她的日子也不好过。

Lisa正在外面准备措辞，庄耀辉就一个侧身先于她进入颜亿盼的办公室，然后就把门紧紧关上了。

"坐吧，"颜亿盼桌上放着公关科提交上来的裁员预案，她靠在椅子上，抬头对庄耀辉说，"云腾看来不会打尾款了，我们再想想别的办法吧。"

"我是过来告诉你，我找到下家了，下个月入职。"庄耀辉却不谈资宁科技园这件事。

"什么？"颜亿盼把公关方案放在一边，有些担忧地看着他，"……这么快吗？"

"过年前就开始谈了，但我这边没跟人敲定，我本来计划如果资宁项目继续，我就留在这里，现在，你看吧。"

颜亿盼捋了一下头发，不知道为什么，最近连头发都和她作对，老是乱跑。"老庄，关键时刻，你别撂挑子啊，大家都是看你坚持，才在这儿挺着的。"

庄耀辉拉开椅子坐了下来，不无悲凉地说："董事长走了以后，事情就很难有转机了。"

"话别说得太早，现在正是变故最大的时候，你能不能再等等？等事情稳定下来……"

"都是开水煮青蛙，迟早要死，我不想等死，"庄耀辉摇了摇头，"你看了人事部的裁员预案吗？"

110

"还没有。"

"你可以待会听听Lisa怎么说，总之呢，与其让我动手裁手底下的人，不如我提前带着他们另找出路。"

"我也真是轻看你了，"颜亿盼淡然吐出这么一句话，"这个时候还能想着手底下的人。"

"你也别高看自己，你这么坚持不就是希望以小博大吗？借着高举董事长的遗愿大旗来扳倒廖森，然后冲进战略决策层。现在你也因为这个升了一级，好处拿到了。可是我呢？"

"你只看到人吃糖，没看人挨刀，"颜亿盼凉凉一笑，抬眼看着他，"刀还没扎在你身上，这就受不住了。"

庄耀辉叹了口气："我还欠你一锅醪糟鸡蛋汤，欢迎你随时来泼！"

他说完就抬脚离开了，留下心绪不佳的颜亿盼。她又看了一眼有关裁员的公关方案，拿起来一把扔进了垃圾桶。这个时候，Lisa进来了，把裁员计划表给了颜亿盼，颜亿盼翻看，果然，廖森动的都是几个耗资最大的部门，包括庄耀辉的投融资部，之所以没有动她的部门，也是需要她来做善后，实现平稳过渡。

"主要集中在R&D（研发）的人员，"Lisa一手支着桌子，一副好心商量的样子，"我想，你应该和我一起过去那边。"

"那边是哪边？"颜亿盼随口说道，低头翻阅着报表，看到一个一个研发人员的职称：架构工程师、软件开发人员、芯片设计师、数字逻辑专员……

"……工程院。"

"这不是你的工作吗？"颜亿盼点了点裁员表，"我没有对内沟通这个职责。"

"廖森担心他们出去后会在社交媒体上乱说，到时候你们再公关就晚了……"

"呵，能乱说什么？难道通过我的引导，他们会对云威感恩戴德，在社交媒体表达对云威未来的期待和祝福？Lisa，你不会那么天真吧。"颜亿盼看完裁员计划表，随手扔在桌子上，"你这个裁员表怎么做都是个雷，迟早要爆炸。"

"亿盼，我们HR都是按规章办事，我们部门也没有出一个可以调整公司架构的VP（副总裁）或GM（总经理），在这件事情上，我真的很抱歉，我没有办法改变高层的意见。"

颜亿盼看了她一眼，没想到Lisa又来这一套，示弱，是吧。她也同样给了一个真诚的提议："人道点吧，正月还没出，他们研发部人也没来齐。等过了十五也来得及，给我点时间想想预案。"

颜亿盼想拖点时间，找到反击的方法。

"就今天吧，先和程总工深入沟通一下想法，你也好提前做预案。"Lisa穷追不舍。

这一劫躲不过了，颜亿盼知道。但"和程总工深入沟通一下想法"这句话莫名戳中了她心里某个柔软的点，程远不是一个轻易低头的人，他不会希求颜亿盼来影响高层决策，更不会在颜亿盼身上打探什么。这一年来，两人的关系如同在悬崖边上行走，他埋头做他的研发，她奋力攀爬她要的位置，都有意避开一些直击灵魂会导致关系完全破裂的话题，所以，"深入沟通一下想法"这种事情鲜少发生。

到头来，深入交流想法的场合不在床笫之间，不在心理诊所，倒在Lisa安排的遣散沟通会议上。

她来研发部的次数屈指可数，主要集中在过年前，而自从前天她试图打开程远的保险箱没能成功，现在看研发中心就如同看军事重地一样，到处都是机密。她和Lisa在研发楼下面等了一会儿，来的又是罗洛，他全然没有那天的活络，只是刷卡开门，跟在后面一言不发。

他们坐电梯直接上了六楼，进入玻璃门，看到办公区有几个空着的座位，几乎每个座位旁边都放了卷起来的军用气垫床卷。年节之后有这样的出勤率也是罕见。HR负责人的到来无疑让研发部突然凝结了一股寒霜。

她们来到程远的办公室，颜亿盼看着办公室里堆放的资料、芯片样本和主板，桌子下面还有个行军装备，看起来像是被褥。

颜亿盼刚一坐下，就感觉身体一下子陷了下去，这个地方可能是程远垫枕头的地方。想象他夜晚睡觉的情况，不禁有些心酸。又想到他宁可住在这样的地方也不想回家，觉得婆婆说得也没错，自己这个妻子着实算不得成功。

"我很抱歉，也许您已经知道公司现在的情况。"Lisa一上来就道歉，然后把遣散文件给程远，"您可以看一下，是否有不合适的地方，没有确定遣散谁，但是对比例有规定，所以，需要您按照每个人的考评来定到底留谁。"

"你们准备裁多少人？"

"60%，312人，Lawrence的意思是集中在芯片研发这一块，软件系统开发部分可以保留，毕竟公司未来还有其他整合计划。"

"真是可笑，廖淼在公司这么长时间不知道吗？这两块是一体的。"程远连翻那个遣散文件的意愿都没有，也不想听Lisa那套例行公事的说辞，继续问道，"留下来的40%是做什么？"

"可能会按照新年的规划转岗，所以，我们也需要您这里给出意见，谁的综合能力比较强，适应性强……"

他们还在沟通什么，颜亿盼仿佛一直在走神，她在掖裙子的时候感到沙发垫下面有个东西，她偷偷抽出来发现是只袜子，她想笑又没笑出来，把袜子拽在手里，然后塞进自己的口袋里。

Lisa和程远的口还在一张一合说着什么，赔偿金、保密协议什么的……Lisa看起来准备得很充分，一直滔滔不绝地说着，程远刚开始还在听，后来从电脑里调出什么东西来，用鼠标在上面比画着。

颜亿盼环顾着程远的办公室，书柜里放了一排国乒的手办，有男有女……而且他们都不是那种规规矩矩站着的姿态，动作有的冷酷、有的潇洒、有的狂放、有的甚至……搞笑，还有一个是奔跑到模糊的样子，是新添加的一个。

他喜欢看乒乓球比赛，过去在家，只要有比赛他都会看，他喜欢所向披靡的感觉。

其他柜子都有锁，公司会给这个级别的领导配保险柜，程远为什么不把文件放在这里？Lisa还没有要停下来的意思，她今天的香水喷得有点多了，程远怎么也不开窗？

"对了，"颜亿盼总算找到了插话的档口，她抻了抻胳膊，"能不能找个人带我出去参观一下？"

Lisa的声音突然哑了，诧异地看着颜亿盼。

程远看着颜亿盼，语气沉沉道："我这里现在这么受欢迎了吗？"

颜亿盼的笑居然有点腼腆："谁知道呢，也许以后没机会了，不是吗？"

颜亿盼眼中的期待大概被读成了嘲讽，程远看着她，神色不善，全不像过年时的亲昵。

Lisa尴尬地扯出个笑来，也不知道夫妻俩打的什么哑谜，嗅到一点火药味又不像，说："还是先讨论正事吧。"

程远却站了起来："行，不用找人，我来吧。"

二人就这样抛下Lisa双双离开，Lisa感觉自己像是个穿着华服走错舞台的歌星，明明准备了很久，可到上台才发现唱的不是这一出。

不知道内情的人默认这是在秀恩爱。

两人稳稳地走过办公区域，快避开人群时，程远一把扯着颜亿盼的胳膊，拖到墙角。"你上次和那位董事长夫人不是来过了吗？这又是什么意思？"

"上次你们那个罗洛不知道是怕她看不懂，还是怕她看太懂，明显避开了你们技术区，不过是串了几个部门，见了见不熟的人。"

"哦！"程远夸张地点了点头，"那位夫人不满意了？"

"她满不满意，我不知道，"颜亿盼挑眉看他，"我是不满意的。"

"哪不满意了？"程远眯了眯眼，看着颜亿盼，"颜总。"

"我想看你工作的地方。"颜亿盼的笑容温柔，如同一个好奇的妻子，"你每天不回家，在这里的行动轨迹。"

程远冷笑了一声，点了一下她的额头："别以为我不知道你在想什么。"

"我也没……"颜亿盼还要说什么，解释她并不是好奇保险箱的秘密。

程远转身从她旁边走过去，说了一句："来吧。"

风淋室、评测间、主板工作模拟间、研发数量的增长曲线表，颜亿盼第一次发现丈夫其实是个很能说的人，仿佛这是他的家，他对这里的每一样东西都熟悉不已。可是在家里，他却常常找不到自己的物件。

她越发不相信那天程远说的："不想留可以不留。"

他明明很在意。

进入测评间前，他给她重新调整透明防护罩的时候，手触碰到她的耳朵，她才突然想起，这个男人有温柔体贴的一面。

最后，她在磨砂工作间旁停了下来，上面是一面员工加班墙。满满的墙上写的都是员工在这里工作时长。最后一行是熟悉的名字。

"967个小时，程远。"颜亿盼看着这个数字，读了出来。她看着程远笑了，这一次眼圈有些发红，没有任何嘲讽，仿佛为了这个男人感到不值，仿佛为自己的孤独感到不值，她看了看旁边的一个注释，"这都是电脑计数，看开机时间，还不包括会议时间。"

这些数字给她的冲击远比那些冰冷的零件大，这是他们每个人的青春、梦想和执念。

程远现在有些敏感，他试图解释这些都不是白费功夫："你也看到那些研发产品数量和量产情况了。"

"如果工程院解散，"颜亿盼神色黯然，语气透着点悲凉来，"你要怎么跟这帮付出的弟兄们交代呀。"

程远的瞳眸凝在工作表上，又逐渐恢复了冷冰冰的神情，不再说什么了。

颜亿盼转身离开后，程远仿佛一下子颓了很多，他摘下眼镜擦了擦镜片，对着工位前面一张张年轻的脸，双手举起来，往外挥了挥："早点回家吧，别留着了。"

"还有两个小时呢，老大。"罗洛说了一句。

"还早呢！"有几个附和道。

程远走了几步，才发现大家都一动不动。

程远看了看墙上的表，无奈笑了笑："是啊，还有两个小时呢。"

他转身走进自己的办公室，拉起玻璃上的百叶窗，打开窗，对着窗外抽起了烟，那一口吸得太猛，咳呛起来，都快咳出眼泪了。

他拿起挂在一边的洗脸毛巾捂在脸上，揉了揉眼睛，然后仰着头，手捂着盖着眼睛的毛巾，鼻子用力吸了两下，肩膀都动起来，眼泪未能漫过毛巾，他的哭没惊动任何人。

第六章　王者

28.砸场子

　　乔婉杭从过道的衣柜里取出一件黑色毛呢大衣套在身上，围上了围巾，再从抽屉里拿出曹院长给她的那张邀请函，放进口袋。推开门时，外面一阵冷风扑来，她拢紧围巾，走出了院子。

　　交流会在一个古香古色的旧式宅邸举办，门口没任何牌匾，只有一个门牌号写着"204"。门前连一个看门人也没有，乔婉杭的车刚停稳，红色大门就打开了，一个穿着青花瓷绣品旗袍的妙龄女子出现在一侧，她也没有要请柬，便将人往里引，左侧是一道长长的回廊，雕栏画栋，直通向深处，中间的池水留着残荷，夜幕下不知是哪里的水汩汩而流，路灯是木制灯笼形状，散发着蜡烛般柔和的光，一直将他们引入尽头处的二层小楼。据说这里是乾隆下江南曾经住过的地方。

　　掀开帘子后，一阵带着檀香和果木的暖香扑面而来，里面有人坐着喝茶，有人站着聊天，靠南的位置有一个半米高的玉质观音像，置于玻璃罩中，观音像色泽透亮，凌厉细致的雕工多了一层时光磨合的朦胧温润感。慈悲含笑的眉目依稀可见，手指柔美，右手拇指和中指相捻，从雕刻的工艺和古旧程度来看，这是一件稀世珍品。

　　女子把乔婉杭的外衣挂在旁边的更衣室，乔婉杭里面穿的是一件黑色法兰绒旗袍，戴上一对翠玉耳环和翡翠项链表达对此次活动的尊重，谈不上雍容华贵，倒有些"遗世而独立"的气质，她进来后，一时没想好怎么进入这个圈子，也无人引荐，便坐在那里喝了一杯调制的酒水，观察着里面的人。

　　一个男人同样坐在旁边注视着人群，他西装革履，在这种场合穿得很正式，应是活动组织方的工作人员。他很友好地告诉她："如果您觉得无聊，可以去旁边的'风止林'，那边都是各家亲眷，还可以打麻将。"

乔婉杭回头看了一眼，那边中间有个屏风，里面的确有人搓麻将的摇曳身影和清脆的麻将声，这位"华人麻将协会会长"笑了笑："我不会玩。"

"不会可以学嘛。那些夫人们可以教你。"那个男人说。

"我恐怕没什么兴趣……"她四下观察，问，"对了，这里有负责外商投资的人吗？"

"还真有一个。"那人指了指一团人围坐的位置，"杨柳，他可是很……"

每个活动都会有一个中心，通常都会围绕最有权威的那个，比如杨柳。他是一位五十多岁的男人，倚靠在一个黑色皮质沙发上，状态保持得很不错，没有大肚子，也没有地中海，连头发都染得漆黑。

乔婉杭没有贸然上前打招呼，只是跟着人群听他们谈话。

杨柳正和一位老者争执着一个什么问题，老者满头银发，戴着一副圆框眼镜，说起话来中气很足，"如果不重视产权保护，不仅仅是国有产权，还有私有产权，不仅仅是实体产权，还有知识产权……只有这方面的法律完善了，深化改革才成功了一半。"

"您在金字塔里，不知道这市场的复杂，现在互联网经济还有很多不完善的地方，表面繁华，在创新上并没有太多突破，很多虚的东西不好界定。"

"你那一套迟早会出乱子。"老者摆了摆手，说道。

"您别急着扣帽子，"杨柳端起玻璃杯喝了口茶，"许老啊，有机会多去市场看看真实案例，看问题也要符合发展规律。"

杨柳明显是指对方视野狭窄，只会空谈。许良友靠在沙发上，脸色很不好。

杨柳口中的许老是著名经济学家许良友，十年前被很多人所推崇，但之后出于各种原因，他逐渐淡出别人的视线，只在大学里任教，上座率也大不如从前。但这种活动他们经常邀请他参加，他也会积极发言，只是真正听进去的人不多。

"许教授，我看您著作里有句话，我不大明白……"又有年轻人进来，一副请教的样子。但是感觉他们不过想要尝尝与名士辩论的滋味，都是有备而来，输了赢了都值得到处宣扬。

许良友没有传道授业解惑的意愿，站起来就往外走。杨柳也跟着站起来，乔婉杭觉得他大概要去给经济学家道歉，没想到他只是对自己的秘书低声说了几句，秘书赶紧追着许良友出去。

乔婉杭觉得杨柳架子还真是大，明明自己把人气走了，又拉不下脸去赔礼道歉，只让秘书去化解经济学家的怒火。

杨柳正要往回走，乔婉杭赶紧放下杯子上前说道："杨司长，您好。"

杨柳打量了一下乔婉杭，显然不知道她是谁。

乔婉杭自我介绍道："我是乔婉杭，云威集团的。"乔婉杭说完这话才感到自己在这里是没有明确身份的，对方对云威这两个字显然有印象，但不确定这个人到底和云威是什么关系。

最后乔婉杭想了想，说："曹文新院长介绍我过来的。"

"哦，曹院长……"杨柳总算有了反应，"你有什么事吗？"

"是这样，云威集团现在正在逐渐被外资吞并，不知道您对此事有什么看法？"乔婉杭想探探对方的态度，再试图寻求政府背书。

"您是翟云忠的……"杨柳大致猜到了来人是谁。

"他夫人。"乔婉杭说道，心里暗自希望能因此被认真对待。

"翟夫人，"杨柳沉吟几秒，说道，"不好意思，我来这里就是想见见老朋友，不谈工作可以吗？"

乔婉杭一时无语，看来杨柳知道这件事，但并不想介入。

杨柳也没有给她更多解释，就转身进入旁边的"风止林"，和里面的人笑呵呵地打了招呼，又拍了拍一位太太的肩膀说："你要准备收摊了。"

里面那些太太们开起玩笑来："哟，这么着急把自己老婆拉回去，是怕输钱吧！"

杨柳笑了起来："是怕你们太累。"

"不行啊，你老婆今晚手气好，不能赢了就走。"

"好吧，好吧，"杨柳对其他几位太太说："再给半个小时，让你们翻盘。"

杨柳说完又出来加入一群人。

乔婉杭看着杨柳的背影，之前那个组织方的男人又给乔婉杭递了一杯饮料，说道："您是曹院长介绍过来的人，如果您愿意，我可以介绍您认识那些太太。"

乔婉杭接过饮料，说道："那就谢谢你了。"

那个男人把乔婉杭带了进去。

已是深夜，颜亿盼没有回家，就坐在研发院楼下的木椅子上，她抬头看着研发楼一盏一盏的灯关了，程远办公室的灯还亮着，天很凉，她拢了拢头发，手里的咖啡也都凉了，她一口全灌了进去，站了起来，朝门口走去。

她手里拿着在旁边港式茶餐厅打包的消夜，遇到下楼的研发人员，和他说自己是去给程远送饭，那人也就帮她刷卡进去了。

程远所在的六楼几乎没什么人了，她敲门进入他的办公室。他正蹲在地上拿文件，见她来了差点没跌坐下来。颜亿盼把餐放在桌子上，茶餐厅给的保温袋还挺管用，鲜虾饺、粥和玉米饼都是热的。

"你这样，我真有点不适应。"程远走过来，捏了一只饺子放在嘴里，又拿餐巾纸擦手，"这点东西是收买不了我的。"说完，又端起粥来喝，"这家的鱼片粥做得不怎么样，刺都没挑干净。"说完，从嘴里抿出一根刺来，拿出来举在颜亿盼眼前，要给她看个清楚。

颜亿盼挑眉看了一眼，上前就要收餐盒，又被程远扯着手拉开。颜亿盼转身要走，程远拦到前面把门关上，没让她走。

"坐吧，"程远推着她坐到沙发上，说道，"你要是没拿到自己想要的，还指不定使出什么招数来，等我吃完饭，拱手送上，行吧？"

颜亿盼半天没说话，忽而低头抿嘴笑了。程远见她笑得煞是好看，遂解开自己衬衫的两颗纽扣，走上前一条腿跪在沙发上，作势要去压她，手已经按在了她腰上，颜亿盼吓得直推他，又不敢大喊，担心外面还有人没走。

"什么？"程远夸张地说，"你居然不是来要我的啊！"

"一边去！"颜亿盼戳了一下他的腰。

程远捂着腰，笑着站了起来，垂眸幽暗地看了她几秒，然后转身从旁边的柜子里拿出一叠厚厚的资料出来，放在颜亿盼的膝上。

明明是过年，人家都欢天喜地在家吃喝玩乐，他们两口子却在公司里加班。

也好，这也是一种团聚。

他们不停地翻阅资料，一人说，一人记，删删减减、写写画画……

直到接近凌晨，她接到乔婉杭的电话，电话那头，乔婉杭说："快过来吧，带点钱，我遇到点麻烦。"

"什么麻烦？"颜亿盼听了觉得头大，她直觉这位董事长夫人总有一天会惹出天大的事情来，她扛不住。

"我砸了别人的场子。"

那边传来听不出情绪的一句话，却让颜亿盼大脑头皮血液轰地涌了上来。

29.案头营业

三个问号砸向了颜亿盼头顶，接着是感叹号，最后变成了省略号。关于这个女人的种种传闻，还有她的见闻，砸场子这种事，她不是干不出来。

外面已经漆黑，她来不及向程远解释，就冲入了夜幕中。

颜亿盼驱车赶往那个会所，一见那奢华低调的牌面，心中大喊不妙。

跨入大门后，穿过达官贵人们审视的目光，看到门前一个被玻璃框框住的玉刻菩萨，她有种上前给菩萨跪拜许愿的冲动：求菩萨保佑，今日能逢凶化吉。以后必定珍爱事业，远离乔婉杭。

但青花瓷旗袍美女没有给她时间，而是加快了脚步往前走，漂亮的旗袍裙摆在她眼底左右晃动着，看得让人眼晕，她跟着走向一个屏风后，一只脚刚跨入，就踩到什么硬物，扭了一下，自己踩到了一个"六饼"，她仔细看才发现地上满是五颜六色的麻将，七万、八万、红中……里面还混杂着一堆破碎的玻璃，以及一个四脚朝天的麻将桌，哦，三脚朝天，有一条桌脚断了。

除了两边排开的穿黑马甲的男服务员，就剩下穿着打扮雍容华贵的太太们，她们站的站，坐的坐，一个弯着腰蜷缩在沙发上哭，颜亿盼以为是乔婉杭，走近看，不是。旁边还有一个躺着的，哦，不，是仰着身子靠在沙发上的女人，才是乔婉杭，此刻正斜乜了她一眼。

居然没有一丝紧张、歉疚，哪怕是看到救兵来了的喜极而泣也行啊。

没有，都没有。

颜亿盼差点忘了，这种场合这人根本无所谓，她就是一个被惯坏的富家太太！

颜亿盼压着火拿出了卡。里面是她去年的奖金，数额不低，一个麻将桌，一副麻将，对，还有几个杯子应该能支付。

"多少钱？"她还是问了一句。

"稍等一等。"经理模样的人抬起右手轻轻往下压了压，挤出个笑脸来。

颜亿盼才注意到身后青花瓷又领进来一个穿黑色暗纹缎唐装、戴大玉佩、盘核桃的人，一句话，高人。

这人来干吗？

这时经理对那人说了一句，指了指一个角落，然后几个服务员走到角落里，移开一个红木沙发，几个人走上前，从下面颤颤巍巍抬起一个木框。里面是一幅字画，确切地说是一副笔力苍劲的墨宝，右下角还盖了红章，这该不会是什么价值连城的古董吧。

墙上还挂着一个摇摇欲坠的钉子。这场子砸得有点疯狂啊！

那位高人拿出一副小圆框眼镜戴起来，走上前，示意服务员把字画立起来，几个服务员脸上很紧张，先低头交流了一阵子，然后像举豆腐块儿似的轻轻立了起来，每个人还仔细控制着角度，生怕进一步损毁这个物件，上面的玻璃已经碎成渣了，颜亿盼看清了那几个字是：疾风知劲草。

"草"字上被晕染了一片，也不知道是茶渍还是酒渍。

"草"！毁了！

看着高人那一脸如琢如磨的表情，颜亿盼感到头皮发麻，觉得她那张工资卡恐怕是担不起了。

她走过去，弯腰对乔婉杭女士笑着说："乔老板，您能过来一下吗？"

乔婉杭站了起来，颜亿盼朝着包间里的卫生间做了一个"您先请"的动作，乔婉杭昂着头走了过去，颜亿盼保持风度地跟在了后面。

门一关上,颜亿盼反手锁上门,定定看了她一眼,轻声问道:"怎么了?"

"你都看到了。"乔婉杭不以为然,"字画毁了,场子砸了,人也气哭了。"

颜亿盼忽地右手一抬,一把拉起乔婉杭的右手细胳膊把人用力推向了墙角。

乔婉杭脸上总算有了一点惊讶,因为颜亿盼一向温和待人,这个动作力度不小。

颜亿盼心道,很好,她应该要有感觉。又闻到了淡淡的酒味,斜乜了她一眼。

乔婉杭被她压制着,忽然也不反抗了,脸上居然还露出一丝好玩的神色。

"我在加班,你在闹事。"颜亿盼盯着她的眼睛,压低声音问道,"凭什么?"嘴角含笑,声音却带着寒气。

"就凭你选了我这一边。"乔婉杭仿佛拿捏住了颜亿盼的心思一般。

"不,是凭你丈夫,凭他给你留了遗产,凭他给我指了方向,"颜亿盼依然克制着,凝视着她说道,"你还知道自己来做什么的吗?"

"怎么可能忘得了?"乔婉杭冷笑了一声。

"既然如此,我们定个规矩。"颜亿盼嘴角扯出一个笑来,松开她的手。

"什么规矩?"乔婉杭颇有些好奇。

颜亿盼看她这个样子,这几天的压力和紧张让她有些绷不住了。"你们夫妻俩用人也得有个限度。我不是你的私人助理,也不是你的朋友。我耐心有限得很,不喜欢伺候人,更不喜欢给人收拾烂摊子,所有的接触仅限于工作。你也好自为之,收敛一点。"

颜亿盼觉得乔婉杭不懂商务,不懂经营,更不懂人心,以后两人如果要合作,还有得磨合。

"你拉我进来就说这些?"乔婉杭挑眼看她,从她身侧走过。

乔婉杭说完后把旁边的水龙头打开,洗手,温水从她细白的手指流过。

颜亿盼看她还是一副死猪不怕开水烫的样子,走到她身边,继续说道:"这个会所的老板是北京有名的收藏家,门口那尊观音是唐代珍品,价值过亿,你砸了他最贵的包间,我完全可以报警,加上你背的云威债务,"颜亿盼吸了口气,语气不客气地说道,"关你几年,你老公在那边也彻底安心了。"

乔婉杭听到这里,关上了水,转身将手上的水滴毫不客气地弹在颜亿盼脸上,水淌在颜亿盼半边脸颊和下巴上。

"你冷静一点。"乔婉杭声量不大,但在卫生间里的回音中,显出几分压迫感来。

颜亿盼用手背抹了一把下巴的凉水,对这个惹是生非还理所当然的女人……震惊了。

"字画不是我砸的,"乔婉杭转过身,看着颜亿盼,"桌子是我掀的……"

"有钱人的世界……"颜亿盼笑了一声,"因为打麻将打输了?"

"不是，"乔婉杭轻叹了口气，"她砸了字画，我才掀了桌子。"

……

"出去吧，"乔婉杭走向门外，"你帮我把麻将桌和酒杯的钱赔了。我现金不够，所有账户也都被冻结了。"

两人就这样一前一后出去了。迎着众人的目光，大家看前面那个女人衣服的肩部有些歪，后面那个女人细长的脖子上还有水滴下来，一缕湿发贴在脸颊上，之前也听到里面一丝动静，大胆猜想这两个女人肯定在里面撕扯暴打了一番，真恨不得早些把眼睛黏在她们身上，跟着二位美人一探究竟。

他们出来后，沙发的位置多了两个人，正是杨柳和杨柳的夫人。

杨柳夫人正梨花带雨地在旁边哭着，看乔婉杭出来，食指对着她指了过来："就是她，之前在牌桌上老欺负我，别人给的牌她不要，我一出牌，她就胡，让我难堪……呜呜呜呜，她还激我，说要赌就赌大的，说我玩不起，我……气急了，把字画砸了，说谁输了谁赔。没想到，她居然把桌子掀了！"

"够了。"杨柳说了一句，声音不大，但女人很快噤声了，在一边抽抽搭搭。杨柳问了这里经理一句，经理犹犹豫豫，咽着口水，不敢得罪眼前人的样子。杨柳又说了一句："说吧，大不了分期付了。"

经理这才说话："老板他人在北京，刚刚打电话过来，这副墨宝是乔安民赠送的。"

听到这里众人发出"啊"的一声，这，很难估价啊。

乔安民大家还是知道的，他在经济领域内做出很多贡献，一生奔波，未到退休年龄便因病去世了。整个商界对他的评价都很高。而他本人的字自成一体，很受书画界认可，只是留下的墨宝极少。

此时，只有颜亿盼转过脸看着乔婉杭，然后浮现出一个盛着红酒的水晶杯砸向字画的画面，然后乔婉杭站起来把桌子掀了。

只因为，这幅字画是她父亲的遗作。

这个时候，经理的电话响了，经理对着那头说了一句，然后就按了免提，对方的声音透着沧桑："乔安民先生曾经把我这个小地方定为你们的聚会场所，我很荣幸，他也为这里题了词，就是这五个字：疾风知劲草。也是鼓励各位能为中国经济的发展努力。因为这幅字，也因为他老人家的期望，我每年都是免费提供场所。经理和我说了字画被毁的过程，我很心痛，以后如果各位把这里当作娱乐消遣的场所呢，我看还是另找地方吧。这幅字画，就算了吧。"

电话里的声音是位老者，毫无趋炎附势的样子，尽管不悦，但仍然很有涵养。

这混乱的场面，此时有了一个短暂的宁静。

"老板，"乔婉杭说话了，"字画我可以赔。"

"你怎么赔？"老板问了一句。

这幅字画的所有权在老板那里，真要赔，她恐怕赔不起。颜亿盼目不转睛地看着乔婉杭，手里紧紧握着自己的卡，心道：我的钱恐怕不够啊，乔老板。

"我家里还有一副字画，是这首诗的另一句，不知道能不能用来换给您。"

"哦，您是？"老板那边的语气有了缓和。

"我是他女儿，"她说着，又叹了一口气，报了名字，"乔婉杭。"

"啊！"老板那边沉默了一会儿，声音有些沙哑了，"抱歉啊，把你父亲的字毁了。"

"该说抱歉的是我。"乔婉杭的声音有些低。

杨柳的夫人张着嘴，红着眼看着乔婉杭，神色仓皇。

"嘻！"电话那边传来一声，又问了一句，"另一句是'板荡识忠臣'吗？"

"不是，是'智者必怀仁'。"

"哦，那放在这里也非常合适。"老板的声音有些许欣喜，接着还是说了一句，"我很抱歉，以后不会发生这样的事情了。"

"没事，那这幅浸水的字，我就拿回去了。"乔婉杭说完站了起来，"新的题字，明早给您送过来。"

"行，行！我找个人再看看这幅能不能做修复。"老板最后还礼貌地想补救措施。

"不用，这样就很好。"乔婉杭走上前看着茶几上被水渍毁掉的字画，沉默着。

唐装高人走上前，说道："我帮你稍做一点处理。"

乔婉杭点了点头，说："那谢谢了。"

高人从怀里掏出一个暗花丝巾，轻轻地铺在字上面，细长的手指小心摩挲了一下，吸了吸水，然后轻柔地把纸张卷了起来。服务员拿来了一个礼盒，把字画放了进去。

站在一边的杨柳和夫人都没说话，杨柳脸上有些沉痛之意，杨夫人泪也哭干了，低着头，神色有些恍惚。

颜亿盼把里面桌子、麻将和玻璃杯的钱付过以后，二人便往外走。

"乔婉杭。"一声传来。

乔婉杭停了脚步，回头看着杨柳走了过来。

30.告别过去

杨柳和夫人走上前，杨柳说道："我很抱歉，我夫人她……"

"没关系，"乔婉杭浅浅一笑，"我们也都是玩过头了。"

"我……"杨夫人张了张嘴，又不知道怎么说。

"没事的。"乔婉杭不想让她再难堪。

"对不起啊。"杨夫人也看出乔婉杭不会再发火，还是道歉了，"主要是过去她们都会照顾我的情绪……你来了，好像故意和我作对一样。"

"我就是故意和你作对。"乔婉杭倒不避讳，"就是看不惯大家都照顾你。"

杨夫人表情凝了几秒，忽而无奈笑了起来，说："以后也没机会了，我先生说，我被拉入顾客黑名单了。"

"我也一样。"乔婉杭说道，"父亲成立的交流会，他的女儿被永久禁入。"

说完，两人都笑了起来，算是一笑泯恩仇了。

杨柳没有笑，顿了顿，对乔婉杭说："你之前是不是想要我出面干预永盛入资云威？"

此刻宾客热闹也看完了，都往外走，乔婉杭有些犹豫是不是要在这里商谈此事，但还是很诚恳地点了一下头。

"我在这里给你一个明确答复吧，"杨柳说道，"无法干预。"

乔婉杭看杨柳一脸的坦荡，便也不再顾忌，说道："云威虽说是一家民营企业，但当年成立是为了振兴国家工业，之后也是努力转型，现在不能莫名其妙就落到外资手里。"

"我知道，云威一直是被认可的。"杨柳沉吟片刻，又说道，"振兴国家工业是好的出发点，但也要遵循市场规律。任何人出面干预，都容易被质疑。"

"质疑您和企业的关系？"

杨柳不置可否，他还是爱惜羽毛的，不然之前不会拒绝乔婉杭的咨询。

"您是不是认为，我找您，为了自己手里那点利益？"乔婉杭索性把话挑明。

杨柳沉吟片刻，缓缓道："熙熙攘攘皆为利往。商人这么做没有错。"

"您要眼看着外资为了逐利，扼杀有前景的民族产业？"乔婉杭有些着急了，但说话还是控制了情绪。

"翟太，不要那么义正词严，"杨柳抬了抬手，之前的歉意情绪渐隐，恢复客观态度，"恕我直言，现在的云威连自救都难，很难扛起民族产业的重任。"

乔婉杭听他这么一说，愣了几秒，微微一欠身，不再争辩："打搅您了。"

旁边的杨夫人也有些尴尬，刚刚才修复关系，现在又冷脸相向了。

杨柳抬脚要走，又停下来对她说："翟夫人，你平时种花吗？"

"种。"乔婉杭虽有些不解也立刻回答道。

"那我也请教你一个问题。"杨柳语气如常。

"不敢，您说。"

"在什么情况下你会去掉一株植物的'顶端优势'？"

"想要侧芽的花开得更胜，主茎不开花却占用了更多营养和阳光的情况下。"

"那什么时候动手剪掉呢？主茎刚冒芽就剪，还是等侧芽开花了再剪不迟？"

"都不行，"乔婉杭摇了摇头，"主茎刚冒芽就剪会让整株植物分茎少，长不高，但也不能等分支开花再剪，那就太迟了，错过了长花蕾的最佳时期。所以，要观察两边的长势，合适的时候剪掉。"

"嗯，也就是说我要看清两边的长势。"杨柳打量着乔婉杭，像是很认真的在总结。

"是。"乔婉杭点了点头，深深地看了他一眼。

"谢谢。"杨柳说完，带着夫人离去了。

乔婉杭出神地看着他的背影走向那一路明亮的路灯下，陷入沉思。

颜亿盼站在她身边，虽知这大概是某种提醒，但一时也没想到破解之法，轻轻安慰道："回去吧，总会有办法的。"

两人静静地穿过廊道，走到了会所前厅，那里空无一人，只有一个烧着的壁炉。颜亿盼看她脸色很差，也不知道她酒劲过了没，于是上前劝了一句："要不坐坐再走吧。"

"嗯。"乔婉杭似乎这一晚上也被折腾得精疲力竭，于是两人在壁炉边坐了下来。

乔婉杭看着壁炉半天也不说话。

颜亿盼对她此刻的状态有些担忧，云威现在确实是叫天天不应，叫地地不灵，一般人难以承受这种压力。她想缓和这种沉痛气氛，歪着头，笑着问她："说说，你是怎么以一己之力，把人家夫人气成那样的？"

乔婉杭回过神来，看了一眼颜亿盼，她的眼睛里印着莹莹火色，之前脸上的冰霜也消融了。

乔婉杭从口袋里拿出一个骰子，红彤彤的。颜亿盼看着那个骰子。

"这有什么难的，我玩了那么多年牌，什么能让人兴奋，什么能让人暴怒，早就摸得透透的了。"

不愧是麻将协会会长……颜亿盼心中想着，不禁笑了起来，说："改天你教我，玩个牌还能深谙人心。"

乔婉杭看了她一眼，转脸就把那个捏在手指上的骰子一下弹入了壁炉里。

哗啵一声，骰子在火堆里被烧得通亮，周身都是火光，颜亿盼有些愕然，那个玛瑙骰子可不便宜的，她喃喃说道："你们有钱人都这样不爱惜东西的吗？"

"最重要的是……"乔婉杭看着那堆火，火照亮了她半边脸，她轻吐了一口气，自嘲道，"我过去，就是她那个样子，简直一模一样，被大家宠到失了分寸。"

乔婉杭看起来很伤感，经过今晚的事情，颜亿盼觉得这个女人并没有想象中那样对形势不了解、不在乎，事实上，她可能想得比别人都多。

124

"你和她不一样，"颜亿盼摇了摇头，笑道，"你还是比她好看不少的。"

乔婉杭笑了起来，但只持续了几秒，惆怅情绪又缓缓显在脸上。

颜亿盼看着那个骰子在火堆中消失殆尽，想着，这大概就是传说中的和过去告别吧。还没细想以前乔老板是过着怎样奢靡荒唐的日子时，对方已经站了起来，往门外走去。

颜亿盼追上去问了一句："他说的'顶端优势'你听懂是什么意思了吗？"

"大概就是告诉我选择还不是时候吧，外资没有高到压制云威发展，云威的花骨朵也没开出来……"乔婉杭说道。

"我怎么觉得不是呢，他最后说，他要'看清两边的长势'，重点是他'看到'才能出手。"

"'长势'？"乔婉杭停下了脚步，灯笼红澄澄的光落在她的脸上，比之前多了些生气，"可这我怎么能控制？"

"没有'势'，就造'势'……"颜亿盼眼睛眯了眯，神色幽深，"总得让他看清楚。"

两人对看了一眼，又沉默下去了，静静地走过那条长长的回廊。

出了大门后，颜亿盼把乔婉杭送上车，正要关门，乔婉杭抬头问颜亿盼："我还能安排你工作吗？"

颜亿盼想起自己在卫生间对她说的那些话，想收回也不行了，只能清了清嗓子，无奈笑道："砸场子赔款不行，我卡里的钱可不多。"

乔婉杭笑了起来，说："帮我查一个人。"

已到凌晨，天上星光闪烁，四周静谧安宁。

前路越渺茫，越要向前走。走投无路时，即便是心中幻想出来的一线天光，那也是希望。

颜亿盼连续几天都是白天上班，晚上去程远那里整理资料。

那天程远因为要去实验室，就剩她一个人，她竟然感觉没有程远，她的效率……更高了。

程远从实验室回来后，看她坐在沙发上，一脸欣喜地甩了甩手里的资料，站起来告诉他："圆满完成任务，程院长，江湖再见。"

程远看到她手里的资料，神色有些异样，然后上前："我能最后再看看吗？"

"行。"颜亿盼把资料给他。她自觉成就满满，他必将惊叹于她的工作水准！

程远的脸在灯下显得晦暗不明，倚在座位上，翻看着整理的资料。他挑出其中几页，转手就放进背后的碎纸机里。颜亿盼冲上去抢夺已经晚了。

颜亿盼诧异地看着他。程远避开她的眼神，转过椅子把窗户打开。科技产业园的夜晚格外清静。

"除了我给你看的那些，别的都不能用。"程远解释了一句。

颜亿盼看着碎掉的纸张眼里直冒火光，这是她今天顺着他给的资料在另一个没上锁的资料堆里翻出来的。

"程远，你很奇怪。"颜亿盼说，"你在这里，每次都是你来挑资料，你不在，我并没有翻阅你那些上锁的机密文件，这些只是你放在角落里落灰的文件，都是两年前的过期资料。"

"所以，没有多大价值。"

"不对，"颜亿盼说，"既然没有价值，你急着销毁它做什么？"

"没有价值为什么不能毁了。"

"别绕圈子……"颜亿盼觉得他简直是无理取闹。

"很晚了，你脑子也混沌了，我也累了，早点回去吧。"程远把资料推回给颜亿盼，"这些资料足够你用了。"

"我听妈说，有外国公司挖你，"颜亿盼坐在了他对面，"你是不是……并不在意研发部裁撤掉，甚至巴不得裁掉以后，你带着自己的人另谋高就。"

程远盯着颜亿盼，这几日的熬夜让他眼白处布满了血丝，此刻他的眼神变得有些可怕，好半天，才以让人发寒的语气说："你就这么看我的？"

自从翟云忠去世，颜亿盼确实不知道程远在里面扮演什么角色，此刻，她根本看不透眼前这个男人。

颜亿盼不想解释，事已至此，这些恐怕也是程远能给到的极限了。她拿起资料，说道："你想藏起来的东西，我不看就是了。你是什么人，只有你自己知道。"

颜亿盼说完便往外走。

"亿盼，"程远也站了起来，抿了抿嘴唇，说道，"你已经整理得很好了，逻辑通透有力。有些事情，你如果不知深浅，就一个字也不能传出去，因为你不知道别人会怎么解读。"

颜亿盼回过头愣在原地，有些迷惑："一些冰冷客观的数字，能怎么解读？"

"除此以外，"程远指了指她手里的资料，再次强调，"什么都不要说，不然，裁撤的恐怕不是研发中心，你所在的云威公司也有风险。"

颜亿盼愣了愣，翻看手里的资料，不就是两年的产品研发思路吗？她读不出程远的眼神里到底有多少警告意味，多少威胁意味，总之，感觉不太妙。

"好，不说。"颜亿盼说完，便出来了。

这个疑团，她总有一天要解开。程远的心到底是红色的还是黑色的，她也一定会知道。

31.拜访过气名人

一个春暖花开的日子，乔婉杭和颜亿盼来到一个落英缤纷的地方，青青绿绿红红粉粉入了满眼。这是国内一所顶尖大学的校园。

她们走到一幢居民楼前，爬藤植物迎着阳光布满居民楼的东侧，大学正在寒假期间，依然有学生在园内看书奔跑，看着洋溢着青春笑容的少男少女，她们心情放松了很多。

她们进入五单元，走进一个浅绿色的旧电梯，摁了上行键以后，电梯却迟迟不动，她们两个呆等了一会儿，便从旁边的楼梯走上了三楼。

"302。"乔婉杭说了一句，颜亿盼看了两边都没有门牌号，分不清哪个是302。

"应该是这个。"乔婉杭指了指右边这户，这家门前还挂着春联，上联是"一世钻研难得几分清闲"，下联是"满腔热血不求功名利禄"，横批写着"高兴就好"。

看着这几个飞舞的字，乔婉杭不禁一笑。

颜亿盼上前敲门，过了一会儿，才听到有脚步声，铁门打开后，露出一个老人疑惑的脸。

此人正是被杨柳气跑的经济学家许良友。

"许教授，新年好。"乔婉杭微微弯腰，"我是云威集团的董事，我叫乔婉杭。"

这一次乔婉杭没有谦虚，尽管她那个董事的位置还不知道猴年马月才能恢复。

"我是颜亿盼，她的……助理。"颜亿盼还是觉得谦虚一些比较好，顺便给了老人一个乖巧的微笑。

"哦，那个生产芯片的公司。"许良友说到这里，把门打开了一些，问，"你们找我是有什么事吗？"

"是想请教您公司经营的问题，"乔婉杭走近一些，真诚说道，"当然不是具体事务，是制定公司战略层面的问题。"

"哎，我那一套早过时了，别耽误你们赚钱。"老人挥了挥手，想关门。

"他们说我公司那一套也过时了，"乔婉杭一把拉着门，不让他关，"可我偏不信呢，特别想让他们尝尝打脸的滋味。"

乔婉杭说完，脸上露出坏笑。许良友笑了一声，眼睛亮亮的。

"那你们煮酒论英雄，"颜亿盼手里拿着两瓶茅台，她在网上看到老人爱喝酒，爱看武侠，"看看两个过时的人能不能一统江湖吧！"

许良友把门打开："进来说说吧。"

许良友家的房子不算大，是个小两居，屋里弥漫着一股药味，原木色老式家具，家中的一整面墙都是书。客卧有个保姆照顾着坐轮椅的妻子，正在给她喂药，保姆只是看了一眼来人，目光混沌，并未打招呼。

许良友也没有介绍，就带着她们来到客厅的阳台。

外面正好能看到一大片樱花树，微风吹来，香气怡人。

三人坐定后，颜亿盼拿出了资料，对云威的情况做了介绍："云威1987年成立，早年是一家代理终端设备的企业，1992年开始自主研发，从做工控系统，到研发消费终端芯片，比如游戏机、电脑、车载芯片等，相比美国起步晚，在国内算是起步早，但走得不太顺……"

颜亿盼介绍的时候，许教授翻看着资料，说道："我带过一个学生，他研究过云威，你们不是走得不太顺，是芯片领域有一个诅咒，就是摩尔定律。"

颜亿盼放下资料，有些诧异，老爷子很懂这个行业。摩尔定律，是英特尔的创始人之一摩尔提出来的，是指按照他们的研发规律，处理器的性能每隔两年翻一倍。换言之，越走在前面，他们的优势就越明显。"后来者居上"这样的话如同痴人说梦。

"最可怕的是英特尔用这个定律制定Tick-Tock策略，简直是碾压式的优势，并且是永续发展。"乔婉杭说道，看到颜亿盼的讶异表情，补充了一句，"我在看我先生书房里的书。"

"在投资上，这种行业是小投资，亏钱；中投资，不赔不赚；大投资，要么血本无归，要么大赚特赚。"许老的概况颇为精准，"所以，这种回报率，投资机构不看好也是正常。"

"许老，实不相瞒，云威身上背的债务和官司都很多，"乔婉杭从包里拿出一份财务报告，推给许老，"但我依然觉得云威很有前景，因为它研发的是最代表未来价值的芯片。"

"你是董事，你想保留研发就保留啊，"许老有些纳闷，"我也相信一个企业要有核心技术，尤其是这种要看长线的企业，更需要耐心。"

"这就是我需要您帮忙的地方，"乔婉杭低头说道，"我说了不算。"

颜亿盼简单解释了这段时间云威的变故，许老翻看财务报告，神色凝重。

许老最后放下报告，说："不患无位，患所以立。你凭什么让他们选择你，换句话，凭什么让他们保留研发。"

颜亿盼拿出从工程院统计来的资料，说道："这是我们统计的所有专利数，这十年来一共是1458个，和全球最顶尖的芯片研制公司还有很大差距，但您看每年主频的提升幅度，还有出货量的增长比，足可以说明进步的速度很快。"

"这不容易，大家都在加速。"许良友说道。

外面阳光明媚，乔婉杭直面许良友怀疑的眼光，沉吟片刻，说道："我知道芯片的研发需要持续的财力、精力投入，大不了我这一代完成不了，我会让我的下一代一直做下去。"

颜亿盼看着乔婉杭，不知为何，松了一口气，即便所有人对研发都不看好，即便之前乔婉杭是那样的茫然犹豫，此刻，因为这句要坚持的话，让她觉得之前受的所有折磨都值了。这个女人远比她想象的要坚定，要勇敢。

许良友的目光从一个经济学家的睿智转变为老者的慈祥，他点了点头："可是，怎么才能让人认同这个价值呢？从你们的财务报表来看，云威是在破产的悬崖边上行走。"

"这需要您帮忙了，让人相信：信息产业需要云威。"乔婉杭说道。

"这个结论不是伪命题，因为时间会证明它的正确性。"颜亿盼无比笃定地说。

许良友看着窗外，半天没有说话，直到最后才说："我想想，想好了给你电话。"

老人说完站了起来，乔婉杭和颜亿盼也跟着起身。

他送两人出去时说道："这件事，你们也要做好失败的准备。"老人的声音显得沙哑而厚重。

"现在，即便有人告诉我，前面是万丈深渊，我也会走下去。"乔婉杭说道。

颜亿盼站在她身边，侧脸看着她，半天没有说话。

两人快到中午的时候才离开许良友家。外面阳光熠熠，鲜花灼灼，海棠、碧桃盛放在道路两边，早开的樱花被风吹过，飘落满地，二人都沉默着，各有心事。

"你不会走进万丈深渊里的，他，不会让的。"颜亿盼低头说了一句，然后抬头看着花开粲然的石路，语气极为平和地说道，"你走的路必定是鲜花满地，众人追随。"

乔婉杭停下脚步，看了她一眼，把她头发上的一片花瓣轻轻拿了下来，笑了笑，没有说话。

那天傍晚，颜亿盼回家的时候，正遇到那个捡垃圾的小男孩。他身上干净不少，晒得肤色黝黑。他老远看到颜亿盼，就跑了过来。

颜亿盼发现他戴着那天留在纸箱里的手套，身上还多了一个棕皮小挎包，看起来在收破烂这条路上，走得越来越专业了。

"阿姨，我送你一些东西。"

颜亿盼有些讶异，这孩子现在这个状况还有多余的东西相送。只见小男孩摘了手套，从挎包里掏出一叠五颜六色的纸张，递给颜亿盼。

是各种优惠券、代金券。

天边的云彩绚烂，照在孩子布满细汗的额头和明亮的眼睛中。

她猜这孩子一定攒了很久，一直放在包里等着给她。

她笑着问道："都给我吗？"

"嗯！"男孩用力点头。

颜亿盼接过优惠券，很认真地翻看。

"谢谢，正好有我喜欢去的餐厅的。"颜亿盼拿着优惠券晃了晃。

男孩好奇地凑过来："是哪家？以后我帮你收集。"

"你给了这么多，其他家的，我也可以试试呢。"颜亿盼看到有健身房和瑜伽馆的。

颜亿盼弯下腰，展开代金券给男孩看，说："你挑一张，阿姨请你吃饭。"

男孩瞪着大眼睛看着她，一副受宠若惊的样子，他想了想，又紧张地摇头，也不说话，转身就要走，像是颜亿盼会抓走他去硬塞美食一般。

男孩放慢了脚步，回头粲然笑道："等我有钱了请你吃！"

男孩说完，就跑开了，颜亿盼看着他狂奔的背影，无奈地笑了起来。

一个倔强而又敏感的孩子，最厌恶的便是强加给他的恩惠。

颜亿盼认真地在这些优惠券里找一个可去的地方。

32.侧面夹击

她抽出一张击剑馆的体验券，上面写着：练剑、练心、练气、练身。

这八个字感觉有一定的境界。她按照地址走了过去。

这里离家很近，在隔壁小区的商铺下，分两层。新开业，人很少。她一进来就有引导员跟过来，并且热心地给她安排教练。

这个练剑馆还很专业，有人帮她穿上了训练服：裤子、护胸、金属面罩……一身行头穿下来，她就已经满头大汗了。

教练是个男的，门前还挂着他的个人介绍海报。他是个退役的国家运动员，教她的时候很有耐心，且以鼓励为主，他说："练剑先练心，一定要冷静，才能保持稳定的呼吸，找到准确的发力点，只有这样才能实现训练肌肉的效果。"

她本身的体态就很好，练起来也是英姿飒爽，行人从剑馆经过，隔着玻璃也不由得停下来看几眼。

这个人世间到底是什么？她越来越相信，这是一个角逐场，上天既吝啬又偏心，毫无公平可言，有的人一上场就光环加持，可结局呢，也许一败涂地，黯然退场，比如翟云忠；有的人一上场就带着缺陷，却靠着耐力一直在坚持着。她就是那个破衣烂衫上场的人，对自己的环境、自己的未来从来都不乐观，她不啻以最坏的心思揣度周遭人的心思，也习惯为最坏的结果做打算，这反而让她坚不可摧，未被驱逐出这残酷的角逐。

她离不开这种感觉，她靠这里的血腥味生存，她痛恨战场，又迷恋战场。

一堂课下来，颜亿盼已经浑身冒汗，肌肉发酸，却感觉浑身通畅自在，便毫不犹豫地在这家店办了卡。

时间就这么又过了几天。云威的裁人计划正在按部就班，公司里风声鹤唳，每个人都岌岌可危地工作着。而颜亿盼却每天按时下班，照常练剑，不为所动。

对即将到来的一战，她必须以身心最佳状态迎战。

第二天，颜亿盼一大早就出了门，穿着她的击剑装备在剑馆练剑，她的手机在储物箱里不停闪动，来电、黑屏，又来电，又黑屏……

今天是HR和工程院员工签离职协议的日子。Lisa在颜亿盼办公室门口左等右等，没有等到颜亿盼，却等来了自己手下的HR专员，她表情惊悚地喊道："Lisa，不好了，楼下有几个电视台的记者在采访员工。"

专业灭火队队长颜亿盼不在啊，她部门的人见老板没来，都不敢出头。毕竟脱离颜亿盼轻易出头，容易被枪打。

Lisa直接跑到廖森办公室抱怨道："这种时候，亿盼居然躲了！"

"永盛给我们的时间有限，这件事情必须速战速决，以免事态扩大。"廖森倒还冷静，这种阵痛，他必须应对。

李欧也进来了，他神色紧张，看了一眼廖森，然后从桌子上拿起遥控器，直接把电视打开。

梳着偏分戴着金边眼镜的知性男主持人在屏幕上介绍："今天，我们记者了解到，前段时间因为董事长自杀而被推向风口浪尖的云威集团突击实施裁员。让我们来看一下前方记者刚刚发来的报道。"

云威研发大楼下面，几个研发人员刚刚从里面出来，有的人手里已经捧着箱子了，记者问其中一个研发人员："裁员的事情有事先通知吗？"

"云威没有通知，不过你们媒体不是很早就预料到了吗？外资进入，他们没有耐心让我们继续搞芯片研发……"一个打了马赛克的女性工程师说道。

"废什么话，没有通知，没有商量，早上一来，HR就直接亮出了辞退协议。"一个男性研发工程师说道。

报道还概述了云威自董事长去世以来的风雨飘摇，还有云威内部高管的采访内容，据说是负责公司投融资业务的，也是这次被裁的对象。这位内部人士提到，"我担心的是，公司战略层领导层恐怕是想借董事长去世的机会进行高层洗牌，借用资本的力量来打压异己。"

廖森关了电视。Lisa手中有部分裁员合同，问廖森该如何处理。

廖森拨通了永盛投资人Keith的电话，说道："我有件事情需要和您商量……"

他们的谈话不过十分钟便结束了。Keith给了明确表态，要么裁员，要么撤资。

媒体的攻势并没有结束。

廖森看到楼下放着翟云忠的黑边相框，正对着他的办公楼。

还悬挂着大字报：他已归西，你又何必落井下石。

旁边架着的高矮相机不停地拍摄。

很明显，这一切都是冲着廖森来的。

但这并没有结束。

下午两点，《南方周刊》头版报道，白色版面中这么一行字，"他已归西，你又何必落井下石"。

记者选了廖森演讲的照片，眉眼中透着阴冷和狠绝。文中他被描述成一个忘恩负义，对恩主赶尽杀绝的臣子。报道还用一个表格公布了研发部及研发人员的学历背景，表示：这么一个精良的团队，在董事长去世后，惨遭裁撤。

网络社交平台中的仁人志士们哭喊一片，觉得董事长定是被那些心怀不轨的人逼迫而亡，财经记者和科技板块都掀起了一股对中国科技的担忧。

全网弥漫着一股关怀，大家产生了共情：大家和云威那群人一样，一直在奋斗，却总也得不到认可。他们看到了一种久违的侠士精神，我为了信仰而奋斗，在恶毒的算计中，我依然保有热血。

一年一度的政府企业商务沟通会上，许良友是最后一个发言，他公布了一系列数据，来演示世界芯片事业发展情况，以及专利数在中国位居前三的云威现状，在演讲台上掷地有声地说道："这些数据，就两个点跟大家分享一下，第一，芯片是信息产业的大脑，工业、金融、消费领域都把离不开它，我们能完全依赖国外进口吗？不能。自主研发是唯一出路；第二点，云威现存的芯片产业有76%应用在工业领域，12%用在民用信息化系统中，你们想想，这样的企业被外资控制，后果是什么？！人家控制的是你的指挥中心，你的大脑！"

坐在台下的杨柳突然站了起来，他神色很平静，拿起包走出了会场，秘书跟在后面端着水杯，一路小跑，跟着上了商务车。

整个论坛突然炸开，这种沟通会上，媒体本来都昏昏欲睡，但是突然涌上前对着许良友亮出的那张图片拍照。

不到两个小时，日报在微博中直接发出评论文章。

这些文章都一一被推送到颜亿盼的手机上，她刚练完剑，低头翻阅着消息，脸上露出一丝久违的笑容。

颜亿盼换了衣服以后，坐在更衣室给一家媒体发了一条极短的简讯。

媒体电话过来："就这么短吗？"

"不用太长，这年头谁有耐心读长新闻，越短越能勾起兴趣，这条短讯足可以在这几天发酵。"颜亿盼做了解释。对于资本市场而言，大张旗鼓的内容通常都是假的，而捕风捉影的才是真的。

很快，一家证券媒体在一个豆腐块的角落讯息里发布了一条关于永盛的消息，暗指永盛暗箱操作：

> 本报讯 永盛股份原持有人张某华、梁某、Mickle Cheung开始出售手中股票，进行私下交易。股权公告中，几人的名字均已消失。相关人士称，此举或与永盛与云威的投资交易有关，或有洗钱嫌疑。

这条不超过一百字的消息在证券领域悄然掀起了风浪。

颜亿盼把这条消息通过公司内部BBS传播，造成一种只有内部人士知道的感觉，这则消息让董事会那边决定重新考虑是否应该接受永盛的五位成员进入。

很快，永盛不得不接受警署经济科的调查，暂缓了确认董事成员的过程。虽是暂缓，但这种悬浮不定的状态，让人不能高枕无忧，生怕出现变数。

而这种人心浮动的状态，最需要一个定乾坤的人，那个千呼万唤始出来的人，必能引起足够的重视。

云威持续在热搜榜上没掉下来。大楼周边总游走着便衣记者，试图打探消息。

外界的猜测总算有了落点，云威研发楼下突然聚集了很多中外记者。

廖森这几天都是从地下一层直接上办公室，今天也干脆不躲了，下楼来看，迎面正遇到招呼媒体的颜亿盼，他质问道："你又想搞什么名堂？"

颜亿盼笑道："堵不如疏，开个媒体吹风会比较好。"

"没听说你还有这个计划呀，"廖森看着前方嗤笑了一声，"这笔费用过财务了吗？"

"费用有人出。"颜亿盼看了看身后的人。正是翟云鸿，他正戴着墨镜，喝着这次吹风会准备的饮料，他朝着廖森笑了笑，耸了耸肩，甘当冤大头一般。

"你想吹什么风？"廖森继续问道。

"我们需要和媒体沟通一下未来云威的规划。"

"规划不是在股东大会上发布了吗？"

"廖总，那次反响太小，我们这次发布，一定可以惊动更高层。您看，电视台的记者都来了。"

颜亿盼说完就笑着出去迎接了。

留下Amy招待廖森坐在了前排的位置。

几张简单的桌子，下面围坐着媒体，架着摄像机，还有媒体陆陆续续赶到，云威大厦外面的车位都被占满了。

程远在楼上办公室，沙发上是颜亿盼早上送来的几身换洗衣服，他拉开百叶窗，低头目不转睛看着楼下颜亿盼的忙碌，神色中竟有些许柔情。

此时，他的电话响了，是颜亿盼，他接了起来。

"你不下来说几句？"

颜亿盼抬头看着窗户,他赶紧放下百叶窗,生怕被看见自己在窥视她一般。他说:"不了,这种场合不适合我,他们作为董事长的亲眷,会更受关注。"

"这次会说一些研发的内容。"

"我知道你能把控。"

颜亿盼抬头看着他的百叶窗,笑了起来。

台下,媒体都在交流着。

"这次真是世纪大戏,我估计,永盛这次要被逼撤资了。"

"不可能,那毕竟是港股。"

媒体吹风会如期开始,颜亿盼穿着颜色鲜艳的套裙,先从一侧上来,她引导乔婉杭坐下后,轻声说道:"放松一点。"

乔婉杭听到,扭头看她时,她正在低头调整话筒的位置和纸笔的摆放。

乔婉杭深吸一口气,试图平复心情。她的另一边是一名翻译,这次事件吸引了不少外媒。

颜亿盼做了简单的开场:"大家这段时间都在关注云威,我们不能贸然对外宣布决定,翟亦礼先生从创立云威之初,就建立了协商决策的体制,为此,我们做了充分准备,希望公众、媒体、政府,还有所有股东能了解云威的真实情况。"

接着,她拿起一份资料:"这是你们身后那座研发楼的科研人员的加班记录,每个人平均每年加班541个小时,而且这种工作强度持续了十年,这是什么概念,是这里每个人多工作了两年,研发中心一共441人,是多少年?大家可以算一下,我在这里不是说劳工问题,因为云威不会少给加班工资,我是在说我们的事业太艰难,我是在说这一群人的精力、时间和理想。如果这群年轻人放弃了,他们也会有出路,跳槽、出国、改行都可以,但对云威来说,对整个ICT行业来说,就失去了最宝贵的机会。"

颜亿盼的话语,伴随着旁边翻译的声音。

媒体再次鼓掌,有人喊道:"加油!中国崛起!"

"不过,今天,我不是主角。我希望大家耐心地倾听,过去不曾留意的人发声。"

短暂的停顿。

"我是乔婉杭。"乔婉杭抬头看了一眼台下的记者,大家都安静下来,将镜头对准了她,闪光灯让她闭了闭眼,暗自吸了一口气。

33.上位

乔婉杭说道:"我希望借这个机会,让大家重视云威现在的情况,不仅仅是重视它面临的危机,更是重视它的战略位置。对于我个人而言,我的股份给到谁都不会影响我的收入，但是，我不希望我丈夫的交接棒给到只看重利益的投资机构，我不想看到他亲手培养的研发人才都离开云威。"

廖森看着眼前这个应对媒体略显拘谨的女人，意识到自己低估了对手。那些以女性柔弱示人的形象不过是虚晃一枪，对她而言，廖森并不是一个落井下石、背信弃义的逆臣，而是这样的矛盾更容易吸引媒体的关注，那些伏笔等待的不过是这场战役，她要上位，手里必须握着强力而鲜明的旗帜。

"怎么样？她是不是一个不错的继承人？"发布会结束以后，颜亿盼笑着问廖森。

"你为什么最后会选她？是好掌控吗？"廖森看着颜亿盼，语气森然地问。

"你还是和我共事的时间太短了，不然你不会问这个问题。"颜亿盼以几个月前同样的话，回答了廖森。

"是啊，共事时间太短，"廖森看着前面被众人围绕的乔婉杭，转头对颜亿盼说道，"我不知道你可以这么混蛋，又这么忠心。"

这句话带着讽刺，带着愤恨，还带着他自己都没有察觉的欣赏。

活动结束当晚，电视台八点的《经济半小时》做了专题报道，对云威的报道中给了很多总结数字：专利数、研发人员数、芯片销售数、加班数……这些构成了云威从成立研发中心以来将近二十年的心血和战绩。

那个时候，颜亿盼正坐在乔婉杭身边看着报道，她的两个孩子在一边安静地玩着乐高。

乔婉杭接到了杨柳秘书的电话，邀请她参加云威和永盛股权之争协调会。

"这次谈判我会和廖森参加。"乔婉杭说道。

"你把我叫过来就是说这件事吧。"颜亿盼神色凝滞了片刻，说道。

如果这是一个升级打怪的游戏，此刻，廖森应该被击倒在地才对。可是，这是活生生的商业世界。

有廖森在，颜亿盼在云威的日子不会比乔婉杭更好。廖森这个人从来不懂得包容，之前，他让颜亿盼过了堂，升了职，逼迫颜亿盼翻出了底牌。现在，等待颜亿盼的，恐怕就是风霜刀剑严相逼了。

"你知道他在公司里负责的范围有多广吧？"乔婉杭说道。

"我知道不奇怪，你知道，倒是让我很意外。"颜亿盼看着电视屏幕，里面正在讲云威这十年的路程。

乔婉杭不置可否，颜亿盼第一次有看错人的挫败感。

乔婉杭是被动搅入乱局，她需要廖森来稳定时局，公司里经不起大的变动。

她们两个人都是聪明人，都懂。

"鸟尽弓藏。"颜亿盼笑道，轻叹了一口气。

"不会把你藏起来的，"乔婉杭侧过脸，看着她说道，"还会让你露面……你帮我去参加另一个活动。"

"什么活动？"

颜亿盼脸上多了防备，从此以后，她要留意这个女人的每一步，因为历史经验告诉她，乔婉杭的每一步都可能让她措手不及。

3月14日，乔婉杭、廖森、汤跃和助理以及翻译出现在了大楼顶层会议室，协调云威的股权之争会议即将在这里召开。报刊架上的报纸头版头条写着，"拯救中国芯，我们还有多远的路？"

"翟太，我这几天一直在想，你是怎么把一个公司内部的股权之争上升到产业层面的？"杨柳和她握手时，低声问道。

"您后来想清楚了吗？"乔婉杭笑道。

"我真的检讨，对事情的严重性判断不足。"杨柳收起了笑脸，说道，"不过，现在形势对你有利，这也是我愿意看到的。"

"我还是要感谢你，是你给了我提点。"

"许良友才是对你帮助最大的人。"这句话听不出情绪，然后杨柳一抬手，"请坐。"

永盛的人从门外进来，Keith带着三位新面孔出现，他们和云威的人对面而坐，杨柳和其他人员坐在中间的位置。

"这是一场调解，不是谈判。"杨柳的开场第一句话给这次会议定了性。

"我提醒一下各位领导，坐在我们对面的乔婉杭女士是有美国护照的，这个人可以随时回美国。"Keith率先发难。

一阵沉默，大家似乎在思考此事的影响会是什么。

乔婉杭站了起来，从包里把护照拿出来，举起来给各位看："他说得没错。"

杨柳眉头微蹙。

紧接着，当着所有人的面，乔婉杭问旁边的工作人员要一把剪刀。

那人有些纳闷，但还是给了。

她当着所有人的面，把护照剪断，一分为二的护照落在桌面上，她说道："我将重新申请加入中国国籍，我本来也是中国人，这辈子都会留在这里。"

廖森挑了挑眉，眼神中带着一丝诧异和玩味，作秀也好，认真也好，这个女人不简单。紧接着，他扫了一眼其他人的反应，似乎都买账了，他忽而有些忧虑，这个女人会不会成为他商业畅想中最大的障碍？今天她能坐在这里谈判，就不容他轻视。

廖森想到这里，沉声询问道："可以开始了吗？"

同样是3月14日，颜亿盼来到资宁，在这里，翟绪纲的温泉度假村旅游度假项目正式剪彩，他们邀请了投资人，以及当地政府前来观摩，阳光布满这个玻璃房，觥筹交错，其乐融融。

翟绪纲给父亲翟云孝电话："不知他们会怎么解决这个问题。"

"他们出手，一定是从大局着手，不管怎么说，云威死不了。你管好自己的项目。"

翟绪纲倒是有着出色的抗压性和接待能力，不论父亲给了他怎样的脸色，他都可以给各位商界富豪们送去春意的温暖。

他不遗余力地向来宾介绍着自己的项目："你们看那边的山头，已经有粉色的杜鹃开出花来了，再过一个月，这座山就会染上各种鲜花的颜色，大好河山一片红，山里还有山泉，我们送到环保局做过检测，是可以直接饮用的水源，里面含有钙铁锌硒……

"想想，你们带着亲朋好友，爬山、钓鱼回来后吃肥美的松鼠鱼，我们旁边的温泉中心今晚就可以营业，你们可以看着头顶的星星，听着鸟鸣，在云雾中享受……"

他的手指向一侧的温泉房，来宾们带着期许看向那里，泉水潺潺，水声让这个山脊显得灵动而幽深。

微风拂过，让每个人都褪去了心灵的尘埃和身体的疲惫。

泉水还在往外翻涌。

鲜活、激昂，还有一丝暴躁不安。

人们都聚了过去，仿佛天地间会蹦出什么了不得的物种一般。

"哗"的一声！

温泉猛地喷薄而出，这次，不再是清流，而是污浊的泥水。

泥渣污水猛地四下飞溅，泉眼处，一股泥浆炸裂般一直冲到头顶两米处，整个温泉瞬间染上了黑黑黄黄的颜色。

四周的玻璃被涌出来的泥水冲得肮脏不堪，砰的一声，玻璃突然被水冲倒，里面一男一女裹着浴巾，浑身满是淤泥尖叫着跑了出来。

"怎么回事？！"翟绪纲立刻慌了！

那些富人们本已百无聊赖，看到这一幕倒是都纷纷举起手机拍起来。

那几个温泉泉眼已然变成了泥潭。

"叫人！快叫施工队。"

颜亿盼戴着墨镜一直坐在那里喝着奇异果汁，此刻站了起来。

这就对了，这就是乔婉杭让她来参加这个活动的原因。

137

一个半身是泥的人冲上来对翟绪纲说道："是下面的农民,他们为了开春的时候养虾苗,把后山的泉水全都引入虾池了,泉眼也给堵了!"

哦,这才是乔婉杭承包虾池的原因。不但虾肥美,虾池也很有规模。

紧接着,楼下伴随着激昂的节奏,嘿吼嘿吼地,一帮农民挽着裤腿围着虾池播撒虾苗。还有个穿着民族服饰的女人唱起了山歌。

女:"哥哥你快回家哦。妹妹在捞虾!"

男:"嘿吼,嘿吼!"

女:"哥哥你快上桌哦,妹妹的菜要来!"

男:"嘿吼,嘿吼!"

女:"哥哥你莫着急哦,妹妹的虾在剥皮!"

山歌嘹亮,传遍山谷,声音带着野性和粗粝,配合着周边一片泥泞,仿佛一副野兽派画作。

人员都纷纷撤离,还有人滑倒在路边。嘻嘻哈哈、骂爹骂娘的一群人,乱成一片。

焦灼、困惑、愤怒将翟绪纲笼罩。

翟绪纲毕竟还是有经验,紧急时刻,对着自己的手下吼道:"那个虾池多少钱!给我买下来。"

颜亿盼放下杯子,站了起来,把自己红裙上的褶皱抚平:"没办法,你婶婶一家人都爱吃虾,这个虾池不卖。"

"是她!"翟绪纲眼睛都冒火。

"你如果真要买,她给了报价。"颜亿盼当这个使者。

"多少?"

"和你这个温泉度假村的价格一样。"

翟绪纲低声骂了一句,然后掏出手机,给乔婉杭去了电话。

"喂。"乔婉杭声音很平和,大概谈判也结束了。

"婶婶,"翟绪纲苍白着脸,发抖的唇还是挤出了一丝笑容,"为什么呀?这个温泉度假村,我费了很多心力,我对您一直没有敌意……"

"回去问问你爸,"她语气很平静,听不出情绪,"问问他,他为了抢翟云忠手里的东西,做了什么?也告诉他,他要毁了云忠,我会毁了他所有产业,还有他全家。"

翟绪纲颓废地回到家中,父亲正弯着腰在阳台上练习高尔夫,对面青草翠绿、清风徐徐,他渴望一种家的温暖,一次痛苦后的安慰。

他靠近父亲,还没来得及问候他,"砰"的一声,一杆高尔夫球棍冰冷地砸在他头上。

"记住这种痛！这是你轻敌带来的痛！"翟云孝的声音如同冰裂，直叫人心底发凉。

翟绪纲额头上的血顺着头顶流了下来。

之后，因为虾池事故，他的旅游项目短期内无人投资，地产资金没有及时回笼，度假村面临被银行收回的风险。云威老股东原定转让给他的股份交易终止，他手头的云威股票被迫全部抛售，以填补资宁温泉度假村的资金缺口。

前有獐子岛"扇贝跑路"，后有资宁"虾吃度假村"，这一事件，一度成为笑话。

蛇打七寸，她用了一个虾池，拖出了他的资金链。

此仇不报，誓不为人。翟绪纲暗自发誓。

西湖上一只翠鸟拂过，涟漪绽开。

山中的杜鹃红艳艳地铺了一大片，城中的桃花灼灼而开。

因为主管部门的介入，再加上证监会对永盛内幕交易的调查，永盛来的四个人从趾高气扬，变得低调谨慎。随着媒体一轮又一轮的攻势、公众一浪接过一浪的声势，云威的市值在不断攀升。

云威董事会发布最新公告："永盛的出资金额不变，但收购的股份从46%下降到19.8%。乔婉杭股份被证监会解禁，从原先的51%降到33%。"

乔婉杭谈不上绝对控股，但确保股权的黄金分割线，入主接手云威。

永盛进驻云威董事会的人员由五位降低到两位，芯片研发得到了全面保留。

长达三个月的股权之争，尘埃落定。

夏天将至，科技产业园也快完工了。

颜亿盼跟着工程队来到资宁勘验，一片高矮错落的建筑，从描绘的蓝图上拔地而起。未来，这里将陆续入驻芯片研发中心，有测试中心，有制造厂、封装厂、集成厂商和OEM厂商。

这里将成为中国ICT领域的腹地。

"一红一绿两只鬼要吃了我，解决红鬼需要两发子弹，解决绿鬼需要一发子弹，但我只有两发子弹，要怎么解决这两只鬼？

"我只需要对红鬼开一枪，然后告诉这两只鬼，谁不听话，干掉谁。"

那天乔婉杭对她说的话，再次萦绕在耳边，红鬼是翟云孝，绿鬼是永盛。那一枪射向了翟云孝，而且还用了颜亿盼的手，斩断了她和这个红鬼过去的关系。

这个女人不是一般的狠绝。

第二部 先活下来

第七章 "三不"

34.对付空降兵的一百种方法

乔婉杭上班第一天是Lisa带着团队出来接驾。Lisa穿着白粉相间的春装，站在楼下等待着大股东的到来。

一辆黑色迈巴赫停在楼下。

Lisa命令手下的HR专员打开后座车位，发现里面空无一人，正准备要打开副驾驶的车门。透过玻璃窗发现没人，手又缩回去。

这时，驾驶座的门打开，乔婉杭从里面出来，她戴着一副墨镜，薄唇涂着牛血色的口红，头发很自然地垂落，身上穿着丝质衬衣和长裙。她并没有女魔头梅丽尔·斯特里普那般气场强大，却自然流露出一种从容的贵气，相比过去在美国的华丽奢靡，此刻的她更为自在舒朗。

她对众人道："谁带我去一下停车位？"

Lisa才反应过来："我来吧，我是人力资源部的Li……"

"上来。"

Lisa还没来得及介绍自己，就急匆匆拉开车门。

"B2北边是高管预留车位。"Lisa在车进入车库时说道，"这车是翟董的车？"

"不愧是做HRD（人力资源总监）的，观察仔细，"乔婉杭笑道，"检察院拍卖的时候我又给拍回来了。"

"翟太您知道我？！"Lisa侧过身体，如果不是安全带，她会从座位上跳起来。

"我没有什么工作经验,但还是知道上班前要提前做一点准备的,Lisa。"乔婉杭侧过脸,笑着看了她一眼。

"那您知道吧,去年在我的努力下,云威入选了最佳雇主,和最受大学生欢迎的十家高科技公司之一。"Lisa在车还在地下车库穿行的时候,赶紧陈述了自己的业绩。

"公司里谁和谁有一腿……这种八卦,是不是可以问你?"乔婉杭眨着眼,有些小兴奋地问道。

Lisa咧着嘴呵呵呵地笑着,有一点后悔上了这辆车。

到了停车位,乔婉杭把车停好后,Lisa带着她避开了廖森的专用电梯,上了员工电梯。电梯上行到了一楼,进来了不少人,乔婉杭往后挪了挪,又挪了挪,一直被挤到角落。

有个女生高耸的发髻对着乔婉杭的脸扑了过来,她眨了眨眼睛,没动;第二次,进来人,女孩移动,簪子差点戳到了她额头,她偏头躲过;第三次,簪子正要对着她眼睛……她手一抬,轻轻抽开了女生高发髻上的簪子。

女生头发瞬间披散下来。女生回头,蓬着头发,脸色不满地看着她。

乔婉杭拿起簪子,女生不得不伸手。

她把簪子轻轻放在女生手上,像是温言相劝:"你这个发型,不适合坐电梯。"

女生愕然,不知道该怎么回,看到她身边目瞪口呆的Lisa,只能认栽地在电梯门打开的瞬间,匆匆离开。

Lisa咽了咽口水,心里开始莫名地紧张。

到了十二楼,电梯门打开,颜亿盼一人在门口迎接。相比Lisa的煞有介事,颜亿盼表现得自然优雅,不急不缓。

"你会喜欢我吗?"这是乔婉杭进公司,对颜亿盼说的第一句话,她看颜亿盼脸上的困惑,补充道,"看我今天的穿着,你会喜欢我吗?"

颜亿盼对着突如其来的问题,社交本能迅速反应:"喜欢……你的穿着,任何人看了都会喜欢。"

"假话,"乔婉杭和颜亿盼并排往里走,继续说道,"但这是我希望达到的目的。"

Lisa被挤在后面,空空悬着一只手在前面引路:"左边。"

"我需要适应这里的环境,这家研发高科技硬件的公司,这里的女人骨子里都带着一股子冷硬。"乔婉杭瞥了她一眼,颜亿盼但笑不语。

乔婉杭在她身边,压低声音神秘地说道:"我希望你们喜欢我的方式。"

"会的,日子还长着呢。"颜亿盼笑道。

对于她而言，乔婉杭进入这里，是一个信号，意味着曾经岌岌可危的事业现在回到了正轨，但是她没有实权，达不到定海神针的效果。

乔婉杭显然明白这个道理，公司能不能真正接纳她需要一个过程，一入云威深似海，现阶段，这两个女人算是在一条破旧的船上，在风雨飘摇中努力前行。

她们转了好几个弯，才到了靠边的一个办公室，门上有一个颜色突兀的方框，这是一个空的办公室门牌，乔婉杭的职位现在还没有确定。

颜亿盼推开门，刺鼻的消毒水味道扑面而来，乔婉杭干咳了两声。

颜亿盼打开了里面唯一一扇小窗，瞟了一眼Lisa，眉眼中透着嘲讽。

"公司现在没有新的办公室，这是行政管理部安排的地方。"Lisa赶忙解释。

乔婉杭进入后，发现桌子窗棂倒是擦得一尘不染。

办公设备非常简单：一张办公桌、一个椅子、一个书柜、一个极其简单的沙发和一个衣架，像是从不同的地方挪过来的，颜色并不是很搭。

"这里过去是校招部的库房，"颜亿盼摸了一下墙面，"辛苦Lisa还安排把墙刷了，不会是自己掏的钱吧？"

"不是，不是……是办公区域维修款。"Lisa发窘地回答。

"公司有规定，办公室的大小按照职级安排，对吧？"颜亿盼看了看这里唯一一扇小窗户，问Lisa。

像是替Lisa解围，又像是让她难堪。总之，这就是残酷的现实。

"您先看看，不见得马上就在这里办公，看看还缺什么。我看……是不是可以申请。"Lisa脚步一直往门口蹭，巴不得穿门逃离。

这些必然也是廖森的安排了，大意是你可以过来坐坐、视察一下工作，别当真以为接了翟云忠的差，可以参与经营。

颜亿盼料到会如此，既然乔婉杭无法撼动廖森的位置，也就只能受着了。

"我看这里就很好。"乔婉杭脱去黑色外套，里面是一件暗纹长裙，很是典雅。她把衣服挂在旁边一个摇摇晃晃的木制衣架上。

"不着急。对了，周一不是有管理层业绩会议，你是不是要参加？"乔婉杭问颜亿盼。

"嗯，还有五分钟就开始了。你要一起参加吗？"

没有人愿意当那个把大股东带到管理会议的人，否则这人会成为靶子，但好在颜亿盼不是第一次被当成靶子。

当乔婉杭进入会议室的时候，颜亿盼示意大家都给点掌声，此刻主持会议的廖森还没有来。出于尊敬，他们把中间的一个位置让给了乔婉杭。

人都坐定后，李欧才推开门，廖森进来后扫了一眼在座的面孔，笑道："今天有大股东旁听，很好。如果每个股东都能这么上心，能减少我们很多沟通成本。"

下头的人干笑几声。

乔婉杭但笑不语，CEO由董事会任命，她如果强行干预经营，廖森没有拒绝的理由。

"第三季度的财报大家都看了吧？销售额同比下降12%，Z架构的2000系列工业系统处理器挽回了一些损失，但依然不够，去年发布支持Win平台的S系列新款出货量依然不到Xtone的20%。还有工艺制程，我们50纳米的出货量依然只占到总量的56%，这不到科电联的17%。"负责销售管理的VP蒋真开始汇报工作。

乔婉杭拿出笔记本开始记录，手速跟不上语速。

"现在销售部的压力很大，经销商总是优先考虑集成英泰达和ADS的主板，我们被挤压得很厉害，就娱乐体系而言，Xtone和英泰达去年的市场份额分别是47%和33%。我们是千年老三，却和前两位差距很大。"

"提个问题，"乔婉杭停下笔，问了一个问题，"主要差距在哪儿？"

"我来回答您，主要拼的是显卡的功能、CPU速度，"销售总监吴凡一向以善于沟通著称，他三十多岁，个头不高，笑起来很有感染力，"但是如果这些参数上来，那么能耗……"

廖森打断了吴凡，说："在这个会上，我们不做基础知识普及，你会后向翟太解释。"

无人再敢多言。

"亿盼，说一下你下半年的渠道沟通计划。"廖森说。

颜亿盼说道："因为科技园的运行，研发部下半年会推出终端电子产品芯片，偏娱乐。我们部门也将调整VI形象，以往奥广做的形象设计还是有些太沉重，像一个拿着公文包穿着黑西装的中年男人，有深度有智慧，但是少了一些年轻的东西，不活泼。这些将在各个渠道中应用。"

……

廖森听完所有汇报，摇了摇头，说道："亿盼，我记得上个季度我就跟你说过，我希望你加大对销售领域的支持。你现在的思维还停留在过去、广告、公关、活动三件套。不够，远远不够，你好好想想，下周是新财年汇报，我想看到新的东西。"

颜亿盼点了点头，她现在没有办法判断廖森这些话是针对她个人，还是针对现实问题，至少眼下，她在廖森手底下想出头，是一件很难的事情。

新的格局在形成，她也需要适应。

会后，颜亿盼给乔婉杭简单解释了一下会议中的内容，说道："芯片设计里有一个三角关系相互牵制，性能、面积和能耗。性能越高，面积也会越大，能耗也越高，但是对于一些小型设备来说，比如平板电脑，主板面积要小，也要求芯片厚度要薄，可那对于游戏玩家来说，这样又会影响性能。"

"那我们的优势是什么？"

"芯片市场拼的都是硬实力，我们现在唯一的优势就是价格，因为是国产的。"颜亿盼苦笑道。

"虽然我们起步晚，但是我翻看资料，发现我们其实在大型工业，还有金融领域都有应用，还有海外订单，说明我们芯片的运算能力不差。"

颜亿盼听乔婉杭提到"运算能力"，眉毛一挑，笑道："可能需要研发部更多的突破吧……销售在外面打单的时候并没有那么自信。"

"也许是有人工作做得不到位。"乔婉杭瞟向颜亿盼，磊落而又坦荡的眼神却在她心中掀起了一层涟漪。

"也许吧，公司现在的局面还需要一步一步盘活。"颜亿盼答道。她心想，自主研发如果这么好走，之前也就没那些斗争了。

乔婉杭回到办公室后按照通讯录给吴凡电话，希望约他面谈开会讨论的问题，但是对方以见客户为由拒绝了。

一周后，公司高层暗中流传着面向乔婉杭的"三不"原则："不执行她的任何指令，不回答她的任何问题，不给她任何解释。"

本来嘛，在外界看来，一个董事长的遗孀，什么也不懂，保住了自己的股份就应该懂得见好就收，如果还像晚清慈禧那样强行干政，怎么看怎么有逆潮流、不合时宜。毕竟，这是一个现代化企业，董事会只是做重大决策时才出现，CEO的职责是确保每年实现30%的利润增长。他手指着的方向，才是大家努力的方向。

35.让人头痛的女人

乔婉杭的办公室注定门庭冷落，没人知道她负责什么，也没人知道自己要向她汇报什么。

只有颜亿盼会过来找她谈工作，她比别人更清楚，乔婉杭不是传言中"不懂事的主妇"，她不但懂事，还能打。

之前，她们吵过、打过，还在互相算计中，达成了联手抗敌的局面。

那又如何？

这个办公室高层世界里，玩的是权力分配游戏。之前，因为股权的有效利用，乔婉杭保住了研发，到今天，功能完成。以后，她如果能牵制一下廖森，也算增值业务了，不可强求。

颜亿盼扶持她上位，对方会对她有些许依赖，不过是因为羽翼未丰，没有人希望面对一个可以翻手为云覆手为雨的臣子，历史上那些扶持新主上位的臣子，在新主势力建立起来后,又有几个能得善终。

她清楚这一点,若乔婉杭想要更多,就只能靠自己争取了。

公司里的"三不",在颜亿盼这里有另一个说法:不惯着、不得罪、不疏远。

她推门进入乔婉杭的办公室。

"这是资宁科技产业园竣工仪式的流程,您作为剪彩嘉宾出席。"颜亿盼把流程表放在她面前。

乔婉杭翻到最后,没有看到自己想看的内容,放下了资料,抬头问道:"这次的费用是多少?"

"这是工厂开工后就定好的预算,整体活动加上宣传总共67万。"

"你说之前就订好的预算,是说我只有参加的份,没有否决的份?"

"那倒不是,只是因为这个项目得到当地政府的支持,也是借这个机会对他们表达感谢。"颜亿盼耐心解释。

"纳税就是最好的公关。"乔婉杭觉得这话不太像她的口吻,于是补充道,"这不是我说的,是我的偶像董小姐说的。"

"董小姐?"

颜亿盼心中嘀咕,嘴上却说:"你是不想参加?还是不想要这个活动举办?"

"都不想。"

颜亿盼无奈地笑了一声:"公司有管理流程,你的意见并不在流程里。"

"所以,"乔婉杭问,"我不但不能毙掉活动,还不得不去,对吗?"

颜亿盼看着她,面带同情:"如果你以后想在这里站稳脚跟的话……"

乔婉杭靠在座椅上,笑了起来:"行,我去就是了。"

颜亿盼松了一口气,突然就听到她说了一句:"你把我安排到工程院吧。"

"什么?"颜亿盼一脸诧异地看着她,这又是要唱哪一出?

"我打算去工程院工作一段时间。"

"不行。"

"你和程院长商量一下。"

"如果他不同意呢?"

"如果他不同意,我就煽动董事会成员,毙掉你下半年所有这种所谓的公关活动。"乔婉杭看着颜亿盼,半真半假地说道。

颜亿盼拿着资料出来后轻叹了口气,有的人就是这样,仗着自己什么都不懂,也就什么都敢说,什么都敢做。之前想好的"三不"中的第一不——不惯着,就这样被乔女士一弹指给推翻了。

程远在工程院设立了结界,连廖森都进不去,乔婉杭又凭什么进去?那会儿她去参观,程远连面都不露,摆明了不想给面子。

147

她回办公室后，犹豫再三，还是给程远去了一个电话。

"晚上有空吗？"

"什么事？"

"你们有没有可能接收年纪比较大一点的……实习生？"

"有相关背景是可以。"

"本科学的金融。"

"那不行……谁呀？多大年纪？"

"乔婉杭。"

"……"

"你在听吗？"

"工程院不养闲人。"

"没有她，就没有工程院！"

程远轻叹了口气，最后说道："……我想想吧。"

颜亿盼其实能理解程远的心理，就冲他在家里都能安装远程监控保险箱，工程院必然有一些不足为外人道的事情。

关于翟云忠自杀的根源，会不会就在工程院？乔婉杭是想学习，还是别的原因，就不得而知了。

下班后，颜亿盼去了击剑馆，再次练习时，动作越发英姿飒爽，有模有样了。练了不知几个小时，直到觉得浑身疲惫。

洗过澡后，天已经黑了，她连头发都懒得吹了，就坐在休息室闭目养神。击剑馆里的人极少，她穿上鞋走了两步，大约是练得太猛，大腿位置的肌肉有些拉伤，脚步变得有些僵硬，倒也无妨，她继续向前走，可似乎想到了什么，坐了下来。每次这种清空大脑让人大汗淋漓的运动过后总是能让她获得格外清晰的思路。

她发出了微信：我腿拉伤了。

程远：哪？

她把定位发了过去。

没等多久，就在出口处看到了程远，这个传统家庭教育出来的男人，在女人受伤的时候是绝对不可能背过身去的，他手里还拿了一瓶红花油。

颜亿盼指着大腿外侧，他弯下腰，半跪在她身边，低头用力帮她搓揉，直把细白的皮肤给搓得绯红，眼里也没透出一点怜惜来。

颜亿盼再疼也只能忍着，刚一站起来，就发现自己做这个决定还是草率了，本来肌肉拉伤没那么严重，被他那双敲键盘敲得满是茧子的手硬是从皮内伤揉出了皮外伤。

他象征性地扶着她的手："能走吧？"

她装作倔强的样子，挣扎着往前走。他看她有些费劲的样子，上前紧紧扶着她的腰，搀着她向前走。

两人就这样上了车，回到家门口。

邻居们很少见到这两人同时出现，更何况这样你侬我侬的样子。

"哟，怎么啦？"楼下大妈问道。

"肌肉拉伤。"颜亿盼咬牙说道。

"赶紧回家休息去。伤筋动骨一百天，可得注意。"

"呵，也没那么严重。"

从头到尾，程远都是低头一语不发。

出了电梯，进了门。

"你能不能去卧室帮我拿一双棉拖鞋？"颜亿盼坐在鞋凳上抬头问程远。

程远换了鞋，进卧室然后回头说道："没看到。"

"怎么会呢？床边没有吗？"

颜亿盼光着脚往里走，程远迎了上来，一把把她抱起来放在床上。她不明所以，坐了起来："拖鞋不就在这里嘛。"

程远却不等她穿鞋，俯身压住了她。

相比那些平淡如水的夫妻，这对随时会分崩离析的夫妻更易抛却那些纷扰和苦闷，恨不得只活在此刻的金风玉露中。

程远洗过澡后把头发擦干，颜亿盼瘫软在那里，不是伤筋，而是动骨，侧趴着一动不动。

程远上前几下就把她用被子卷了起来，然后连着被子一同把她抱起来，她挣脱不开，大笑着险些摔倒。

"站好了。"程远把她安放在床边站着，抽出床单扔在洗衣机里，又重新从柜子里拿出干净的床单铺上了，再用双手一把连人带被将她打横抱了起来。看着他满脸柔情，颜亿盼正要搂紧他，他忽地一松手，她"啊"地大叫一声，掉落在床上，身体还弹了弹，然后她一把也将他拉了下来。

程远忍不住笑了起来，不禁觉得，颜亿盼要哄人欢心，有一百种方法。任何一种，他都可以沦陷。

两人在床上嬉闹了一会儿，才安静躺着。

"那个……"颜亿盼问道。

"哪个？"

"实习生……"

"大龄实习生。"

"可以吗？"

"颜总,咱们这算不算权色交易。"

"算是吧。"颜亿盼动了动,程远感觉到妻子柔弱的身体紧靠过来。

"这算什么交易,"程远趴在床上气定神闲,"这是你做妻子的责任与义务。"

"你……"颜亿盼站起来就要回自己房间,被程远一把拉回到被子里。

程远搂着她道:"现在闭上眼睛,还有六小时睡眠时间。"

颜亿盼挣脱不了,温柔的笑意浮上嘴角,只觉怀抱温暖,半阖着眼。

"不让她进,她就不进了?"程远闭眼说道,妻子的美人计,他也得买账,"该来的总得来。"

颜亿盼睁开眼睛,问道:"你怕了?"

"怕她?"程远嗤笑了一声。

36.好好学习的大龄实习生

一个风和日丽的早上,颜亿盼把乔婉杭送到研发大楼下,罗洛出来接了,这次没穿拖鞋,看样子还好好捯饬了一下,白色卫衣和黑色牛仔裤,比上一次看起来精神。

他们走楼梯上了二楼,没想到程院长就笔挺地站在二楼玻璃门外等她,等乔婉杭走近后,程远拿出一张研发楼的工卡交到乔婉杭手里,说:"001号工卡,是翟云忠高工留下的。"

乔婉杭接过,低头看着丈夫年轻时的照片,怔了几秒,问道:"他什么时候给你的?"

"12月24号,他走的时候没拿,留在我办公室里了。"

"那天没说什么吗?"乔婉杭的眼睛有微光闪烁,因为第二天,他便自杀了。

程远眼眸微微一黯,回了一句:"就是确认了几款芯片今年的上市日期。"

乔婉杭看着程远,没有说话,脑海里浮现小尹描述的场景,两人争执,翟云忠发火、哭泣……

颜亿盼有些不解,翟云忠又不打算等芯片上线,为什么要确认?是例行公事?还是……和她一样?让程远给他一个承诺。

"能按期上市吗?"乔婉杭问道。

"可以。"程远扬了扬嘴角。

乔婉杭把工卡挂在了胸前,没有再问什么,滴的一声,刷了卡,就走了进去。

她刚走进玻璃门,就发现研发二层那些上班的人,都一个个站了起来。乔婉杭看着这个阵仗,莫名鼻子有些发酸。上一次,他们的接待很简单,像是被动接受她的考察,这一次是要正式欢迎她加入。

颜亿盼站在乔婉杭身后，对这一状况，也一时没料到。

大家都没有说话，就站在工位等着乔婉杭往里走。

颜亿盼低声问程远道："你是不是对她来早有准备了？"

"那没有……"程远赶紧摇头，眉毛一挑，"不然，你不是白白献殷勤了吗？"

颜亿盼用力在他背上一捏，他疼得差点叫出了声，趁着乔婉杭还没回头，他也进了办公室。

程远带着她进入到一个办公区域，上面写着：芯片设计C组。

"之前大家见过，乔婉杭女士，这次，她不是来视察的，是过来跟着大家一起工作的，她进罗洛的研发组，你可以先给她分配一些集团部门内协调的工作。"

罗洛点了点头，笑着说："行。"

"我对所有人再提个要求。"程远看着众人，说道。

"总工，说吧。"

"认真回答乔婉杭女士的所有问题。"程远声音不大，不过研发人员听到后都用力点了点头。

"我们要怎么称呼她呀？"其中一位开发人员都不敢大声问，红着脸说道，"'乔婉杭女士'，这几个字有点太长了……"

"叫董事？"太压人。

"叫瞿太？"有点怪，这里都是工程师，怎么多了一个太太。

"叫乔姐？"不合适，这里还有不少比她大的。

几个人的声音不大不小地讨论着，乔婉杭一时也没想好该如何回答。

程远问了一句："你有英文名字吗？"

"……Joe，不过，我还是想要中国名字，"乔婉杭看着大家，认真地介绍了一下自己，"你们要叫我小乔，我没那么年轻了，叫我大乔吧，怎么样？过去跟导师做项目的时候，中国的同学都这么叫我。"

"行！"

"你好，大乔。""大乔，欢迎你。""大乔，欢迎加入！"众人都朝她挥手打招呼。

乔婉杭看着一张张陌生的脸，却生出了亲切感。

这是十几年来，她的一次重生，一次回归，一次探险。不管是哪种，都让她感受到了一种觉醒的生命力，炽热而鲜活。

颜亿盼将这尊老佛爷送走以后，便拿着一叠渠道沟通推广方案往廖森的办公室走去。乔婉杭选择和廖森共处一室，颜亿盼就没有理由无视廖森自立门户。

工作还是要继续的，不过是走钢丝而已，她又不是没走过。

廖森说，对她有更高的期待，给她升职，给她施压，不管中间有多少阴谋、多少收服的成分，结果是达成了现在的平衡。

这次汇报案之前就发给过廖森，约了今天当面讲解。

廖森还叫了汤跃、蒋真一同参加。

"我将重新调整部门KPI，不是只看发稿量、广告投放……过去那些都是制造品牌形象，未来的沟通内容将集中在产品上，并且加大渠道沟通力度，比如这次的竣工仪式也配合几家公司的开工仪式，除了政府、媒体，我考虑邀请客户参加，像集成商、经销商……"颜亿盼汇报着。

这一次廖森终于点了头："有点意思了，我希望你以后都能带着这种思路，永远是客户导向。"

颜亿盼出来后，蒋真带着吴凡跟上她，说道："颜总，Lawrance早就让我们两个部门紧密联合，今天正式联手了，以后多多沟通，多多走动。"

蒋真说完就伸出手，颜亿盼握了握，说道："合作愉快！"

蒋真说完，拍了拍吴凡，说道："吴凡，以后你勤快点，多配合颜总，咱们争取打个胜仗！"

吴凡弯了弯腰，笑着说："以后颜总多支持我们。"

"互相支持。"颜亿盼回道。

颜亿盼明白廖森的意图，他身上扛着对赌协议，每年30%的利润增长率，这个时候，业绩是关键，大家都要调整思路。

他们坚持了研发导向，不能只靠一腔热血，还要有实际效益。如果从公司经营的角度来看，廖森确实比乔婉杭靠谱。

37.那个说好要鞭炮齐鸣的竣工仪式

资宁工厂外排着长长的队伍，穿着朴实的农民，还有一些从城里过来的年轻人在接受考察。

一个工厂管理人员掐着表，喊道："开始！"

排成一排的男男女女面试者立刻从桌子上拿起针和线开始穿针引线。

"1、2、3、4、5。"这一轮结束，没有完成的自动退出，完成的接受下一轮的考核。

每个人面前都有一个小碗，里面红豆绿豆混了一起。他们要在规定时间内，把二者分开。

他们在挑选精细化的工人，这批工人未来将组装自家研发的用于工业设备的主板。在这群人中，徐婵跟在乔婉杭身边，生怕她要逃走一样，寸步不离。

工厂门口有个牌匾，写着"美普达精密加工工厂"。两边挂着红色的大花，铺着地毯，门口两个大音响还播放着喜庆的音乐，门口放着各种花篮。车刚进大门，音乐声却骤然停止。

颜亿盼和袁州下来后，迎接他们的却并不是热烈的欢迎，而是一个高壮女人的雷霆震怒。

"把这些都给我卸下来，你们搞得像个小作坊开业一样！还有你，为什么政府的车到现在还没有来，怎么安排的？这些事情也要我操心，行政部是干什么吃的？"

被训的行政经理眼泪在眼眶里打转，嘴巴紧闭，仿佛一松开就会号哭一般。

旁边的袁州低声向颜亿盼介绍："这是新搬进咱们园区的代工厂老板沈美珍，行业里的前三，别人私下都叫她沈小姐。她手底下有五家工厂，三家都搬了过来。主要给咱们主板做代工。"

颜亿盼没有上前，就站在一边看着她训人的侧脸，那刚硬的线条让人无法轻视，也无法靠近。

沈美珍四十出头，穿着棕色套装，棕色的中长卷发，面貌精干，身形挺拔，身上仿佛蕴藏着一种随时会爆发的力量。她继续说道："我们工厂生产的是最尖端的产品，在无锡就是当地政府的纳税大户，我在这里重新招聘的新员工，也一定要跟上我的节奏。我们讲究实效，没必要搞这些大红大绿的装饰。"

行政部的经理不敢说话，一直瞟向颜亿盼，希望沈美珍能息怒，并且进入到下一个环节。旁边的小工开始颤颤巍巍地拆红色的大花。

沈美珍才意识到旁边的颜亿盼，她转身，立刻握住了颜亿盼的手："颜总，幸会幸会。"

她的手掌很有力道，颜亿盼露出标准的笑容，沈美珍松开手的时候，她不经意地松了口气，即便她见过各种场面，仍感到这个女人的气场带给她的压力。

"沈总在云威科技产业园的占地面积不小，资宁市政府听说您要过来，才批了这块地。"

"哈哈哈，颜总过奖了。"

"沈小姐。"一声绵长的呼唤，一个男性的声音穿过钢筋玻璃直透每个人的耳膜。来的男人个子不高，面色红润，头发漆黑浓密得不符合年龄，很像电视上植发广告的中老年男士，肚子上有一圈结实的肉。他是资宁科技园芯片封测厂的厂长夏发。

"夏老板。"沈小姐回身一笑，"上次聚会大家都盛传你敢上天揽月。"

"主管部门直接推荐，我这也是临危受命，不敢不接。"夏发摆摆手以示谦虚，脸上却明晃晃写着"骄傲"二字。

153

"据说你的工厂以后要出7纳米的芯片。"

"嗯,没有没有。这种芯片现阶段应用市场没有完全打开,我们还是以28纳米的为主。"

"那你都准备好了?"

"下个月开工没有问题。"

"我这个月可以开工。"沈美珍头发一扬,笑道。

"我生产的技术含量毕竟高一些,芯片比钻石贵,技术人员都要求一流大学的理科尖子生,不好招。"夏发故作发愁,脸上"骄傲"二字还时隐时现。

"我订单太多,如果像你这样挑挑拣拣,会错过多少订单。"

"订单不在多,在精。"

"嗯,说来说去,你封测的芯片也还需要我主板的组装,军功章你就别自己给自己戴上了。"

伴随着二人的哈哈大笑声,一众人跟着进入主会议室。

颜亿盼上台,调整了鹅颈话筒,说道:"欢迎各位经销商的到来,这次完工仪式有你们的见证才完整。云威成立于1987年,从最初代理终端设备,1992年走向芯片研发,但当时研发费用很高,靠电脑代理、代工、做网络解决方案养芯片研发,经历了波澜壮阔的三十年,才能走到现在,对在座的各位老板来说,云威经历了两个里程碑事件,一个是2015年成功上市,一个是现在,我们更加专注在顶尖的ICT研发领域。未来,你们都是行业的先行者。"

从下午的开业典礼一直到晚上的答谢会,乔婉杭女士居然都神隐了。本来说好,晚上答谢会的祝酒词她来说,临到头,徐婵还是把她跟丢了。

颜亿盼只能自己上了,最后,为了躲酒,她把现场完全交给了销售。

出来透气的时候,朋友圈刷到乔婉杭发的第一条微信,几分钟前发的,只有一张图,整体黑黢黢的,有几张探出夜色的路灯,有几个工厂的幽蓝的灯牌,还有远山中的万家灯火。颜亿盼判断了一下拍照的位置,便转身上了宾馆的电梯。

到了六楼,又从旁边的半截楼梯走上去,楼顶的露台上有一盏泛白的灯,旁边拉着一条铁丝,上面挂着两个床单和几件衣服,大概是宾馆里上班的人晒在这里的。

一个人影投射在床单上,随着风的飘动,影像时有时无。

颜亿盼撩开床单,就看到乔婉杭倚在露台的栏杆边上,夜风吹来,她的长裙和头发似在飘动,看着无比寂寥,这和那个任性又霸道的乔婉杭形成了反差,颜亿盼一时判断不了哪个更真实。

"风景美吗?"颜亿盼走近了问道。

乔婉杭低头揉了揉眼睛,有轻微的鼻音,说道:"还行吧。"

颜亿盼闻到她身上淡淡的酒味，调侃道："你是怕楼下的酒不够喝吗，跑这儿来喝了。"

"是啊。"乔婉杭拿着一小瓶酒，又喝了一口，"樱桃果酒。"

"光喝酒多无聊啊，"颜亿盼看着远处黑漆漆的一片，说道，"我给你几道下酒菜吧。"

乔婉杭好奇地看着她，见颜亿盼在外套口袋里翻找什么，似乎没找出来，后来又脱了外套拿在手上，从西装口袋里拿出一个黑色的东西。

颜亿盼手一抬，一道暗蓝的光从她手里投射出来，夜空星光闪烁，细线般的蓝光在远处散开。原来是一支激光笔，下午她给经销商们介绍云威布局时用到的。

"前面就是从苏州迁过来的芯片封装厂，老板表面上很爱显摆，背地里下了苦功，花了五年在全球跑了一遍，请来的都是荷兰的专家坐镇；旁边是测试实验室……"激光笔落在旁边的厂房上，颜亿盼字正腔圆地介绍着，然后又压低声音，凑过来小声说，"不过还有设备没采购齐，预计下个季度投入使用……那几家黑着灯的厂商正在和云威谈。"

乔婉杭顺着蓝光看过去，看得不够真切，依稀能看出楼的高低形状和范围。

"……呀。"颜亿盼正说着，停了下来。

"怎么了？"听得津津有味的乔婉杭侧过脸，看颜亿盼正在晃动着激光笔。

颜亿盼尴尬地笑了一下，说："不好意思啊，这支笔的光线的射程只有五百米……"

"没事。"乔婉杭也笑了起来，看着那束夜空中的蓝色光线，它未到达的地方却隐隐勾起了她的好奇，过了一会儿，她说："要不，下去走走？"

颜亿盼低头看着乔婉杭的高跟鞋，犹豫着说道："夜路不好走，崎岖得很，明早也行。"

"就现在吧。"兴趣被勾起来了，怎么也压不下去。

"要不你去换双鞋？"

"不用，习惯了。"乔婉杭说完，把小酒瓶拧紧，拉了一下颜亿盼的手腕，"走。"

乔婉杭和颜亿盼从酒店出来，借着路灯，在资宁科技产业园区里，颜亿盼很有耐心地介绍每一处工厂和其中的亮点，以及工厂在整个产业链里扮演什么角色。

乔婉杭心里不断地想着，这是翟云忠生前要创办的科技产业园，这是他长久不和家人团聚的原因，这是他不曾邀她进入的宏大世界。

白天的活动里，乔婉杭没和颜亿盼去见那些经销商、政府官员，是因为她觉得自己无法代表翟云忠，她无法自然而大方地和他们一同见证这里的奇迹。

他的理想、他的筹谋、他的抱负，她一无所知，而此刻，在他死后，她才想：

为什么总是等他来自己身边，而不早点靠近他。

"研发中心比咱们公司旁边那个要大，设备也更先进，做流片系统的那家公司下周就过来，以后，工程院会有一半的人来这里做实验。"颜亿盼指着一个外观很有金属质感的楼说道。

乔婉杭看着颜亿盼亮莹莹的双眼，有些羡慕她，羡慕她的游刃有余，也羡慕她曾和自己的爱人站在同一战线。

"那里就是，我们的大股东乔婉杭女士的全资公司：虾池。"颜亿盼最后指着一片荷塘说道，那里泛着月色和星光，旁边是一片泥地，和在科技园区冷硬的未来感格格不入。

乔婉杭听到这里，捂嘴笑了起来。

"诶，你怎么想到用那个虾池，让人家这个温泉度假村歇业了……"颜亿盼侧过脸问道，带着笑意。

"你猜。"乔婉杭挑眉说道。她仅有的武器，就是那些股份了。大学时她还算争气，拿过全A，牌桌上她战无不胜，怎么以小博大，她多多少少懂一点。

"猜不出。"

"猜不出就对了。"这一点神秘能力，她概不外传。

颜亿盼也不追问，两人你扶我一把，我扶你一把，往村民那边的小路回去。

走到一处平地，发现了一处篝火，还有一些欢笑，当地的村民们用竹子当乐器，手持花香鼓，戴着极为张扬的面具，跳着一种名为傩舞的舞蹈，旁边还有火把，这是春季播种前的祈福活动。乔婉杭小时候听父亲介绍过，没想到在这里看见。

村民们也跟着舞起来，大家并不认识她们，大概猜到是科技园里的员工，颜亿盼先被拉了进去，旁边的孩子给了她一个妖怪面具，她戴上后跟着队伍继续往前跳，接着乔婉杭也被拉进去，她从别人手里接过一个魔鬼面具，戴上后没走稳，差点摔倒，于是干脆把两只高跟鞋给踢飞了，光脚跟着节奏跳起来。

火光照在大家极具色彩冲击的面具上，仿若附上一层红色的薄纱，在身体外肆意飞舞。没有人知道这恐怖的面具下藏着怎样一张温柔美丽的脸。

为首的拿着两个金杵子的人跳着夸张放肆的舞蹈，口里念叨着："祖先保佑，工人上工，没有事故，老乡平安回家，招工入厂，家丁兴旺，不用在外吃苦受累了。"

"真是一件好事啊！"村民们跟着喊了一声。

是啊，这，真是一件好事。

乔婉杭心里喃喃地重复。

38.他人亦已歌

天空出现了鱼肚白，山区里的清晨格外冷。

颜亿盼起得很早，来到一楼自助餐厅的时候，还没见到几个人，估计昨天晚上那帮销售和经销商应该闹到很晚，部门里负责渠道营销的杨阳也来了。

杨阳平时有一大半的时间在销售部上班，跟着他们在渠道做一些宣传沟通。早上见到颜亿盼就和她一起吃早餐。

"昨晚有些经销商说要找您喝酒，没找到您。"杨阳说道。

"大晚上，那些销售闹得太凶了，我提早回去了，这些经销商我还对不上号。"颜亿盼说道。

正说着，看到销售部VP蒋真和销售总监吴凡从户外装备店出来，手里拿着不少登山的装备，走向电梯。

"蒋真怎么来了？我记得之前名单里没有他。"颜亿盼问道，竣工仪式她特意把经销商们请过来，也是为了以后出货的时候建立更广的渠道，理论上公司VP没必要过来。

"因为'大伯'，"杨阳放下手里的红薯，低声说道，"很多经销商都是看他拿什么货就跟着拿什么货，昨天这里最大的工厂老板沈美珍亲自把他请来的。"

"我也听说过这个人，他可不是经销商，是集成商。"

"对，集成商，华北地区、华东地区最大的集成商，业务很广。"

"我记得邀请名单里没有他。"颜亿盼问道。

"是蒋真亲自邀请的，走的也不是咱们部门的费用，住的是招待所顶层最贵的套房。"

颜亿盼看着蒋真和吴凡提着大包小包进了电梯，看来是给"大伯"送去了。

"领导，一会儿您跟他们上山吗？"

"上，"颜亿盼笑着说，"你没看我都穿登山鞋了吗？"

杨阳说："那等会儿我帮您租一个登山杖。"

颜亿盼此刻在想别的问题，事实上，传言中的"大伯"名叫赵正华，公司名叫国兴，是ICT领域的领头羊，业务涵盖高科技设备集成、数码产品外贸等，其规模丝毫不逊色于云威。他来参加这么一个活动，并不常见。

廖森之前说，公司会加大营销方面的投入，结合科技园以后的出货计划，颜亿盼必然需要拓展营销渠道，加上上次乔婉杭提过"某些人工作做得不到位"。她很敏感，无论从哪个角度来说，她都需要调整部门未来的核心功能，跟上公司的变动。

他们吃过早餐后往外走，袁州出现在餐厅门口，手里拿着一根租用的登山手杖和手套递给颜亿盼，问道："翟太参加吗？"

"她一早要回去。"颜亿盼戴上手套。

对于乔婉杭这个不可控因素，这种社交活动，她不参加也好。

杨阳跑出餐厅去协调客户的登山活动了。

此刻，云威的经销商们聚在资宁山区的山脚下，不少人手里都拿着登山杖，他们每人身后都背着登山包，留下几个不愿上山的在酒店草坪上享受着美食。

登山服本就色彩缤纷，一群人像一堆大彩旗一样挺进山中，雄赳赳气昂昂。

大家都是三五成群的，快的一波，慢的一波，还有掉队的一波。杨阳在前面带队，袁州在后面压阵，颜亿盼在中间，时不时和经销商们聊聊云威现在的情况，因为大家的速度不同，她身边的人总是不停地换。

经过一个沟壑的时候，她实际上能跨过去，但一个经销商还是出于照顾女性的角度，伸出手想扶她一把，她没有拉他的手，而是拉着他的手腕跨了过去。

"颜总当云威的对外发言人也有很多年了吧，我们都是只在台上见过你，这么近距离还是第一次。"那人和她说话。

"有什么区别吗？"

"好像没有电视上爱笑。"

这位经销商笑得坦荡，颜亿盼听到这里愣了一下，面对媒体，她会刻意表现得亲和一些，如果回归本来的状态，她并没有那么多开心的时刻。

快到半山腰了，原来的石阶变成了水泥台阶，她身边的人逐渐多起来，大家也熟了起来，开始聊起云威之前最大的新闻。

他们毫不避讳地说道，翟云忠在去世前没有任何征兆，甚至还在一次经销商大会上喝了酒，和大家一起上台跳舞狂欢。但是另外一些人否定这种说法，他们说在一次政府会谈中，他发了火，还因此得罪了一个政府官员。

"我估计当时公司已经有很大问题了，我们见他次数有限，但去年那个时候，他挺奇怪的，有时候头会不自觉地抖动。就这样，这样。"其中一个经销商还摇头晃脑地模仿起来。

"是的……哎。"

所以，人不要轻易自杀，刚开始大家会表现出惋惜，但用不了多久，大家就会把这个悲剧当作各种社交场合的谈资。

亲戚或余悲，他人亦已歌。

"我们做企业的人，不过是为了那些跟自己一起干的人日子过得好点。"里面一个头发花白的人说道，"突然这么走了，挺不负责任的。"

"老姜说得没错。"有人附和道。

"我是债主越多，活得越有劲头。"一个有口音的人说道，大家都笑了起来。

扶过她的那个人只是轻轻摇了摇头，说道："做企业和结婚是一样的，时不时总会想，跳还是不跳，离还是不离。"

他说这句话时，虽然带着玩笑的意思，但颜亿盼却听出了诸多无奈。

"可你离了,但是没跳!"老姜笑着说道。

"你怎么知道我没跳?"那人瞟着老姜,也没笑,那神色居然有几分真意。

"你敢跳,是因为你是大伯,"蒋真笑道,"总是可以起死回生!"

众人立刻大笑鼓掌。

颜亿盼才真正注意到身边这个扶过她的人,四十来岁,那些叫他大伯的人可能未必比他年轻。他看起来有一股蛮劲,甚至有些粗野,冲锋衣里面就是一件黑色背心,皮肤是一种标志着精力旺盛的棕红色。她意识到自己身边的人越来越多不是因为她的个人魅力,而是她站在"大伯"旁边。

众人登到半山腰,这里路边有山顶流下的泉水,旁边有家农家乐客栈,大家在这里买了一些野果、蜂蜜。有人喝了他们家酿的果子酒,喊道:"这山泉酿的酒味道绝了。"

美酒留客,爬山的人少了一半,三三两两地坐在石头桌椅边聊天。

能做主板集成的厂商或主板、整机代理商的人大多四五十岁,体力不比年轻一代,但意志力也是惊人,他们在客栈休息了片刻,买了些吃的,再次召集一帮人斗志昂扬地说要登顶。只是,山路崎岖陡峭,开发的路也不规整,加上昨天晚上的聚会,他们大都睡得晚,嘴上说要爬上去,脚却不听使唤。越往上走,人越少。颜亿盼因为平时锻炼,倒是不在话下。

距离最高峰还有不到五百米的一个亭子里,就剩下十个左右的经销商,还有几个蒋真这样舍命相陪的销售。品牌沟通部的也就颜亿盼和杨阳了。袁州虽然年轻,无奈体胖,爬到半山腰就歇了。

从亭子里能眺望整个山区和乡镇,远处还隐隐能见到市区的高楼。此时已是中午,阳光有些刺眼,有些经销商带着相机对着下面一阵猛拍,有几个瘫坐在那里,连脚都懒得抬。

"这里开发还是不到位,连个缆车都没有。"

"不弄缆车,整个滑道也行。"

"开发到位就不好玩了。你们走还是不走。"大伯问道。

"大伯,我怀疑你脑袋里安了个芯片,让你永远都不觉得累。"

"你们这些人,平时烟酒不离手,到了关键时刻,就原形毕露了。"

"知道你行。"有人指了指山顶笑道。

"老姜一起上。"大伯指了指山顶说道。

"你行你上,我可不行了。我这个姜是老了。"老姜笑道,旁边年轻的销售正要站起来,被老姜拉了下来,眼睛瞟了瞟在旁边喝水欣赏风景的颜亿盼。

年轻销售坐了下来,低声对老姜说道:"在我们公司,她可拿劲儿了。"

"我看颜总体力不错,不如陪着大伯上山顶吧!"老姜双手撑着登山杆,坐在那里挑眼说道。

颜亿盼回头斜乜了一眼老姜，扫了一眼那些本来想上去、被这句话说得不好意思再上去的众人，心中定了定，经销商和别的人不同，他们几乎都是市场中摸爬滚打起来的，酒肉财色一直萦绕身边，开起玩笑捉弄人这方面也是……那么放得开。

她从不是个扭捏作态的人，嘴角微微上挑，眼中含着捉摸不定的笑意："搞不好他还认为我是个拖累呢。"

大伯说："怎么会，男女搭配，上山不累。"

颜亿盼站了起来，对众人说道："等我们领略了山顶的美景，你们可别嫉妒。"

"我们不会嫉妒你们，我们只会嫉妒大伯。"

杨阳在一个角落，扶着亭子的立柱站起来，犹豫是不是要陪同领导上山顶，颜亿盼朝他示意，让他留下照顾众人，转身和大伯往山顶的小路走去。

留下看热闹不嫌事大的众人。

39.被蜜蜂蜇了的颜亿盼

大伯很礼貌地让颜亿盼走在前面。两人一前一后开始登一条陡峭的小径。山峰本就陡峭，这条路大概是村民自己挖的，石头、松动的黄土块到处都是，旁边的枝杈时不时横生而出。这种野山常能吸引登山爱好者的征服欲，颜亿盼直到走了几步才意识到这个决定的危险性。她感到这才叫爬山，因为她真的手脚并用地在爬，山顶就在眼前，但是极为凶险。

"别抓枯枝！"

颜亿盼手里抓的正是一根棕色的枯枝，听大伯这么一说，立刻改抓旁边的一堆野草，山里的野草坚韧得很，也锐利得很，走到中间一小块平地时，她摊开手掌，看到掌心的几道血渍。

大伯看了一眼她的手，说道："回去以后用这里的山泉水泡一下，晚上会刺痛，但第二天就会好。"

"这里的山泉水有杀菌的作用？"

"那倒不是，只是万事万物都是阴阳协调，草伤人，那旁边的水肯定就养人了。"

"呵，你经常登山？"

"小时候我就在山里跑，遇到过的状况也就多一些。"

大伯说完这句话继续往前走，颜亿盼摩挲了双手一下，也跟了上去。

"亿盼，你的掌纹很乱。"大伯忽然转换了话题，称呼也变得很自然，仿佛是一个认识多年的朋友。

"您会看手相？"

"过去遇到一个看相的，看得很准，我那个时候生意总亏，爱找他看，看多了，也就领悟到一点点。"

前面的路稍微平坦了一些，两人可以安稳地行走一段时间。

"可是我觉得这个人也未必准，不然一早就应该算到你会成功，你也就没必要总去找他。"颜亿盼笑道。

"我找他是因为我喜欢他给我的暗示，他不停地暗示那些沟沟坎坎都会过去，给了我些勇气。看相其实是心理学。"

"我从来不相信这些。如果靠别人的暗示才往前走，又能走多远？"

大伯顿了顿，没有回答她的问题，而是说道："你是个复杂的人，你的掌纹也透露了这一点，心绪不平，婚姻、事业都不平顺。"

"哦？没救了？"颜亿盼看了看自己受伤的掌纹，饶有兴致地问道。

"不顾一切要改变命运的人，反而容易被命运所累。"大伯突然说了这么一句。

颜亿盼眼神微微一怔，低头笑了笑，没有说话。

"你别多想，我没有说你，我是说那些年我的一些感悟，说来也是扯淡，越求财心切，越是没有，后来做好穷一辈子的打算，财又来了。我到五十岁才好一些，我看你的手相，比我幸运，你四十岁以后，过了不惑之年，大概会有很不同的境遇。"

"是因为你善于分析这些玄妙的东西，所以大家叫你'大伯'？"她转换话题，她不希望有人告诉她以后会怎么样。

"不知道从什么时候，大家都这么喊了。没有来头。"

是的，重要的不是为什么别人喊他大伯，而是大家都默认了这个大伯，这种带一点家长意味的称谓。而他自己也欣然接受这个位置，担着某种神秘的职责，高高在上，却带有一点无所谓的淡然。

两人有一搭没一搭地聊着，已经来到了山顶，他们朝山下那些休息的人挥手。

大伯开始模仿人猿泰山发出怪叫："哦，喔哦，喔哦——"

下面的人传来整齐而又有节奏的掌声作为回应。

"底下那帮人都是孬种，爱财又惜命，干不了大事。"大伯一边挥手，还大声喊着，"孬——种——"

下面的人也听不清，继续朝他挥手。

"是吗，我怎么觉得想征服这大山的才是凡人。"颜亿盼笑道。她自己亦是凡夫俗子，摆脱不了凡人的欲望。

161

会当凌绝顶，一览众山小。颜亿盼站在这里却并不想低头看，她抬头看着天空，似乎离云更近了，如果有更高的山，她或许还会攀登，哪怕陪伴她的是真的人猿又如何。

很快，两个心灵并不近的同行人感受到登高望远的孤寂，准备下山。

颜亿盼突然好奇大伯过来的原因，问道："云威上下，有你欣赏的人吗？"

"你呀。"

"不可能。"

"你是不是骨子里有点自卑？"

颜亿盼顿了顿，程远曾经说过她骨子里清高，但或许清高的人多多少少有点自卑。她道："我觉得你不会轻易欣赏一个人。"

"我比较看好廖淼。"他无须隐瞒对任何人的看法。

"嗯，他在公司还是很有群众基础的。"

"群众基础不算什么，他曾经也是个败军之将，可没有半点颓丧的样子，依然意气风发，一上位就和你们那个翟董事长对着干，算是条好汉。"

"嗯，你很了解他。"

"接触不算多吧，我是因为他才采购你们研发的产品。不然，我连看都不会看一眼。"

说到这里，颜亿盼心中不悦，她不喜欢他的狂妄自大，但并没有过多表现在脸上，只是询问道："我们的产品让你赔钱了？"

"那倒没有，你们的产品让我也赚了些钱，只是这种情况延续不了多长时间。"

"为什么？"

"你们不过是抢占了一些市场空隙，在芯片世界里，没有大鱼、小鱼、小虾的概念，只有航空母舰和鱼的概念。什么鱼能斗得过航母？"

颜亿盼听到这里脚差点踩空，泥沙滚落下去，大伯并未受影响，一把抓着她的手腕，看她站稳，又松开手说道："上山要注意手里抓的东西，下山的时候就要注意脚下踩的东西了。上山看眼光，下山就要比心理素质了，扛不住，可是会粉身碎骨的。"

颜亿盼在他身后，眉头拧紧，注意脚下，额头上也冒出了细汗，她看着大伯壮硕的背影，心里并未觉得踏实。他虽为商人，在她面前却并未表现出商人的圆滑世故，反而多了些傲骨。

快到平地的时候，大伯伸出手很绅士地扶着她的胳膊。刚一下来就有人给大伯送水。颜亿盼坐在石凳上的时候，尽量掩盖她双脚发抖的事实，两手扶着膝盖，低头深呼吸了两口。

还没倒过气来，突然一双大手搭在了她的肩膀上，侧过脸一股酒精混杂着的汗腥味扑面而来，靠近的是一张油光闪闪的陌生脸。

颜亿盼不是没见过这种阵仗，但这个人的举动让她感到困惑，这个时间，显然不是放肆挑衅的时候。

她冷笑低声说道："趁大家没有注意你，赶紧把手拿开。"

"有名的冰美人原来是看人下菜碟。"男人带着浓重的南方口音，搭在她肩膀上的那只手还捏了捏颜亿盼的胳膊，另一只手准备抚上颜亿盼的脸，颜亿盼站了起来，男人还要往上扑的时候，颜亿盼拿起手里的登山杖顶在了男人胸口上。

这个动作吸引了众人的围观。

老姜又开始起哄："美女与野兽的舞蹈。"

男人感到了屈辱，更加来劲地想抓住颜亿盼的登山杖，被颜亿盼抽了过去，一竿子抽在了男人的脸上。

"啊！"男人痛得捂脸直叫，吼道，"你敢打老子，昨晚上本来想找你喝一杯，没想到你和大伯都不在，你们这公关也辛苦，晚上陪了白天还要陪。"

男人又想上手打颜亿盼，再次被颜亿盼的登山杖打到手背，他缩着手眼泪都快掉下来了。

"哈哈哈哈。"众人大笑，"我说昨晚上憨总眼睛咕噜噜转是找谁，原来是找颜总。"

"我们部门公关科没你想得那么龌龊。美女多是多，但云威用不着美色来打单。"

"放屁！颜总怕是不了解一线，你问问你们销售，为了拿单子，他们什么手段没用过？！"憨总指了指蒋真。

"憨总，你要这么说，我扛不住啊。"蒋真也站了起来。

吴凡赶紧上前扶着憨总，拦着他那张口无遮拦的嘴，让几个销售纷纷控制他，连拉带拽把他扶下山。

"我要投诉，我要投诉！"憨总下山的时候口里还在骂骂咧咧，"凭什么他行？！老子不行？！"

"这憨总是谁？"颜亿盼缓缓收起登山杖，问袁州。

"好像是云贵川那一带的经销商。"袁州答得不甚肯定。

"憨总姓白，但是他有自己的发音标准，听着像是姓憨，"大伯说道，"亿盼，你要小心了，他不是善茬，过去是跑电脑运输的，前几年才转型，华南区有些地方是他的地盘，我都进不去。"

众人看完热闹也都下山了，除了袁州对领导表示了安慰，其他人倒也都见怪不怪。

40.技术在手，云威我有。

　　要说云威有什么让乔婉杭上心，那就是研发中心了。竣工仪式第二天，她就直接开车来工程院上班了。

　　这几个月来，她在工程院不迟到不早退，别人加班，她也跟着加班，回到家里又泡到翟云忠的房间里看书，她甚至考虑年底设立一个十佳员工评选，给自己颁一个奖，那一定是莫大的鼓励。

　　工程院四楼，芯片设计C组会议。

　　"我们现在实现的运行速度才达到Xtone这月发布的Synin（赛宁）的水平，等我们正式发布，就已经落后了，他们现在在搞八核，追上他们太难了。"研发部的女架构师赵工说道。她穿得极为保守，一件白色衬衫，衣领和衣袖的扣子都紧紧扣着，头发梳得很顺溜，一小撮儿落在脑勺后面。她的实际年龄不到三十，但因为不注重打扮，看起来像三十出头。

　　"八核有什么用，我看他们主频速度上去了，协调性下来了。简直是一核有难，七核围观。"厚皮调侃道。

　　"我们不能对标他们现有产品，而是要按照发展速度对标半年后的产品。"罗洛说道。

　　会议室里还有上次乔婉杭见过的小尹，他还是很有反侦察意识，表现自然，专心做笔记。

　　会议室还有几位外国专家，随着外资的进入，以及政府和公众的关注，云威的研发预算也相应得到了增加。

　　因为芯片的处理速度一直上不来，在云威研发大楼里，大家都围着芯片设计图纸，提着修改方案，头顶上的屏幕上是CPU设计图，上面几个通道都被画上了叉。

　　大家听过关于前辈Intel企业的太多故事，他们在大学时都是"仙童"那批集成电路科学家的忠实粉丝，他们知道当一个领域被科学家开辟出来之后，后来者只有仰望然后跟进的份。

　　"发展是要有逻辑的，现在我们的运算不可能像《芯世界》上说的能来个弯道超车，除非我们敢于另起炉灶。"

　　"以后都别提'弯道超车'这四个字，做这一行没有耍滑头。"程远沉着声音说道。

　　"异构计算是可以提升处理器的性能，但是现在我们还是遇到了瓶颈，我们要不要尝试推翻这种计算，越过美国那些科学家搭建的体系。"罗洛继续说道。

　　"我们越不过，他们是先行者。"程远不希望这场讨论变成痴人说梦，及时调整了方向。美国在ICT设计上位于世界前列，英泰达、Xtone、高通、Intel这些企业被称为行业的航母，云威虽然做了快三十年，但依旧是新人，每年的投资金额也不到他们的5%，现在云威做的是试图在某个领域实现单线突破，看这种突破能否打开整个行业的局面。

"芯片毕竟是集成技术，国际上通用的方法都是异构计算，你推翻它，有点不切实际哦。"小尹说道。

"It has a core problem, dark silicon, I don't believe we can overcome the problem which Intel still be trapped in.（它存在的核心问题就是暗硅问题，我不信Intel、Xtone一直都绕不开的问题，我们能越过。）"国外专家说道。

乔婉杭眉头微皱，在笔记本上写下"暗硅问题"四个字。

几个人在平板电脑上埋头运算公式，大家仍旧在讨论，他在旁边突然把幻灯片切到了自己的平板电脑上，荧幕上透射出一个复杂的计算。

"我们试试可重配置计算，即在不同的应用场景把同一块芯片配置成不同的模式，从而提升芯片针对不同应用场景的处理效率。"厚皮提了一句。

大家沉默，一直看着公式，外国专家们眉头皱了又舒展开来。

厚皮接着说："它这个没有推翻异构计算，只是在这个基础上做了灵活改良……"

"罗洛，你带着团队再验算一下，看看这个方法的应用性怎么样，今天先到这里。"程远结束了会议，大家站起来收资料的时候，程远走到门口停了下来，回头对罗洛说道，"完成设计，再组织实验。"

乔婉杭也默默回到工位，正准备打开电脑。

没过多久，突然几个声音在她头顶出现："嘿！大乔。"

她抬头，工位隔板上面，厚皮看着她："你去不去撸串？走，老大请客。"

"现在吗？"

"对啊，你不去吗？"

"我晚点儿去吧？我要查查几个词。"乔婉杭抬头露出歉意的表情。

"吃饭的时候讨论，我们统统帮你消灭。"厚皮上前说道。

赵工也过来："您就给他们一个机会表现吧！"

乔婉杭笑了起来，大家一起出门的时候，她发现程远还在办公室："他不去吗？"

罗洛晃了晃手里的黑卡，笑道："老大只请客，不出席。"

一群人前前后后涌入"那家串串"餐厅，穿过一道走廊进入到一个大的包厢，老板对这十几个年轻人和两个外国人很熟悉的样子。

"还是先来五十串羊肉、三十串掌中宝？"

"对。"

"来十个大腰给罗洛！上次人家还没吃够……"厚皮说道。

"罗洛，你是要怎样，才结婚多久啊。"有人说道。

"哈哈，你们这是单身狗的嫉妒，来就来！"罗洛笑道。

"饮料要什么？"

"可乐""橙汁""王老吉""都行"……声音此起彼伏。

待点完菜，罗洛作为项目组组长开始说话："这几个月咱们马不停蹄，按照程老大的指示：敌军围困千万重，我自岿然不动。大家也知道，现在是攻坚战，每突破一关，前面的路就更宽了，黎明前的夜最黑……"

话未说完，突然灯灭了，整个房间漆黑一片。

"这谁在打配合呢？！"厚皮的声音。

"诶？……光明，我向往光明！"有人大喊道。

"呜呜呜，哪位官人踩着我的裙角了？"其中一个男生尖着嗓子故意说道。

"啊——"两三个女程序员叫了起来，"谁掐我？！"

"不！谁在摸我？你吗？"外国工程师Tim说道。

"啥，啥，谁摸谁啊？"小尹声音发颤，手发抖点燃打火机。

罗洛和几个人分别用打火机点亮了整个包间。大家都面面相觑，看这是谁在恶作剧。

"人都在这儿吧。"

"人还能少是怎样？"

"万一多出来咋办。"

"闭嘴！"

这个时候，老板进来，给每个角落点上了蜡烛，口里念叨着："抱歉、抱歉，实在抱歉，外面在检修电路，今晚多赠你们几瓶饮料。"

老板拿了十几瓶饮料放在一个篓子里，把篓子推向中央，每个人把扣在桌子上的玻璃杯顺过来，开始拿自己想要的饮料。

"等一下。"厚皮站起来扶着篓子，"我给你们直观地表演一下我今天的思路。"

"抽象的内容，你怎么用具象来表达？"赵工不信。

"让我试试。"

Tim说道："拜托！快点！"

其他人也纷纷把饮料放了回去。

厚皮在每个杯子前放了不同的饮料。"杯子是CPU，饮料是运算任务。"厚皮说完用可乐把第一个杯子倒满，然后给其中一个同事，"谁要的可乐，请喝一口。"

小尹接过来喝了一口。

"过去的处理器运算是：算完一个，再接着算另外一个，就是喝完可乐，然后避免蹿味，要擦干净，再倒橙汁。但现在不是。"

厚皮把桌子上并排的四个杯子分别倒上不同的饮料，可乐、雪碧、橙汁。但是每个杯子有多有少，最后一个杯子空了下来。

"现在是一个处理器有多核，它们都会一起运算不同数据流，然后可以不停续杯，总的运算量在不断增加……这被称为'异构计算'。"

罗洛率先鼓掌，笑着解释了一下："前一种不停地换女友，不重样，但都是与上一个分手再进行下一个；后一种就是'海王'，多核多任务同时运行，对时间管理要求比较高。"

"你想得倒美，吃你的大腰子去吧！"一人举着烧烤羊腰子给到罗洛。

众人大笑。

"但，难免会有照顾不到的……"厚皮继续说道，罗洛示意大家安静，回归到正题，"那个空杯子就是暗硅问题。每个核默认只能处理一种数据流，当给到的信息分类不均时，比如店老板这次没有拿番茄汁，那么这个要番茄汁的杯子就空了下来。这个杯子就是暗硅。放在这里，是浪费资源。"

烛光中，这些年轻人的双眼闪着光芒，他们用自己的方式让哪怕最没有基础的人也能理解芯片的一些初级原理。而这里很多人过去见乔婉杭时都很拘谨，只有在讲这些科技的时候他们才是放松而自如的。

"那你提的解决方案是？"乔婉杭认真请教道。

"这个空杯子转变成一个随时可调整配置的杯子，它要很敏感，能感知其他核的临界值，一旦其他核满负荷，"厚皮把一杯可乐倒满了整个杯子，杯子里的泡沫溢出，"它要马上倒入番茄汁，只要清理前任数据够快够干净，就能很快换可乐。"他用纸巾擦拭了象征的那个空杯子，然后再把可乐倒进了那个"暗硅"玻璃杯。

厚皮指了指那个"暗硅"的杯子，说："所以，下一步我们要加快的不是它处理某一事物的运算能力，而是它兼容或者清理数据的能力，然后看多核结构中，怎么联动。"

厚皮说完坐了下来。

"这就完了？"罗洛说道。

厚皮仿佛又恢复到社交上的呆萌："嗯？"

"应该谢个幕吧，咱俩讲相声似的，一个捧哏，一个逗哏。"罗洛喊道。

厚皮立刻和罗洛站起来做了一个谢幕礼。

笑声中，大家伸手拿各自的饮料。

罗洛举起可乐，大声说道："今天也是大乔的欢迎宴会，欢迎史上最有钱的人加入我们。"

乔婉杭笑了起来，高举玻璃杯，大家一起站起来碰杯，玻璃杯传来清脆的声音。

蜡烛在风中摇曳，门被推开，服务员给桌子上堆着不同的烤串，几乎人手两串。

乔婉杭不知为何，眼眶发酸，不禁想："过去，他是这样吗？无忧无虑，只谈技术。"

如果一直这样，该多好……

这种怅然若失的状态还没维持几秒钟，一桌人又开始闹了。

"你们看看现在，是不是有点像某种神秘组织的祭天仪式？"罗洛笑道。

黄晕的烛光中，每个人脸上都泛着油光，外面时不时飘进来阵阵和风，刚刚厚皮结束的神奇表演还萦绕在人们脑海里。此刻，大家双手都举着铁钎的造型也格外虔诚。

某种设定一旦成立……就挥之不去。

小尹立刻双手合十，口里念着咒语："上天保佑我们这次开发的芯片大卖！"

有几个人也装模作样地祈祷。

赵工等一众女工程师也模仿起来。

"古时候做这种神秘仪式要脱了上衣才行。"厚皮给了一个很不要脸的提议。

"滚！"赵工大喊道。

"本来就是，还在身上画图案的。"厚皮还不停地在自己身上比画着。

"你脱。"好几个同事站起来起哄，"我们画！"

乔婉杭笑得直不起腰来，很久了，很久没有这么愉快过了。

还好，当初留住了这帮活宝。

整个屋顶像要被笑声震了起来，忽而，头顶的灯亮了，大家总算恢复到正常，大口喝酒，大口吃肉。

第八章 孤臣

41.出路

这次研发部的芯片通过了云威在美国硅谷设立的实验室测试。

但是世界上最让人沮丧的事情就是，你为取得的进步狂欢的时候，客户却已经在心中将你排到了末位。云威原本预计本月底对外发布概念产品，三个月以后量产，而这三个月的预定订单能看到市场对新产品的看法。

现在已经过去一个月，这款名为"千窍"的芯片，寓意纤巧，轻薄且多核，订单量却只有两百万来颗，相比国外那些动不动就以亿为单位的销量，可用一个字概括现状：惨！

因为销售低迷，销售部弥漫着一股贞子来过的怨念，他们难以舒缓被客户拒绝的压力，开始谈论种种绯色新闻，试图让自己无望的生活来点刺激，类似：颜亿盼为事业献身，经销商晚宴中穿着性感，与十几个经销商大跳贴身舞，还单独陪华东区最大的经销商"大伯"秘境探险，导致华南区的经销商白总争风吃醋，与人在山上大打出手，下山的时候还一直用手捂着伤口，所以大合影里没有他。

谣言的可信度到底有多少，没有人会深究，但是这个"料"味道十足，吃饭的时候蘸着吃格外香。对外沟通部传播的内容无数条，哪一条也比不上这条消息传播的迅猛程度。无须媒体、无须灯光，当事人甚至都不用出来说话，吃瓜群众就已经添油加醋地完成了整个故事的构思。

由于公司本来就面临这种销售压力，大家干脆把这件事和订单少联系起来，因为颜亿盼，那些大的集成商都不愿意采购云威的芯片。

一般女人与"色"沾边，就要被推到地狱口。像性骚扰，就要下两层地狱，一层来自性骚扰本身，这"色"若不是女人想要的，那简直臭浊不堪，避之不及。第二层来自性骚扰后的"荡妇"攻击，后者的杀伤力不比前者弱，往往让女人百口莫辩，苦不堪言。千百年来，诸多蝇营狗苟之辈，最好此道，以此为武器来对女人进行最无耻的折磨。

　　好在颜亿盼不是一般女人，一是别人在她身上占不到什么便宜，二是对于别人的诋毁，她百毒不侵。

　　这种谣言，传归传，没有人会去证实。可偏偏在高层会议前，大家都还没有坐定，Lisa就把一封信交到了廖森手里："这是西南区经销商白总的投诉信。"

　　整个会议室立马安静下来。看来有好戏看了！

　　颜亿盼还没来得及解释，廖森看着信封装的东西，也没有拆开，而是把信揉成一团扔到了垃圾桶里，说道："这种事情，不要拿到业务会上来说，让销售处理就行。"

　　说实话，在这里面，最想公开处理此事的恰恰是颜亿盼，自己处理了无数危机公关，最怕的就是这种欲盖弥彰。

　　廖森的这个举动，又增添了这件事情的神秘色彩与可靠性：连廖森都出面袒护，看来颜总这次为公司牺牲很大！

　　她既没法像电视里演的那样把嚼舌根的人的舌头割下来，也没法拿个喇叭在大庭广众之下重新回溯当时发生的事情。

　　班还是照上，恰逢程远研发新品的deadline，他住在公司对面的宾馆，鲜少回家，关于夫妻二人分居的消息已然成为公开的秘密。

　　这些事情对她而言构不成实质影响，真正对她构成影响的是她工作的成效。按照她向董事会公布的对外营销计划，一个月后，公司将召开新品发布会。

　　而这次发布会，因白总牵头，西南区经销商拒绝参加，这无疑是一记阴招。

　　那上次颜亿盼陪同爬山的"大伯"总会力挺云威吧？

　　颜亿盼办公室挂着杨阳从销售部拿来的版图，整个中国地区的经销商渠道分为六大块：华北、华东、西南、华南、东北、西北。西南区星星点点，华东地区的经销商倒是布满上海、浙江、江苏等省市。其中一面黄色的星星上写着"国兴"，这是云威芯片最大的采购者，也是华东地区最大的集成商，他的老板便是"大伯"赵正华。

　　杨阳负责这次活动的经销商邀请工作，他看着版图说道："刚得到通知，国兴也不会来参加这次发布会。"

　　颜亿盼诧异不已。

　　"吴凡在大伯公司门口等了三个小时，硬是没见到大伯。"

"那别的集成商呢？"

"来应该不成问题，但是成交量恐怕很难说了，大伯是风向标，他不出场背书，来再多经销商都不能转化成成交量。"

没过多久，Amy送来了报纸，《硬件世界》封面写着：国兴、Xtone达成战略合作，处理器多核时代到来。

"说到底，我们产品就是拼不过人家。我们在营销方面已经做了足够的工作，可是再努力，核不行，都白搭。"袁州如是安慰颜亿盼，他低估了颜亿盼对研发的支持度。

"行了，成功的时候都相互欣赏，碰到困难的时候就要互相指责了？"颜亿盼质问了一句。

袁州也就不敢多说什么了。

一边是研发人员的潜心突破，一边是营销者的苦心经营。本应相得益彰，奈何相煎太急。

营销部可以跳出来说研发部的产品不行，但研发部不能跳出来说营销团队掉链子，毕竟云威的芯片在终端消费领域的口碑很一般，不管是影视、游戏等娱乐领域，还是绘图、数字处理等办公领域，云威都没有形成强有力的产业生态，一个小小的芯片并不是救世主，如果没有集成商的集成，软件系统的配合，它很难冲破英泰达、Xtone等建立的高门槛。

这份报纸被送到了高层战略会上。

廖森道："中国的集成商又不止国兴一家，其他集成商怎么看？"

吴凡说："其他的还没有表态。"

蒋真道："全国销售额的下跌通常以华东区下跌开始。失华东者失天下，这在ICT领域是不成文的规律。"

"他们不是不信任云威的产品，他们是不信任云威面向消费终端的产品，我们在工控领域的采购量一直占到总量的76%。"吴凡仍有销售进取的天性，但无论怎样鼓励自己的团队，面对现实的时候，总是寸步难行。

"可是现在我们要卖的是'千窍'芯片，要打开的是新市场。"会上其他管理者说道。

"工控方面的更新换代慢，但是我们的发展基石——'千窍'才是未来，国兴现在也在转型做娱乐终端。"颜亿盼说道。

"现在市场容量很大，但是也要看我们吞不吞得下。"蒋真说道，"能不能颜总出面见见'大伯'，也许大伯会给个面子。"

廖森对她道："明天你和吴凡去见见赵正华，看看他怎么说。"

"他秘书一直说他没时间……"吴凡说了一句。

"不用你来约了。"廖森这么说，就是打算用自己的脸面来搭关系。

颜亿盼和吴凡早早就来到国兴的办公地。国兴的办公楼位于市区的高科技园区，两栋主楼，一座研发楼，楼下是国兴的展厅，他们二人在楼下展厅参观。

国兴的集成产品覆盖面很广，上到航空航天，下到雷达勘测，玻璃展柜内有赵正华和政府政要的合影。颜亿盼看到琳琅满目的展示，有些诧异，她一直知道大伯的公司规模大，但没有想到不单是规模大，而且在业务纵深上也超出一般集成商。

吴凡边看边介绍道："'大伯'被人叫'大伯'不是没有缘由的，他企业庞大，在这个行业的年头长，基本上他想涉足的领域，别人都会被迫让道，无法超越，只能尾随，而且别看他平时笑呵呵的，爱开玩笑，但做起事来，很铁血，在业内不轻易发言，但是一说话，大家都会很给面子。"

颜亿盼问道："他业务这么多，居然还有时间参加我们在资宁工厂的启动仪式。"

"我还真没料到他会来，发了邀请函以后，我们都觉得他最多派个副总来，没想到他会亲自过来，后来我问过底下的产品经理，他估摸着说大伯是想考察工厂规模，做到心里有数，国兴自己也有芯片研发，但是一直没做起来，以后他搞不好也会涉足这些产业。"

"难怪那天晚上沈小姐亲自请他上家里吃饭……"

"我其实不抱他能参加咱们发布会的希望，这种露脸背书的事，如果对他没有实际效益，他不可能出席，我是希望他成为我们千窍芯片的切口，哪怕采购少一点也是个典型。"

正说着，一个女秘书过来，带着他们上了顶楼，顶楼很安静，过道上几乎没有人，秘书把他们领入旁边的一个大型会议室。颜亿盼和吴凡两人都屏息敛气，在会议室等着，秘书给他们倒了水便出去了。

不一会儿，门被推开，赵正华进来，笑容亲切地和二人握手，请他们坐下。

吴凡道："赵总，谢谢您百忙之中还愿意抽空见见我们。"

赵正华说："我和颜总算是相识，平常见见面还是可以的。"

颜亿盼笑道："既然是相识，那我就直说了，我们真诚地邀请您参加今年千窍芯片的发布会。"

赵正华歉然道："发布会那天我要去美国参加一个国际研讨会，实在是没时间。"

吴凡说："发布会日期我们还可以调整，主要看您的时间。"

颜亿盼神色微动，对吴凡私自许诺的言语也不好当面质疑，确实，发布会来的嘉宾咖位直接决定了发布会的效果。

赵正华正色道："这么说吧，你们产品的参数我看过了，突破很大，看得出来，是你们这几年蛰伏才有的成果。很遗憾这次不能合作，在国兴，具体采购什么，公司内有完善的考核体系，我不会直接干预……"

身为公司一把手，却不直接挑战既定规则，那说明，眼下云威不值得他来改变规则。

颜亿盼说："您可以参加过后再定。"

赵正华道："没必要为了我浪费一个名额，我过来见你们呢，是希望你们向廖森转告一下，今年国兴的业务压力也很大，不能有任何闪失，希望他见谅……"

赵正华说完这些话便站了起来，颜亿盼也跟着站了起来，问道："您对我们的产品是有顾虑吗？"

赵正华顿了顿说道："相反，我很看好云威。"

"那您认为什么时候我们还能有机会合作？"时间有限，吴凡有些急切。

"看机缘，不着急。"

门口的秘书似乎知道里面的动静，很识时机地打开了会议室的门，赵正华便匆匆离去。

颜亿盼出来后，便一直在沉思，她感到自己忽略了什么，但又一时说不上来。

"'不能有闪失'，听听这话，还怕我们坑他不成？"吴凡也在车上反复琢磨赵正华这几句话，越想越不是滋味，"还是，国兴和Xtone达成了深度合作，他要避嫌？"

"他没必要在Xtone面前表忠心，他也不是这种人。"颜亿盼否定了这个说法。

"太难了，这个行业本来就属于强者，技术拼不过人家，就得赔本儿。"吴凡的声音格外颓丧，这很少见，他总是以积极主动示人。

"这两年我们的研发都集中在娱乐设备领域的芯片，外界接受有一个过程。"

"'大伯'说等等，就是拒绝的意思，不是真等。"吴凡瞟了一眼颜亿盼，略有不屑，"廖森好不容易约到的人，我们还是没有办法说服，回去都不知道怎么跟他交代。"

"我估计他有心理准备。"颜亿盼看着窗外说道。

"是吗？"

颜亿盼这么说不是安慰吴凡，而是真的觉得这次见面好像是走一个过场，既然见面是廖森安排的，为什么廖森不亲自来，按照赵正华的说法，廖森和他关系很深，他不出现是因为他知道即使自己出面也很难扭转局面，那为什么还要让他们过来？

或许是她多想了，廖森肯定还是希望他们能突破国兴，毕竟这关系到他业绩的达成。

"对了，下午全国销售沟通会您可以参加。"吴凡说道。

"哦，就是传说中的鼓动士气大会？"

"什么鼓动士气大会，早变味儿了，现在叫倒苦水大会。到时候，就会听到各区对新款产品的反馈，"吴凡下车的时候说道，"听完后就知道什么是现实，什么是理想了。"

"行，我来。"颜亿盼继续说道，"我还能带人来吗？"

"带谁呀？别是什么大领导，销售们都不敢说话了。"

"不是……"颜亿盼笑道。

也许是时候让"理想"和"现实"面对面交流一下了，最好的情况是让理想照进现实，最不济是让现实棒揍理想一顿。

42.理想和现实的碰撞

颜亿盼给程远打电话，一直无人接听，她不得不直接上研发部找人。程远正好从测试室出来。

颜亿盼说："中午去食堂吃个饭。"

程远道："好不容易一起吃，带你去个好点的地方。"

程远把她带到一个吃私房菜的院子，离公司不远，院内的架子上挂着紫藤，来的人也不多。

两人刚坐下，就有人过来给他们倒茶。

"听说你上午去见你的绯闻对象了？"倒茶的人还没走远，程远就直接问了。

颜亿盼一口茶差点没被呛到，程远立刻从旁边抽出一张餐巾纸给她。

"这你也信？"颜亿盼擦了擦嘴唇说道。

"我是了解你的，你为了做成一件事，什么都愿意牺牲……"程远自顾自说着，颜亿盼看着程远，眼中带着不满和委屈，却听程远又接着说道，"唯独这方面不会牺牲。"

颜亿盼神色稍霁，问道："这方面是哪方面？"

"尊严。别看你平时对谁都笑呵呵的，骨子里却永远也不会低下那颗高贵的头颅。"

"这算是夸奖吗？"

"算是吧。"

"这么多年，咱们腻在一起的时间有限，看来你还算懂我。"

"也不见得，你可比芯片难琢磨。"

"你琢磨过吗？"

程远不擅长对付妻子的温言软语，转了话题："他怎么说？"

"说我？还是说产品？"

程远本要夹菜的筷子停了下来，眼里透出一丝愠怒和寒气。再说下去或许真的会吃醋，颜亿盼知道，这个年龄段的夫妻，仅有的那么一点占有欲也经不起考验，她不再说这个话题，回归到高管的端庄矜持，说道："关于产品没说什么，反而说看好，听起来倒不像是假的，但说自己不能干涉采购。"

"还是不看好。"

"我们到底输在哪里？"

"这款产品上没有输赢的概念，这次我们的研发思路没有选择和英泰达或Xtone正面竞争，而是走非对称竞争。"

"非对称竞争？"

"比如美国建造航母，我们就不花费更大的财力和人力去建造更高级别的航母，而是建导弹，让他的航母形同虚设。"

"所以你建成了炸掉英泰达CPU的导弹芯片吗？"

程远笑了起来，道："它做多核CPU，我们没必要去追赶核的数目，而是找到它多核配合的问题，提高多核多任务协同处理的能力。现在的千窍芯片运算速度可以对标英泰达最新款的飞腾X7，如果非要说输在哪里，就是这款产品没有在消费电子终端设备上应用过，还是有很多未知因素。"

颜亿盼看着丈夫滔滔不绝，他只有在说到自己的领域时脸上才会神采飞扬，曾经程远不和她说任何工作上的事情，现在居然能安稳地坐在她对面谈他的理想。

"你笑什么？"程远看着颜亿盼，问道。

"没什么……难怪赵正华说，担心会有闪失。"

"研发芯片是有自身的逻辑规律的，速度不是说快就能快的。"

"可公司有人等不及了……"颜亿盼适时说道，"销售那边怨气很大，他们有个倒苦水大会。"

程远嗤笑了一声，放下茶杯，抬头看了看头顶那一片紫藤，半天说了一句："行，我听听。"

这次会议在销售部的大会议室召开，会议室挤满了人，吴凡手底下各个销售组的组长和一些业绩好的销售都参加了，程远坐在他对面，他旁边分别坐着罗洛、厚皮、赵工，还有传说中负责跨部门协调的乔婉杭。

她在那群质朴的研发人员中央显得还是那么不质朴。她一向喜欢深色而剪裁考究的衣服，给人一种莫名的不好相处之感。大概是研发人员都不太能捕捉一种叫作气场的东西，看起来和她相处还挺和睦的，她坐在其中，没什么违和感。

双方人员分坐两边，别看都是一个公司的，气氛却有些微妙。

175

虽谈不上剑拔弩张，但是可以看出来这是两个阵营，一方西装革履，神采奕奕，一直想给别人一种亲切可靠的形象；另一方穿着休闲装，神色恹恹，仿佛所有的精力都用在了烧脑研发上。

销售在角落里窃窃私语：

"他们居然屈就来开会，平时眼里都没别人……"

"他们眼里只有程序，我们在他们眼里都是0和1。"

销售在角落里嘻嘻哈哈地窃笑着。

会议室里视频系统信号很糟糕，时不时画面会定格。

"这套会议系统集成的就是我们云威的芯片吧。"吴凡说道。

"这是八年前的产品了。"赵工说道。

"这芯片怕是老朽了吧。"其中一个销售嘲笑道。

"芯片不会老化，它是典型的符合指数函数无记忆性的半导体产品。新的芯片和旧的芯片坏的概率相同。"小尹红着脸说道。众人侧目，看着角落里这个青涩的年轻人。

"什么函数？"人群里有人纳闷。

"就是现在使用的这款芯片和新出厂的芯片使用年限是一样的。"厚皮用大家能听懂的话解释了一遍。

视频总算调试好了，大型LED上投射出华北、华南、华西区的会议室。

"不愧是研发部的同事，知道的比我们都多。"其中一个大销售撇嘴笑道，"数字啊，函数啊，说得那么专业，可是有用吗？市场买账吗？它最后耽误了大家的时间。"

"这款视讯系统因为对图形声音处理要求高，所以网速一旦跟不上，就会影响稳定性，不过，它有一个特别的优势，就是声音处理系统很高能，你们在角落里说的悄悄话都能清晰地传输出去。"技术咖厚皮补充道，瞥了一眼在最角落里窃窃私语的销售们，他们立刻安静了。

"八年前因为这个优势还入了政府采购清单。"赵工说道。

"现在能入政府清单才是本事。"吴凡冷言道。

"那要靠大家一起努力，产品更新换代很快，我们每个人都要调整思维。"程远笑道。

"好，程总工说得好。"吴凡对着屏幕里几个区域的人打招呼，"大家看到了，今天我们销售部迎来了真正的专家，机会难得，大家可以在这里畅所欲言。"

吴凡简单介绍了市场用户对云威产品的反馈，销售们都像看展品一样看着研发部的几个同事，似乎想看他们脸上什么时候会挂不住。

吴凡给出一个残酷的结论："采购量上不去主要还是对芯片性能上不认可，台式机的benchmark（评测数据）拼不过英泰达，移动设备拼不过Xtone。"

程远道："评测数据都有偏好，我来是想听市场的需求，看芯片是否可以配合做全方案。"

屏幕上西北区销售说："我们政府有很多精准扶贫项目，工业体系是我们的机会。"

程远道："如果是工业体系，他们对主板面积的要求不高，那么我们的性能完全可以做上去。"

吴凡说："同等性能，如果我们的芯片更厚，主板更大，为什么他们要采购我们的产品。"

罗洛说："我们更了解他们体系的运作，在CPU设计和软件搭配上更本土。"

LED南区销售说："我们这边的年轻人很多对娱乐设施的需求也在增长，下个季度的新品是否能打动他们，是成败的关键。"

西南区销售说："我们这里也是，返乡的年轻人也在增多。但问题是，你们都知道我们还是要通过大的经销商，比如白总，呵呵……来接触他们。不过呢，他现在根本拒听我们的电话。"

会上别的销售都心照不宣地看着颜亿盼，然后发出异样的笑声，仿佛这一切都有赖于颜亿盼的行动。

颜亿盼脸色不佳，但还是镇定地看着在座各位销售。

程远不动声色，继续道："这一期的芯片就是针对终端消费，能不能打动他们我无法预估，但是在同类产品中，我们具有优势，如果不选择云威，是他们的损失。"

蒋真本来坐在角落不说话，此刻听到程远的狂言，也开炮了："我在这里还是想听一些真话，你们搞的芯片到底行不行？"

"你们自己都没有信心，研发部说再多又有什么用？"罗洛也不示弱。但这句话显然没什么说服力。

"我们的信心也是销售额给的，如果下个季度再没有起色，我的销售部要裁人，你们倒没什么影响，毕竟确保研发是'国策'。"吴凡对外笑脸相迎，对内却丝毫不温和。

不少人看向乔婉杭，她之前经历了股权之争，不过也是凭借一腔执念坚持下来，这次直面研发和销售的对立，对她也有冲击。她完全有理由相信，此刻，如果给交战双方一人一筐蔬菜鸡蛋，场面会更加火爆。

研发部的老大最后还是给了一个休战指示，程远从旁边的一叠资料里抽出一张："没必要争这些，这是最新的测评报告，无论是产品厚度，还是性能都有跨越式的提升。这是你们销售部的机会，也是我们研发中心的机会，如果这款产品获得市场认可，以后，云威的芯片性能在下个季度又会提升一个台阶。"

"自嗨就没必要了，"销售部的老大显然不想就这么结束，蒋真给了一个温和有力的挑衅，"我建议让研发部的同事跟着销售跑跑市场，去听听直观反馈。"

"浪费差旅费。"乔婉杭一直在角落里待着，这时说了这么一句。大家听这么一个陌生而又肯定的声音，都安静下来了。

"症结在市场切入口，他们跟着下去听再多，这一期产品就卖得出去吗？各司其职吧。"乔婉杭说道。

她毕竟是大股东，大家不好得罪，这次会议也就这么结束了。

罗洛对厚皮说："一会儿你看看这套系统的内存，看是不是给他们换个内存条。"

厚皮把系统接到后台数据，进行调试。

颜亿盼和程远也和团队从不同的两个门离开。

乔婉杭刚走几步，就听到颜亿盼从身后叫了她一声："乔。"

她回过头，颜亿盼走近问道："你还要在那边上多久班？"

"怎么，大家想我了？"乔婉杭自嘲道。

"是我想你了，可以吧！"颜亿盼无奈地笑道。

"嗯，可以理解，我那么有魅力。"

颜亿盼笑了笑，正色跟她说道："我觉得最近恐怕有事情要发生。"

"诶？"乔婉杭一脸八卦神色，"是因为你在资宁得罪人了吗？不是说他们为了争你打起来了吗？"

颜亿盼看她那样子不禁遥想，这人过去擅长打麻将，此刻大概就是麻将桌上探讨街坊邻居狗血传闻时的样子。

颜亿盼抿了抿嘴唇，不说话，等她恢复正常。

"哎，没劲，问你这个当事人，我还不如问别人……"看颜亿盼转身要走，乔婉杭赶紧伸手留人，"好了，知道了，不问，都不问，你也别太紧张了。"

"我没有紧张，我只是感觉千窍芯片的销路不好打开，这会是一场硬仗。"

"硬不硬我不知道，但一定是持久战，如果那么容易就找到出路，他不会那样。"

颜亿盼看着她神情如常，心中反倒放松了一点："你有准备就好。"

43.只说现实问题

杭州的夜晚总带着潮气，云威办公楼里两处灯火格外明亮，一处是大厦楼下，工作人员在连夜拆台子。计划的新品发布会预算被砍了一半，所以地点从星级酒店改在了大厦楼下。

而且没过多久就下起了小雨，请来的媒体领了车马费就发了一篇通稿，经销商领了礼品便匆匆离去。晚上举办的沙龙交流效果也很一般。

研发部派了几个重量级的中外工程师，记者问的问题却还是很浅层次。

颜亿盼待一切都结束了，才离开大厦。

雨中的路灯像沉在海里的小虾，飘飘浮浮。

千窍芯片量产前，无论他们做了多少宣传工作，市场也并没有很认可。问题出在哪里，是自己对市场判断失误，还是研发真的跟不上？

赵正华说的"小虾与航母之争"，再次萦绕在颜亿盼脑海里。

楼下翟云忠跳楼的地方早已开满了鲜花，此刻那些鲜花被雨打得没有形状，在路灯下泛着莹白凄惨的光。

另一处明亮的地方是研发部，他们永远都在和时间赛跑，和自己较劲。上次开会后，程远把销售反馈的需求重新整理，对研发的软件体系进行相应的调整，但是整体研发方向没有丝毫改变。遇到这么一个又刚又偏执的人，大家拿他没有办法。

华东区的局面没有打开，整个市场依然低迷。

七月初，半年财报在高层会议中通报，公司持续亏损，销售额同比下降12%。

因为要召开董事会，汇报季度业绩，乔婉杭回到了大厦那一方办公室。如果说她毫无畏惧，那是假的，这条路难走，她有准备，但是显然别人不会给她准备时间，如果下半年依然没有改观，云威会再次陷入经济危机。

清早，廖森敲开了乔婉杭的门，这是她进入公司以来第一次，廖森主动找她。

廖森进来后看了下环境，对这里的简陋也一时有些诧异。

"我没想到你会真的来上班。"廖森对现状给了一个合理解释。

"我会一直上下去。"乔婉杭淡然一笑。

"我都未必能一直上下去，你倒挺有决心。"廖森边说边拉开对面的椅子坐了下来，"明天董事会公布财报，我提前向你检讨这个季度我们工作的不到位。"

"扭转乾坤的确很难，我有心理准备。"

"你刚来不久，应该不知道董事会的问责体系，这个业绩，管理层是要出人担责的。"廖森声音沉沉地说道。

说实话，乔婉杭也是在边工作边学习的过程，这个担责，她并没有准备。

廖森打开文件夹，从里面拿出一份文件推给她。里面是乔婉杭一年前签字的资金转移单据。"还记得您第一次和永盛见面吧，检察院突然闯进来。"

"他们给我看过这个单子。"乔婉杭看着这个单据。

"这个单据只有两个人手里有，汤跃有底单，但汤跃绝不可能希望检察院破坏我们和永盛的谈判。"

"还有一个人是……"

179

"当然是翟董最信任的人,负责资宁项目运作的人。"

"你为什么今天给我看这个?"

"我只是不希望你产生和我过去一样的错觉,认为可以凭借一己之力建立一个属于自己的关系网。"

"我对培养关系网这方面没什么兴趣,也没什么经验。"

廖森冷笑了一声:"在这个大楼里,大家都有自己晋升的方向,不管是姓翟,还是姓什么,大家的目标都不会变,就是更靠近权力中心,更有话语权。"

"没想到在这里能听你讲政治课。"

廖森站了起来:"翟太,我们坐下来谈话的机会本来就不多。您既然要一直留在这里,游戏规则我觉得还是讲一讲比较好。"

"我懂了。"乔婉杭看着这个单据,说"无动于衷"是假的,和颜亿盼相处了这么久,颜亿盼究竟是什么人,她至今也没看透。

"行。"廖森说完就站了起来,"我还是那句话,到了年底,如果我的业绩没有完成,你可以让我走人。"

廖森离开后,乔婉杭把这份资料收在了抽屉的最上层。

她站在那个小窗户边,看着外面灰蓝的天空,眯了眯眼睛。

挺残酷的,这里的游戏规则。

她想了一会儿,打电话把Lisa叫了过来。

乔婉杭弯腰从饮水机下拿纸杯,准备给Lisa冲杯茶,Lisa赶紧弯腰接过来。

"之前公司里传得沸沸扬扬的一些事,怎么也没听你跟我聊聊?"乔婉杭坐回了沙发,饶有兴致地看着Lisa问道。

Lisa端着自己的茶,小心翼翼坐在茶几对面,说道:"都是些捕风捉影,销售部都忙业绩,也都没有理会了。"

"客户的投诉,说不管就不管吗?这就是公司一直强调的'客户至上'?"

Lisa有些冒汗,本要端茶的手收了回来,低声说:"廖森没让处理。"

廖森压着这事儿没让处理,必然是在等时机,乔婉杭继续问道:"我只问你,你处理客户对员工的投诉信是从来不调查吗?"

Lisa赶紧说:"我后来询问了几个销售,还有他们部门的同事,大致还原了事情的真相……只是……"

"只是什么?"

"只是,高层要的是真相吗?"

"不要真相要什么?要利益导向吗?"乔婉杭冷笑了一声,"真有意思,我要听个真话,你给我绕么多弯子做什么?"

"我明白了。"Lisa不敢再多说什么,也分不清这金主到底是来真的还是来假的。

"调查报告明天早上上班前给我,不能有半点捏造或者遗漏,否则我会以HR办事不力为由,请第三方来介入调查。"

"好。"Lisa嗓子都发干了,赶紧答应。

Lisa离开后,一点没犹豫,就立刻跑到了顶层廖森的办公室,汇报了乔婉杭要的东西。

廖森笑道:"给她就行。"

Lisa也不明所以,但有了廖森的首肯,总不会出错。在公司里,这水端得最稳的,就是她Lisa了。

Lisa走后没多久,廖森就出了办公室。

天色已近黄昏,路边行人都急着往家走。

司机将车开到了西湖边,古香古色的茶楼立在那里,翟绪纲出门迎接了廖森的到来。

不到半年时间,他看起来憔悴了不少,头发长了些,遮住了额头上一个时隐时现的疤。没有人知道这半年他经历了什么,半年前的重创给他上了一课,但并没有让他彻底倒下,眼下云威面临销售低迷,复仇的决心让他卷土重来。

二人坐在那里喝茶,峨眉山新上的金骏眉,他喝着味道甚好。

"这是家父还有几个元老签订的协议。"翟绪纲把一份文件推了过去,"如果这次销售额达成,我们会推举您做董事会主席的位置。"

廖森嘴角撇了撇,笑容带着寒意,并非发自内心。他们各自都心知肚明,乔婉杭的介入让战局变得复杂起来,之前的联手被她搅乱,现在时局有变,确实需要调整策略。但是,翟绪纲对他而言,还是嫩了点,翟云孝对云威的掌控欲,让他也很防备,他说道:"不如说说你们的要求。"

"没任何要求,按照您的既定路线就可以。我理解您身上背负的经营压力,对翟家也有一定看法,我们都不想以什么'家族企业'这种老套过时的话来束缚您。"

"哦,这倒是新鲜了。"廖森调整了坐姿,拎起协议书的右下角,露出最后一页,上面的确是翟云孝、桑总、李笙等人的签章。

"不但没有要求,我们还全力支持你的路线。"

"我的什么路线?"

"您不清楚?"

廖森审视地看着翟绪纲,道:"我想听听你怎么说。"

翟绪纲对廖森的强硬早有耳闻,但亲自面对时,着实不爽。他感到额头上的疤痕隐隐发痒,但嘴上还是说:"让云威从'技工贸'转向'贸工技',以营销为主导,逐渐缩减研发的投入。"

"你说错了一点,云威从来都不是'技工贸',从过去到现在依旧是营销拉动研发,而不是相反。"廖森喝了口茶,看着翟绪纲,接着道,"我这么做是相信这更符合股东的利益。"

"我们支持你是因为我们也做过调研,现在云威自主研发一款芯片的投入太大,是采购国外新款芯片价格的十倍以上,现在是互联网时代,整个世界都是一体的,何必螳臂当车,自我消耗。"

"可惜啊,不是人人能理解我的苦心。"

"怎么可能,这就是大家对您的理解。"翟绪纲指了指那份承诺给廖森董事会主席的协议书。

"我们要给云威走弯路的时间,他们会意识到这条路走不通。"

"只怕股东等不及……"

"等不及也要等,毕竟政府也插手了。"

"那政府那边,您有什么想法?"翟绪纲身体前倾,给廖森倒了茶水,试探着问道。

"能有什么想法……政府要的那些芯片集中在工控领域,为的是提升工业信息化水平,这部分我们保留咯。其他部分,就采购海外芯片做集成,这样市场会更大。"廖森漫不经心地说道。

翟绪纲看了一眼廖森,低头滤茶,半晌没有说话。

"你有高见?"廖森问道。

"家父认为就连这部分也没必要保留。"

"嗯?"

"时机到了,可以转为政府控股,或者卖给别的能管的管,我们没必要去踩雷。"

廖森看了看翟绪纲,这正是他内心想的:政府之前强势介入永盛入股,他无力阻挠,但到了合适时期,完全可以把云威集团下的研发中心以及占有股份的芯片封测工厂转股给政府,云威业务集中在盈利的部分,商人无国界,国家大计就由国家操心吧。

说到底,二人商量的不是激烈的革命,而是"和平演变",是悄无声息的转型,相比之前的"挥刀自宫",这样的策略或许更符合现在的云威。

唯一的障碍,依然是那个手握股权的女人。好在,她并没有强大起来。

廖森喝完了翟绪纲倒的最后一杯茶,站了起来,拿着协议书离开了茶坊。

西湖岸边的碧桃树立在风中,碧桃花凄凄艳艳落满地。

44.担责的人

颜亿盼清早出门的时候，发现自己放在角落里的箱子和易拉罐两三天没人收了。通常这个时间，早就被那个男孩收走了。她开车出门刷卡时，见到保安坐在简易的玻璃房吃早饭，就打了声招呼："吃饭呢？"

"是啊，您吃过了？"

"吃过了……我记得之前有个小男孩来这里收纸箱的。"

"哎，被赶走了，上周都害我挨训了，物业现在换了一个垃圾处理公司，人家盯死了他。"

"是吗？我看他比那些人要勤快啊。"

"是，那小子鬼精，是不是也帮您拎垃圾跑腿儿了？这片业主也不烦他，我也没管了，可他到底抢人生意了。"

颜亿盼笑了笑，后头有车出库，她也就没多问了，开车过街道的时候，速度放慢了些，想着能不能见到他，这么想着，莫名又觉得自己有点矫情，这孩子本来和她也没什么关系，当时还留了心眼儿没给他电话地址，怕他找上门没完没了。现在突然见不着这孩子，居然有些担心他在外面会不会又要挨打。

小小年纪，混口饭吃不容易。

她绕了一圈，依然没有看到这个孩子的身影，怅然地看着空旷的街道，最终还是调转了车头。

可这世上，不容易的人多了，谁又顾得了谁？

她7点就到了公司，公司里几乎没几个人，只有打扫卫生的保洁。

她的办公室朝东，早上来，能看到太阳在落地窗前逐渐升起，阳光洒满整个办公室，四年前她刚搬进来的时候，心底就为了这一片阳光雀跃欢腾，时间过得太快，快到来不及品味。

去年圣诞节，曾有一片黑影蓦地从这窗前坠下，悄无声息，恍如错觉。楼下那片花坛的花还会重开，但人心却不复从前，从此，她再无心欣赏这片阳光。

她在楼下买了三明治和咖啡，坐在办公室里吃的感觉很好，慢慢地吃，不急着去汇报，也不急着去准备任何PPT，没有紧急处理的危机。

昨天下班前，CFO汤跃在系统里驳回了她的下半年部门项目预算，接下来，恐怕又要再次调整，再次沟通，再次提交，直到通过。可是她打开电脑，改了几个字便不再动了，看着屏幕出神。

上班时间到了，她下属三个部门里的人陆续来了，刚打开电脑没多久，又陆续离开，全程没人和她沟通一个字。

整片办公区域阳光灿灿，回来了两三个基层员工，看了她一眼又低头工作，心不在焉。

183

半年度高层战略业绩总结会在楼顶召开，董事会成员会列席参加。她原本也有汇报，但因为她的策略方案没过审批，所以不在邀请范围内。

直到将近十二点，李欧的电话打了进来："廖森中午想约您一起吃个办公餐。"

她出办公室的时候，发现Amy、袁州和杨阳各个部门负责人都不在，她感受到整个部门里几个员工的目光，继续上了顶楼，那个装修过分庄严的总裁会议室大门依然紧闭，里面还有细微的开会声音。

里面的声音明明那么小，却敲击着人心。这就是为什么她向往更高位置的原因，因为爬得越高，越能掌握自己的命运。

因为这个向往，她成了这里的囚徒。

权力中央的人永远都不会知道权力外的人那种无声的焦灼和无力的抗争。

廖森的门打开了，李欧微微弯腰让她进去。

廖森把西服脱下扔在座椅上，领带有些松，李欧上前先给他把工作餐摆好，白色的餐盒，三菜一汤，很精致。接着又在颜亿盼面前摆了同样的餐盒。

"坐吧。"廖森摆了摆手，让她坐在对面，"里面那个会一会儿还得接着开，趁这个时间和你简单聊聊。"

颜亿盼坐了下来，拿起筷子，面前精致的菜，她一口也吃不下，却还是尽量让自己表现得平静。

"上午的业绩汇报会，你估计已经知道了。数字都是死的，只有人是活的。你下半年还有没有别的想法？"

调整策略？还是投诚？颜亿盼脑海中迅速转着，最后笑着问了一句："如果我说离职，事情是不是会变得更简单了？"

廖森抬头看着她，笑了一声："是。"

"你找我吃饭就是说这个？"颜亿盼放下了筷子。

"你部门里的人，HR已经谈过了，Amy同意转岗到董事办，袁州和杨阳同意拿补偿离开。"

"如果我说不呢？"

"白总不但交了投诉信，还煽动西南区经销商抵制我们，这件事闹得太大了。"

"这就是你想看到的吧，一直不处理，等着他闹大。"

"亿盼，实话说，我给过你很多机会。"廖森喝了一口茶，"这次给你的补偿也争取到最高，N+3。"

廖森把旁边已经准备好的解约合同推给了她。本想循循善诱，可是颜亿盼早已猜明来意。那个时候，乔婉杭选择要与他同在一个屋檐下，她就知道这条路必然凶险。

廖森有人事任免权，此刻，谁也救不了她了。

只是，她走了，廖森就会放过研发，放过乔婉杭吗？

她太了解廖森了，这是一个唯我独尊的人。

颜亿盼不是没想过这个结局，只是没想过会这么快，快到她还没想好对策。她站了起来，拿着合同，往门外走去。

头顶的天光落在办公室中央，外面的一个沙发上，坐着的正是乔婉杭。

沙发处在这层楼的中轴线上，另一边是被查封的总裁办公室。

乔婉杭见她出来，站了起来，看着她，神色幽深。

"你以后有什么打算？"乔婉杭在她走近的时候，抬头说了一句。

"什么打算，外面挖我的人多了。"颜亿盼垂眸看着她，笑着说道。

"我给你另外一个选择。"乔婉杭站起来说道。

这番话有些耳熟，那是她第一次见乔婉杭时说的话。可惜，现在颠倒过来了，而现实依然残酷。

"你凭什么给我另一个选择？"颜亿盼不喜欢被权力这般玩耍，"我现在这样，是因为你不够强大，所以我随时会被踢出局。"

乔婉杭听到这里，怔了几秒，最后居然笑了一声，说道："你把自己归到我这一边，我是应该欣慰呢，还是应该担心呢？"

"都用不着，你现在的一切都是你丈夫给的，充其量就是一个人民币玩家，而我，只能靠自己。"

"是，现在也得靠你自己，"乔婉杭把手里一份文件甩在她怀里，"下午董事会下半年战略汇报，你有五分钟澄清这件事。"

颜亿盼打开，上面是《南通白总投诉信调查报告》，心中纳罕。

"你要庆幸Lisa是个女人，也要庆幸，这家公司还有正确的价值观。"乔婉杭接着说道，"到时候，走还是留，看你自己了。"

颜亿盼打开翻了起来，看到最后那几句结论，脸上不禁有了霁色，看着乔婉杭又有些挂不住，这些必然是乔婉杭准备的，巧舌如簧的她竟一时语塞，张了张嘴不知道说什么。

"不要说对不起和谢谢你，"乔婉杭抬起手来阻止了滥俗的台词，"我现在实力太弱，担不起。"

"我不会走，"颜亿盼说道，她这个人最大的特点就是，只要有一线生机，也会紧紧抓住，"至少，我要看着你成为实力最强的那个。"

这句话，实在是比谢谢你和对不起更让人感动，乔婉杭粲然一笑，说道："大概四点过来，说说情况，先留下来再想别的。"

颜亿盼点了点头，拿着那份报告，从她身边走过。

"女人啊，不但比男人重情谊，还好哄，"廖森正从办公室里出来，冷森森地笑着，站到了乔婉杭身边，"即便她没有错，也不代表她有存在的价值。"

"我很看好她。"乔婉杭转身，两人往会议室走去。

"你不是看好她，"廖森说道，"你是没人可用。"

乔婉杭看了他一眼。

廖森笑道："是我照顾不周，我可以给您批两个招聘名额，助理、司机、厨师都行。"

"公司这个状况，我就不必招人烦了，我就要颜亿盼留下。"

"看来我之前给你的那份材料，你没看进去，"廖森眯缝着眼，走近了乔婉杭，低声说道，"一个为了自己的前途，会把老板往绝路上送的人，你还敢用？"

乔婉杭脸色沉了下来，没再和他多说，直接去了会议室，那里陆陆续续来了一些董事会成员。

颜亿盼下了楼，回到办公室以后，发现下午办公室里的人多了，看来HR已经都谈完了。袁州低头在电脑前也不知道在忙些什么，倒是杨阳看她回来，先站了起来。

她招了下手，让杨阳跟着她进了办公室。

"合同你签了？"

"……我签了，他们说我们部门要解散。"

"说一说销售那边的情况，华南区是因为我的原因抵制云威吗？"

"说实话，我不知道，领导，我在销售也只是支持，客户管理系统我都无法看到……"

"想留下来吗？"

"可以吗？"

"想吗？"

"想啊，我还有房贷，现在工作不好找……"

"……"

颜亿盼约谈完杨阳，又约谈了袁州，看时间还有半小时就要上楼了，她还是去了一趟人事部找Lisa。

进门时，她看到Lisa在抽电子烟，那样子看起来还挺娴熟的。Lisa职级比她低了两级，办公室比她小很多，但是摆设很有女人味，柜子上有精致的女神雕塑，还有她自己画的团扇。

Lisa见她来了，从窗户边回到座位，示意她也坐下，放下了电子烟，喝了口水。屋里留有淡淡的烟香。

"那份报告，谢谢了。"颜亿盼说道。

"不用谢，我也开了你一大半的人，你别怪我就行，"Lisa语气很温和，"你懂的，都是工作。"

"我想问问你上午会议的情况，"颜亿盼坐下说道，"因为下午董事会需要我解释那件事……"

"我说不好，"Lisa挺谨慎地说着，"本来你应该参加，不过廖森说你有别的安排……"

"那份报告，你并没有按照廖森的授意来出，你不如帮人帮到底，让我安全过了这一关。"颜亿盼笑起来，靠在椅背上，神态很是轻松。

"我怕误导你。"

"你就不怕我说错了，把你的工作也否定了？"

Lisa轻叹了一口气，无奈地摇了摇头。

"我给你听听录音吧，你大概会有个分寸了。"Lisa从一个文件袋里拿出一个录音笔，怕颜亿盼担心自己的举动，还解释了一句，"我有录音的习惯，以免会后搞错各大老板的指示。"

她纤长的手指，摁了开始键。

窸窣地翻阅纸张的声音后，Lisa汇报了裁员计划，颜亿盼的名字是第一个，没有说每个名字，但是讲了剩余人员的安排，会议室出现了短暂的杂音。

Lisa："HR部门正在约谈她部门的员工，问题不大，大家有其他建议吗？"

乔婉杭先摆明了观点："先斩后奏吗，我不同意。"

底下出现低低的笑声。

桑总："我听说那个颜亿盼搅得经销商那边也不得安宁，很明显，这个职位不适合她。"

销售部VP蒋真说："这次业绩不好，她的客户沟通方案不奏效是主要原因。"

蒋真不见得是针对颜亿盼，但是业绩不好，他急于甩锅是真的。

"这就说明她没有办法胜任这个工作，达不到预期。"董事会还有其他人得到了授意，"她挺直腰杆当了太久的公司门面，放不下身段服务客户了。"

"Keith和Chris有什么看法？"廖森问了两个永盛的股东，很显然他的人占了主导。

Chris说："我一直不知道这个沟通部存在的意义，她的部门有很多功能是与销售部重合的，比如GR政府关系部。"

"如果这个部门没有存在的意义，颜亿盼就没有存在的价值。"另一个声音，是前CAO（首席行政官）项总。

"好，开掉颜亿盼，公司里的女员工会怎么看我们，因为女性不愿意接受客户的性骚扰，所以就要被开？"乔婉杭的声音变得有些狠厉了，"如果她要仲裁，我们赢得了吗？如果她要把事情闹大呢？我看她很有这个能力，让媒体群嘲我们鼓吹的'客户至上'！"

这个切入点挺狠的，颜亿盼第一次知道乔婉杭为了维护她，做了准备，也做了努力。

这也是为什么廖森先和她谈，还开了个高价，如果她签了协议，一切都太平了。

Keith骂了一句。

Lisa按断了录音，说道："亿盼，即便你留下来，日子也不会好过。这家公司，还是这帮男人说了算的。"

45.你们没有理由惩罚她

颜亿盼口里低低地骂了一句，就拿着乔婉杭给她的性骚扰调查报告和廖森给的解约合同出了办公室，上了顶楼会议室。

李欧推开门把她带了进去。会议室里，永盛的两位股东和乔婉杭坐在椭圆形会议桌的中间，靠近宽大的落地窗，廖森坐在永盛边上，还有桑总、项总等列席股东，下席坐的是业务部的老大们，站在屏幕前是汇报下半年财务计划的财务总监王朋。王朋刚汇报完，汤跃就做了一个手势让她离开了。这个办公室可以分为三个等级：有钱的坐上席，有权势的坐对面，站着的是有能力的。

大家看着她进来，眼睛上下打量着她，颇有兴味地想了解她在资宁怎么兴风作浪的。

"说说吧，"廖森喝了口茶，"那天发生了什么？我们看怎么处理，才能让大家都满意。"

"我这次过来，不是来跟你们喊冤诉苦的，是向各位领导做一个申请。"颜亿盼看了一眼众人，那样子没有丝毫要抗辩的勇士模样，倒是多出几分玩家心态。

"什么申请？"廖森放下茶杯，眉头蹙着问道。

"把我调往西南，重新梳理云威的那条供应链，去接触白总那批人，了解一线情况。"

此话一出，那些抬头看她的大佬们有的惊讶，有的冷笑，还有的不明所以。

乔婉杭眼睛瞪圆了，亮晶晶地看着她，脸上浮出欣赏的笑意。

"我凭什么还要给你机会？"廖森抬头瞟眼问道。

"我扛KPI，今年年底，如果华南区的业绩没有超过30%，我主动辞职。"说完，她把廖森之前给的那份解约合同一把推给了他。

乔婉杭听到这里，脸上的笑意逐渐消隐了，眼眶有些发红。

销售部老大蒋真本来只是扭头瞥她一眼，看到她的神情，颇为诧异，把椅子转向了她。

"行！"廖森是个果决的人，当着她的面把合同一撕两半。这笔买卖是划算的，就当补偿款给她发工资了。

"但我也有条件。"颜亿盼不卑不亢地说道。

"什么条件？"

"我的员工一个都不能少。"

廖森冷笑了一声，会议室的空气里一种无法捉摸路径的灰尘不安地跳跃着。

"大家有异议吗？"廖森扫了一眼在座的各位。

率先摇头表示无异议的是蒋真，他不但没异议，还想把自己的双手双脚奉上："西南区的销售，可以随你调配，只要你能让我们的业绩超过30%。"

廖森目视李欧，让他过来，对他说道："跟Lisa说，撤销合同。"

颜亿盼扬着嘴角笑了起来，眸色却未沾染笑意，依然透着凉意回看着看官。

李欧要带她出来前，突然听到身后乔婉杭说了一句："等一下。"

颜亿盼停了下来，转过身，看到乔婉杭站了起来："还有一句话要告诉各位，听好了，你们没有理由惩罚她，那件事，她没有错，这不是惩罚，是她主动请命。"

廖森看着乔婉杭的脸色确实不好看，但也不好发作，冷声说道："这重要吗？"

"是，这很重要。"乔婉杭强调道，"我没你们那么多经营理念，也不懂什么灰色地带，我就是知道，是非对错很重要。"

颜亿盼抬眼看着她，内心莫名有些悲凉，眼前这个女人以往被保护得太好了，居然一些观念还停留在年少时某个阶段没有得到进化。

"好，"廖森认命一般说道，"这里没有人要惩罚她。"

"是啊，我们需要的就是你这样的人才！"桑总满脸堆笑地说道，"对吧？"

大家都点头笑着称是。

桑总这句话说完，发现颜亿盼并没有因为这个夸赞而开心，她脸上的笑意早已褪去，俯视着他们。他也尴尬地清了清嗓子。

这里说到底，都是利益优先。

颜亿盼转身离去。

夏季夕阳西沉，燃烧了整片云海，红、黄交替格外艳丽。余晖透过玻璃折射在她的脸上，她脸上的细纹变得清晰异常。这个办公室里写满了她的战绩，她曾经在台上有多风光，现在就有多颓丧。她以为一切尽在掌握，却不知头顶有一双大手在操纵一切。这个金字塔里，主张自己命运的自由度和你位置的高度成正比。

下班后，她来到击剑馆练剑，排除一切杂念，重新开始。

击剑馆的生意很一般，教练认真地纠正了她几个动作，又让她重新绑了一下脚踝护带，以防进攻的时候扭伤。

她告诉教练，以后这半年她可能不回来，希望他们要坚持开下去，别回来以后店没了。

教练大笑起来，说没准儿，让她还是勤练，练得好，可以参加业余赛。

她还问自己有没有可能参加奥运会。

教练说，有啊有啊，她是所有学员中最有天赋的。

两人开了一阵玩笑，她又上台练习了。

教练见她练习得差不多了，叮嘱她关灯关门后就走了。

窗外蝉鸣起伏，月光皎皎。

空空的练习室没人了，头顶的白光落在她一人身上，这成了她一人的舞台，她戴着面具对着一个木偶，练到了深夜。

她停不下来，练到手发抖也不想停，直到发现练习台下站了一个人静静地看着她。

是程远。

也不知道他站了多久。

"我回家找你，你不在，给你电话也不接。"程远抬头说道，"这都多晚了，店里人不休息呀，做你的生意真是难！"

声音还算平和，也没有多生气。

她没有说话，面具也没摘，程远走近，她突然从台下冲了下来，跑到他面前，一把抱住了他。

双手箍得太紧，程远觉得胸口被她厚重的衣服压着有些喘不上气了。

沉闷嘶哑的哭声从面具里传来，完全止不住。

程远怕她憋着，又给她把面具扯了下来，扔在地上。她头顶都是汗，眼睛通红，就这样埋在他肩头，好像攒了很多很多的眼泪，在这一刻全流了下来。

空荡荡的舞台下，灰暗的一角，两个人什么也没说，程远只是轻抚她因哭泣而颤抖的背，他们紧靠在一起，如同一座孤寂的雕塑。

46.下山打辅助

乔婉杭自从搬进翟云忠留下的房子以后，每天早上四点半会准时醒来，然后就坐在书房窗边看书，后来干脆就睡在书房里了。

翟云忠有个习惯，买的每本书都会在扉页写上第一次翻开时的日期，所以她就按照他看书的顺序，一本一本看，从芯片研究到企业管理，从人事规划到产业链建立，一点一点接近他的思维，接近他的想法。

边写边记。不懂的时候会打电话骚扰公司里的管理人员，大部分人都会耐心解答。

书房里又多了一个白板，是云威合作厂商的关系图，从大伯的国兴一直到白总的南通，都在里面。

她看得差不多了，站起来轻轻摸了一下睡在床上的儿子的额头，一层细汗，她把儿子裹在身上的毛巾毯掀开了一些，这孩子晚上怕黑，阿姨一睡着，他就偷偷跑来这个房间，挤着她睡。

她看了一眼窗外初升的太阳，时间差不多了，今天是颜亿盼飞去贵州的日子，她打算去送送。

司机开车，她在颜亿盼家的楼下接了她。

昨晚和颜亿盼说要送她，她还装模作样地客气了一下，最后乔婉杭坚持，她就马上提要求，说自己东西比较多，车要大一点。

接到她的时候，发现她也就带了一个箱子和一个背包。

两人坐在后面，车穿过两个街道，都没人开口说话，那些送别的客套，不知从何说起。

最后还是乔婉杭开的口，声音有些缥缈："他生前都没有和我正式道别。就是出事前的两个月突然来看我，陪我逛了趟超市，还要我做了一条鱼，我都不知道那是最后一面了，就记得那条鱼做得不太好，酱油倒多了，他也没吃几口。"

这和会议室里、人群中的乔婉杭很不一样，那里的她浑身都是盔甲，既想保护自己，又想碾压他人。而这个狭小空间的乔婉杭偷偷地卸下了盔甲，柔软得有些不真实。

"那个时候，他也没有向你流露出什么来？"颜亿盼问道，她一直好奇翟云忠这个决定。

乔婉杭摇摇头，道："当时我没有猜到，我们做夫妻的时间不知道是不是太长了，麻木了，居然到临了……都没想过要托付我什么事情。"

"是吗？可能担心让你烦忧吧。翟董其实很容易信任别人，对廖森是这样，对我也是。"

"他永远不会相信我能回国帮他。"

"你很有勇气，他在天之灵知道了一定会很安心。"

"他生前和你说过什么？"

颜亿盼顿了顿，说道："他说，'记住你的承诺。它让你坐在了今天这个位置。'"

"什么承诺？"

"我说，我会让工厂开业的鞭炮声响彻整个市区。"颜亿盼语气有些刻意的夸张，说完大笑起来，不知道为什么笑红了眼。

乔婉杭看着她神色沉沉，说道："你做到了。"

"是，做到了，我还升职了呢，可惜不是他亲自签发的……人啊，总是那么多阴差阳错。"

"你也可以不必理会。"乔婉杭笑着靠向椅背，侧着脸看着她说道，"他也许就是随口一说，就你当真了。"

"是啊，就我当真了，我这个人谈不上多聪明，'幸运'二字也从来没在我身上出现过，哪怕有一分收获，都是我十分努力换来的；更多时候，努力都没有收获，只是……如果不努力，我早就烂在泥地里了。所以，我当真了，接了这个活儿。"她说完，笑了笑。

"总经理是你职业规划的终点吗？"

"当然不是，你难道看不出来吗？我野心大着呢。"

"女人有野心总是不太招人待见，我第一次见你，就不喜欢你，还以为翟云忠用你，看重的是你的形象。"

"那必须是。"颜亿盼想到她们第一次相见的场景，都各自防备，各自筹谋着。她笑了起来，看着窗外不断后退的景色，没想到她们现在能坐在一个空间里聊家常。

乔婉杭笑道："这次南下又要遇到那个什么白总，如果比较麻烦，就告诉我，我雇人帮你揍他。"

"我怕他做什么？我请命南下可不是为了这等小事。"

"哦？"乔婉杭看向她，饶有兴致，"说说。"

"是因为，我工作做得不到位，离一线太远了，我要迅速调整自己和团队才能跟上公司现在的变化……你别笑，好像还不相信我，这种高境界的自我检讨，我一般不在私下里说。"

"我信，"乔婉杭虽然这么说，但嘴角还是忍不住上扬，"我知道你想把云威的上下游供应链条完全打通。"

"你懂。"

"我懂。"

"我要是帮你摘了'三不'，你怎么谢我？"

"我把翟云忠欠你的都给你。"

"我要VP（副总裁）的位置。"

"哈哈哈，好。"

偌大的一家公司,这两个女人各奔前程,却玩笑般谈论着公司的权力结构,仿佛这不过是一场桌游,半真半假地玩着,没有人知道她们要的,远不是牌面上那点东西。

乔婉杭看着前方,眼神如海浪反复拍打冲击的礁石,深邃而坚定。颜亿盼闭着眼睛,想着新的角斗场那厮杀的味道。

车外,透过树叶缝隙的光影照在她们的脸上,明明暗暗。

袁州和杨阳已经到了机场,他们将跟随颜亿盼一起南下。

颜亿盼上飞机的时候接到了白总的电话,还是熟悉的味道、熟悉的配方。

"颜总是想要'马'来接,还是'虎'来接?"

"什么?"

"想要我的宝马来接,还是路虎来接?"

"白总太客气,我自己打车就行。"

"你不知道喔,在这里的机场打车很不方便,要拼客,谁知道坐到你身边的是谁?"

颜亿盼心里说,只要不是你就行,嘴上说:"我没那么讲究。"

"关键还得排队等一个多小时,我们这边的经销商已经定好晚上六点给颜总的接风宴,不好让大家久等吧?"

颜亿盼听着他的声音,又想到那天在山上那张油腻的脸,不禁背脊发抖,她赶紧挂了电话,轻叹了一口气,调整了座椅,双手环抱在胸前,靠在椅子上闭目调息。

袁州体胖,刚下飞机就着急换了衣服,这座南方省会城市过早地进入夏季,闷热的雨季遇上云贵高原稀薄的空气,湿热异常。颜亿盼把衬衣里的丝巾给摘了下来。

白总驱来的不是"马",也不是"虎",是一辆车窗摇不上去、款式老旧的黑色高尔夫,颜亿盼坐进去的时候,感到屁股发凉,一摸,外面的毛毛细雨都黏在了座位上。

"白总这是在旧车市场淘到的古董吗?"袁州用换下来的一件外衣擦拭着车座,抱怨道,"我说吴凡怎么就是不肯和我们一起来,估计后面还有好几出戏要唱。"

"到什么山头唱什么戏。"颜亿盼抚了一把被狂风细雨吹乱的头发说道,"入乡随俗。"

杨阳坐在颜亿盼旁边紧张地直点头。

车穿行到了市区,最后停在了他们住的酒店楼下,司机送到后就离开了。他们二人也不知道白总说的经销商见面会是在哪里。杨阳说按照以往的经验一般都是高级餐厅，然后夜总会，但这次颜亿盼来了，他们不知道是否还会安排那种地方。

离聚会的时间还有半小时，他们办理了入住。

颜亿盼上楼后在酒店简单梳洗了一番，妆容画得并不浓，除了漆黑的眼线，口红的颜色也很淡雅。她换上了黑色金丝绒的短西装，里面是鲜艳的红衬衫，少了以往的温柔妩媚，倒是骨子里的英气一点一点渗着衬衫肩部刺绣的纱网透了出来。一般女人很难把魅惑和清冷调和在一起，但是她恰到好处地做到了，这是一个挑起人的欲念，却又让人望而却步的女人。

这次来接他们的是一辆路虎，车穿过了繁华的街区，转入了一个荒野之地，接着来到一片民巷，里面的门廊都是大红色的，路上的灯闪着昏黄的光，小巷里有些安静的酒吧，有人用沧桑沙哑的声音唱着对往事的怀念。

餐厅很高档，周边很荒凉。属于那种法律和鸟屎都到不了的地方。

路虎停在路边，来了两个高壮的男人把他们引到一个红色大门前。他们推门进入，看到里面是一个两层小楼，二楼是一个带有古香古色的亭台，屋顶还是八角的装饰，铺着青石砖瓦，从里面飘来白色的蒸汽和彩色的窗纱，如烟如雾的氛围仿佛时下的穿越剧，颜亿盼一时迷惑。

白总和"品位"这个词丝毫不沾边，这个地方，居然很让人忘俗。

颜亿盼上楼的时候，里面飘飘忽忽传来当地少数民族女子原生态的歌声，伴着脚下踏木地板的声音，勾起她一段没来由的惆怅，抑或说是一种空虚。她走到亭台上，映入眼帘的是几个上身赤裸的年轻男子，脖子上还戴着某种类似犬牙的项链，皮肤黝黑，肌肉线条明晰，他们合着音乐光着脚跳舞。

一股涌上来的男性荷尔蒙气息，在这红红绿绿的纱绸之间弥漫开来，远方的月亮被一片云朵遮了起来，阁楼下的芭蕉叶随风发出沙沙之声，这里格外喧哗，又格外安静。

女人们的声音戛然而止，男人站成两排，看着颜亿盼。男人的尽头是白总，他坐在木制交椅上，旁边的经销商都坐在两边看着这个舞台。

你以为你是来看戏的，没想到你是戏中人。

此刻的颜亿盼站在这个男性荷尔蒙爆棚的中央，说不害怕是假的。但，能同意进入这个虎狼之地，她自然有一些心理准备。

袁州和杨阳被几个大汉支到了一边。

"我和达官贵人们打交道多年，女人内心那点喜好我还是知道的，尤其是徐娘半老的女人……你喜欢的不会是我们这些油腻男人，大概喜欢的是这个调调。怎么样？亿盼，这个欢迎仪式可还满意？"

颜亿盼穿过两排赤裸上身的男性身躯，走到了白总面前，笑道："白总，好大场面。"

白总嘴角扯着阴森的笑，说道："难得你到我们这种山沟沟里，不能委屈了你。"

"西南是国家重点扶持的地方，你不要太谦虚了。"

"还是颜总站位高，说得好，"白总拍了两下手掌，一抬手，大声说道，"既然来了，先尝尝我们这里的酒。"

47.以后靠你们了！

颜亿盼知道，上次白总憋着一股求而不得的怨气，加之云威的冷处理，让他颜面全无，这次到了他的地盘，不知要怎么让她出丑才能解气。两个帅气的小伙子一人抱了一坛子酒走上前来。放在她面前的不是酒杯，亦不是酒碗，而是一个银色的舀子，清透的酒倒了下来，酒精浓重的气味四下漫开，满满一大舀，至少是一瓶五粮液的量。

杨阳从旁边硬是挤了出来，说道："白总，我们颜总不善饮酒，这酒，我来替她。"

袁州看着这个场面，缩在一角不敢造次。

白总一把拦住杨阳："在这个房间里的都是我老鳖的兄弟，云贵川这一带的信息化建设也都是我们在底下硬扛着。你来喝这个酒，恐怕没有资格。"

"这酒每个人都要喝，这是这里的风俗。喝了酒再坐下来吃饭。"旁边的供应商说道。

男人把银色的大舀子捧在了颜亿盼眼前，露出标准的八颗牙笑容，声音洪亮地说道："贵客先喝第一口。"

颜亿盼知道躲不过，接了过来，喝了一口。

旁边的女人开始唱劝酒歌，边唱边跳，木板上发出有节奏的踢踏声，旁边的女人用一个长嘴壶添酒，这个舀子依然是满的。

不知喝了多少，颜亿盼知道自己恐怕要扛不住了，旁边女人的歌声才停了。他们收回了舀子。

"我问过你们部门的人，你不吃家禽，这次，鸡鸭肉，我们这里一点都没有，菜品都是这里的山民亲自采摘的。"

菜的种类很多，除了野菜、蘑菇外，还有大量蚂蚱、虫子之类的，看着服务员递过来的筷子，颜亿盼接了过来，只夹了口蘑菇，可白总不干，直接在她碗里放了某种张牙舞爪的虫子，看着她。那样子，如果不吃，就是看不起他。

她真的就放在了嘴里，强忍着咬了一口，那虫子居然还爆浆，她无法自控地转身跑到旁边一个垃圾桶里吐了出来，干呕了几下，就听到白总笑着揶揄道："想要

195

打开西南市场，就得先适应西南的饭菜！颜总，你这样好没诚意哦！"

颜亿盼无奈，再次回去，发现碗里又多了一条虫子，这一次，她一口吃了下去，这虫子还行，咯嘣脆。

接下来，经销商们才满意地都开始大动筷子。席间，还不忘继续劝酒。袁州、杨阳终究没有躲过这一劫。

没过多久，杨阳就倒在了一边，袁州半醉不醉的，还和人东拉西扯。

颜亿盼体质不错，有几分抵御力，只是眼前这些男人都久经沙场，这一次定主意不打算让她站着走出这里。她如果失态了，闹出什么不堪入目的桃色新闻，正好合了总部那些虎视眈眈的人的口味。到那时，她还谈什么逆风翻盘，只怕早被掀翻在众人的唾弃中了。

凭着一丝仅存的清醒，颜亿盼从包里拿出了一份文件。这份文件是那天乔婉杭在顶楼给她的。

她知道，这份报告如果公布了，白总和云威的合作也就终止了。

此刻，在这个酒场中，她从口袋里拿出这份文件，另一只手不听使唤地把包用力地摔在了背后的竹藤沙发上。

"这份报告，是云威对你我关系的一个解读，好像和您的投诉信不太一样哦。"

白总眼睛冒着一股邪火，恨不得把这份报告彻底烧了："我还怕这个不成？常在河边走，哪有不湿鞋。"

"就是，我们白总从来不管这些个花边新闻，今天来这里，还是嫂子亲自送过来的，一会儿嫂子还得开车来接，对吧，白总。"旁边一个经销商笑道。

"女人嘛，最重要就是识时务。"还有人在一边帮腔。

众人大笑起来。

"我在云威总部的时候，听过一句话，没有哪个男人能抵挡颜亿盼的笑，"白总收起了笑容，看着颜亿盼手里的那份资料，他一个做生意的，声誉，不可能不在乎，他接着说道，"但，有人也告诉过我，没有谁能抵挡颜亿盼的明枪暗箭。"

众人在这个氛围中，开始对那份资料感兴趣了，都盯着不动了。

"哈哈哈哈哈。"不知是酒坏了心智，还是酒壮人胆，颜亿盼几乎要笑出泪来，甩了甩手里的报告，发出沙沙声，她看着白总盯着报告移动的眼睛，笑道："白总，你的眼神出卖了你。"

白总双颊憋得通红，咬牙说道："我在乎的是你颜总的脸面。毕竟，你的脸面，就是云威的脸面。"

颜亿盼把这份报告啪的一下拍到了桌子上，嗤笑了一声："你们都搞错了一点，就是，我呀，不在乎别人怎么说我，我自己是什么人不用别人评判，这种官方文件，我没有兴趣。"

白总双手支在桌子上，身体前倾地看着略有醉意的颜亿盼，那魅惑的一抹笑意挠到了他的心底，但又不知在哪里有一种尖锐的刺正在暗处生长，让人不敢接近。

空气中最初的檀香变成了一股酒肉臭。颜亿盼觉得眼晕，感到手脚无力，旁边两个男人上前想来搀扶，被她一把打开。

她扫了一眼在座的男人们，接着道："在云威，以后谁说了算，没人知道。这里，是我重新上路的地方，你们送了我一程，我会记得这个好。西南一直不在策略重点上，白总被别的区域压着，心里不好过，我懂。但越是没有开发的地方，以后上升的空间就越大。白总也是生意人，结交生意伙伴，哪怕多个知己，总好过沾染桃花惹了一身祸好。"

沉默，窗边的夜风一吹，窗户吱嘎晃了一声。

大家清醒了些，在座的其他男士不敢再轻举妄动。

"你说这些，没用！酒还是要继续喝，不过三巡，不准回家！这是规矩。"白总再次抬手，举起酒杯置于两人的中间，收敛笑容，说道，"亿盼，请。"

颜亿盼的确有些眩晕之感，旁边男人的躯体泛着铜色的光，在她身边为她布菜。

旁边的女人把酒壶拿来，又低声唱了起来。

颜亿盼低头看着眼前的酒，轻轻推开。女人们也感到气氛不对，都没再唱了，不知所措地看着这个场景。

"白总，贵州南边五个市区所有合作社的项目，"颜亿盼开口说道，"现在都在国兴手里。三年前的一个夏天，您顶着四十度的高温，在客户办公楼外面等了七个小时，就想让合作社的一个领导分给你一个单子。"

白总听到这里，脸色难看极了，这是他的挫败，他的伤心事。

"你一个公司老总，连着拜访他们不下十次，还亲自扛着主机设备过去，准备做现场演示，可人家就是推脱，最后一次你在门口等到中暑晕厥了，被120接走了，对方才答应给你一单，可临到签合同，还是反悔了。国兴手底下六十多单，最小的一单都不肯让给你。"颜亿盼继续说道，眼里似乎沉了深不见底的潭。

白总握着酒杯的手有些发抖。

"我是从营销做起来的，如果您信我，我在这里帮你拿下五个单子，切开一个口子，"颜亿盼抬了抬手伸开五指放在白总眼前，白总头往后靠了靠，眯了眯眼，颜亿盼继续说道，"咱们一起把手里的业绩做大，云威西南靠你们，我颜亿盼能不能再挺直腰杆回集团，也靠你们了。"

白总打量着颜亿盼，忽而笑了一声。

颜亿盼拿起桌子上的报告，往屋顶一撒，印刻着白总糗事的黑字白纸哗地四处

197

飘飞，一张纸划过白总发抖的脸颊。

几个经销商恶作剧似的去抢："看白总上次从云威总部回来就没怎么笑过，到底什么事儿！"

文件被他们一人几张地分着。

白总吼了一声："放下！"

几个人赶紧把文件放下。

漂亮的女人人豺狼虎豹之地，最好的护身符就是心底那最尖锐、最冰冷的傲骨，无论她给自己包裹了几层柔软外衣，这份傲骨透出的寒意在男人眼里都变得难以亲狎，不可亵玩。

"一言为定！"白总放下了酒杯，眼里恢复了商人的精明和狼性，"单子拿不到，我不会放你回云威。"

"一言为定。"颜亿盼手也有些不听使唤，居然举起来，伸出小手指晃了晃，白总看着她的小手指，有些发愣，过了一会儿，才伸出粗糙的大手，两人小指一勾，大拇指一贴，做了一个拉钩盖章的动作。

白总此刻恶作剧的心态早已烟消云散。

颜亿盼松开了手，带着杨阳和袁州离开了这个酒肉之地。

白总看着楼梯口消失的身影，不自觉嘴角上扬。那日在山上，他本没有醉意，也没有醋意，但实在看不过众人对国兴"大伯"的追捧，才闹了一出，表面针对的是颜亿盼，实际针对的是云威策略的偏颇。本想借此次颜亿盼被贬，让她大出洋相，打脸云威，但这个女人亮明了底线，他不得不收手了。

当晚，颜亿盼收到白总发来的五个他最想切开的客户名单。

48.上山下海

第二天一早，他们便来到了白总的伤心地。

"这是一个乡镇合作社，有固定的采购清单采买设备，但是软件和硬件系统每过三年都可以选择更新换代，因为地方情况都不同，合作社的需求也不同，所以，他们都有自主采购空间。这个狭小的空间，就是他们渗透整个乡镇合作社乃至乡镇企业的切口。

"这里的民风淳朴粗犷，信息化程度不高，国家为了推动地方信息化建设，会给这里的乡镇干部和乡镇企业家做培训，只是次数有限。而国兴厉害的地方在于，他们为了培养市场，长期给这些人免费培训。被培训的人里面，有采购的决策者，也有系统的使用者。"白总的销售在车上给颜亿盼介绍即将拜访的客户。

也正因为如此，身为地头蛇的白总没有外来的和尚会念经，这几年在市场上节节败退。颜亿盼心里想着。

到了地方以后，一个叫孟尧的技术总监接待了他们，孟尧戴着黑框眼镜，穿着很板正的白衬衣，衬衣最上面的纽扣都是扣着的，不知道是不是领口扣得太紧，总是微微昂头。他和颜亿盼轻轻握了一下手，语气上还是很热情："你们坐啊，白总和我是老熟人了，在贵州一代，我们不懂的都问他。"

"孟总太谦虚了，我们公司里要有孟总这样的人才，全国市场都拿下来啦！"白总扯着嘴角笑道。

孟尧笑了笑，转身出去，让人给他们倒了茶，回来还没坐下，就又被人叫过去处理事情。

"孟尧在成都电子科技大学本科毕业，在省里读了在职研究生，回来跟着自己的中学老师创业。"销售继续向颜亿盼介绍着情况。

颜亿盼这次只带了袁州过来，杨阳留在办公室整理云贵川一带的销售数据。

他们又开始等待了。

白总看样子也没抱什么希望，在一边翻着杂志，见人还没回来，又随手刷着短视频，一个人在那儿傻笑。

颜亿盼干等半小时不见人过来，也出去了，借着找厕所的机会看了看这个四层办公楼。周边都是村庄，这个小楼的设计款式虽老，但窗户、瓷砖和墙面都做了翻新。

办公的人看着并不忙，有好几个办公室还都空着。中年人比较多，除了孟尧，只有前台接待和技术部有几个年轻人。

楼外的应急铁楼梯旁边，颜亿盼听到孟尧和一个四五十岁的中年男人正讨论着什么。

"太急了吧！"中年男人有些激动地说了一句，"山东那边的运输渠道都没搞清楚，就订货？"

"老王，一台电脑胜过一百条腿。"孟尧推了推眼镜说道。接着，他声音又低了下去。

颜亿盼以打电话的姿态，给那二人拍了照，走了四个楼层才找到厕所，也差不多把这个地方的办公信息化程度大致了解了一下。

办公的笔记本、台式机、监控还有会议系统，都是清一色的国兴产品，看起来还比较老旧，从他们给老乡们发的宣传资料来看，这个合作社是想建立一个全国网络销售体系。

颜亿盼回来的时候，把宣传资料给销售，销售介绍道："云贵川一代，抱团意识很强，因为很多人不懂，他们都是看着隔壁乡买什么，他们就照着采购。"

"这个老王，"颜亿盼把手机照片给销售看，问道，"是负责什么的？"

"这是生产总监。"销售说道，"不管技术，所以我们一直对接孟尧。"

"老王看着不像做管理的。"颜亿盼和销售闲聊起来。

"他和理事长是发小,一起创业的,不过思维还是跟不上,现在搞下乡采购跑腿的活。"白总坐在一边听他们聊,也加入了进来,"这孟尧来这里六七年吧,实操管理的工作都是他来。"

"他们说副理事长的职位会给他。"销售低声说道。

又等了好一会儿,颜亿盼低声让袁州去跟楼下负责接待的小姑娘去聊聊,袁州接到任务就立刻起身去了。

等了将近两个小时,孟尧才进来,说道:"不好意思啊,白总,又让你们等。"

"没事,没事。就是带着云威的颜总来了解情况,别耽误你工作。"白总笑眯眯地说道。

孟尧把他们带进了自己的办公室,办公室里不大,养了金鱼,还种了花草,书柜里的书籍摆放得很整齐。

"下半年我们也响应上面的号召,推动网络入户。白总应该知道我们这里地方蛮小的,还是要按流程来,白总上周给的方案我们也看了,但觉得还是不够细节,有些报价也不够详细。"

"这主要还是看你们给的数据,现在几个乡的数据还不全,"销售说道,"做系统集成设计,用户数据越全,需求提得越具体,效果就越好。"

"这个我们还在收集,两手准备吧。"孟尧说道。

一行人简单交流了一下整个招投标的方向,孟尧对云威提供的系统参数很在意,做了很详细的记录。

颜亿盼说道:"如果需要,我们可以从云威调工程师来支持。"

"那好啊!"孟尧眼睛明显一亮,说道,"我们这里最需要的就是有科技人才来给他们提升认知。"

"我们加个微信?"颜亿盼举了举手机问道。

孟尧赶紧拿出手机把二维码打开。

颜亿盼和孟尧互加微信后,简单聊了聊大致的规划,就出来了。

出来的时候,袁州正和小姑娘聊得开心,脸上的笑容都要溢满了。

几人往外面停车的地方走去。

"都聊什么了?"颜亿盼问道,"都舍不得走了。"

"小姑娘说下次要带我去他们那的山里玩,"袁州颇有些自得,"我今天才知道,国兴的服务真是不错,人家都会派专人下乡回访。白总的南通可不好插一脚。"

"那负责人情况怎么样?"

"理事长基本不在这边，这栋楼基本就是孟尧守着。孟尧挺公事公办的，平时还喜欢到外地听讲座，哦，对了，"袁州指了指外面停的一排车，"还跟她聊了聊这外头的车是谁的。"

"孟尧开什么车？"颜亿盼随口问道。

"宝马mini，"袁州指着靠门口右侧的车，"二手的。"

"他们理事长呢。"

"那辆宝马X5，是理事长的。"袁州往门右侧的停车位一指。

"那是他的公务车，私家车是辆德国原装进口的'探岳'，每年都会开车进藏拍照，搞得特别有腔调，这会又不知道上哪去骚了。"白总撇嘴闷声说道。

"别看是小乡镇，车普及率挺高的，"袁州往门口一排停车位指了指说道，"年轻的基本都有车，几万、十几万的都有，管理层买大众的比较多。"

几人聊着聊着，就上了白总的路虎，这时候一辆三轮摩托突然蹿出来，声音巨大，从路虎边上开过。

开车的是老王，来去匆匆地。

"咱得让他，"销售笑了起来，"他下乡都是开这个。"

"据说还在学车……还翻过车，人滚到农田里了，"袁州一边笑嘻嘻地冲老王挥手，也不知人家看没看他，一边介绍着老王的糗事，"还被人拍到网上去了……点击过千万了。"

镇上路窄，车跟在老王三轮车屁股后一阵黑烟里，白总小心地踩着油门，不敢快半步，开得那叫一个憋屈。

袁州倒是说得欢："那个孟尧没有女朋友，去年网恋'见光死'，白总，咱们给他物色个女朋友估计这单有戏。"

"你别瞎指挥了，"白总很憋屈，说话一点也不客气，"要介绍他看不上的，孟尧那个劲儿，估计以为我们看不起他。"

"孟尧那个气质开Mini都像借来的，他还看不起人呢？"袁州损人也挺狠的。

"哈哈，"销售也笑了起来，"关键咱们公司女的本来就少，眼光还高，要把孟尧撅了，这一单就彻底没戏了。"

几人路上又分析了一遍这个合作社的需求，觉得可能还是没有找到他们的痛点。

颜亿盼坐在后座，听着他们有一搭没一搭地聊着，在手机上查看孟尧的微信，看到孟尧微信上还推荐了微信读书，于是又顺着微信读书翻阅他看过的书。

袁州坐在后座中央，伸着脖子也看过来，低声说道："看不出来，他这么年轻还读《易经》……"

车从镇里回到市区的时候，颜亿盼问白总："你们有客户分级吗？"

"客户分级？你们云威搞的那一套在这里不时兴，"白总看着窗外，不以为然，"就这一片，我闭着眼都知道他们晚上在哪片田里撒尿，那些分级表格就搁在电脑里，没人看。"

"你说，孟尧这种客户属于哪一级？"颜亿盼侧过脸看着白总，问道。

"S级，超级潜力股……"白总闷声咬牙说道。

那天从孟尧那里回来以后，白总见她也没有找到突破口，对颜亿盼就爱答不理。颜亿盼大多数时候就跟着白总南通公司的销售见不同的客户。集成云威芯片的主板在这里的销售渠道可以用一个"乱"字形容，有的卖给了郊区的工厂，她在轰隆隆的车间运转的声音中，记录着用户对产品的反馈，稍不注意，脸上就被糊上一层黑色的煤灰。她记不清多少个日夜，她回到宾馆倒头就睡，也数不清有多少夜晚被关节炎疼醒，第二天，贴了膏药，又继续上路。

西南一带的阳光都很炙热，白天烤晒得人直发晕，凭空让人生出一股粗粝而鲜明的"活下去"的力量，支撑她不停地走。

第二天，她早起去一个边远小县城的敬老院，这里的主板应用在家用电脑里，老人对电脑速度没有要求，不过是用来翻看新闻、听听老歌，他们在查看老人使用情况时，还不得不帮老人进行了软件杀毒……

在西南区的集成云威芯片的产品，只有你想不到，没有你看不到。渠道非常怪异而又灵活，这是别的一线城市所没有的。

她回去的路上，从口袋里掏出一些吃的放在口里，发出了咔嗞咔嗞的声音。

"领导，你在吃什么？"杨阳问道。

"你要吗？"

杨阳好奇地伸出手，颜亿盼在他手心放了一条炸得金黄的虫子，杨阳吓得赶紧扔了。

"这是刚刚出来的时候那个老人塞给我的。"颜亿盼说完，咔嗞又咬了一口，其实那天夜里，吃了那些"野味"之后，她真的就适应了。

杨阳忍俊不禁，谁能料到，平时衣服上连一个多余的褶皱都没有的颜亿盼，此刻会穿着橡胶雨鞋在风雨天里四处走访，嘴里嚼着虫子。

南方多雨水，她小时候的病根复发，脚踝的关节疼得要命，全天贴着一块膏药，由于空气潮湿，皮都破了。

那天夜里，她月经来潮，一个人在床上疼得打滚，吃了两片止痛药，依然不管用，直到凌晨她才睡了过去。昏昏沉沉中，她梦见跟着母亲走到不同村落里，上村民家卖家禽，走村串巷，鸡鸭鹅叫，乱糟糟一片，脚步不停歇地往前赶着，脚底下硌着尖尖的石头，身上蹭着山石，浑身都疼，忽然疼醒过来，她索性从床上起来，站在窗外看着洱海，月光点点荡漾在湖面上。

她看着碧绿的河水和上面荡漾着的芦苇，回想儿时自己和妈妈急匆匆地沿着河边走，听到河边常常有乡民唱一些山歌。

她不自觉地哼着他们唱的歌："东江啊东江，美丽的东江，你就像那神女的泪水，抚慰我的心灵。"

颜亿盼停下来，看着无边的湖水，才想起，这不是自己家乡的河流，这里也没有家。

心里突然很是难过，拿起手机想给程远打个电话，发现是半夜三点，最后又收起了手机。

第二天，颜亿盼照常起来，昨晚那湿淋淋的离愁别绪在炙热的阳光下被烘干了一般，不见踪影。

好在没憋好事的白总给她排满了奇葩客户，让她余不出更多时间来矫情。

那天，名单上有个客户一直拒绝见白总这边的人，颜亿盼不得不上门拜访。她和杨阳刚进去，杨阳手里拿着的产品介绍单还没递出去，对方直接手一甩，喊道："走开！"

动作太大，茶几上的烟灰缸甩在了颜亿盼的肚子上，颜亿盼都没来得及挡，肚子上就砸满了烟灰。

杨阳冲上前正要发火，被颜亿盼拦住了，她拍了拍衣服上的烟灰，又把烟灰缸捡起来放了回去。

对方也僵在那里，看着眼前遭了袭击的女人，一时不知该道歉还是该轰人。

"现在您能听我介绍一下云威的系统集成方案了吗？"颜亿盼笑了笑问道，"还是我听您说，为什么发这么大的火？"

对方看着女人衣服上沾的烟灰，抬手让他们坐下来，缓了缓才说道："你们的系统本来就没什么优势，经销商的服务还跟不上，平时吧，老子也就认了，卡了就重启，慢了就删文件，可那天是我们集团老总来视察，一个交易系统硬是走不通顺，我们外贸部现场就哭了……你们那个白总，还拖着半天不来……哎，我真的被他气得要吐血。"

颜亿盼听了人家倒了一下午苦水，回到公司后没来得及更换弄脏的衣服，也没和白总多说什么，就在云威分公司和杨阳袁州开始整理白总那个不完善的客户分级。

他们这段时间以云威客服代表的身份去做了调研，把终端用户的使用体验摸了个清清楚楚。

"世界上最大的错觉是什么？"杨阳那天问袁州。

"她也爱我。"袁州笑嘻嘻地答道，"不是网上说的吗？以为自己暗恋的人也爱自己是最大的错觉。"

"不，"杨阳拿着小本本说："是以为客户对我很满意。"

一个周末的下午，他们见完客户，就在满是蚊子的葡萄架下整理资料，讲述着各自见客户的奇葩经历。

"你看啊，这是一个卖干鱼的老板说的，别小看他，他的产品都出口东南亚的……"杨阳见袁州有些不屑，就停下来，直到袁州正视他，他才接着说，"他的公司不再用白总的系统，是因为白总每次对问题的处理都很慢；还有这个高校机房，同样的设备，同样的云威系统，人家从另一家经销商那里拿的价格就便宜，可是他们从来不和销售反馈，怕那些辛苦的技术人员挨罚。所以，他们表面都说，你特别好，这次不选你，也许下次会选你。"

"一个是客服问题，一个是供应链价格管理问题，"颜亿盼说道，"先记下来，咱们一个一个解决。"

"孟尧那边，他们说下个月就报价了。"袁州这个月主要负责攻克孟尧，说，"这人好像是白总的心病。"

"就是等他等到中暑惊厥的。"颜亿盼说道。

49.复杂的是人心

颜亿盼把这些资料准备好，去了白总的办公室一趟。她知道，如果不把孟尧这座堡垒攻下来，白总不可能配合她接下来的任何工作。

白总当时正要出去跟人喝酒，被她硬生生给留了下来，因为谈到了他的念念不忘以及求而不得。

"孟尧的评级，不应该到S级，也就是你说的超级潜力股。"颜亿盼指着电脑里的表格说道。

"那是哪一级？我都把他当天王老子供着了，还不够？"白总斜乜了颜亿盼一眼，不忿地说道。

"我觉得他应该放在L级，也就是最低一级。"

"不值得做任何投入的那一级？"白总看着这个表格，忽而笑了一声，说道，"你搞不定，就劝我放弃？你就这点本事？"

颜亿盼不紧不慢地翻出了这段时间袁州拜访孟尧求合影的照片，包括他的书柜和社交平台，如同把一个痴心汉从变心的人身边拉回一般，耐心而冷静地说道："孟尧是国兴的忠实客户，而且达到了粉丝级别，他书柜里有赵正华的内部演讲手册。"

照片被颜亿盼拉到最大，像警察探案一样。

"销售硬送的吧。"痴心汉白总挥挥手，不相信。

"哪个销售会自恋到把枯燥的领导内部发言给客户？而且你看这纸张，都发黑了，"颜亿盼点着照片的细节，不紧不慢地介绍道，"我估计他看过很多遍，很大可能是他管国兴销售要的，或者是销售投其所好，你再看他的微信读书读完记录，有一本是国兴的营销策略相关图书，一本是赵正华在微博上推荐的易经讲解，还有微博的一条转发内容，是国兴的科技园区版图……"

颜亿盼看出来孟尧身上的书生特质，直接从他的阅读习惯入手调查他。

"没听他说啊……"白总也有些纳闷了，说话的声音有些发紧，"他说我们也是很好的，关键价格还便宜。"

"刚开始他也是这么跟我说的，说会继续和理事长推荐你的南通。不过呢，得知我们云威和赵正华有合作计划以后，他态度就坦诚了一些。"

"你诈他？"白总的眼睛凝成三角形，透着精光看着颜亿盼。

"不是诈他，是投其所好。"颜亿盼微微一笑。

"美女说话，他还是会信的，何况是颜总这样有才有权的美女。"白总扯着嘴角，笑道。

"我前几天在微信单独和他聊了聊，也表达了对国兴的欣赏，他说……"颜亿盼边说边调出了聊天记录给白总听。

孟尧的声音传来："云威如果和国兴合作，我不会犹豫。"

白总听着，当时脸就憋白了，而且还自虐地让她反复播放，要下某种决心一样。

最后颜亿盼无情地总结道："白总，你连他的备胎都算不上，就是他和国兴约会时一起吃的爆米花。"

白总低声骂了一句，那样子快要哭了。

"不能怪你，"颜亿盼缓声安慰道，"和他这种技术派，打感情牌是没用的。"

"我知道，就是投入越大，越不甘心。"白总说道，手肘撑着膝盖，低着头，双手用力摩挲着满是疲惫的脸，"老子真是栽到这小子手里了。"

"我们换个人……隔壁老王，是个不错的选择，"颜亿盼把他们这段时间接触老王的资料递给白总，"他手底下是实打实的用户，采购不但要看决策者，还要听使用者意见吧……"

"哎！这么多年了，他就是不上道，土了吧唧的上不来台面，理事长看不上他。"

"他是理事长的发小，但凡他有一点思想觉悟，理事长不会不给他机会。"

"要给早给了。"

"我们不需要他做什么，只需要他站在我们这边。"

白总想了想，发现也没有别的路子，脑子立刻又转弯了，问道："不会吧，我要给他送车吗？"

这些管理层，只有老王是没私家车的。

"……"颜亿盼看着他，像看一个不解风情的土豪。

事实上，说孟尧偏向国兴，是客观的，看整栋楼的配备也能看出来；说孟尧是国兴的死忠粉，颜亿盼还是有自我暗示的成分，孟尧在微博里也赞扬过云威的技术突破，和孟尧的微信聊天中，她也是带有引导性质。

颜亿盼有一个很突出的优点，就是懂得自己的局限在哪里，白总六年拼了老命都没拿下孟尧，现在她来了，条件并没有发生太多变化，她凭什么能得到不同的结果？最后，只能说服白总移情别恋。

白总做客户关系总是以为在饭桌上，从来没想过可以在车上。

他开着自己的宝马，陪着老王天天在乡村刚修一半的马路上练车，一陪就是一个月。

那天，颜亿盼要下乡调研，老王陪同，并且非要亲自开车送她过去。白总立刻把驾驶位让了出来。颜亿盼可不是个胆子大的，避开老王能看到的空间，用无声的口型对白总说："行吗？"

看她紧张的模样，白总不禁笑了，坦然地大声说道："王主任现在技术可好了，人家也是有驾驶本的，这段时间上手特别快。这又是他的地盘，路也熟，肯定没问题。"

白总说完，就上了副驾驶。

老王还特别绅士地替颜亿盼拉开了车后座的门。

"颜总，上啊。"白总从副驾驶探出脑袋催促着，还挤眉弄眼地小声说，"我车好，没事。"

颜亿盼用力牵扯两颊的肌肉，挤出个笑容来，坐上了车后座，并迅速系好了安全带。

车启动了，在路上还算平稳。

"王主任就是很有天赋，我这路虎重，方向盘不好操纵，一般人开不了，王主任一下就开起来了。"白总在一旁笑道。

"是啊，还挺稳当的。"颜亿盼跟着附和。

车转弯进了乡村的水泥路。两边都种满了水稻，一派田园风光。

"连转弯都这么溜。"白总夸耀道。

"我以前在这里翻过车呢。"老王撇着嘴说道。

"在哪里跌倒就在哪里爬起来。"颜亿盼立刻给了他一个鼓励。

老王颇为得意，为显示自己的进步……下一秒，就把车开到了田埂里。

那车一头栽进了泥地里，好好的一辆路虎，看起来像是被人把头摁在泥地里揍了一顿，车的引擎盖还翘起来了，好像在喊：疼啊，疼啊。

"不是大问题，路上石头太多了。"白总吓得脸通红，还不忘安慰老王。

"是，是。"颜亿盼抹了抹额头上的一把汗，"踩个油门就出去了。"

可老王踩了半天油门，也没有出去。

"我这车太旧了，不好意思，我下去推一推。"白总立刻解了安全带。

"我也下去帮忙。"颜亿盼不想再坐在这个歪在一边的车里，故作镇静地逃离出来。

她和白总都推着后备厢，用力给老王推车。

这老王一个油门加速，滚动的车轮直接给颜亿盼和白总两个人脸上和身上甩了一圈黑泥。

两人都茫然无语地看着对方，接着，不得不顶着一身泥，继续上车鼓励老王。

"往前开就是了。"白总擦了一把额头上的泥土，坐上副驾驶继续说道，"开得挺好的，一般人都不知道怎么开出坑呢。"

刚开出了坑，进了乡间道路，颜亿盼脸上的泥还没擦干净，车再次发生了侧翻，歪着滑进了水塘里。

颜亿盼已经忘了自己是怎么歪着身子被白总拉着爬出车厢的。

白总蹲在侧翻的车上，一手抽着烟，一手拿着手机通知拖车公司和保险公司，挂了电话，还继续说道："我这车不行，油门太活了，刹车又太猛。"

"哎呀，这修车费我给你出吧？"老王浑身湿透坐在马路边，皱着脸说道。

"没事没事，有保险。"白总大手一挥说道，见老王还很紧张，从车上跳下来，手搭在老王的肩膀上又接着说，"路太窄，车太宽，你最后那一下换挡救了我们，不然这车要开到水塘中央，我和颜总都爬不出来了。"

"是，我最后觉得该降速。"老王红着脸点头说道，感觉有被安慰到。

"降速就对了，如果是我开，都反应不过来，得谢谢你救了我们的命。"白总说得太真诚了，眼泪都顺着泥流了下来，他又赶紧抹了。

"是的，放心吧，这些都很正常，每个新手上路都要经历的。"颜亿盼半只脚刚从水塘里抽出来，拿着纸巾擦着额头，身心疲惫也得安抚自信受损的老王，还挑眉笑看白总道，"白总不止一辆车，除了'虎'，还有'马'呢。"

"是，是，这车太重了，下次换辆轻的练。"白总龇着牙笑道，在老王看不到的地方，很不舍地摸了摸自己的爱车。

颜亿盼和白总有个共同的特点，就是对已经造成的损失从不怨天尤人，如果可以通过这个损失形成新的效益，他们忍着痛也会继续往前推一把。

这一幕被乡村网红拍了短视频放在网上，引来网友纷纷点赞，一连串哈哈哈哈哈哈刷满了屏幕，还有人安慰视频里这个美女：没什么大不了的，换个星球生活就行。

销售就更忙了，带着老王泡网吧，教他用系统，一对一服务教学。

用销售的话说：“我教自家孩子都没这么耐心，从敲字，到拼音，天哪，最后才想到给他买个写字板……”

隔壁老王起步虽晚，但学习积极性高，憋着劲似的证明自己，两个月时间，不但能正常开车上道，系统采买也上了道。

白总自然不用送车、送电脑。老王跟着政策发家致富那么多年，家底是有的，操守也是有的。

只是，他自己买车那天，非要土了吧唧在车前盖上挂个大红花，还放鞭炮，引众人围观，还对人大喊："我这可是新车！新车呐！"

导致孟尧那辆二手小Mini停在他旁边矮了一截。

白总这次竞标也留了心眼，给了孟尧一个错误的报价预判，预估他会透露给国兴；而另一边，老王也给他们透露了一个国兴的价格区间，孰真孰假，全凭各自的经验判断。

老王真是压抑太久了，评标时咬死了国兴，把过去使用国兴系统的问题在理事长那里说了个遍，还叫来乡里乡亲几个技术人员佐证。

总之，这家合作社最终决定在下半年采购一批集成云威芯片的系统。

对很多事情来说，较量的是实力，而障碍永远是人心。两个月切开一个口子，说容易也容易，说难也难。

白总对颜亿盼的态度，也转变了。

三个月过去了，她以为自己会和过去那些发配边疆的大臣一般受尽苦楚和折磨，搞不好还客死异乡。

然而并没有，在她觉得自己快要坚持不了的时候，白总让她体会了一把西南群众的热情好客。

这里已经发展成了5A级景区，如果没有发展成景区，那就是原生态的体验和永远比城市慢半拍的节奏。

她来到这里，有点后悔来晚了，如果早来一周，还能参加当地的火把节，看火把舞。现在只能参加祭龙节、跳公节、牯藏节，看孔雀舞、芦笙舞和羊皮鼓舞。

她也总算明白，为什么西南区的市场打不开，为什么核心永远在华东。

因为西南这一边，真心没几个人想搞事业。

吃的东西很合她的胃口。甜的、酸的、辣的变着花样出现在餐桌上。

夏末时节，鲜花铺满了整个街道，空气都是香的。

她想忘了云威的一切。

这里的小伙子都有着棕色的皮肤和爽朗的性格,她甚至想忘了程远。

她带来的随从袁州和杨阳在酒吧一条街里流连忘返,两个相貌平平的男生抛弃了公司培养出来的阶级友情,都让对方滚远一点,以免影响自己艳遇。

西南市场真是个好地方啊!

这片亚热带地区的风情与高效率的芯片气质不同。即便她一家家走访经销商,那些人也都是在吃吃喝喝走街串巷中聊业务。

袁州跟着当地销售去见拜访政府,不到一个月整个人又胖了一圈。

基于这样一个环境,白总以为颜亿盼会乐不思蜀。

正在愉快相处中,颜亿盼猝不及防给白总定了一个《售后反应机制》,对标云威的体系。

"就一个要求,您的工程师永远都比国兴工程师早一步到现场。"颜亿盼说道。

白总放下了手里的筷子,唤醒了内心那一点点不甘和复仇的决心,举双手赞同,并且让员工全部签下了协议。

西南区,这一带享受型地域逐渐有了一丝专业化程度。

工作还是要继续,云威也没有任何要把她召回的通知。

颜亿盼前一天走村下乡,第二天又被一个经销商带着去参加当地一个学校信息化建设项目,观摩了整个学校以后,他们几个人在大楼下的操场上等着工程师调试设备,几个人就坐在树下石墩上避暑,看那帮孩子拿棍子打枇杷吃。

日光灼灼,头顶上的枇杷散发着诱人的香甜气味,孩子们欢闹的声音萦绕耳边。

枇杷一个一个落到孩子们准备的大口袋里,杨阳问他们要了一个大的抛给颜亿盼,她起身抬手一接,没留意脚下,脚歪到了坑里,摔倒在水泥地上,握着枇杷的那只手硬生生磕在地上,手腕脱臼了。

工伤。就为了一个枇杷。

她没倒在见客户的跋山涉水中,也没倒在客户的烟灰缸下,倒在了一棵满是香味的枇杷树下。

几个人着急忙慌地把她往县城医院送。

袁州得知,非要赶过来,还扛着个大单反,拍了一张她打着石膏还站在医院过道和经销商沟通的照片,夕阳透过尽头的窗户,影子拉得老长,金灿灿的过道上,气氛是期待的、热切的、殷勤的。

袁州把照片发回公司里,还逼迫Amy写一篇感人肺腑的文章,说颜总怎么怎么辛苦,怎么怎么拼命,病痛中不忘工作,简直是云威爱岗敬业第一人,她的照片就这样登在了公司内刊首页上。

如果那些人见到她一手打石膏，一手吃丝娃娃的样子，估计宣传效果会大打折扣。大家有没有感动不知道，但是公司BBS上，都在讨论颜总怎么变得这么黑了。

很奇怪的是，这一周，程远没有给她电话。两人平时聊天本来就少，这个时候，也没见他过来表现一下心疼或者嘲笑一下她的装扮什么的。

估计是在研发关键期，她也就不去打搅他了。

他们的交流总是维持在一个极简的状态，她不会去拍照给他看自己被烟灰缸砸青了的肚子，更不会给他展示新摘的枇杷。他也很少跟她分享研发的艰难和突破难题的喜悦。

二人都在忙着人生大事，儿女情长无处着落。

西南区该见的人都见了，该调查的情况都调查了，向总部云威汇报的报告是不能不写的。

某个周末，颜亿盼团队向总部寄送了一份调查报告：《公平出货政策》。

经过她这几个月来的调研，从集成商、经销商，再到终端消费者，她发现西南区的供货渠道很乱，价格体系更乱，都是按照关系亲疏来给折扣和返点，导致新的经销商进不来，老的经销商没有干劲，消费者对于云威的芯片没有品牌认知，哪儿便宜就上哪儿买。

所以，她的想法是：拒绝返点和差别折扣，在全国市场形成一个公开透明的供应链管理体系。

她通过视讯会议向总部汇报了这个计划，廖森说要和几个业务部门沟通后确定。

大概过了两周，给出了答复，西南区可以试推广，但是华东区、华北区销售的反对声音还是很大，全国推广依然没有完成。

不知是不是颜亿盼的调查加游说的作用，还是因为公平的出货价格，西南区第三季度的销售额比上个季度增长了17%。有起色，但离业绩还是有一段距离。

乔婉杭拿着销售业绩去找廖森，希望他责成销售在全国推广，这样效果会更好，廖森也只是说会考虑，说因为全国市场的复杂，一刀切不现实。

就在谁也说服不了谁的时候，东区成了一个大单。

大单来自白总的死对头：国兴。

第九章 星火

50.玩你没商量

大伯赵正华对于颜亿盼而言永远是个难题,是她人生中为数不多摸不透的人。

就像,上一刻,你帮着别人和他争抢市场,下一刻,他又过来告诉你:我才是你的朋友。

一场游戏里,有赵正华存在,结果就会变得很诡异。

国兴拿出六个亿购买云威T430的工控芯片。可以想到,东区销售将会如何狂欢,这个季度的业绩达成了。

颜亿盼才知道那天见大伯说的"不着急"是什么意思,是时机未到。这个时候出手,必然是廖森的功劳了。

千窍芯片是云威打开终端消费市场的利刃,而过去的工控芯片,一直都是一个基础性的存在。外界会怎么说,新款芯片无人问津,旧款芯片却大行其市?

众人狂欢,她却担忧起来。这个大单来得太过蹊跷,雪中送炭是想给你温暖,还是想烧了你的屋子?

当晚,颜亿盼睡得不太踏实,来这儿三个月来第一次失眠。

就如同儿时走在山间,听到某种伏地爬行的生物穿过草丛的声音,你无法判断从哪里来,但感到它在不断靠近你,你嗅到了它尖牙散发的毒腥味,声音越来越近,你甚至不敢发力逃跑,也不敢留在原地……你的每一滴血液都感觉到了危险,但依然无济于事。

她回想之前的种种,从廖森会上质疑她的方案脱离销售,到让她面向销售端推广营销方案，接着又邀请合作伙伴来资宁工厂，闹出冲突，再到让她去见"大伯"，邀请他参加发布会，"大伯"拒绝，发布会缩减预算，草草收场。

直至逼她离职……

"大伯"赵正华和廖森的关系不浅，才会配合他唱这出双簧。让云威在绝境时，方显出国兴的重要性和廖森的实力。

他从一开始便已经想好了这一步，如此处心积虑。如果只是为了实现销售目标，那还好说，只是廖森从来都不会只要一样。她已然被调离核心区，那么在云威，乔婉杭除了自己的家人，还有谁可以联手？她内心思索着，越发难以入眠。

相比有着丰富斗争经验的廖森，她们还是弱了点。你以为凭借对一线的了解和最有效的政策能切开一个口子，却不知道对方已经玩到了另一个段位。

董事会上，以表彰廖森为开场。

如果说职场是秀场，那么商界精英们绝对是最亮的明星。他们总是不遗余力地把自己的私欲包装成众人顶礼膜拜的理念大加推广，他们给自己披上智慧、高端、精美的外衣，向众人展示他们翻手为云、覆手为雨的本事，大家都愿意为他们写传记，歌功颂德。但是其中有几个人真正想过他创造的商业帝国给社会带来了什么价值，又为人类的进步提供怎样的支柱。资本到底是什么？是权势，是无所不能，还是一种虚妄的追逐？

"六亿的单子，足可以说明廖森的影响力！"桑总拍掌说道。

这六亿让云威走出了半年来的阴霾，而且带动其他经销商开始采购T430芯片，如同Keith在会上说的："按照这个趋势，第三季度的业绩达成不成问题。"

乔婉杭目光沉沉，也不得不为此鼓掌，身在其中，谁都是演员。

这次董事会当然不只是表彰大会，董事会的首要议题是推选廖森为董事会主席。自从翟云忠去世以来，这个位置一直空着，还有谁比深谙经营之道的廖森更适合的呢？董事会主席的人选只要过了半数的选票便可以决定。乔婉杭即便拥有33%的股权，在这个问题上，也只有一票，更何况，她深知稳定人心的重要性，这个时候反对意义也不大。永盛的目的就是赚钱，眼下谁能赚钱就推举谁上位，唯一敢高举右手反对的翟云鸿一直在海外游玩，根本没打算卷入这场政治斗争中。

一别数月，斗转星移。

周末，清早，乔婉杭坐在客厅沙发看书，厨房里的阿姨在做饭。

钢琴教师在教女儿阿青钢琴，儿子小松坐在地上玩乐高。

客厅里发出一种单调的乐曲，节奏断断续续，循环不变。

钢琴教师反复在教阿青肖邦《大波兰舞曲》的一个小节，阿青总是弹错，已经不下十遍了，有些灰心地坐在那里看着琴谱。这个时候小松突然站了起来，稚嫩的小手突然弹起了一行音符，钢琴教师马上顿住了，喊道："这小可爱弹对了！"

小松一脸自豪，转头看乔婉杭等她的表扬。

乔婉杭看了一眼阿青，也没有表扬小松，对他说："去旁边玩吧，别打搅姐姐练琴。"

小松跳下来要走，阿青偷偷在他屁股上用力一拧。

小松立刻张嘴大声哭喊起来，朝着乔婉杭张着胳膊走来，很会博取同情的样子："姐姐掐我！"

乔婉杭还没说话，阿青放下琴谱就冲回了自己房间，口里骂道："讨厌他，小混蛋！"

乔婉杭无奈摇头，先蹲下身搂着儿子，哄了哄，孩子才抽抽搭搭地平静下来，她又让钢琴老师提前下课，再转身向女儿的房间走去。

推门进入时，见女儿正坐在窗台，嘴里大口嚼着巧克力，嘴角和牙齿都黑不溜秋，地上落下彩色的糖纸，脸上还挂着泪痕。

"新换的牙不想要了？"

"这是小叔叔从瑞士给我买的。"

乔婉杭从她房间里翻出巧克力，连带地上的糖纸都收了起来。

"把那首曲子练熟了，再还给你。"

"我不想看到弟弟，"女儿大声抗议，"他在家里我就不练琴。"

"那我把弟弟送人？"

女儿愣了一下，嘟着嘴说："你才舍不得。"

"送到你小叔叔家，他说喜欢弟弟，老早想让我们过继个儿子给他，我一个人带你们两个，还要上班，太累了。"

阿青站起来，当了真，走过去抱着乔婉杭的腰："妈，还是算了，他那么坏，那么讨厌，在小叔叔家肯定要挨打的，他又怕疼。"

乔婉杭笑了起来："漱了口，出去吃饭。"

他们一家已经很久没这样其乐融融了。那时候总是希望丈夫回家，为此反而搞得家庭气氛很不好，现在三个人回到他住的地方，倒是安稳了下来。

过去有人替你挡风遮雨，现在自己得在风雨里前行。

此时，门外响起门铃声，她走出去，接到了一份快递，是一个平邮。快递是刘召寄来的，平邮是亚马逊美国发过来的，是半年前翟云忠买的书被美国海关扣押，他们给他的一封致歉信，也没显示什么书名。

乔婉杭用信里显示的用户名，试图登录翟云忠的购书账号，密码怎么试都不对，也只能暂时作罢。

下午，她出了一趟门，去暗火找刘召，因为刘召给她发来的非官方芯片评测

213

显示：这一款真的还可以。"千窍"虽没有到那种一骑绝尘的程度，但迈了很大一步。因为在价格上没有太大优势，市场还需要一个接受过程。毕竟这么多年的Intel Inside，Xtone Inside，来个Yunwei Inside，总是不那么可信。

用刘召的话说："这个领域，被别人领跑了多年，现在能进来就不错了，就跟苏炳添上百米决赛赛道一样，如果能占一脚地方，那都是很了不起了，何况还能争个牌儿。"

刘召说完竖了个大拇指。

可他不知道，就这一脚地方，云威已然耗费了太多心血。

他更不会去想，这个领域，包容的总是那么前一两个，稍稍落后一点，都是要死的。

暗火里生意还是很好，新引入了一款3D游戏，里面年轻的男男女女聚着排队，有的穿着超大号的T恤和破洞牛仔裤，有的穿着黑色皮夹克，有的头上编着五颜六色的辫子，有的女人剃了板寸，有的男人打了舌钉，有的戴着鸭舌帽，他们手里都拿着一张金色的邀请卡片。

里面是几个外国年轻人做的一个VR虚拟游戏展览。

"你要不要试试年轻人的游戏？"刘召在旁边给她递过来一个VR眼镜。

她看着刘召手里的VR眼镜，刚要接，又鬼使神差地问了一句："这些VR游戏设备是集成云威芯片吗？"

刘召听到愣了一下，然后嗤笑道："这是Xtone的定制芯片，对集成显卡有特殊要求的。"

乔婉杭也不知哪来的不满，推开那个VR眼镜，说道："那不玩了。"

说完就转身往外走，走了没多远又回来了，看着刘召，见他戴上那个VR眼镜，正在那儿玩得兴起，她朝他一步一步慢慢走过去，然后轻轻推了他一把，刘召这个瘦得跟猴一样的身形猛地往前一扑，吓得趴在地上，然后摘了眼镜，抬头看着乔婉杭，一脸困惑和不解："姐姐，你这是谋杀啊！"

视频里显示刘召正在南极圈的海边，被乔婉杭一推，可不就掉下了海。

乔婉杭强忍着笑，低头对刘召说道："你说，刚刚你评价Xtone的时候，为什么要笑？"

"我笑……了吗？"刘召还有些眩晕，撑着膝盖站起来，看着她。

"笑了，还这样，"乔婉杭嘴一撇，模仿着刘召那很拽的嗤笑，颇有神韵，"你说，你是不是看不起我们云威？！"

"天地良心，乔老板，没有啊！"刘召举起手来就发誓。

"我不信。"

"真的，还要我说几遍，你们云威在我心里是杠杠的！"

"那行，"乔婉杭很受用，接着说道，"既然看得起我们，就帮云威做件事吧。"

"我这可是小本买卖，您做的都是大宗生意，我恐怕……"刘召一脸防备。

"明年不合作吧。"乔婉杭随口说了一句。

刘召站直了身体，一抬手："您请说。"

廖森掌权后，果然没有消停，没过一个月，廖森借着国兴采购的风向标，以迅雷不及掩耳之势，对公司进行了改革：研发部70%的专家转做工控体系芯片。这意味着，云威准备放弃千窍芯片的深度开发，也就是放弃了进军游戏办公等终端消费领域。名义上是保持研发为中心不变，实际上，瓶子不变，酒却变质了。

研发部被一分为二，一部和二部，一部是过去做工控领域芯片的人员，二部是继续做千窍芯片的人员。

理想主义总是败给权术算计。此刻，廖森步步为营，通过抬高踩低的方式，再次将了他们一军。

"这就是一个幌子！"

乔婉杭回工程院，正听到千窍芯片项目经理罗洛吼了这么一句，他接着说道："做工控方面的人本来就少，现在把我们的人都调到那边去，结果是什么？肯定是无所事事，久而久之大家都会自动辞职的。那我原来的部门呢？人这么少，怎么开发？"

"外资进来就没好事，急功近利，"赵工说道，"他们怎么会给我们时间潜心做研发，半年没有成效，立刻就动刀子砍人。"

"人家也没砍人。"有人说道。

是啊，这一次的动作很温和，不砍杀你的一兵一卒，却等着你内部自动解体。

"在他们看来，已经给了我们十年时间了。"工控部门的组长说道，"我们用了十年进入工控领域，是因为有前董事长的庇护，现在没有人庇护你们，很难开拓新的领域。"

"再给十年，我们把这个领域给干翻了！"厚皮说道。

程远手中拿着研发人员的名单，高层决策委员会等待他如何做切割部门的决定。他看着手底下这些研发人员，他们有的人已经跟了他十年以上，却三番五次地面临变故。

程远拿出黑卡，递给罗洛，说道："明天大家不用上班，出去放松一下。"

"老大……"

"调整的事情先不谈。"程远合上名单，朝外摆了摆，把他们轰回了工位。

所有人，从头到尾，都没有给乔婉杭任何一个求助的眼神，似乎都很清楚，她对此事起不了太多作用。这一点，让她很受挫。

的确，直到现在，她仍然无法保护他们，廖森在邮件里最多礼貌地"知会"她，只因为董事会其他人员已经达成了共识，这只是部门调整，而且理由充分，因为工控芯片被市场认可，需求量大，研发理应往利润空间最大的方向倾斜。

资本市场她尚且懂得一些，因为过去还是需要打理一些资金，但是这个ICT市场，她无论多努力，现在依然只是半只脚在里面。

她自从第一次踏入云威，就不断告诉自己，要让自己成长起来，尽快地成长起来。

可任何豪情壮志，在残酷现实面前，都是一个笑话。

乔婉杭曾以为自己已经全副武装，准备浴血厮杀，可刚入场，就无可避免地坐上了一个滑道，一个高端玩家提前设计的滑道，将她滑向了一片未知的沼泽地，无论如何都走不出来。

51.不死的执念

Lisa和云威的关系，可以概括为：润滑油和变形金刚。这个巨型怪物要怎么变形，要往哪里走，她无法左右，她只是确保在它要变形的时候，不让它卡顿。

此刻，她又来到了研发部楼下，深吸了一口电子烟才摁了门铃，门打开了，里面出奇的安静。她从电梯出来，却发现整个研发部人去楼空。空荡荡的楼里没有一丝人气，她一直走到了程远的办公室。

他在工位上安静地整理着那些胡乱堆放的主板，身后的百叶窗被拉了起来，房间里一扫过去的沉闷，仿佛这里的灰尘一夜之间都消失了。他剃了胡茬，穿着整齐的黑色定制西装，坐在椅子上，抬眼看着她，露出很从容的笑容。这是Lisa在云威见程远有限的次数中，看到过的最轻松的一次笑容。

这一刻，Lisa才相信外界那些传闻是真的，颜亿盼嫁的男人出身于书香门第，毕业于清华大学，之后留学MIT拿了计算机硕士学位。父亲是工程院院士，家风严谨，他被翟云忠从中科院挖了出来，数十年如一日，对自己的工作从未松懈，硅谷那些全球顶尖ICT企业曾试图高薪挖他，他不为所动。

Lisa问道："他们人呢？今天还能签字吗？"

"不需要他们签字，我来签就好。"程远抬眼说道。

Lisa从研发楼下来后，踩着高跟鞋一路狂奔，那样子好像后面有鬼在追，她冲到了廖森的办公室前，手里拿着一份协议，过去那种优雅自如的神态消失殆尽，脸上的肉似乎都随着她的手在颤抖。

她推开了廖森的门，说道："程总工、总工他……"

廖森看着Lisa花容失色的样子,眉头皱了起来。

"程总工准备带领整个研发团队出走。"

"出走?!"

Lisa点头。

"去哪里?"

"不,不知道,以他的资历,下家不会差……"

"他有什么能力带走整个团队?"

"这里有一份前董事在世的时候和他签订的协议,如果他的团队把CPU的速度追上Xtone,或者英泰达同期发布的新品,他将获得整个研发团队的人事任免权。换句话说,他们的去留,我们都无法决定。"

"什么?!"

廖森本来还在低头签发什么文件,此刻钢笔笔尖戳破了文件,一滴黑色墨水浸染其中。

他迅速拨打程远的电话,发现无人接听。

此时,廖森的门被乔婉杭推开了,李欧也匆匆跟在后面。

"不用再找他了,他把辞职信发给了每个股东,你应该也收到了。"乔婉杭说道。

廖森打开邮件,其他字都看不清,唯独有一条他看清了,上面写着:将辞去云威工程院院长的职位,未来还将继续停留在这个领域。

"我担心他带着团队去竞争对手的公司。"Lisa说道,"如果打官司,我们未必能赢。"

"廖森,我想你知道,程总工的离开会引起怎样的猜测,"乔婉杭的语气不怒自威,"他带走云威的研发核心团队对公司意味着什么?你作为董事会主席,想过信任你的股东吗?想过那些股民吗?他们要怎么承受股价大跌?"

"我会再和他谈。"廖森盯着那封邮件,恨不得盯出什么解决之道来。

"不用了,董事长,周一,咱们董事会见。"乔婉杭说完,转身离开。

廖森感觉到一丝紧张,即便半年前,他曾下令撤掉研发中心,也没有那么紧张,因为那个时候,他借了外资之手,借了翟云忠之死。此刻,他有些惶惑,仿佛所有心机都被人猛地撕开:大家快来看,他廖森的心有多黑。

廖森坐在椅子上,手里捏着那份翟云忠和程远一手签订的协议,他小看程远了。这个脑子里都是数字、公式和图形的人,竟然有这样的城府,这样的野心,之前,他想借外资快刀斩乱麻砍掉研发部,但是乔婉杭搅得他措手不及;现在,他想通过架空民用芯片的方式,消磨他们的意志,让他们逐渐呈鸟兽散,可程远却根本不玩这种权谋,直接坦荡荡掀开云威的伤疤,让他颜面无存。

217

给程远递武器的还是那个人，死去半年多，依然阴魂不散。

关于他死因的传闻，廖森不是没有耳闻。有人说是资金链断裂，也有人说是家族内斗，还有人说是他廖森赶尽杀绝，可这世上谁不是奋力杀出自己的路，一个集团老大心理素质如此脆弱，谈何"壮志"。

廖森从不后悔自己的夺权，但是他没料到翟云忠死后还想着限制他的权限。

"制衡"二字是每个管理者绕不开的死结。廖森相信企业要迅速发展，需要的是统一的思想和坚定的目标，那些有关"理想"的论调不过是翟云忠这种从未经历过身无分文、走投无路的人假想出来的空中楼阁，而他这些都经历过。

六年前，他的公司几乎面临倒闭，自己如丧家之犬，才投奔了翟云忠。翟云忠看到了廖森渴望绝地反击的动力，也看到了他想建功立业的野心，给了他权力，也给了他机会。廖森觉得报答翟云忠信任的唯一办法就是让云威上市，并且做大做强。他做到了，但让他没有算到的是，翟云忠上市的主要原因，是因为需要资金帮助公司转型，让公司走上研发自强的道路。经历过惨败的廖森知道，这种想法很危险，会把公司拉入一个万劫不复的无底洞，他除了在公司安排自己的亲信外，更多的是不断违背翟云忠的路线，确保公司的长期盈利。他本以为自己与翟云忠最终会有一场恶战，不是他走就是翟云忠走，但是他没有料到，翟云忠用自己的死亡宣布这场恶战的提前结束。

翟云忠死的那天夜里，恐怕没有人会相信，廖森在那个天台上站到了深夜，他用二人初次见面时留下的半瓶酒祭奠了这段光辉岁月，并且更坚定了自己的选择是对的。

剩下的，就是他一人面对这个千疮百孔的企业，还有那些不死的执念。

程远是翟云忠从中国科学研究院挖来的研究员，为人非常低调，从来不参加公司的任何宴会，也不在内刊外刊上发表任何言论，业务汇报只对翟云忠一人。今年廖森找过程远一次，程远丝毫不给面子地拒绝了，他本来觉得男人之间，事情总是很好沟通，但是他也忘了，男人处事往往很决绝，内心抱定的事情很难回头。

程远如此，翟云忠也是如此。

就在他思考接下来的对策时，一个电话进来，他接了起来。

"来顶楼一趟，天台，我们谈谈。"声音是程远的。

52.飞不上天的风筝

此时，一群长期被芯片研发锁定的科研人员们，都在欢乐谷狂欢。工作日本来人就不多，加上他们长期被压抑，玩起来比谁都疯，好几个人居然在过山车上连玩了三轮。

几个人来到了一个空旷的草地上，各自分享着带来的零食。天空湛蓝，他们难得能坐在这里抬头仰望着碧蓝的天空。

风吹过，让人犯困。

"有点空虚。"厚皮蹦出一句。

"我的天，这么好的天，你不会还想回去对着屏幕敲程序吧。"赵工问道。

"有点。"厚皮小声说道。

他这种夸张的"敬业"引来其他程序员们鄙夷的眼神，还有人拿干果砸向他："真是没情趣的程序员。"

"不是，你说，我们都出来了，老大一个人留在那里干什么？"厚皮问道。

众人摇头。他们和程远共事多年，信任他、追随他，因为他总是能很冷静地选择最正确的那条路，更重要的是，程远这么多年来，从来没有随意地放弃过他们中的任何人。

"跟了老大这么久，其实我们并不懂他。"罗洛说道。

小尹看着前方不说话，其他人也莫名变得有些忧心。

此时一个风筝在他们头顶跳跃，赵工不知从哪里买来了一个风筝，高高举在大家面前，喊道："不做低头族，咱们做抬头族！"

大家都躺在草地上不想动。不远处的游乐场已然传来欢笑，空中飞轮仍在旋转，但这里却慵懒而又平静。

"我们没有低头，我们抬着头。"他们看着天空的云，"今天的天空好蓝。"

"蓝得像大海。"其他躺在草坪里的人说道。

"大海是蓝色的是不是因为天空是蓝色的？"一位女程序员问道。

"不是，从光谱学角度来说……"小尹准备介绍那些生涩的知识时，所有人都条件反射般站了起来。

"来，来，放风筝。"大家接过风筝的滑轮。

那天下午，他们在草地上飞奔，赵工负责举着风筝，厚皮在前面狂奔，风筝宽一米左右，色彩斑斓，是一只大蝴蝶。风筝在他们的带动下，不停地往上蹿，可怎么都飞不上天，最高的时候超过了杨树顶，但没过多久又再次下来了。

他们变换方向，调整风筝的平衡，加快了奔跑的速度，可一次又一次，风筝飘飞片刻，又都会晃荡着落下。他们跑累了，再次回到了之前躺下的地方，东倒西歪地看着赵工和厚皮还在尝试别的方法。

"你说我们中谁会去一部，谁会去二部？"小尹问道，不知何时，那种狂欢过后，每个人都被拽回到一种哀愁中，一种消散不去的对未来的担忧。

"不管怎样，总比开除好，我们身上都背着竞业限制协议，三年内不能去同类公司入职，这种情况下，等于让我们放弃之前累积的一切知识。"一位程序员说道。

"开除也有点补偿，够我玩一阵子了。玩玩再找嘛。"也有人无所谓地说。

"哎，我有点不想干这个了……"小尹低声说道。

"嗯，当初怎么选了这么个专业……"这种说法引来了共鸣。

研发新品本就困难重重，需要太多的资金和精力。研发又通常在大城市，大城市的生活成本本来就高，他们都想做出世界最顶尖的芯片，成为世界顶尖的芯片设计师，但现实就是现实，高房贷、高租金，有限的薪水，无限的付出。他们的脚步从来没有停留过，因为他们知道前有对手，后有追兵。但这种状态长久以来一直如同几匹马用力撕扯着他们，逃也不是，留下又难。

不知何时，赵工和几个程序员也拿着风筝回来了，风筝一边的羽翼被划破了，荡荡悠悠地拖在地上旋转着。

"我也想给这个世界带来一点点改变，但是，好难。"小尹的声音突然失去了往日的雀跃，声音很小，却传入了每个人的耳朵里。

大家压抑了太久。

"老大让我们不要去想这些，我们就别想了。"厚皮说道。

小尹呆呆地看着远处游客游玩的身影，突然把头埋在膝盖处，身体微微地抖动。

厚皮手拍了拍小尹的背："喂，你平时一直被老大摧残，我还以为你身经百战呢。"

赵工试图缓解这种气氛，说道："小尹是因为风筝总上不去才哭的吧。"她开了一个没有质量的玩笑。

"就是，就是。"

"还真被你说对了。"小尹抬起头，眼角还有些发红，接着倒吸一口气，声音好像漂浮在碧蓝的海上一般，没有着落，他说，"告诉你们一个秘密，我从来没有把风筝放飞过。从来没有，我小时候做了很多风筝，蝴蝶、老鹰、蝙蝠……一直在爷爷家的晒谷场放，一直跑，一直跑，从早到晚，只要有风我就去，那儿的大婶还因为我踩了他们家的谷子揍过我，但是无论怎么努力，风筝都飞不起来。"

"那是你风筝不好。"罗洛说道。

"你看，这个风筝，也是这样。"小尹指了指风筝说道。

"嗨，这有什……"厚皮脸上带着无所谓。

"我害怕，"小尹打断了厚皮，顿了顿，声音颓弱，说道，"我害怕……我们做的芯片也是这样，无论怎么努力，还是这样。"

众人突然都沉默了，大家仿佛被这句话击倒了。远处的狂欢声那么大，太阳变得灼热，远处的知了聒噪不已。

他们放松过后，满眼都是迷茫。

"小尹啊，"罗洛打破了沉默，说道，"这个世界上，大多数人一直在努力，可能生活完全没有改善。还有一小部分人拼尽了全力，才能取得一丁点的进步。做芯片的，哪怕一丁点进步都很了不起了。"

赵工说道："我们属于大多数人，也可能属于那一小部分人，都没有关系嘛，反正上了这条路，大家都在一起，就不能放弃。"

"有的人，连风筝都不敢拿起来只会躲在家里，至少你享受到了那个晴朗的下午，那片天空，还有那阵风。"加密组的组长淡然一笑说道。

大家看着小尹，重重点了点头。

赵工笑道："那个拿着风筝在风中狂奔的少年本身就很耀眼啊！"

小尹有些不好意思地看了一眼或站、或坐、或躺的同事们，这些人朝夕相处奔着一个目标，一同走了很远很远的路。

"太扯淡了！"厚皮站了起来，从赵工手里拿起风筝，大声说，"我才不信这个邪！这么多人就放不起一个风筝！借助风力，我的风筝一定能飞起来。"

阳光下，他纤瘦的身体在白衬衫下散发出一种柔和的光，其他人立刻也跟着站了起来，准备拿着风筝去平地。厚皮拦住了大家，指了指不远处，有一个老人拿着一个硕大的风筝，正准备放，道："哎哟，真是的，看看这老爷子怎么操作的！"

几个人就定定地站在那里，看着不远处老人的每一个动作。

老人胡子花白，步履蹒跚，他手里拿着一只老鹰的风筝，小心翼翼地把风筝立在一排绿植前，支点是风筝的尾羽，然后手里拿着风筝线轮慢悠悠朝着前方走去，大概走了一百米，他用力拉动风筝线，风筝轻轻地飘了起来，他再次往后退，风筝缓缓地上升。

他全程一步没跑，只是稳健地移动脚步，身后的风筝却越来越高，借着风他转动线轮，线拉得老长，风筝飘然而起，越过灌木，越过杨树，越来越高，直逼远处的摩天轮。

几个年轻人看着这一幕，瞠目结舌，就这样？

风筝就能飞起来？

就这么简单？

很多事情，远比我们想象的要简单。

如何放飞一个风筝？看准了风向，摆好风筝，拉线，一步一步往前走，起飞。

……

欢乐谷上空一只蝴蝶在飞舞，它的翅膀被什么划破了，但是并不影响它的飞翔，那么肆意，那么自在地翱翔在高楼之上，像要冲破云间，直奔太阳。它肆意飞翔，俯瞰着翅膀下那群狂欢的年轻人。

53. 上来打一架

通向顶楼的那道木门已经不知被谁踢开了，裂开的纹路上全是毛刺，上面还残留几根发黑的黄色警戒线。廖森推开门，跨上了天台。刚往前迈了一步，发现西装一角挂在了木门的裂口处，撕了一个口子。他皱了皱眉头，没有理会，继续上去。

楼顶的阴凉处已经长了一层薄薄的青苔，散发着一股荒凉的气息。

远处的风景还真的不错，可以俯视到这座城市最繁华的地带，也可以眺望远方如淡墨拂过宣纸的山峦。

秋风吹过，这是多美好的一个世界啊，怎么会有人要放弃呢？

廖森守着这个地方，他必须比他们有更深的思虑，更多的筹谋。

他不敢往下看，他还是离那个人临死前站过的地方保持了几步距离。

他听到外面吱呀一声，回头一看，是程远，他眼神很沉静，但也不是绝对的平和，微微波澜在深处荡漾，并不能轻易被外人看到。他跨过天台，步履极稳地走近他。

明明比他年轻，却莫名有一种凛然无畏的气质，让人感到不适。

廖森说道："程院长，你……"

他话还没说完，就突然感觉到一股巨大的力量，程远一把将他推至天台边缘，等他反应过来的时候，背部正死死地顶在天台边缘的围栏上，黑色的西装蹭上了一层白灰。

程远双手握紧了他的衣领，指关节顶在他下颚处，他挣脱不开，头被迫一直仰着，程远比他年轻不少，力气的确惊人。他憋得满脸通红，耳边听到程远低沉地说了一句："往下看。"

他的身子被掰着侧过来，他往下看了一眼，倒吸了一口气，好高啊！头顶一阵冷风吹过，一种悬空的无力感和失去支撑的惶恐瞬间涌上他身体的每一个细胞。廖森只觉得脚发软，整个人都失血般变得苍白。

在他觉得窒息时，程远松开了双手，看着他，一脸嘲意。

廖森弯下腰，手支着膝盖，喘着粗气。

程远冷笑道："廖总，心理素质好差啊！"

廖森突然直起腰来，还未等程远反应过来，对着他的脸就是一拳，砰的一声闷响，程远整个人往旁边歪去，晃了一步以后，还是站稳了。廖森因为出拳太快太猛，身体也跟着一个趔趄，此时站在程远面前，喘息着。

程远的嘴角撕裂一般的疼，他尝到了一丝血腥味，抬头看着廖森，突然嗤笑了一声。

廖森站直了身体，看着程远身后的一片夕阳，神色变得沉郁，问道："程远，你到底想做什么？"

程远仰头呼出一口气，语气淡漠地说道："你如愿了，还管我要做什么？"

廖森走近了程远，声音强压着愠怒问道："我问你，云威这家公司，对你和翟云忠来说到底是什么？"

程远看着他，神色蓦地忧伤起来，是什么？是理想、是抱负，还是生命？每个词都不足以概括。他突然说不出话来。

"答不上来了？"廖森吼道，"我告诉你！云威是你们的玩具，想怎么玩就怎么玩！玩好了就拍手庆祝，玩坏了，就扔一边！你和他一样，自私、任性，还天真。"

"你没有资格这么说他。"程远语气冰冷，程远对于廖森，不屑于玩政治手腕，话里话外，没有圆滑通融。

"我没有资格？如果没有我，这家公司现在早没了！"

"他如果在世，也会谢谢你吧。"程远这句话似乎并没有讽刺或者作伪的意思。

"算了吧！你们这些人，一脑门子想到的都是自己手头那点事！想过楼下那些人吗？想过公司以后怎么办吗？"

程远看着他，没有说话。

"他死那天，我坐在这里喝了一夜的酒，"廖森指着旁边的角落，说道，"坐在那里想啊想，怎么也没想明白！怎么有人明明走不下去了，还要拽着你们一帮信徒跟着往下跳！为什么？为什么！"

廖森的声音在这个空旷的天台上显得格外寂寥，仿佛问的不是人，是天。

"我们常人往下看一眼都害怕，他都敢往下跳，这样一个人，又怎么会告诉你我，为什么？"程远走到那个边缘的位置，瞥了一眼廖森，眼里总算有了一丝情绪，悲悯也好，无奈也好，说道，"廖总，之前给你惹了不少麻烦，这次上来，是想跟你说，以后按你的路线，好好经营云威，他的那帮信徒就不给你添乱了。"

"你以为走了，事情就了了吗？！"

"怎么驾驭管理层，怎么说服董事会，怎么集权管理，你做得比他更好，我这边的研发，你很清楚，你管不了。"

"臭石头！顽固不化！"

程远默认，低头看着楼下微缩版的人，再看着头顶的蓝天，松了口气一般，神色淡然。他来这里，是想跟那人做个道别，再跟身后这个人做个交接。

"程远，说实话，你不肯与我合作，是我的损失，更是你的损失。"廖森在他身后说道。

程远垂眸，漠然一笑，侧过脸说道："到底是我实力不行，还是你有眼无珠，已经说不清了。这种自己都不信的话，你以后也不必再说了。"

在程远看来，廖森最后说的这句话不过是政治家最后的眼泪，几分真意，几分假意都不重要了。

廖森看着他，神色说不出是无奈还是惆怅。

程远转身离去，摆了摆手，云淡风轻说了一句："再见，廖总，祝云威生意越

223

做越大。"

廖森站在空地里，夕阳下，他的剪影投射到那片荒废的青苔上。翟云忠的梦想，终究死在了他手里。

程远从云威大厦出来，右转，一路往研发楼走，快到门口的时候，看到一个女人坐在楼下，仰望着夏日绚烂的夕阳，正是乔婉杭。

程远放慢了脚步，一时迟疑。

"程总工，等了你好久。"乔婉杭站了起来，"您住的宾馆楼下有个咖啡厅，我们去那里聊一下。"

她的眼中带着恳切。程远点了点头，两人沉默地走向咖啡厅。

乔婉杭本来想点咖啡，后来又改成了果汁，这段时间她睡眠不太好，眼角的黑眼圈和眼袋又出现了。程远要了一杯咖啡。

"工程院的人说你一直住在这里不回家，是真的吗？"

"长话短说，你有什么事？"

"为什么选择这个时候离开。"

"大势所趋。"

"为什么不是在翟云忠死的时候，那个时候状况比现在更难吧。"

"产品没有研发成功，突然离开，市场给不了高价。"

"因为你知道那个时候走对不起他。"

"不要高估我的道义。"

"实不相瞒，之前我调查过你，程总工，以你的资历可以去硅谷任何一家芯片公司，你看重的不是报酬。"

"过去不是，现在是，我也要养家糊口，我下面的人也要买房过日子。你在中国时间不长，无法切身体会现在年轻人的压力。"

"好，你说得对，我不在中国，很多事情我不知道，也不为难你，我看到了你们签的协议，我很奇怪，他为什么在离开前一个月突然和你签这样一个协议？"

程远的神色少了之前的敷衍，沉默了片刻，说道："很多人都问我为什么，尽管我们过去共事的时间很长，但是我也不知道怎么回答。"

"你能跟我说说他吗？……工作中的他。"乔婉杭眼中淌过一丝哀伤，让程远蓦地低头。

"他不是外界说的那样，他其实并不是一个容易放弃的人。他对于研发有一种孩童般的执拗，我这么说没有贬义，只是说这种坚持很纯粹，没什么杂念，那个时候研发中心遇到了困难，很多人离职，也有人挖我，我不是没心动。但，他给了我这份协议。他知道我是什么人，要的是什么。"

"那他自己为什么就不能等到芯片研发成功呢？"

"让我挺着，自己却离开了……"他叹了一口气，摇了摇头，接着说，"我身在其中都无法理解，其他人就更无法理解了。"

"他还和你说了别的没有？"

"就是那些，我说过，芯片上市日程。"程远喝了口咖啡，抿了抿嘴唇。

"他害怕吗？"乔婉杭声音低了下去，四周已经暗了下来，咖啡厅的一角立着的灯散着柔光，"那个时候，他害怕吗？"

程远突然有什么卡在嗓子里，一时说不出话。抬头看着她殷切的眼神，他却突然不想回答这个问题，仿佛正面回答，会伤了那个死去的人，也会伤了眼前这个殷切的未亡人。

程远看向窗外："很晚了，你一个人，别太晚回家。"

"有什么事情是我不能知道的吗？"

程远看了她一眼，眼神深邃，但还是否定了她的说法："我一个外人，怎么可能比你知道得还多。"

乔婉杭知道程远不会再多谈，两人站了起来。程远准备上楼，乔婉杭最后问道："程总工，你刚刚说，他知道你要什么，你要的是什么？"

"这重要吗？"

"重要。"

程远笑了笑，没有说话，朝着楼梯口的方向走去。

"总不至于是让我们云威分崩离析吧！"

程远停住了脚步，回头告诉乔婉杭："你搞错了，研发中心和云威离了谁都能正常运转。"

程远从电梯出来回房间的时候收到一条短信，他担忧地皱了皱眉头，接着又展颜浅笑。

短信内容来自颜亿盼："我明天回来。"

程远嘴角扬了扬，目光中有些惆怅，他把房卡放回口袋，又回到电梯处，按了下行键。

54.亿盼归来

乔婉杭借研发中心闹"离家出走"之机，把颜亿盼调回总部，表面上是希望她能规劝丈夫留下来，实际上还是希望自己这个时候身边有人。

从云威办事处到机场，白总找了个大帅哥开车，自己坐在副驾驶上亲自送颜亿盼。

"手怎么样了？"白总回头问道。

225

"恢复得还行。"颜亿盼举起戴护腕的手左右摇了摇,说道。

"颜总这段时间辛苦了,我们这里的经销商对你的评价都很高啊,可惜了,云威让你回去,你还欠我一单。"

"以白总的能力,以后不会差这一单的。"

白总大笑了起来,说道:"你也看到了,这个时候正是我们贵州最美的时候,你应该去山区里住一段时间,那风景,比资宁要美多了。"

"看出来了,以后吧。"

他指了指旁边的司机说道:"他家就在纳雍,彝族人,以前还当过导游。"

"是。"司机笑着说道。

"以后会有机会的。"颜亿盼看着后视镜里司机明亮的眼睛说道,"云威的新款芯片要投入市场了,还有很多工作要准备。"

"这次评测结果我看过,以后我会加大进货量。"

"放心吧,白总这边是我们云威的战略基地。"

"哈哈,这话我爱听,不过,Xtone这两天有新品发布,我听说性能又提高了,八核。"

"我也看了报道,不过,这款产品的散热性能一般,如果用在移动设备上,恐怕未必是云威的对手。"

"哈哈哈,颜总很自信嘛。"

之后,白总絮絮叨叨在说着什么,颜亿盼脑海里却在想:在这高速公路上,如果把白总放下来,自己和这司机安静地待在这个密闭空间里,该有多好。司机脖子上缓缓淌下的一滴汗,远比白总四下横飞的唾沫有趣。

可惜。

下车的时候,司机帮颜亿盼提行李,颜亿盼才看仔细司机的面容,正是她初到贵州时那家酒楼里的小伙子。

司机憨笑道:"那天没吓到您吧?"

"你怎么可能吓到她?颜总也是见过世面的人!"白总大声道,接着推了男人一把,把他推到颜亿盼跟前,说道:"给颜总一个男人的拥抱吧,下次见面,邀请颜总去你老家玩。"

司机张开了双手,颜亿盼和他一抱泯恩仇,男人身形极好,皮肤是小麦色,有力的胳膊和手掌放在颜亿盼的后背,那一刻,她仿佛感到了男人血液的跳动,她笑得灿烂,脸上显出一抹潮红。如果那天晚上,中了白总的计,是不是又是另一番体验,人怎样才是自我?女人的幸福是克制还是放纵?

胡思乱想一阵,她便拉着行李进了候机大厅。

三个月前那天晚上白总招待她的事情,再也无人提及。

颜亿盼这一路上，并没有凯旋的轻松，云威内部那些缠斗，总也结束不了。她确实感觉到了累。

下飞机后，颜亿盼收到一条短信，来自程远：到了？

她回：嗯。

出去这三个多月，程远鲜少给颜亿盼电话，他知道这是她的选择，便不再过问。在外地饿不饿，冷不冷，累不累，说这些也没有用。他过不去，她回不来。

身在职场的夫妻，都会明白相濡以沫，不如相忘于江湖。各自安好，等你回来，便是最好的承诺。

程远的母亲曾质问过程远，你究竟看上了她什么？

程远答不上来，但这么多年过去了，他没有在这份关系中感受到令人称羡的温暖，亦没有在这段关系中感受到普通男人不得不面对的压力。房子？车子？孩子？旅行？这些，颜亿盼从来没有向他提过，不知是她知道提了用处不大，只会徒添烦恼，还是她真正在意的是自己，结婚快八年，她一直专注在自己的工作中。

也许，他的思念跨越了整个夏季，但没有留下一点痕迹。再多的担忧也于事无补，留下的唯一体贴便是得知她将回来的那天，他回到家，把房间里里外外地打扫一遍，把快用完的沐浴液换了新的。然后第二天一早又匆匆离去，回到办公室。

颜亿盼回到家，发现一尘不染的桌子，脸上浮出一丝温柔的笑意。下午时分，她泡在浴缸里，闭目想着公司现在的状况，丈夫的职业抉择她从来无心干预，但现在他的决策涉及她未来的工作方向，如果研发中心离开，那么她这段时间的努力将要白费。

门外有开门的声音，有人进来，她从浴缸坐了起来，急匆匆披上浴袍光着脚就出来了。刚冲到客厅，发现不是程远，而是程母，她站在厨房里，正往冰箱里放着餐盒。她看到颜亿盼并未惊讶，而是继续低头整理冰箱里的东西。

程母叠好装餐盒的袋子，便转身离开，犹豫了片刻，说了一句："程远上个月胃出血，你提醒他一下，别吃凉的。"

颜亿盼有些愕然，一时不知道回什么好。

程母放完东西就准备离开。

"严重吗？"

"你说呢？"

"我怎么都没听他说。"

程母脸上露出一丝嘲讽的冷笑，头也没回地离开了。

颜亿盼拨了程远的电话。

"你今晚回来吗？"

"可能要很晚了。"

"多晚？"

"今晚还要内测，估计到凌晨了。"

"晚饭怎么吃？"

"一会儿定个外卖。"

"妈刚刚送了些吃的，我下班的时候给你送过去。"

"不用麻烦了……"

"不麻烦，这里有现成的。"

"……行。"

  颜亿盼看了看窗外，已近傍晚，她打开冰箱，并不看婆婆送来的食盒，而是翻找是否有些可以做菜的食材，冰箱很空，除了一盒鸡蛋，什么都没有。

  她匆忙下楼买了一些青菜，在厨房里做了起来，但是显然，她不善此道，加之左手戴护腕还不太灵活，厨房被弄得很乱。一碗西红柿鸡蛋，鸡蛋做得太老，西红柿的皮也没去干净，两个食材像是生硬地放在一起，互不干扰。一个萝卜烩牛肉，牛肉却太硬，熬了很久汤都熬干了，依然发硬，拿出高压锅她又不太会用，忙活了几个小时，除了那碗圆白菜看起来颜色青翠可口，其他菜都惨不忍睹。时间已经到了晚上七点，她拿出婆婆送过来的一碗猪肚汤和饺子放在微波炉里热了热，再把自己炒的青菜，一同放进了保温饭盒。

  她来到地下停车场，车上的防尘罩上全是灰，掀开后，她呛得咳了几声，刚开出车库没几步，车子又熄火了。她本想就这么离开，却被门口保安拦住，说她阻挡了小区通道，她又不得不去联系拖车公司。

  拖车迟迟不到，她给程远电话："你还是订餐吧，我一时半会儿过不去。"

"怎么了？"

"车熄火了。"

"可能是太久没开。电瓶没电了。"

"是吧，你赶紧吃饭去吧。"

"你还过来吗？"

"拖车的还没过来，你别等了。"

  拖车公司的人说九点才能来，她的心情变得异常烦闷，本想着能给丈夫按时送去餐盒，到头来适得其反。她知道他有胃病，但他常年加班，她也不可能像机器人一样定时给他电话叮嘱他按时吃饭，或者像家庭主妇一样给他送餐。这次想着见见他，准备送一次餐，还要让他挨饿等着，最可气的是到头来还是白等一趟。他们两个人在生活中总是这样，仿佛两个不搭配的拼图，双方都曾试图调整，却始终没法无痕衔接。久而久之，两个人都失去了调整的意愿，偶尔调整一次，又显得格外多余。

  她独自靠在路灯下，有路人看她手上还捆着护腕，样子怪可怜的，很认真地询问要不要帮助。还有俩大哥过来搭讪，被她支走了。

初秋的新月挂在深蓝的天空中，显得格外清冷，她一人站在街角，一时有些别样的情绪，这大半年来，劳心劳力，四处奔波，好像并没有多大的改善。

接下来恐怕又是一场硬仗，其实顺其自然也不是不可以，何必非要和这个世界抗争呢？

研发没了，工厂没了，云威走向大多数企业走的路怎么就不行呢？

大不了哪天找个路口给翟云忠烧一炷香，告诉他，我也尽力了。

这么想着，能轻松一点吧。

直到街边的人越来越少，她才注意到，这座城市已经有了落叶，她又看到之前揍小男孩的收垃圾大伯，他那样子风风火火的，好像晚了一步就要被人抢了先机一般。她也没见到那个小男孩，估计早换地方了吧。

正想着，突然看到街口那个男孩背着一个大书包，她看得不够真切，又跟了过去，走到路口，在一栋大厦前，小男孩又不见了。她不知道是不是自己看错了，准备去询问大厦门口的值班老人时，电话过来了。

拖车公司的人来了，她不得不回到停车的地方，折腾了好一会儿，回到家后已是后半夜了，她感到浑身无力，把饭菜拿出来，坐在餐厅里，自己吃了不少，也没有睡意，索性坐起来进云威内网查看这段时间的消息。这一夜，程远没有回来。

第二天一早上班的时候，颜亿盼手里拿着一个精致的盒子来到乔婉杭的办公室。

乔婉杭见她过来，一扫脸上的阴霾和担忧，上前给了她一个拥抱。颜亿盼还是老样子，笑容依然温柔可亲，但对这些稍微亲近的接触表现得很僵硬。

乔婉杭给颜亿盼斟茶，颜亿盼想自己来，被她推开了手，说：“看你这手，还想着伺候人呢？”

"早没事了。这里怎么多了一套茶具？"颜亿盼看着这茶具，价格应该不便宜。

"Lisa送过来的，怕我无聊吧。"乔婉杭笑道。

"西南那边的报告你都看了吧？"颜亿盼问道。

"嗯，还不止看了一遍。"乔婉杭把茶给她推了过来，却没有继续这个话题，问道，"程远出走这件事，你怎么看？"

这句话虽说直接，却也问得很有技巧，像是作为一个同事问你的想法。

"我还没见到他。"

乔婉杭很认真地探讨起来：“你说程远这次是真的要走吗？还是赌气？”

"啊，赌气？不像他会做的事。"

"他会完全不顾及翟云忠给他留的这块地方吗？"乔婉杭问这话时，眼睛一直看着颜亿盼，似乎想看出点什么。

颜亿盼不知为何，听到后反而松了一口气，因为乔婉杭这次总算没说什么类似"你不把他留下来，就砍你的预算"这样的话了。

"之前程远来这家公司，是冲着翟云忠答应他坚持研发。"

"所以现在他是放弃了？"

"你不了解程远，他这个人，不允许一点折中，从小优秀到大，做的事情也带着孤傲，只要最优秀的人才，只做最顶尖的事情，他看研发中心的道路看得比别人都清楚，也正是这一点，他不接受来自云威高层的任何摆布，一条道走到底，宁为玉碎，不为瓦全。"

"你说这话很奇怪……"乔婉杭目不转睛地看着她。

"哪里奇怪了？"颜亿盼一时不知道自己是不是说错了什么。

"感觉你很了解他，了解到像个旁观者，倒不像是他老婆。"乔婉杭倚靠在沙发上，侧目看着她。

颜亿盼眼前仿佛笼上了烟雾，苦笑一下，没再说什么，事实上，他们的关系没有掺杂太多柴米油盐，也没有外人看到的那种夫唱妇随的和睦。在一起，只是双方都太清楚对方要什么了，适时地存在，适时地给予，再适时地撤出。

乔婉杭见她也不愿多说，只低头一笑，说道："我在研发中心这段时间，也突然明白，他们付出了太多，反而不能面对质疑。"

"乔，实话说，我有时候，也会怀疑坚持的意义。"颜亿盼借着这个机会，表达了一些顾虑。

"怎么？想劝我放他走？"乔婉杭神色一凛，对这个问题格外敏感。

"我自然会和你站在一起，只是……"

"我不要'只是'。"乔婉杭打断了她的话，声音不自觉有些上扬，"我也只有这条路可以走。翟云忠给他那份合同成全的是程远，不是他自己，我不同意！"

"你听我把话说完，这件事很蹊跷，翟云忠到底为什么给了他这么大的授权，让他可以带团队出走；而我们留在这里，就为了坚持而坚持吗？！"

"给你放到西南，把你的斗志都消磨没了！别忘了，之前是谁把我拉上这条船的。"

"好，既然是我，我不会弃船逃走。"

"好，你记着自己说的话就行。"

两人不知怎么，突然就呛起了火。

颜亿盼内心叫苦，她知道自己不像程远，她放不下。公司出了这么大的事情，她不能转身就走，然后烧个香给去世的老板，把自己撇得干干净净。这种事，她也只能想想，怎么也做不出来。

可是乔婉杭此刻不知道为什么会如此敏感，又如此霸道，两人的谈话忽然间就进行不下去了。

各自沉默,屋里饮水机加热的声音变得格外清晰。

颜亿盼端起茶水,低头喝了一口,抿了抿嘴唇没开口。

乔婉杭看了眼她放在沙发上的盒子,问:"是不是给我带了礼物?"

"哦,是啊,"颜亿盼本打算聊完工作再给礼物,现在看来也是没有聊的必要了,她把盒子递给了乔婉杭,"是苗绣,当地一个非遗传承人绣的图腾,这个绣娘六十多岁了,这个绣了半年。"

乔婉杭打开盒子,里面是一批锦缎,黑色的底上细密地绣着青色、白色的图案,四周还有某种红艳艳的花朵,在灯光下熠熠生辉。

"图腾的意思是?"

"图腾的意思好像是他们族裔的祖先,蝴蝶和水中泡沫。"

"是有什么寓意吗?"

"是他们祖先的起源吧,阴阳调和,从陌生到相知相交……很难言传。但这些不是我要送你这个礼物的初衷,而是这个老人说的一句话让我很喜欢这个绣品。"

"哦?"

"绣娘说:'这个绣品要十二根绣线交错编织,每一根线的先后顺序都不能错,只有我这个年龄才能做,太年轻的坐不住,再老一些的眼睛不好,性格活泼的心性不够,性格沉闷的不敢用色。'……她让我觉得我们都是最好的年纪,做最好的事情。"颜亿盼说完笑了笑,到今天,她们已经是共事大半年的搭档了,以后如无意外,还会继续下去。

乔婉杭看着这个绣品,抚摸着它的纹理,半晌没有说话,然后站起来,把绣品放在了旁边的玻璃柜里,回头道:"这是我进云威来的第一个礼物,我很喜欢,会好好收藏的。"

之前那种剑拔弩张的氛围,此刻缓和了很多。

乔婉杭接着说:"周末我带你去个地方,玩些我们这个年龄不玩的。"

前方道路或许晦暗不明,好在她们都没有放弃,而是选择携手继续前行。她们勇敢而坚定,成为彼此前路中的灯火。

55.两位女侠合力抗敌

颜亿盼、乔婉杭进入到VR世界的城堡探险中,她们穿着漂亮而潇洒的战衣,视频里模拟出二人的长相,看起来比现实更加年轻,身材更显凹凸有致,她们手持感应器,抬头看着高耸入云的城堡。

穿过黑暗的国道,她们进入了城堡大厅,空旷的四周闪着幽蓝的鬼火,耳腔内传来外围厮杀的声音。

抬眼看去，一个摇摇欲坠的吊顶灯上一条黑蛇盘旋，吐露着鲜红的信子。
屏幕前出现了两位登场主角的信息。

姓名：Epan
专精：剑术90%
技能：无影夺魂剑
爆发力：85
攻击速度：70
灵巧度：95
口头禅：凭什么？
来历：婴孩时被父母抛弃到垃圾桶，被打铁匠收养，打铁匠给她铸造了一把举世无双的剑，并教她剑术，为的就是送入皇宫行刺，她一路斩杀敌人，却爱上了王子，还被奸人暗算，原来打铁匠的真实身份是敌国公主，一切都是命运的捉弄，她最后【待解锁】……

颜亿盼看到后，脑海里蹦出一个假笑的表情，好吧，你们开心就行。

姓名：杭州桥
专精：刀功70%
技能：赤冶双刀
爆发力：120
攻击速度：95
灵巧度：60
口头禅：灭的就是你！
来历：出身于钟鼎鸣食之家，入宫选太子妃时，惨遭调包，被一个黑麻袋套头棒揍到失忆，出来后被家人寻回，把传家宝赤冶双刀交给她，让她去给忠良的将军劫狱，她遭遇追杀，一切都是命运的捉弄，她重上皇宫只为见【待解锁】……

乔婉杭看到后，脑海跳出一个疑惑的表情，这什么鬼？

几个年轻男孩跑来问他们：姐姐要不要我们带？
她们回头冲男孩们一笑，不知是看到她们气场太强大，还是年龄偏大，几个男孩脚步都不自觉后退，弯腰举手说拜拜了。

乔婉杭和颜亿盼相视一笑。

"男人真烦，"乔婉杭说完，举起了她的双刀，"不如我俩叱咤江湖！"

"杀出重围！"颜亿盼把剑一挥，电光火石中，四面八方涌来各种鬼怪。

"上！"乔婉杭奔向前，颜亿盼紧随其侧。

面前一个黑色的怪物冲来，颜亿盼一个飞身跳了起来，对着它的脖子刺去，怪物脖子受了伤嚎叫了一声，挥出爪牙，对着她的头部劈来，她侧身躲过，又将剑刺向它的心脏。

乔婉杭的双刀闪烁，四面八方射来尖利的箭，她腰腹划伤，奋勇向前。

刀刃相接的声音此起彼伏，两位女侠站在血雾中，鬼怪纷纷倒下。

……

风驰电掣下，二人双双登上了榜首。

两人摘了VR眼镜，发现身边聚了不少少男少女，崇拜地看着她俩，颜亿盼才看到在屏幕旁边站着的厚皮和小尹。

"两位女侠，表现出色！"两个男孩都鼓掌。

这时候刘召也走了过来，问厚皮："你给她们开了外挂吧？"

厚皮一个劲儿地摇头。

刘召不信笑道："肯定开了，来我这儿哄老板开心了。"

厚皮和小尹一副打死也不承认的样子，一口咬定大乔和颜总就是天生战神。

"我收回之前对你们芯片的评价，不是还行，"刘召正色说道，手指着屏幕，"是真的很行，多人游戏，毫无卡顿，Xtone的硬件跑这套游戏并没有绝对优势，你们公司那帮研发是真的牛。"

小尹低头笑着，脸通红。

厚皮倒是不谦虚地说："现在能和Xtone叫板，以后还有更惊艳的呢。"

颜亿盼才知道，乔婉杭让研发团队把最新的集成主板拿过来给刘召他们用，在暗火搭建了这个临时游戏系统。

"我相信，让它在市场流行只是时间问题。"乔婉杭低声在颜亿盼身边说道，声音难掩激动。

颜亿盼点了点头，看来，一定要留住程远了。

两人放下所有设备，往门外走。

"我有一个问题，不知道你想过没有。"乔婉杭看着颜亿盼说道。

"什么问题？"颜亿盼问道。

"程远的下家是谁？"乔婉杭问，"他决定离开，必然找好了下家，是谁？"

颜亿盼深吸一口气，没有说话。她一直以为程远不难找下家，却从来没想过，哪一家会死死盯住他手里的研发中心。她神色微动，不自觉加快了步伐往大门口走去。

"你要去问程远?"乔婉杭追了上来。

"不用问,我知道是谁。"

"谁?"

"国兴,赵正华。"颜亿盼语气笃定,事实上,这段时间,她一直在思考到底是谁让他们走向了某种不可逆转的局面,走到今天这一步,有一个人既是幕后推手,又是得利者。

乔婉杭听到这里也颇有一些意外,这一次,她们成了游戏玩家,而设计游戏的是一个她只听过来历,却没见过面的人。

"他有意愿,有条件,也有实力,"颜亿盼接着说道,语气沉沉,"这只老鹰这段时间一直盘旋在云威头顶上,从资宁工厂开工,到采购工控芯片,引导廖森做研发结构调整,逼走研发中心,为的都是这一天。"

销售说过,他一直做芯片研发,但没有做起来,他也从来不参加任何商业活动,却跑来看云威的资宁科技园,从一开始,他就盯上了这块肉。

"廖森和他里应外合吗?"乔婉杭眉头微蹙,"他们交情好像不浅。"

"不好说,但目前看,两个人目标并不一致,"颜亿盼摇头,思索着,说道,"廖森只是想改组研发中心,让他们自动解散;但赵正华应该不是,他想整个吞下去。我和他也只是见过两面,感觉这个人看起来很有气魄,实则深不可测,段位比廖森高。"

廖森是职业经理人,而赵正华是真正的商界大佬。

"我们遇到狠角了,他看起来谋划了很久。"乔婉杭说道。

"是的,'大伯'嘛。"颜亿盼冷冷一笑,"有长辈的号召力,还有长辈的掌控力。这次要小心了。"

"这游戏比里面的好玩。"乔婉杭笑了起来,她感觉到血液里涌动着某种难以名状的兴奋,像是紧张不安和厮杀前的快感交织。

大门打开,白亮的阳光照射到她们身上,黑暗城堡里的厮杀是肉眼可见的刀光剑影、血雨纷纷。而城堡外白日焰焰,是不知谁发起的战争,不见狼烟,不闻号角,她们却早已深陷其中,面临的只有无形的进攻和残酷的出局。

56. 留人

颜亿盼一路冲上程远的办公室。不知为何,这里的人明明要离开,却大周末还有人在加班。

当她进入程远办公室的时候,发现他没在,等了一会儿,本想自己找茶来泡,又怕碰到他哪个涉密文件,于是呆站在那里,一时茫然无措。

"你瘦了。"程远从身后走来,说道,见颜亿盼转身,定定地看了她一眼,又补充了一句，"还黑了。"说完，粲然一笑，上前抬了抬她的左手，又轻轻捏了捏，说了一句，"手好了？"

"嗯，"颜亿盼点点头，又问道，"你住院怎么不告诉我？"

"告诉你又能怎样？你不是那种会伺候人的人，反而还耽误了你工作。"

"你说咱俩当初结婚是为了什么？"

"相互成全吧。"程远站在那里，久别重逢，一时间好像少了喜极而泣的冲动。

"成全了吗？"

"你现在不需要了吧，你已经不是当初那个什么都往前冲的姑娘，也能委曲求全了。"

"你也不是那个一心搞研究的理工男了，也学会运筹帷幄了。"

"谈不上，走投无路而已。"

"走投无路，所以去找了赵正华？"

程远惊讶地抬头看着颜亿盼，旋即想了想，又了然，颜亿盼从来也不是好骗的，于是说道："他的确是第一个联系我的。"

"你答应了？"颜亿盼眼里有不满，有急切，还有作为公司管理者的担忧。

"他是所有人当中开价最高、最有诚意，也最有条件接手云威研发中心的。"

"你答应了？"她声音有些沙哑，眼神写着关心，是妻子的关心。

程远眼睛看着她，没有说话。

"你如果带走研发部，我们之前所有人，包括翟云忠的努力都付诸东流了。"

"如果我不带走，所有那些项目都会胎死腹中，这并不是翟云忠想看到的。而你，比我更清楚廖森，他没有耐心等着研发变大变强。"

"你的决定考虑过我没有。"

"你？你在哪里不都可以做得很好？"

"是吗？原来你这么看得起我，其实我挺累的……"颜亿盼坐在了他对面，长长地呼了一口气。

"亿盼，"程远走过来，伸手想过来搂颜亿盼，被颜亿盼侧身避开，他接着说，"其实，想想，我们两个不适合都在一家公司，而且还担任这么重要的职位。"

"是，自从翟董去世，我每天都好像悬在空中，不知道什么时候也跟着掉下来。"

"你掉下来，我会接着你。"那语气，那般随意，很难听出几分真意。

"你看你现在这个样子，接得了我吗？"那语气，那般嘲讽，完全听不出几分娇嗔。

程远微不可闻的叹息了一声，说："那你就管好自己，不要掉下来。"

"夫妻到底是什么？"颜亿盼抬眼问他。

程远看着她，眼眸中有了担忧，张了张嘴，却没有说话。

"我以为我们会互相成全，没想到是各自为政。"颜亿盼凄然一笑，说完站了起来往门外走，"祝你成功。"

程远似乎想拉住她，但脚步又停在了门口。

股市从来都是闻风而动。连续一周时间，云威的股价持续跌停。

乔婉杭坐在家里，她那张白板上的正方形麻将桌有了一些调整，廖森、翟云孝、乔婉杭和程远各占一边。廖森和程远之间的桌角，有赵正华；翟云孝背后有李笙；廖森的背后是Keith和Chris……颜亿盼在她身边。

她和黎叔通了电话，听他一个一个介绍每个人。

这是一场众人观战甚至想参与进来的麻将桌。

看似非常复杂，道理只有一个：实力决定输赢。

董事会如期举办，这次董事会的十三个人一个不少地出现在会议室，翟绪纲代表翟云孝参加，他们一直留了一个席位，但过去因为翟云忠在，翟云孝无法干预经营。

董事长廖森已经坐在了椭圆形桌子的中央，这是他成为董事长以来第一次组织董事会议，商议公司的重要决策。左手边留了一个位置给乔婉杭，旁边的座席依次是翟绪纲、翟云鸿、桑总、李笙。李笙在年前因为身体原因去了美国疗养。这些基本都代表翟家的势力，但内部也不统一。右手边是Keith、Chris、汤跃，还有四位是公司位居要职的高管，支持廖森者居多，他们相信公司要建立科学的管理体系，而不是一言堂或者一家堂。

"李老，身体怎么样了？"廖森开会前问李笙。

"脑袋还是清晰的，但是腿脚不灵便了。"

"本该让您好好休息，可没办法，还是需要您，今天这个会议着重讨论如何处理这次工程院的问题。"廖森说道。

"这次工程院的问题是从哪里来的，我想大家都很清楚，集团战略层面一调整，执行层就反弹，没有人希望看到这一幕。"项总打了头阵，那样子估计开会前早有准备。

"那接着改呀，"取代庄耀辉的新任投资总经理是廖森一手提拔的，他替廖森表明了观点，"国兴代表了市场风向，他看重的是我们工控领域的芯片，现在订单还在增大，我们应该把有限的资本和精力投入到产出最大的领域。"

"对，之前永盛进来我们就决定了保留研发，但是保留研发不代表不调整。"汤跃说道，"现在财务报表已经有了起色，我不认为这个决策是错误的。"

"可是现在我们面对的不是调整研发，而是整个研发团队的出走。"翟云鸿说道，他看了看在座的人，发现真正站到乔婉杭这一边的屈指可数。

"改革是有阵痛的。"桑总说道。对于他而言，每年的稳定分红，比什么都重要。

"如果不改组研发中心，会有什么结果？"翟云鸿问道。

"什么结果？就是无限的投入放在产品周期无限长的高性能芯片上，而市场需求量大的工业领域芯片则会被同行挤压。"另外一位负责公司运营的副总说道。

"两位永盛的同僚有什么看法？"廖森把持着会议方向。

Keith说："永盛的对赌协议只有三年，今年如果完不成30%的利润增长点，后果大家都知道吧。"

Chris不说话，事实上，他是工程师，知道技术对公司意味着什么，但他现在只能替东家永盛说话。

"请各位记住，现在研发中心离开，未来我们很可能被这个高精尖的行业边缘化。"总算有一个高管替"保研"说了一句话。

翟云鸿乘势补充说道："提醒你们一句哦，研发中心如果跑到竞争对手公司，咱们后悔药都吃不了。"

"世界上卖芯片的公司多了，还比咱便宜，'保利'比'保研'重要。"桑总说道。他在"云威集团"还是"云威公司"的时候负责物流，被拉到董事会纯粹是翟老爷子一手促成，为了答谢他多年的辛劳。他现在支持翟云孝。

廖森抬手终止了这种讨论，说道："我们没有必要再争论搞不搞芯片研发了，去年永盛进来的时候报纸上争的还少吗？"

众人沉默。

廖森接着说道："我每天睁开眼，想到的就是业绩，这个位置我坐得一点儿也不舒坦，但是我从来没有说大家给我压力，我就不干了，而是想着怎么让公司适应现在的市场压力，可是公司很多人都不这么看，认为我搞什么党同伐异……"

其他人有低头不说话的，有冷眼看廖森的，有赶紧摇头表达不认可外界恶评的。

廖森继续道："在座的各位金主也替我这个打工仔想想，想想：公司管理的最首要原则是什么？"

大家都没有说话，桑总梗着脖子想问，但是没有问。

乔婉杭靠在座椅上，不作声，玩着手里的戒指，神色微微一黯。

廖森用食指和中指的关节敲着红木桌："管理最重要的是什么？！是统一思想啊！是上下一致对战略的理解和贯彻！可是现在呢？让我怎么做？今天有人跟我说，我要开发一款世界绝无仅有的芯片，明天资方再跟我说利润达不成就撤资，后天再来一个什么工厂计划，我又不是许愿池的乌龟，你们可以随意往我身上撒硬币，我不能躺着就当没听见，现在呢，这里还有几个高管，你们有空问问自己手底下的人，清楚公司战略吗，清楚自己服务于谁吗？我们服务的是客户，客户就是我

237

们的方向。"

"我们还需要表决吗?"桑总乘势大声说道,"我看没这个必要了吧!"

言外之意,在这里,支持研发的目测只有两三票,结果显而易见。

乔婉杭听了半天,一只手肘支在会议桌上,托着腮,眼角一挑,瞟向桑总,说道:"桑总,你知道,如果今天我不同意,明天会发生什么吗?"

桑总撇着眼,扯着嘴问:"发生什么?"

"明天我会致函所有股东大规模抛售我手里的股票,就这波下跌趋势,你的资产会急剧缩水。"

"我会怕你?"桑总扯着嗓子说,声音却有些发抖。

"你当然不怕,可你家人呢?你在外面搞了那么多乱七八糟的投资,欠的债务会让你没有办法支付你女儿在美国高昂的学费,一个月后,她将会被退学。你的明星太太会上热搜,即便她想复出接通告补贴你,也会遭网友抵制,最后只能在商场外面裸露肌肤,无论寒暑,大声叫卖,还有你外面那个漂亮的小野猫,会不会跑到媒体面前叫唤呢。"她徐徐说来,不急不慌,仿若街坊邻里拉家常。

"够了!"男人失控地摆了摆手,气得直喘,"你这是耍无赖!"

"耍无赖"这三个字触碰到了乔婉杭的底线,她前半生叱咤麻将桌,横扫全美各大麻将奖项,尽管不做大姐好多年,但这三个字依然是她生命的忌讳。

乔婉杭站了起来,走向他,把他的椅子往后拉,弯着腰,看着他:"谁耍无赖?"

男人死死地盯着她。

"我的公司,让你女儿顺利毕业,太太不用走穴,你有地方住,我耍无赖?"乔婉杭直起身子,又扫了一眼李笙,"我要真耍无赖,这里就没有你的位置了,你坐在这里的那些交易,恐怕不好拿到台面上说吧。"

桑总的怒火被自己生吞下来,布满血丝的眼睛几乎要爆裂,却不敢再多说一句。

乔婉杭冷笑了一声,走向自己的座位,说道:"想想,谁能承受这样的损失,就尽管举手。"

李笙看着乔婉杭,脸上颇为惊异。

别的人也犹豫不决,空气里弥漫着焦灼。

"这个董事会主席,要不,你来吧。"廖森也不是吃素的,镇定自若地说道,可屁股也没有抬一下,丝毫没有要让位的意思。

其他人都赶紧上来劝,说道:"廖总,您走了,我们还留在这里做什么呀?"

"就是啊。"

"就是。"

"婶婶,"很亲切的一声呼唤,翟绪纲开始了他的表演,"爷爷之前设立这个董事会，为的就是不要一言堂，要现代化企业管理体制，您这样，让大家的位置形同虚设，很难做。李老，您说对吗？"

众人都看向李笙，他清了清嗓子，没有说话，他光坐在这里，代表的就是翟亦礼建立的现代化民主管理体制。

"咱们还是不要开历史倒车了吧。"汤跃说了一句话。

乔婉杭连看都不看他，垂眸喝了一口茶，茶杯放下时，发出了一声闷响，她之前的愤怒也消得差不多了，沉声说道："不是说半年吗，我质押我的股权，支持研发中心再挺半年，如果还是没有达成业绩，我退出云威董事会。大家对这个决定有异议吗？"

"婶婶，好魄力。"翟绪纲立刻给了掌声，这种烧钱的行为，他虽然不太同意，可这种可能把她赶出董事会的赌博，他乐意看到。

57.一本遗留的书

研发中心维持了原样，但是人心还是波动了，研发部几个同事向程远提交了离职申请。他们需要一个更稳定的环境，更重要的是，他们要找一个薪资待遇高，能改善他们生活条件的公司。

乔婉杭倒没受什么影响，依然雷打不动地来工程院坐班。

因为之前有出走的打算，有些部门整理过物资，保洁在CPU设计D组的经理办公室里找到一本黑色封皮的英文书，是一本技术书，名为《FPGA Based》。

保洁在办公区域晃了晃，问："这是谁留的书？被压在书柜角落了。"

小尹眼疾手快地接了这本书。

因为这本书所在的办公室，是过去翟云忠办过工的地方。

小尹把这本书悄悄地放在乔婉杭的工位上。她翻开第一页，就是翟云忠熟悉的行书字体，写着买这本书的日期，是在两年前。

小尹还低声说道："A组经理的办公室过去是翟总工在这里的临时办公室，说是临时办公的地方，他差不多一半的时间会在这里待着，后来他死的第二天，程总工就把这个办公室给D组经理用了。电脑做了清盘处理，粉碎了不少文件，私人物品送到了行政处。"

看起来是想让他所有的痕迹迅速消失啊。

乔婉杭质押股权保留工程院，程远没有过来表示感谢，她也没有过去对他愿留下来表示感谢，双方维持着某种平衡。你保护的是你广夫的事业，我要做的是我的工作，两不相欠，互相之间把握了那种微妙的尺度。

翟云忠留下的那个合约很蹊跷，程远也有意无意回避很多问题，翟云忠有没有可能是在受胁迫的情况下签下的那个协议？

这个地方有诸多疑点,她现在依然无法一一解开。

不过,这本书上的笔记,比她家里那些书上任何笔记都多,应该是他在办公时经常阅读的书。

乔婉杭把书带回了家,在书房黄灿灿的台灯下翻阅。书的封底背面有一张蓝色钢笔画的芯片设计图,因为受潮,墨水很淡,且有些晕染的痕迹。图片下面是一段话:FPGA对其编程可以实现在线重构,能进一步缩短设计周期,市场相应速度将以小时计算,技术难点在于数据加密、数据保护和数据压缩,但重构的内核设计必须摒弃原有规则,否则路断!!!

这段话是翟云忠写的,乔婉杭凝视着它,眉头微皱,然后又翻阅了这本关于存储芯片的书,上面用蓝色钢笔做了标记。

隔行如隔山,她真是硬着头皮学啊。就和一个刚有一点道行的人,捡到一本武林秘籍,想参透其中真谛,还是有困难的。

她决定迎难而上……把这部分内容拍照发给到小尹。

小尹是个热心肠,很快发来语音。

"这是现场可编程门阵列,是一种在母版上布线的模式,简单来说就是,过去我们设计芯片更新换代很慢,设计周期以月计算,现在以小时计算……"

乔婉杭看到微信上显示:对方正在输入……

顿时头疼,估计这技术小怪咖又要开始长篇大论讲技术了,于是发了一段语音。

"我不是问技术,我是问最后一段话,尤其是最后四个字。就这儿我没看懂,他过去没有跟你们提过吗?"

"没有。"

乔婉杭放下了手机,深深地感觉到,他们之前交流得太少了,只能凭感觉揣测,他更忧心的是手头的公司……还是忧国忧民?看起来不像,也许在家族教育下,他多少也会有些家国情怀吧。

正想着,小尹又发来一段语音:"很奇怪,这部分技术已经很成熟了,翟总工为什么会看这本书?"

看了看出版日期,是四年前。芯片技术每过一年都发生巨大变化,这真的算是一本过时的书了。正翻看时,从书里掉出一张书签,书签是一张卡片,上面是水墨画,是立于山崖的青松。

乔婉杭把书签拿在手里,画的纹路清晰,不像是印刷品。

放在灯光下,能看到墨迹扩散的印痕,这幅画是钢笔手绘的。

青松是翟云忠喜欢的树,所以给女儿取名翟绪青,儿子取名翟绪松。

但这不是翟云忠画的,他对绘画没什么兴趣。

她翻看书签背面,上面还有一行极其工整的隶书写了一行小字:吾之所短,吾抗而暴之，使之疑而却；吾之所长，吾阴而养之，使之狎而堕其中。

字体也不是翟云忠的。这本书他大概借给过别人，那个人遗落了一张书签。

乔婉杭把这张图片发给了小尹，小尹很快发来对这句话的解释：

这句话出自苏洵的《心术》，是面对对手时的一个策略，意思是我的短处要以对抗方式暴露，让对方胆怯而不敢冒进，但我真正的长处要隐藏，并且不断培养，真正对决时，让他陷入其中。

乔婉杭也是一阵无语，这个男孩总是会错意。

那边小尹还是发来一段话：感觉头皮发麻，心机好深。

乔婉杭回道：这是因为中国人曾经长期遭遇压迫和战乱，这都是在苦难中的总结，你们年轻人不懂。

她毕竟出生在有底蕴的家庭，这点修为还是有的。

她又发过去一段话："这个字体你认识吗？工程院谁写的？"

小尹语音回："没见过，我们工程院几个老大的字我都见过，鬼画符一样，怎么快怎么来，没有谁会写这么装的字体……"

的确是，他们设计芯片有时候会手写记录，她在工程院也见识过，都是工科生，没几个人有这样的闲情雅致。

她放下书签，开始翻阅书籍里的笔记，看着里面一个一个笔记，她一字一字地誊抄，似乎这样能离翟云忠更近一些。遇到不明白的再一点一点查阅，知识点一条一条地记录。

这样的记录本，她已经攒了快三本了。

窗外上弦月空悬，秋风微凉。

每到这时，她的心绪如同夜空，幽暗宁静，她的恣意任性、无所顾忌，甚至焦虑都在悄无声息地走向平和。

58.中秋怎么过？

桂子的香气填满了城市的秋，天高云淡处，再忙的人也生出了闲适之情。

公司里发了一张中秋螃蟹卡和蛋糕店礼品卡，颜亿盼拿到手里却不知道怎么用，和婆婆的关系没有缓和，大概率不会被邀请共度中秋，她毕业以后，通过校招离开北京，来了这座城市，在这里也没什么朋友。

这个中秋节恐怕是要一个人过了。

她来到家门口的蛋糕店，看着店里摆满的形态各异的糕点，最终也就买了两杯坚果酸奶和一些早餐吃的吐司，过甜的东西她都不喜欢。

刚出店门走了几步，就接到爸爸的电话，问她："见了妈妈没？"

她一路狂奔回家，出了电梯就看到母亲坐在一个巨大的褐色登山包上，鬓边的白发有些乱，额头抵着冷墙，身子佝偻着往里靠，风尘仆仆又疲乏不堪的样子。

"妈妈！"颜亿盼又是惊喜，又是心酸。

颜母一脸疲态，但见到女儿还是露出了笑容，扶墙撑着腿站了起来。

知道她一定等了很久，明明心疼，颜亿盼嘴上还有一点责怪："你来怎么也不说一声，到了也不给我电话，万一走丢了怎么办？"

"不会的，我又不瞎，我知道你们两个都忙啰，如果天黑你再不回家，我就打电话了。"颜母还是笑着，眼睛却一直没离开亿盼。

一进房门，颜亿盼打开灯后，颜母四处看着，想看出些什么来。从他们结婚以来，颜母来这里也就三次，结婚时，去年小产时，然后就是这一次。

"程远还没下班啊？"

"他最近特别忙，就住公司旁边的宾馆了。"颜亿盼一边说，一边把行李往里拎。

颜母没有再多问，换了鞋就赶紧忙着把带来的登山包和箱子都打开，里面衣服不多，全是土特产，腊肉、茄干、梅菜，还有一些新鲜的果蔬……

颜亿盼对母亲说："你先去洗个澡，休息一下，这些东西不着急。"

颜母没理会，依然忙忙碌碌地把东西往冰箱里收拾，收拾完带来的东西，又跑到厨房里洗洗涮涮。

颜亿盼也拦不住，就随她了，自己进屋换了衣服出来，发现母亲已经在厨房里淘米煮饭了，还热了一碗粉蒸肉，见到她过来，就交代了煮玉米的时间，才跑去洗了一个澡。

屋里弥漫着菜香，顿时有了暖意。

"你给程远个电话，问他什么时候回家吃饭，我给他带了腊肠，我看他过年的时候吃了很多。"颜母拿衣服进浴室前说道。

颜亿盼"哦"了一声，就拿着她的行李进了自己卧室，准备给她归置衣物，现在她和程远还是分居状态，母亲如果住程远的房间，又会多想，先让她住在主卧，过完中秋可能也就回去了。

从箱子里拿衣服的时候，突然翻到几件娃娃穿的线衣，看起来是手工织的，针线织得细密，花纹也很活泼。

她看着也是无语，轻叹了一口气，把这些衣服塞进了底层抽屉里。

待一切收拾好，她找到母亲的手机，翻她微信的聊天记录，母亲的突然来访恐怕不仅仅是来过中秋这么简单，必然是察觉到了什么。果然，在和"春暖花开"的聊天记录里，找到一些端倪。"春暖花开"就是她婆婆的微信名。

逢年过节，都是母亲主动给婆婆发问候，认真"一对一"编写的短信，充满了对婆婆身体和家庭的祝福。换来的回复，要么是一张标配的群发节日图片，要么不回。

最近的对话是母亲用语音问婆婆：中秋节我给你们寄一些特产，有香肠和腊肉，程远爱吃，你们一大家好好过个节。

程母打字回：不用麻烦了，我们吃得不多，我也不大会做。

母亲打字回：亿盼会做。

程母没有回答。

无声胜有声，颜亿盼猜她就为了这几句话得几晚上睡不好觉，索性过来了。

半年前婆婆过生日的时候，在微信里发了一张点蜡烛的生日蛋糕图片，配了一些低调有内涵的文字：儿子买的蛋糕，说是低糖低卡。生日有家人陪伴就是快乐，知足。

那时候是她和程远关系最僵的时候，她以工作忙为由，没有去为她庆生。

颜母又在这条朋友圈下热情评论道：祝亲家母生日快乐！永远年轻健康！

程母没有单独回她，而是群回了一句：谢谢大家的祝福。

程母的朋友圈主要以养生文和鸡汤文为主，鸡汤文又主要以影射颜亿盼做媳妇不合格为要义，比如：一个好妻子，就是家庭最好的风水。再比如：家风正不正，就看这几点……

就因为这个，她直接选择：不看婆婆的朋友圈。

可她不看，她的亲妈肯定要看的。

颜亿盼听到母亲洗澡的水声停了，就不动声色地把手机又放回了原处，然后在厨房里把玉米夹出来。

吃饭的时候，母亲又问："程远什么时候回家？"

"他最近很忙，我到公司见到他就问他。"颜亿盼笑笑说道。

"行，你们能经常见面吧？"母亲筷子没动，看着她很关切地问道。

"不在一栋楼，但也能见着。"

"哦，那就好，夫妻在一个单位，最好了。"她心满意足一般，实际上，颜亿盼知道她在担心什么。

晚上睡觉前，颜亿盼发现自己掖在被褥里那个白熊热水袋已经灌满了热水，顿时觉得心中暖暖。婆婆有一句话说得是对的，就是有家人陪伴，确实很好。

晚上快睡着的时候，她感到一只粗糙的手把自己放在被子外的手放进了被子里，还低声说了一句："才秋天，手脚就这么冰凉，到冬天还怎么过啊。"

颜亿盼只觉得眼角发酸，闭着眼睛，不作声。

早晨颜亿盼是在母亲打蛋的声音中醒来的，筷子敲击碗，发出有节奏的搅动声，这一夜睡得极安稳。

洗漱过后，她就看到桌子上煮了八宝粥、红薯，还有咸鸭蛋，刚坐下母亲又端上来一碗蒸蛋。

"这是家里的土鸡蛋，还加了一点天麻。以后每天早上给你做一个，你的身体还是没有调理好。"母亲说着，坐下来，帮颜亿盼把咸鸭蛋剥开放在盘子里。

就在这样舒适的早餐后，颜亿盼元气满满地去上班了。

第三季度接近了尾声，业绩在国兴的订单下达成了，但是第四季度依然有待验证。杨阳说，销售部出售工控芯片的提成比出售千窍芯片的提成高，理由是前者成本更低，当然，更重要的理由是廖森的策略导向。千窍芯片除了西南区订货较多，其他地方有增长，但速度缓慢。

颜亿盼在部门内部探讨，计划通过举办一场游戏竞技赛，让媒体直观地看到云威芯片的性能，刺激销售。但即便是这样，从采购管理部到财务部，预算层层削减，邀请玩家的费用一压再压。不管怎么说，这个都是商业活动，任何顶尖玩家的报价都不低。

总之，就为了这么一个活动，公司里都在传她们在烧钱。

内网BBS上有人出了一道应用题，按照现在的股价，翟太质押的股权所贷出的款项能否坚持到年底？

颜亿盼也不得不考虑这些舆论，她给部门的项目指导方针是："低调准备，高调出场。"

最后，场地从著名艺术中心改在了刘召的暗火，因为工作日的白天不营业，刘召就没有收场地费，只收了部分小食和饮料的费用，玩家也都按照友情价来的。

刘召面对杨阳软磨硬泡的砍价，口头禅都变成了："不能再低了，底裤都快被你们砍没了。"

场地也总算确定下来了。

乔婉杭那边倒不为所动，能支撑多久就多久，天若不亡我，你奈若何。

一日夜晚，她正跟着研发部同事们加班，学着记录测试数据，从测试实验室出来后，不知谁把灯都熄灭了，然后传来了一个模仿性感沙哑的DJ的声音："女士们、先生们，天崩地裂，万物更新，在一座云威山峰里出现了一个稀世珍宝！"

只见几个手机设置的手电筒在办公工位旋转着，背景声音像是一群野兽加悟空家族的嬉闹声。接着光线都聚在一个桌子上，上面有一个带着裂纹的蛋。

3、2、1，没动静，再喊，3？2？1？

还是没有动静。

众人哎了一声，有人笑骂了一句："笨蛋！"

蛋听懂了一般，终于抖动了一下，蛋壳开始一片片龟裂，中间出现了一个精致的芯片，闪着璀璨夺目的光芒。

"千窍诞生了！"

然后传来《西游记》的片头曲，悟空腾空而起的形态映入每个人脑海。

所有人都在鼓掌，但也有人大笑大喊道：

"这就是扯蛋啊！"

"不懂别乱说！"

接着在口哨声和起哄声中，灯再次亮了起来，一群人围在乔婉杭身边，问她："行吗？大乔，你觉得行吗？"

颜亿盼的办公室里，这个蛋就摆在她面前的办公桌上，乔婉杭坐在对面。

彼时的天空正蓝，阳光透过百叶窗，静谧地照在颜亿盼的办公桌上，白墙上的钟安静地走着，外面同事们都忙碌着邀请媒体、客户参加发布会。

颜亿盼看着那个蛋，心情五味杂陈，说不出话来，蛋在一个机关下裂开，中间还卡了一次壳。乔婉杭手动让它裂开了，露出了精妙绝伦的芯片。

没有风骚DJ、没有热烈喝彩、没有灯光和音效。

乔婉杭心意拳拳，等待着她的回复。

颜亿盼不断告诉自己不要笑，这不好笑，这是乔婉杭苦守研发中心的诡异创意，凝聚了技术怪咖们的超凡想法，她不懂，只是因为她太平凡！

她想表现出严肃又惊喜的样子，但是好难。良久，她终于还是困惑地问了一句："现在年轻人都喜欢这个？"

两个人看着碎蛋壳，陷入了沉思。

接着，两个人不约而同地抬头说道："要不试试？"

亮相形式就这么定下来了。

59.中秋这样过！

活动还在筹备，但障碍麻烦依然不断，活动邀请的媒体又出了问题，Amy提交的拟邀请名单上画了一半的红叉，她不无遗憾地告诉颜亿盼说："那些标注红叉的记者都说没有时间来看这次游戏对决。"

颜亿盼打电话给王克，才知道自己不在集团总部这三个月，Amy已经完全更换了云威的媒体记者对接人，并亲自拜访了各个媒体的主编，理由是过去的媒体记者不可靠。在对外沟通部，她已然成为负责人。这一次，她有意不让媒体捧场，想来也是得到了上头的授权。

见缝插针，见风使舵，见人说人话，见鬼说鬼话，这就是Amy的职场生存之道。说到底，没有过人的禀赋，很难支撑一颗坚定的内心，这样的人留在颜亿盼身边，也是个麻烦。

媒体来得少，这场对决比赛的效果就要打折扣。颜亿盼最近总感觉自己抓得越紧的东西，流失得就越快。手头能掌握的资源越来越少，下面年轻的人想顶替你，上面掌权的人想换掉你。

她像两块饼干中的夹心层，在极有限的空间中存活。BBS上那道应用题依然在她脑海里徘徊，如果这次宣传效果不行，无疑离死亡又近一步。

机器也有断电整修的时候，她也需要喘息，她的喘息便是回家有口热饭吃。

自从颜母到来后，颜亿盼的家中多了很多生活气息，玻璃台面上铺了有艳丽花色的桌布，家里多了很多与红木家具材质完全不同的那种路边摊常用的塑料椅子，还有白色的高级瓷碗混在了花色各异的形状没那么规则的陶碗中，厨房还多了一个铁架子，专门用来放各种洗菜的铁盆。也不知道她这几天去哪里了，一下子采购了这么多东西。

那天她精疲力竭回到家时，听到妈妈正在给婆婆打电话，邀请对方中秋节来家里吃饭。原来，母亲采购了这么多东西，希望的就是有一天邀请她的婆婆过来。

但是，婆婆谢绝了。

如果是颜亿盼邀请，婆婆谢绝了，可能颜亿盼只会觉得被针扎了一下，过会儿就好了，但自己妈妈亲自出面邀请，婆婆还是那样，她就感觉这根针扎到了心里，久了，生锈了，时不时一扯还生疼，事实也是如此。时隔多年，那个身为"院士夫人"的婆婆，骨子里仍旧看不起自己的母亲。

她隐而不发，没多问，吃过饭后收拾碗筷，把碗放到水槽的时候，发现塑料挂钩上有一块带着油渍的棉质花布，这一幕她太熟悉了。她摊开这块抹布，发现是一条破旧秋裤上大腿位置的布。她把这块破布扔进了垃圾桶，又从厨房抽屉里拿出购买的白色洗碗布。

这一幕恰巧被颜母看到，说道："现在超市的洗碗布那么贵，还不好用，这种棉质的布多好用，你不懂，我来洗。"

颜母不知从哪又拿出一块这样的抹布，就在水槽里洗。

"妈，你能不能不要用这个洗碗？"

"怎么了，这些布我都用洗洁精洗过了。"母亲麻利地洗着碗。

"你觉得干净，别人觉得脏死了。"

"……就你多心。"颜母说道。

颜亿盼一把夺过了抹布，扔在了垃圾桶里。并且把厨房里其他这样的抹布，还有乱七八糟、五颜六色塞在犄角旮旯的塑料袋都扔进了垃圾桶。

"那些是装垃圾的！"颜母也怒了。

"我不是买了垃圾袋吗？"颜亿盼用力拉开抽屉，从里面拿出卷筒垃圾袋。

"现在都说要注意环保，你却这么做，像话吗？"

"妈，我们不缺钱，你为什么总是把日子过得那么厌？"

这些话接二连三刺伤了颜母，颜母什么都没说，弯着腰离开了厨房。

颜亿盼懊恼又痛苦，妈妈有什么错，辛苦把她供养出来，把最好的给自己，生活曾经对他们而言不是享受，而是尽量低成本地活着。她只想改变这一切，让他们体面地活着，然而现实总是把她拉回原地。

颜母提醒她让程远回家吃饭，她也故意赌气一般，偏不执行，这桩婚姻，如果还要靠她妈妈来维系，还有什么意义。

日子就这样到了中秋前夜，没想到程远居然回家了，心情还不错地买了不少菜，到底还是颜母给了他电话，让他回家吃饭。

程远和颜母没有太多的共同话题，但还是尽量聊一些工作的事情。

"加班有加班工资吗？"

"有，还是一点五倍。"程远笑道。

"真好，但也别太辛苦了。"颜母又给程远盛汤，"身体要紧，钱是赚不完的。"

"妈，你也吃。"

颜亿盼看着这两个人照着电视剧演出一副母慈子孝的样子，只觉得好笑。

程远问了一句："明天中秋节，你们去我爸妈家过吧？大家一起热闹。"

"哦，好啊，正好我带了很多菜。"颜母咧着嘴笑开了。

"是你邀请，还是你妈邀请？"颜亿盼冷不丁冒了一句。

"这不都一样吗，就你多心！"颜母想堵住颜亿盼的嘴，"程远，吃饭，别理她，她最近工作不顺，撒邪火。"

程远也就不说话了。

"我不会去的，妈，你要去你就去，"颜亿盼放下碗筷，勾着嘴角一笑，"不过，我提醒你，你给她电话求她来吃饭，她可没提让你过去吃饭，你到时候被人嫌弃可别躲着哭。"

程远的脸色瞬间冷了下来，他放下筷子，默然地看着颜亿盼。

颜亿盼在外看了太多人脸色，回到家，真不想再看他脸色，于是就站起来，回了自己房间。

一晚上，三个人都被掐住了话头一般，沉默着。晚上，亿盼听到身边母亲的一声叹息，却也不知怎么劝慰，她不想粉饰太平，她和程远的关系就是这样，时好时坏，不知道哪天这根弦就断了。

程远也不是一个惯常低头的，他当晚在次卧睡，一早就走了。

颜亿盼是在八九点醒的，醒来的时候发现外面淅淅沥沥地下着小雨，妈妈也没在房间里。她叫了一声妈，没有回应。她猛地坐了起来，不知道妈妈是跟着程远去了婆婆家，还是回老家了。

颜亿盼翻看衣柜，带来的衣服没拿，翻看冰箱，送人的土特产也没拿，不禁担心起来，妈妈会去哪里？

她给妈妈打电话，发现她也没带电话。

她随便洗漱了一下，披着外套拿着伞就冲出了房门。

风很大，斜刮着冰冷的雨打在身上，颜亿盼突然害怕起来，自己在外面，为了往上爬，低头卖笑都可以，但到了家人面前，最本来的面目也懒得藏了。无论在什么地方，她都要成为最优秀的那个，自觉只要不让父母操心，便是孝顺。却不知，自己的心磨得跟冰刀子一样，伤的总是和自己最亲近的人。

真是不应该啊，妈妈来这几天，想着把最温暖最好的都给她，包括她所认为的"家庭和睦"。中秋佳节团圆日，她把妈妈气得出了门，遗落在这样一个陌生城市里的某个角落。

雨不见停，她发疯似的到处找，从超市到公园，再到汽车站。

雨声太大，她喊妈妈的声音都被淹没在了雨中。

嗓子因为心跳过快而发紧。

她跑到警卫工作站，给警察看妈妈的照片，警察询问她妈妈平时去哪里，她居然答不上来。

这么多天，她不知道妈妈怎么买菜、怎么出门、怎么把那么多东西搬回来。

警察听她说了妈妈的一些习惯，让她别着急，让她去三站地外的一个菜市场找找。

颜亿盼没有开车，也没有坐车，以她对妈妈的了解，但凡步行能到的，她绝不会坐车。

她踩着一摊水，往菜市场门口走去，里面的水果蔬菜码放得很整齐，放眼看去人不多，她又跑到卖水产家禽的地方，这里腥味很重，正要往里走，就听到一声："亿盼，你怎么来了，别往里走了，脏。"

颜亿盼才看到两手都提着菜的妈妈站在狭窄的过道边，额上不知是汗水还是雨水，脚底下的鞋也湿了。

妈妈似乎没有意识到她情绪的波动，提着菜就往外走，外面的雨不知什么时候小了，颜亿盼跟在妈妈后面，不知怎么一直低头落泪。

"吃早饭没？"颜母问道。

"没来得及吃。"颜亿盼擤了一下鼻子，"你吃了吗？"

"吃了。"

"家里不是还有很多菜吗？怎么还出来买？"颜亿盼上前要去接颜母手里的菜，把伞撑在她头顶上。

"中秋节嘛，还是要搞得多一些，好一些。"妈妈继续走着。雨水滴在伞上，又落在袋子里的蔬菜上，湿漉漉绿莹莹的。

"老家有个说法，中秋节过好了，冬天才不会挨冻。"妈妈偏头对她笑了笑，说道。

颜亿盼一时也跟着笑了出来，眼角红彤彤的，眸子盈着雨天的水汽。

"快点走，回去吃早饭。"妈妈停下脚步，笑道，"我做了苦瓜酿肉和红豆甜汤。"

"你又想说先苦后甜……"颜亿盼低头说道，"我到现在也没尝到什么甜头。"

妈妈把手伸了过来，用食指关节戳了一下她的腮，笑骂道："那么甜还说不甜，你舌头坏掉啦……"

这个中秋，颜亿盼确实过得很不错，茶几上放满了零食水果。颜母在厨房做菜的时候，颜亿盼有一种难得的满足感，生出了些许不畏寒冬的胆气来。此时，她的手机信息提示音不断地响着，有很多人给她发了微信祝福语。

她简单回了以后，对"乔"发出了祝福：我的老板，中秋快乐。

乔回：不快乐。

颜亿盼语音："怎么了？"

乔语音："你们家有没有可能多出三副碗筷？"

颜亿盼一听，把电话拨了过去，那边甚是吵闹，还有一些摔东西和骂人的声音，她感觉头皮发麻，她的老板不会又去砸人场子了吧？

"喂？你在哪儿？"颜亿盼心中颤抖地问道，"要我去接吗？"

"不用，不用，我自己过来就行，把地址给我。"那边倒还真不客气，语气还很平静。

看来没有大事。颜亿盼松了一口气，赶紧对颜母说："妈，我老板和她两个孩子要过来，准备三副碗筷啊。"

颜母赶紧从厨房出来，大声问道："什么？老板啊？"

"嗯，女老板。"

"两个孩子？"颜母错愕地看着她。

"是，别担心，他们吃不习惯也不会砸盘子。"颜亿盼看母亲紧张的样子，笑了起来。

"那，我给他们蒸个米粉肉和蛋羹。"

"行，都行。"

"我还要去买菜吧？"

"不用了，他们估计很快就到了，今天买得够多了。"

"好，好。"颜母忽而又变得欣喜，老板来自己家里，说明女儿混得不错，而她又是个喜欢热闹的人，尤其是过节，让整个房子都充满欢声笑语才好。

骤雨初歇，空气清新干净。

颜亿盼在小区门口接到了乔婉杭的车，下车时，看到乔婉杭还带了一堆东西过来。

颜亿盼客套地说道："老板，这么客气啊。"

"不客气，都是从翟云鸿家里顺过来的。"乔婉杭说完笑了起来。

颜亿盼不禁猜想，之前电话里的打闹声是在翟云鸿家？

她的女儿阿青很礼貌地喊了阿姨好，儿子小松挺害羞地躲在后面，不肯说话。

几人一路上了楼，进屋以后，换了鞋，颜母就出来了，看着乔婉杭说道："老板这么年轻啊！"

"这是我妈。"颜亿盼向乔老板介绍道。

"阿姨，您好，是很年轻，也还是比亿盼大。"然后推了推两个孩子，"叫奶奶。"

两个孩子跟在后面脆生生地叫了："奶奶好。"

"诶，诶。"颜母赶紧应道。

乔婉杭牵着孩子进客厅的时候，问了一句："程总工没在家？"

"去他妈妈家了。"

乔婉杭"哦"了一声，也就没有多问。

颜母做菜很快，没多久就端上来七八盘菜，其中还有一盘牛杂汤。

"不知道老板吃不吃得惯，这是我们老家的做法。"颜母拿了一个大汤勺放进汤碗里。

"您别叫我老板，叫我小乔吧。"乔婉杭赶紧说道。

"这碗牛杂汤，我估计你不太能吃吧。其他还是很正常的菜。"颜亿盼小声说道。

颜亿盼话没有说完，就发现阿青小朋友的筷子直接就伸进了牛杂汤里。

"阿青，"乔婉杭小声地温和说道，"等奶奶夹了，你再夹。"

颜母还有些拘谨，于是象征性地夹了一根青菜放在碗里，这时候阿青才开始动筷子吃了。

两个小孩吃饭很安静，乔婉杭也并没有想象的那样娇贵，几乎每样菜都吃几口，还直夸颜母做的菜饭可口。

颜母很喜欢小孩子，不停地帮他们夹菜盛汤。

"妈，你让孩子自己吃吧。"颜亿盼说道。

颜母刚放下了筷子一会儿，又拿起来接着给孩子们夹菜。

吃螃蟹的时候，才轮到颜亿盼和乔婉杭分别帮两个小孩子剥螃蟹。

"你们家没什么字画？"乔婉杭一边剥螃蟹，一边看着客厅的摆设，问道。

"我们家可没有书法大家。"颜亿盼笑道,猜想乔婉杭家此刻应该挂着那副"疾风知劲草"的书法。

"哦?程远不练吗?"

"他哪有那工夫。"

"哦……"乔婉杭点了点头,她其实想知道那张书签会不会是程远的杰作。

吃过饭,两个孩子也放开了,在沙发上、地上滚着。

颜亿盼给他们榨了西瓜汁,切了月饼。

"你之前在翟云鸿家啊?感觉挺热闹的。"颜亿盼给乔婉杭倒茶时故作无意地问道。

"呵,岂止是热闹,"乔婉杭瞟眼说道,"他的第四任老婆,为了个派对吵起来了。"

"啊?"颜亿盼只觉得好笑。

乔婉杭接过颜亿盼手中的茶喝了一口,不禁长吁了一口气,中秋节对她们一家而言并不好过,本来想去别人家过,没想到过得还不安宁,回国快一年了,心里却总是像缺了一角,怎么也填不满。

此刻,居然在颜亿盼家里感受到节日的氛围,有了短暂的安宁和喘息。

"他们家,就这个老三过得潇洒。"乔婉杭说道。

颜亿盼注意到乔婉杭提翟家时用了"他们家"三个字,她总是和这个家族保持着一种很难捉摸的距离。

阿青突然伸出一只手,举起一张黑卡,放在颜亿盼眼前,上面雕金刻着:云尚9号,9月初9,等你来。

三个9闪着土豪金亮光。

"呀,"乔婉杭瞪着这张卡说道,"你怎么把小叔叔的邀请卡拿来了。"

"小松也拿了一张!"阿青探着个脑袋,趴在沙发上问道,"妈妈,这是什么,怎么小婶婶要那样扔。"

阿青翻过身,脚搭在靠背上,头仰出沙发外,抬手做了一个漫天撒花的动作。小松也学着扔卡。

"哎呀,好的就不学。"乔婉杭赶紧站起来,把他俩手里的卡收缴了。

颜亿盼接过来看了看,问道:"这就是那个神秘的高端聚会吧。"

"你也听说了?"乔婉杭坏笑道,"他老婆觉得我是云鸿的老板,让我主持公道,说要取缔这个活动,大过节的,两个人就打起来了,正好你来了电话……"

颜亿盼想到翟云鸿平时那"二世祖"的样子,也觉得好笑,说道:"这活动很有来头,听说很多明星大腕都到场,玩的都是别人不敢玩的,而这云尚9号啊,平时都紧闭大门,很神秘,据说斯皮尔伯格在这里拍过电影。"

"是，老三就是爱搞这种花里胡哨的活动。"乔婉杭眼里有些不屑。

颜亿盼看着这张卡，顿了几秒，幽幽说道："这地方谁都想去看看。"

"你也想去？"乔婉杭挑眉问道。

"想啊，"颜亿盼一副满心期待的模样，如同仰望皇宫的民女，笑道，"上流社会的消遣方式，谁不想见识见识？"

"真想去？"

"真想去。"

"行，我带你去。"乔婉杭拿着一张卡放在她手里，然后低声笑道："听说主题叫'丝带'……听听，也难怪我那小弟妹闹翻了。"

"哦？'丝带'？"颜亿盼眯了眯眼，笑道，"……很有想象力。"

"不绑丝带，不让进哦。"乔婉杭捂着嘴，凑到颜亿盼耳边小声说道。

红酒的微醺下，颜亿盼两腮绯红，低头浅笑，忘了自己还有一桩纠结的婚姻在身。

两个人聊了好一会儿，小松趴在坐垫上快要睡着了。

60.上流社会这么玩

如果要概括颜亿盼的一生，可以用一句话：这山望着那山高。

好在她不是那种只会坐享其成的人，有路，她就会上去，若没有路，她便自己低头凿一条路，也要爬上去。

儿时，她除了打算离开那个混乱的地方，对未来并没清晰的展望，如果说觉醒，应该是初中的某个寒假。

那段时间，她每天都会踩着单车去给市区一个24小时营业的连锁炸鸡店送货，晚上送完货以后，店里的经理都会给她一些卖剩下的炸鸡。也许是学习太累，也许是长身体的年龄，她又饿又累，一拿到热腾腾的炸鸡就恨不得当场吞下，但吃鸡不能当着客人的面，她就在后门外的角落蹲着吃，这是她一天最幸福的时光。

如果不是因为一个眼神，她可能永远都意识不到自己的狼狈。

那天，她感到一双眼睛在看着自己，她一回头发现是店面里有一位客人没走。透过玻璃门，她看到了这个男人，他看起来三十多岁，穿着黑色毛呢大衣，举止文雅，像个教授。他的眼神让她局促，让她觉得自己特别的卑微，让她注意到店面后门的肮脏和混乱，她不自觉地把手里啃了一半的鸡腿往怀里藏了藏。

这人隔三岔五会在这里看书，听老板说是要考博士，家里有孩子吵闹。后来这人没再来，但是落了一本书在炸鸡店。

她便捡了回来，是一本全英文的书，她只认识封面的"HDL"三个字母，其余内容对当时的她来说，简直如同天书一般，看不懂，但觉得很神圣。

她觉得既然是要考试用的，这书一定很重要。上面写着那位学者的姓氏，她向老板打听到学者教书的大学，便在一次送完货以后，骑了两个小时的车到这所学校。一个大学生告诉她这是一本编程方面的书，计算机系的，于是她走到计算机系，问了教学楼的门卫，才知道这位老师是学校的客座教授。知道了教授上课的时间，过了几天，她又来了，蹲守在门口，等教授上完课，把书还给了他。

那本书被她捏久了，都有了汗渍，她当时极为窘迫地担心教授告诉她，这书不要了。不过，教授没有，他接过书时，很是惊讶和感动，作为奖励，送给她一张这个学校图书馆的借书卡。

"一个人如果要改变命运，首先要学会的就是：最大化利用现有平台的最优资源。"教授给他卡的时候，说了一个超出她理解范围的道理，并为她做了朴实的解释，"比如在那家炸鸡店，最有价值的不是炸鸡，是我给你的机会，你以后可以来我们学校借书、看书、自习，然后想办法考市里最好的高中，再尽你所能考最好的大学，那里一定会有更好的老师，有更大的图书馆，你要最大化使用这些资源，勤学多问。它们会让你走上下一个高点。"

那个她上班以后便断了联系的教授，给了她灰暗倔强的大脑里的一点灵光。

那些话，或许在之后漫长的岁月中，有她自己加工的成分，不管怎样，她就是靠着这样的坚持，让那个油乎乎的脏小孩脱胎换骨，走到了现在。

夜色悄然而至，这座繁华的城市灯火璀璨。

在绿荫环绕处，有这么一个温柔富贵乡，云尚9号。三层中式现代装修风格，八角屋顶立着四五个古朴而简约的小神兽。在星光下，它们的周身泛着一线银白的光。

通往云尚9号只有两个门，前门已然来了着装考究的俊男美女，在现实生活中很难一睹这些人的风采。

美丽的女人身着晚礼服，手里拿着那张在月光下闪闪发光的9号卡片，旁边有非富即贵的男伴陪同，她们要么是头上发髻挽着丝带，要么小腿处绕着丝带，男人则是帽子上或者手腕上戴着丝带，他们从一扇黑色的大门中进入。

这样的低调奢靡风总是能吹到敏感的媒体耳中，外面围了一圈圈的记者，他们渴望拍摄到明星或名媛的举手投足，当然，如果能捕捉到酒醉之后的桃色新闻，那将更让他们兴奋。

来的明星丝毫不惧媒体，大约这种场面也见多了，把这个圈内聚会当作什么电影节红毯走一走也未尝不可，他们的美貌仅被夜色窥见岂不是白白浪费了。

红地毯上一双双修长美腿缓缓踏过。

乔婉杭的车穿行过一片林荫大道，也停在了门外，她手上缠着一个黑色的丝带扣，穿着黑西装，胸前口袋里漂亮的丝巾叠成了一朵蓝莲花，她眉眼微挑，高贵而飒爽，没有人能把她和大半年前葬礼上的样子联系起来。她下车后，回头等身后的人，颜亿盼款款走来，追光灯和相机都瞄向了她，她穿着一件红色的晚礼长裙，背后用红色的丝带缠绕成一个V字，后颈处一个简易优雅的蝴蝶结落在她的蝴蝶骨上，面如红艳的秋日落入湖面，漾着如火的绝色，似乎随时燃尽周遭枯黄的落叶。

两人相视一笑，结伴向前。

在她们前面进入的是当红歌星梁娜，身后是著名娱乐节目主持人和流量巨星。外围有一群人低声地呼喊着那人的名字，一遍又一遍。

后门羊肠小道上，灯光照不到的地方，来了几个戴着鸭舌帽、穿着黑色卫衣的人，他们从后面扛着梯子和电箱进入，衣服背面都写着：云尚电工。可保安还是拦住了他们，没有邀请卡，连干活的人也不能进入。

后面又来了一群穿着嘻哈服装的男男女女过来，说是今晚上的表演嘉宾，保安便先放这批人进来了。

看看，对于很多人来说，就这么一方小天地，眉眼高低也必须看得明明白白。

乔婉杭的到来被楼上的翟云鸿看得一清二楚，他急匆匆地下来，正遇到电工跑到前门和保安队长理论，乔婉杭被堵在了外面，翟云鸿赶紧让保安队长放人，并主动将乔婉杭和颜亿盼迎了进去。

"您过来怎么也不提前说？"翟云鸿很绅士地伸出手，让嫂子搭着。

"只是来看看，不好惊动三弟。"乔婉杭轻轻一搭，看着前面投来的一双双诧异的眼睛。

"中秋招待不佳，今天嫂子放开了玩。"翟云鸿笑着说道。

众人见东道主亲自迎接，也都让开了路。乔婉杭和颜亿盼就这样融入一片花天酒地中。

里面的装饰倒没有外界传得那么金碧辉煌，而是线条利落、用色大胆地呈现出一幅中式华贵之风，中间还簇着一大片真丝，将灯光晕染得如梦似幻。

在觥筹交错中，正门缓缓关上。

随着明灿灿的一片焰火在半空中燃起，众人都抬起头看向二楼。

一群穿着皮背心露着肌肉的男人在喷气枪和室内冷焰火的烘托中出场，跳起了肆意摇摆又有强劲力道的舞蹈。

爆裂的音乐响彻整栋楼。开场盛况不亚于国内大型颁奖礼的气势。

众人随舞摇摆。

翟云鸿从二楼的云台中出现，他手里举着香槟，背后的衬衣上别着彩色丝带，圆润水滑的脸上透着放荡不羁，他高举香槟，"砰"的一声酒水和泡沫往下洒，并拿着一个大头话筒大声喊道："狂欢吧！"

歌星梁娜循着聚光灯而上，在中心的大理石舞台上开始了一首疯狂的舞曲。大家狂喊着，围在她身边尽情跳了起来。

头顶的灯光瞬间打破了屋内仅存的艺术气息，透着奢靡疯狂的味道。颜亿盼注意到随着灯光闪耀的还有女人们脖子上的夺目宝石、耳朵上的闪耀吊坠和手指上的硕大戒指，她们笑得如此得体，充满了低调的引诱，被才貌双全的男人围绕，仿佛她们代表了城市中女人们不能企及的梦想生活。

莫名地，颜亿盼觉得这种景象千篇一律到无聊。

翟云鸿的头上不知何时被戴上了一顶彩色爆炸型假发套，脸上不知何时多了各种唇印。

台上又来了一个乐队，主唱是最新一届《好嗓音》的冠军，鼓手给了几个富有震撼力的鼓点，下面的人也跟着节奏唱了起来。

大家沉醉其中，中场休息阶段也不乏有人议论乔婉杭的来历，自然是什么继承巨额遗产的寡妇、超级富婆、坐拥顶尖科技公司……这些高频度词不断出现。

乔婉杭置若罔闻，低声和颜亿盼聊着天。

"我以前想当歌星来着。"乔婉杭说道。

"哦？没往这方面努力吗？"颜亿盼偏过头看她，想象不出她唱歌的样子。

乔婉杭笑了一声，"我高中的时候找到我爸，说：'我要当歌星，成为下一个Celine Dion（席琳狄翁）。'他说：'那不可能，你以后唯一能成功的原因就是你有我这么一个爸爸。''那你能资助吗？''不能，抱歉，女儿。'"她模仿着父亲的口吻。

"啊？！你爸真这么说？"

"嗯，他一点儿不留情面。"

"可惜了，不然现在台上的那个就是你。"

"对吧！"乔婉杭大笑起来，"不过，现在我也明白，我爸是对的，我还是不够漂亮，唱歌也没有那么出色。"

"我觉得你爸说得也不对，你是会唱歌里的'最漂亮'，漂亮里的'最会唱歌'，这叫非对称竞争，台上那些，你都能打败。"

"嗯，我知道你一向有眼光。"

"你英文名是不是叫Celine？"

"啊，是啊，这都能猜到？！"

"还是乔比较好听。"

"我也觉得。"

有西装革履的人过来递名片，想结交，乔婉杭表现得很冷淡。对方离开后，在幽暗的灯光下，她把名片转手放进了旁边的鸡尾酒酒杯里，眼睛看着前方，感叹道:"这些男人真是好看。"

"是啊,结婚早了。"颜亿盼坐在沙发上,手支着下颚幽幽说道。

"亿盼,我给你提一个要求。"乔婉杭神色突然变得严肃起来,还带着某种决心。

"说吧,"颜亿盼转脸看着她,又看了一眼周遭的炫目景象,知道这个入场券一定是暗中标了价的,无奈说道,"什么都答应你。"

"不管怎么样,都不要在公众面前把我塑造成一个忠贞的形象,就这个,我不能保证。"

"翟董在天之灵听到这句话一定会非常……欣慰的。"

"嗯,希望没有违背他的意思。"

"不会的,你走了他选择的路,必然是鲜花满地,众人追随。"

乔婉杭侧脸看着她,嘴角一弯,伸出手来:"你陪我跳个舞吧。"

颜亿盼放下酒杯跟着她站了起来。

两人走到中间,跟着舞曲,旁若无人地跳了起来,那舞蹈像是孤单太久的人被放入了人群,映衬得周遭喧闹而空洞。

谈不上优雅,谈不上美丽。

就是那般放肆,肢体像是从禁锢中挣脱开来。

合着音乐的节奏,置身于光怪陆离的灯光下。

一个洒脱,一个妖艳。

众人都围了过来。

头顶砰砰砰的三声过后,金光闪闪的纸片和彩带从天而降,炫人眼目,二人笑了起来。

里面的热血沸腾和外面的竹林幽深形成鲜明的对比。

没有人注意外面那股秋风是何时吹进来的,但是巨大的唢呐和独特的芦笙打破了这里的空虚与狂妄。那些动辄叫嚣要拿出十几亿冲刺奥斯卡的人突然静默了。

从大门外进来的是穿着红红绿绿民族服装的彝族少男少女,他们鲜活、淳朴,他们从没有想过外面的花花世界是如此让人目眩。

他们有的翻着跟头进入,有的跳着象征着繁衍生息的舞蹈,台上跳探戈的女明星立刻停了下来,整个场面被再次点燃。

作为主办方的翟云鸿,此刻都看不清他手里搂着的人是男是女,更没想明白是谁给了自己这么大的惊喜。

而更精彩的还没有来,来自国内外的时尚男女们从后门闯入,他们直接踩在长条桌进入,踢翻了上面的花瓶和酒瓶,他们要向这些享受出生优势的二代们证明,这个世界属于他们这些赤手空拳战斗的人。

后方本来播放着现场实时画面的屏幕突然切换成了一个正在举行的游戏画面,

嘻哈男女们冲到最前方拿起游戏操纵器，开始了巅峰对决，游戏的音乐响彻了整个云尚。他们的确是表演嘉宾，但不是街舞嘻哈表演嘉宾，而是顶尖游戏的表演赛。

所有人都围观过来。谁也不知道之前那个戴着鸭舌帽和保安队长争执的人叫厚皮，后面跟着的那些穿着"云尚电工"背心的男人是工程院联系的系统搭建人员。

"云鸿！你可以啊！好大的惊喜！"

翟云鸿的酒已经醒了一半，但是却无力阻止这场突然的入侵。

玩家热血而疯狂地厮杀着，画面嗨爆了。

现场音效直击人心。

一杀！

二杀！

三杀！

……

十五杀！

前方在厮杀，整个房间变成了一个二次元构建的宏大世界，没有人知道接下来会出现什么，也没有人知道投入这场战斗的人是何方神圣。

那些女明星们也跟着玩了起来，此时，这里另外几个屏幕也跟着亮起来，所有游戏都在别墅的白墙上显示，那些清晰的画面，仿佛把这里的年轻人带入了电影版的《勇敢者游戏》，酒醉过后，他们分不清自己是在别墅中，还是在丛林中。

有人轻轻将门推开，举着一杯香槟把外面的记者纷纷邀请进来，为首的是一直守在外面的王克。

他给了颜亿盼一个注目礼，便随着众记者涌了进去。

除了几个花容失色的大腕们故作矜持地躲到了侧门，其他名人却在这里大方秀起了自己的游戏功底。

大家都在说：翟家老三果然会玩。

此刻，四面的丝绸缓缓落下，天空中出现一个彩色的巨蛋，巨蛋一点一点碎裂，一直落在了别墅中央那个白色圆形大理石上。一个玻璃罩内，放着一个指甲盖大小的金属片。

"这是什么？"

"星际元素？"

"好有档次呀。"

众人惊呼着看它出现在舞台中央。

灯光从夜店风变成了幽蓝科技风，天顶呈现出蔚蓝星空。

一个响亮的自带播音员音效的声音出现：此款游戏系统集成云威千窍芯片。

接着是DJ低沉地喊麦："让我们欢迎今晚最耀眼的明星：云威千窍！"

千窍亮相。

举世瞩目。

那一枚凝聚最顶尖头脑的芯片，在这璀璨夜空下，在芸芸众生中，散发着熠熠冷光，酷炫得让众人为之绝倒。

随着一声惊呼，众人涌上来拍照打卡。

时间已近深夜。

翟云鸿被大家托举起来，呼喊着绕场一周，这是对东道主这疯狂策划的感谢。

明媚的女人们散去，华贵的公子们也离开了。

厚皮和几个研发部的人悄然从后门走了。

翟云鸿也差不多酒醒了，歪着身子走到乔婉杭面前："嫂子，你是来替我老婆捣乱的吧？"

乔婉杭微微一笑："云鸿，你真是让我刮目相看啊，这个活动，没必要取缔呀！"

翟云鸿眼睛一瞥旁边的颜亿盼，带着醉意："那就是你！为什么不跟我提前打招呼？！"

"要的就是惊喜！"颜亿盼笑道。

"玩的就是心跳！对吧？"翟云鸿还是有些晕晕乎乎地接话，脸上依然有不满。

"谢谢云鸿总的支持！"颜亿盼笑容可亲地上前握了握翟云鸿的手。

翟云鸿看着那只温柔的手，一时恍惚。对待女人，他从来下不了狠手，憋了一肚子火不知怎么发泄。

"哎哟！亿盼，你怎么能这样？！"乔婉杭大声说道，"以后恐怕我都要被云鸿记恨了！"

乔婉杭演技稍微有点浮夸。

"是，是，老板我错了，"颜亿盼演悲情角色信手拈来，"请不要开了我，现在很难找工作。"

"回去好好写报告，做检讨！"乔婉杭严厉地说道，这算是本色出演，没怎么出戏。

翟云鸿还没匀出脑子来处理这两个女人的问题，就又有人过来和他拥抱道别，不得不调整表情应对。

乔婉杭没有被里面的花花世界弄晕，但出门后逃不出致命的诱惑，白总赞助的壮硕彝族小伙儿们围着她照了一堆左拥右抱的合影后，在众星捧月中，她被送上了车离开。

美丽让乔婉杭带走了，而悲伤留给了颜亿盼。

颜亿盼被扣下来善后，之前那些工作人员早已被乔婉杭借弟妹之手买通，出发点是想搞破坏，实则将狂欢派对转变成了芯片发布会。现在她必须组织工作人员收拾这个烂摊子，算是惩罚。

刘召随后向她汇报了暗火的情况：暗火的发布仪式也照常举办了，那些和云尚9号对峙的玩家丝毫没有放松，媒体记者跟着拍摄，Amy的活动组织规范又专业，就是稍稍有一点冷清。至于效果嘛，明天上网看啰！

疲惫的工人们的收摊接近了尾声，之前华丽疯狂的云尚9号此刻恢复到本来面目，被撤下一半的窗帘随着夜风飘飞，周遭沉寂而萧索，颜亿盼坐在舞台中央的椅子上，抬头看着屋顶圆形天窗里透过来的一圈幽暗苍穹，月光之下，她如井底之蛙般，仰天喟叹道：

"不过是一座空楼，是什么让它变得这样高不可攀？"

61.再见小男孩

已近凌晨，颜亿盼搭上出租车回家，秋夜凉爽，她的内心平静，看着窗外流转的夜灯和恍若即逝的流星。

车开到家附近，正要掉头时，她看到一个熟悉的小身影，她让司机把车停到路边，自己走向小区对面那个还在用力捆绑纸箱壳的小男孩。

她站在那里，小男孩个子见长了，并没有认出她来。她这一身华服，站在这里确实违和了些。

"这么晚还不回家？"她问道。

男孩猛地抬起头，愣了愣，一见她的笑容便认出了她，手豪迈地往旁边小区一挥，说道："阿姨，我现在在这一片收货了。"

颜亿盼看了看他打的天下，笑道："势力范围扩大了。"

男孩有些不好意思地挠了一下后脖颈。

颜亿盼弯腰问道："一直忘了问你，你叫什么名字？"

"我呀？……我叫杨玉兴，他们都叫我兴子。"

"你家就你一个人吗？"

"还有我奶奶。"男孩弯腰动作熟练地把纸箱叠好，然后捆好，一把扛起来，放在旁边一个木制拖车上。

"如果我有旧货要处理，怎么联系你？"

"哦，您记我奶奶的手机号。"

颜亿盼从包里拿出手机，让小男孩输入，小男孩用力把手往衣服上擦了擦，小心地拿着手机，认真地一个一个输入号码，输完后，又说："她给一家洗衣店洗衣服，平时忙，如果没接到，她看到来电，会用店里的电话回给您。"

"行。"颜亿盼见他收拾得差不多了，于是挥了挥手，说，"那再见了，兴子。"

"再见，阿姨。"

夜色浓黑，她顺着前面的路灯往家里走去，此刻，家里还有一盏灯为自己亮着。

这个世界上，任何人不管走了多远，只要家里有一盏灯为她亮着，心底就不会是全然的黑暗，就有向前走的勇气。

云尚9号活动的余温一直在持续，一连两周，无论是明星的个人社交账号、报社的头版，还是微博的热搜都在向世人展示这个城市最奢华的聚会内幕。而那款由各路明星代言的游戏机直接被卖到断货，而集成这款游戏机的白总据说笑得一个月都没合拢嘴，在媒体面前大赞云威的千窍芯片是创世纪的奇迹。

十月底，千窍芯片的订单超过了以往任何型号的芯片，工厂出货赶不上订单了。接着供不应求，颜亿盼一直推广的供应链统一出货价的方案得以在全国推广，供应商之间互相攀比、互相串货的问题得到了解决。

"业绩说明一切。"这是廖森坚信的原则，他在颜亿盼提交的《全国供应链管理体系》上签上自己的名字。

颜亿盼因为这次活动策划的成功，加上顺利梳理了全国供应链，她的对外沟通部更名为集团战略营销事业部，她从P8升至P9，成为高级总经理，掌握公关部、政府沟通部、渠道营销部和海外营销部，她离公司战略决策小组又近了一步。

至于扣在乔婉杭头顶上的"三不"，再也无人提及，毕竟公司里最硬核的工程院是在她的支持下稳稳立于公司的东侧。向她主动问好的人也变得更多了，Lisa火速给她的办公室送来了一个枫木书柜。

公司上下欢庆当中的核心力量——工程院，也有一段时间的骄傲和得意。那些曾怀疑过他们的销售，现在都忙着到处接订单，那些媒体质疑的声音都变成了对国芯崛起的狂热歌颂。

他们从不被看好的吊车尾，变成了天之骄子。

多家媒体想采访程远，他不但拒绝了，还给整个研发中心狠狠地泼了一大桶冰。

"总部不过给了一个爆点，把我们短暂的优势爆了出来，"程院长在新款芯片设计讨论会上说，"事实上，我们依然不具备领先的实力。任何自我吹捧，在被强大实力碾压的时候，都会变成不堪一击的泡沫，我们要的永远不是庆祝，而是低头赶路，永不停歇，直至无人超越。"

寒冰入骨，又热血暗涌。

第三部　深渊薄冰

第十章 差距

62.妇人之仁

　　Amy手里捧着下个月的全球编程设计比赛草案，来到颜亿盼的办公室门口，她又低头检查了一下方案的页数，深吸了一口气，敲门，推门，尽量露出自然的微笑，往前走："领导，我今早重新给您花瓶里换了花，是我这周日在郊区采的。您喜欢吗？"

　　"很有生气。"颜亿盼看了一眼桌子上半干不干的薰衣草说，右手抬起来动动手指，示意她把手里的资料递给自己。

　　Amy把资料递了过去，道："这是亚太区的学生编程交流活动设计，需要您审批。"

　　颜亿盼从电脑里调出了电子版文件打开，翻了几页，神色说不上好。

　　Amy看过去，紧张地等着她的回复。

　　"奥天的设计总是那么一板一眼……学生的形象最好是当地的特色服饰，这样有个区别。"颜亿盼语气还算平和。

　　Amy离开后，颜亿盼开始思考现在部门的情况，她能重新掌控这个部门是自己这一年来的努力，无论是忍辱负重的西南行，还是后来赌博似的全力支持乔婉杭，她都承受着巨大的压力，她忙着收复失地时，Amy则忙着另起炉灶。她也理解Amy的难处，Amy这几年在公关部一直没有得到提拔，几次借廖森上位的机会都被自己压了下去，现在巴巴地望着部门总经理的位置。对这样的一个人要怎么进行管理，是完全宽容给予机会？还是镇压为主，让她安分守己？

颜亿盼很清楚自己手底下这几个人的特点：袁州属于变色龙，在哪儿都能找到自己的位置；杨阳是老牛踏实型，完全靠业务能力吃饭，所以这次营销成功，他也提升了一个级别；Amy的问题是，她总是喜欢把心思用在工作以外的地方，觉得搅动人事风云是一个女性升职的必备本领，她看起来每天都很勤奋，但是实际的功效并不大，看起来雷厉风行，但是底下的人并不服她。

颜亿盼这次打算给Amy指派一个新任务，也让她能有业绩提交："你下午有空吗？"

"怎么了，领导。"

"见一个人。"

"啊，好。是谁？"Amy眼睛明显亮了，她也期待自己和领导的关系能重新走向正轨。

"一位小学校长。他也想参加我们的全球校园编程赛，你帮我看看他们学校的条件和资质怎么样？"

"嗯，好的，没问题。"Amy满口答应着。

颜亿盼处理了一些日常事务后，就去参加高层业务会。各个部门汇报了所有的项目进展，云尚营销成功后，云威的良好销售趋势一直持续着，公司这一年来让人惴惴不安的氛围得到缓解，每个部门都从以往那种悬崖边行走的状态解脱出来。而此刻，再没人拒绝乔婉杭的提问，某种新的结构正在悄然形成。

会议结束后，颜亿盼走回办公室的时候，就听到公关部的"办公岛"一阵嬉笑喧闹。

正听到徐婵说道："哈哈，太好笑了，这校长也忒心大。"

"哎，我问他：'您知道Java吗？'他拿出一本破旧的书，拍了拍，说：'正在看。'我又问：'您知道office办公系统吗？'他皱起眉头：'知道啊，没怎么用……不过我们老师有会用的，我会让我儿子教我……'"Amy坐在工位上模仿着校长的语气，神气活现地。

"他未必是心大，搞不好是想要我们捐几台电脑，表面上是给孩子参加比赛，实际上是让他们的教职工玩玩。"又有人说道。

"哈哈哈，挺会想的。"

颜亿盼大致知道他们在谈论什么，走近后却神色如常地问道："怎么了？"

Amy才意识到领导已经回来，便站了起来，笑道："今天见的这个校长，我真的快崩溃了，完全无法交流。您说咱们这编程大赛本来就是在各国发达的城市选择顶尖的中小学参赛，他一个农村学校的校长居然跑来闹着要参加编程大赛，学校连个电脑室都没有，计算机老师也没有！"

Amy大概觉得是领导让她来当挡箭牌，正自鸣得意自己把他打发干净了。

"说完了吗？"颜亿盼问道。

Amy注意到颜亿盼眼神的冷意，脸上的笑容也僵硬了："说完了，领导。"

"我想着今年提拔你，需要一个大项目来支撑业绩，"颜亿盼声音低了些，对Amy说道，Amy脸上闪过一丝惊讶和欣喜，但很快又听颜亿盼淡淡说道，"看起来你对这个项目没有兴趣啊。"

Amy感觉到情况不妙，上前追问："您确定要这家农村学校参加？可是……"

颜亿盼回头问道："农村学校怎么了？"

"他们跟不上我们的节奏，参加这种活动只有输的份儿。"

"正是因为跟不上，才一定要参加。这个校长是资宁县政府介绍过来的，因为我们产业园区的原因，资宁会逐渐脱贫，这个县很可能是本省数字化建设的示范县，没有电脑怎么了，没有老师怎么了，他们有政府，还有我们的支持，这些孩子可能比你刚刚说的顶尖学校的孩子更想参加这次比赛，怎么就不行了？"

Amy脸上再没有刚刚的喜笑颜开，仿佛提拉着嘴角上扬的线被颜亿盼一刀削断了。

"Amy，这个项目……"颜亿盼又侧过脸，看了一眼在旁边隔岸观火的袁州，又看到一脸落寞的Amy，她在换人的决定中徘徊了几秒，最后，语气稍缓问道，"你懂了吗？"

"我懂了……"Amy抬头说道，眼光闪烁，小心观察着颜亿盼的反应。

"那你做吗？"

"我做，领导，我做。"Amy脸上带着被赦免的紧张和欣喜。

"行，一周内，把项目排期表给我。"

"好。"Amy猛地点头。

等颜亿盼进了办公室，她还是有点发愁的，这个项目在乡村小学推行，也确实有些说服力不够，现在销售势头刚刚恢复，如果说这种全球编程活动在城市小学推广是为云威打广告，到了乡村小学，就不可能有什么广告效益。

可吹出去的牛，含着泪也要实现。这是颜总的做人准则。

她开始准备准项目计划书，收到Amy的排期表后，重新调整了日程，在第二周的业绩会上，她带着Amy一同汇报。

在给领导汇报方面，Amy因为温和的语气和恰到好处的笑容，比她更有优势。汇报完后，颜亿盼做了总结："这次我们选择的学校特意做了一个区隔，城市学校和乡村小学之间来互动，乡村小学主要是以云威支持为主，城市学校选择的是信息教育走在前列的重点小学，我们是希望展示一个全新的案例，是一次营销和品牌活动的结合。"

战略发展部的黄西问道："你说的云威支持，就是云威捐助电脑教室吧，除了捐钱，肯定还要出人吧。"

"是，我们的工程师可以当志愿者。"

"用谁的时间？"Lisa接着问道，"是他们的年假，还是公司的上班时间？还是周末？"

"所以也是和大家探讨，公司是不是可以每年给员工一天或两天的志愿者假期，主要是培训当地老师，现在全球五百强都有社会责任科，他们通常会有志愿者假。"颜亿盼再次硬着头皮说道。

Lisa看着颜亿盼，抿嘴笑了笑，又看向了乔婉杭和廖森。

"你也想在部门里设立企业社会责任科？"廖森瞥了一眼颜亿盼，问道。

"可以考虑。"乔婉杭很快回了一句。

廖森被噎得看着她，无语。

"现在没有科室负责企业社会责任，我们公关事务科有专人负责每年的捐赠，类似地震、洪水……"Amy答道，她看了半天局势，总算上道了。

"资金捐赠是和财务部合作，有统一的流程规范，"汤跃说道，"不过，这种搭钱、搭物、搭人的事情，很可能费力不讨好。"

廖森说："如果一个人口袋里有钱，他捐钱，别人会认为他大方，但如果一个人自己口袋是个无底洞，不知还能剩多少，他捐钱，别人就会说他是妇人之仁。"

汤跃补充道："公司这两个季度营收虽然稳了，但是下一期的支出……"

乔婉杭看着廖森，打断了汤跃的话："什么叫妇人之仁？"

廖森指了指幻灯片："这就叫妇人之仁。"

乔婉杭道："这种事情难道还分男女吗？"

汤跃说："现在豪门阔太的确比较喜欢做慈善。"

乔婉杭皱眉："汤跃，现在说的不是慈善，是项目。"

颜亿盼见两边互掐的火苗顿起，赶紧接过话头，说道："我们可以以教育做一个切入口，看是否能通过网络让乡村和城市间共享教育资源，这一点，也会打开城市市场，让别人看到云威的规划，看到云威在信息化建设方面的理念。"

她太清楚，在这样一个逻辑理性为主导的芯片公司，那些内心的柔软都是一种不合时宜的矫情。"妇人之仁"这个帽子，她如果戴上了，以后就不好以理服人了。

汤跃说："董事会不可能同意没有利润的事情，毕竟我们刚刚从亏损中脱离。"

颜亿盼见冠冕堂皇的方式行不通，又接着说道："还有件事情，本不想拿到这里说，显得我们……但是吧，事情虽小，还是有点棘手……"

"有什么就说吧！"乔婉杭看她支支吾吾，知道肯定又出鬼点子，不耐地大声问道。

"这个学校的校长拿着一份投诉书告到了资宁县政府，说咱们的产业园挡着学校的菜园子，影响了学生的伙食……要赔偿。本来嘛，咱们有合同，没事，但毕竟现在是信息社会，这种消息多了，也不好。所以啊，就把这所学校纳入集团正在做的青少年编程大赛里了。"

"就这个原因？"乔婉杭不禁想笑，侧过脸问她。

"就这个原因。"颜亿盼沉着回答道。

"嗯……这个校长是个能人。"负责商务管理部的Wilson笑道。

"可是，我看你纳入的不止这一所乡村小学，他们也告了云威？"黄西不以为然。

颜亿盼笑了笑："这种比赛不能同质化，有差距，才好看，宣传起来也有意思，不然谁关注好学校好学生的好成绩。"

"说起来，投入也不是很大，如果有一定品牌效益，其实是可以考虑的。"Wilson翻到最后一栏预算。

乔婉杭："亿盼，会后你把提案发给十一位董事会成员，等待他们的反馈，这种投入虽然不大，但是肯定是持续的，不能今年搞，明年就停了。"

乔婉杭直接把球踢到了董事会，拿钱的人如果愿意，高管们也就不必纠结了。

会议结束后，颜亿盼整理邮件分别发给了十一位董事，深入浅出地阐述了这次电脑及信息系统捐赠的额度和未来活动的安排，因为额度并不高，也的确是云威全球营销中的一环，各位金主们都拉不下脸来拒绝。

这事儿也就这么批了下来。

63.公益行

资宁县小学就在距离云威产业园不远的地方，学校的红色砖瓦墙上刷上了醒目的白色标语，"云威信息，助力未来，培养少年数字思维，感知世界脉搏"。

开幕仪式当天，很多村民在旁边围观，他们有的人常年务农，扛着锄头，有的人因为工厂的开设而转为工人，他们都知道这是一件好事，云威让他们和这个迅速发展的世界产生了微妙的联系。虽然他们不能完全确认这会不会彻底改变他们的生活，但是无疑会让孩子有走出乡村的冲动。这种冲动，便是改变命运、改变世界的希望。

天高云淡，不远处的资宁科技园一片祥和与忙碌。

乔婉杭坐在嘉宾席，百无聊赖地听着村委干部冗长的普通话夹杂方言的发言。

颜亿盼在数字教室里，和工程师一起安装系统。

他们先叫来了一位数学老师学习，数学老师有些紧张，又把学校管设备的师傅叫过来一起学，管设备的师傅不放心，又让数学老师叫来几个脑子活泛的学生，小小的教室陡然围了一群人，叽叽喳喳地，兴奋而紧张地学习着电脑设备。

一切安顿好以后，颜亿盼走出教室，小张不停地在她耳侧说着感谢，并提出带着云威的同事去旁边的农家乐做采摘。颜亿盼笑着拒绝："活动结束后，下午乔董就要回去了。东西都准备好了吗？"

"准备好了。"小张给了颜亿盼一个小盒子。接着，他又忙不迭地叫人给他们包装一些土特产带回去，想用最淳朴的方式表达对这家企业的感谢，颜亿盼笑着应对他们的礼数。

正在此时，她又看到场外观众里有一个熟悉的身影，是刘江。

此刻，她只觉得头顶的太阳刺眼，旁边飞沙走石，她拿出墨镜戴上，又用丝巾捂住了半边脸。

刘江看到她这副避之不及的模样，不禁笑了起来。

此时，一个学生代表上台，用一种声情并茂的语气，配合着崇敬的肢体语言，大声朗诵道："云威叔叔谢谢您！我们一定努力学习回报您……"

孩子把云威公司，当作了一个人。

"等你们的回报，阿姨都退休了。"乔婉杭在颜亿盼旁边咧着嘴笑道。

"这个项目不会很快产生业绩，但回报还包括口碑，后续我会向公众、媒体，还有政府展示我们的大盘子。"颜亿盼正色说道，她其实有点担心这种"慈善"行为，在企业里会备受质疑。

"亿盼，你是一个不敢面对自己内心的人……"乔婉杭手撑着下巴，语气有些散漫地说道。

颜亿盼听到这里，诧异地看了过去，这个结论下得挺突然的，她不喜欢这个结论，冷色问道："你是不是想说我拿股东的钱充胖子？"

"不是。这个项目我是签字了的。"乔婉杭看她这么正经，眯着眼睛想笑。

"你不但签字了，还说服了整个董事会，为什么？"

"妇人之仁嘛。"乔婉杭无所谓地笑了起来。

颜亿盼颇有些不悦，不想再和她理论，这时，乔婉杭忽然凑过去，搂了她一把，低声说道："资宁是个好地方，我丈夫选择把产业园建在这里，我就希望这里每个人都接纳它，我口袋里的钱不多，也可能随时一无所有，但依然比这些人强太多了，我要云威扎根在这里，也要反哺这片土地，让他们每个人都能比过去好，哪怕只好一点点，我也感到满足。"

颜亿盼侧过脸，看着她神色坦诚的脸，忽然觉得自己那一通弯弯绕绕早被她看得透透的。

"这是我的真心，"乔婉杭说完，然后指了指她的心脏，"你的呢？"

颜亿盼看着她透亮的眼眸，一时有些慌张。

乔婉杭没等她回答，就上台去给小学校长一份电脑教室捐赠协议书，两人在台上合影。媒体记者都涌上前去。

此时，校长让一群孩子围成一圈又一圈，站在乔婉杭、颜亿盼、袁州等人身边开始用真诚的童稚之声高声歌唱，他们普通话说得并不好，反而增添了歌声的感染力。歌声在山谷回荡：

谢谢你，给了我一个家，
谢谢你，给了我一双眼看世界，
谢谢你，让我知道世界上有这么温暖的地方……

颜亿盼一直以为自己是个冷漠的人，这大概是年少时需求得不到回应的后果，冷了，忍着；饿了，就自己找些东西填肚子。大人都太忙，无暇顾及她的感受。久而久之，她便不认为别人经历的那些所谓的痛苦真的有那么痛，那些能让人缓解痛苦的唯一办法便是清楚地找到光源，并坚定地朝着那个方向行走，哪怕此刻脚底下是冰刀。

山里的风格外温暖，脖子上的丝巾飘了起来，颜亿盼仿佛离开了过往，离开了那个潮湿阴暗的角落，孩子围着她转着圈地唱啊跳啊，她站在正中央，感到眼圈的温热，褐色的墨镜下偷偷流下了一行泪。

孩子们仰着头看着她笑的样子，让她内心里产生了某种变化。

远离了办公室冰冷地角逐，她们在这里有了无所顾忌的欢愉。

笑声、歌声和音乐声回荡在山谷。

孩子排着队离开了。在路上，不少孩子就把印着"云威数字教育"的长袖T恤脱了下来，并叠起来，换上了平时穿的衣服。

乔婉杭问颜亿盼："他们为什么把衣服换了。"

"因为这是他们最好的一件衣服。"

"真的吗？"

"你可以问问他们。"

乔婉杭真的弯下腰，指了指孩子手里的衣服，问道："你们怎么不穿这衣服了？"

孩子把衣服抱在怀里，单纯地答道："这是云威叔叔送给我的礼物，等你们下次来看我们的时候再穿给你们看。"

颜亿盼笑了起来，道："'云威叔叔'下次还会来给你们上课的。"

孩子们开心地笑了。

乔婉杭对颜亿盼说道："你很适合做这件事。"

"你是说讲课吗？我可不行，不太会讲这些电脑知识，还是公司里的工程师来吧。"

"不是，我是说这个项目，你有很强的共情能力，能理解他们。"

颜亿盼看了一眼乔婉杭，没再反驳。

"多单纯的想法，把一家企业认为是一个人，'云威叔叔'……不错。"乔婉杭看着孩子，眼里流露出喜爱之情。

"这个叔叔可能是翟董。"不知为何，颜亿盼说出这样一句话，听起来很不适宜，但是看到乔婉杭对孩子们的态度，她不禁说出了口。

乔婉杭停了下来，这么久以来，她们两个人携手跨过很多障碍，都是因为翟云忠的关系，但是颜亿盼极少提及她对翟云忠的态度，或许她以为翟云忠只是她的老板，一个让她获得权力的跳板，但内心深处某个地方她是认可他，甚至追随他的。

乔婉杭平静地看着她，试图看穿颜亿盼坚硬外壳下那颗忽明忽暗的心。

"也可能是我们云威每个有梦想的年轻人。"乔婉杭说道。

64.录音与账号的交易

活动结束后，刘江朝着她们二人走来，颜亿盼轻叹一口气，想着要怎么应对，乔婉杭先于她迎了上去。

刘江看着颜亿盼转身离去的背影，一时惆怅，对横在他俩之间满脸欣喜的乔婉杭勉强挤出了一个笑，说道："翟太，别来无恙？"

"刘处长，喝酒吗？"乔婉杭笑得那叫一个魅惑，还凑近了说道，"我房间里有这里村民酿的青梅酒，味道很不错。"

刘江从未见过这么不懂得避嫌的"寡妇"，他打量着她，确实，这个女人身上没有一点守节烈妇的模样，于是尬笑道："不了，晚上我还得开车回去。"

"怕女朋友，还是老婆怪罪？"

"没，那倒没有。"

"是没有女朋友，还是不怕？"乔婉杭接着问道。

天边云霞燃起一抹明艳之色，刘江一时怔然，不知她到底玩的什么，好在乔婉杭也没深究这个问题，继续说道："我可以派人送你回去。"

"不好吧……"刘江仰着头身子往后倾。

"过会儿，资宁县的一个办事员会给我送一份电子文件，是我先生之前在这里开会时的电子录音。你不想听听？"

对这种送上门的证据，刘江岂有不听的道理，但对方不避嫌，他还是需要避嫌的，于是说道："你们招待所旁边好像开了一个不错的酒吧。"

"那不是酒吧，就是个酒窖。不过，你要想买酒，价格倒是公道。"乔婉杭挑眉笑道。

"……就那吧。"刘江捂着口袋里的钱包，说道。

"行，你说去哪儿就去哪儿。"乔婉杭手一摆，示意他先走。

平地里，有一个下沉的坡度，通向地下一层，一扇有几分农村特色的厚重的木制大门外面挂着一盏红彤彤的灯笼。刘江要下坡的时候，乔婉杭在他身后轻轻按了一下旁边路灯上连着的一个小按钮，里面的门缓缓打开。

刘江才意识到，在这里，他终归没有股东乔婉杭熟。门口两个村姑打扮的妙龄女子站在那里迎接，刘江也只能硬着头皮往下走。

越往深处，寒气越重，还混杂着醇厚的酒香。

这的确是个酒窖。

里面只有三张桌子，一张长桌，两张方形桌，像是给顾客品酒用的。周围各种形状的酒瓶错落有致地摆放在三面墙前。

红酒、白酒、果酒、花酒……

这个酒窖不小，厅旁边还有一个侧门，但刘江也不打算再进去了，乔婉杭直接让他坐在靠近中央的长条木桌上。

看样子这里晚上不会有人过来了。

刘江正本能地想去看看这酒的价格，就听到乔婉杭轻飘飘说了一句："都来一点，给我们尝尝。"

当五颜六色食指高的小酒杯摆了一排，放在刘江面前时，他就知道，自己选错了地方，乔婉杭坐在他对面，玉手一抬："尝尝？"

"你不是说还有录音吗？"

"刘处长真是好没诚意。"乔婉杭右手支在桌子上，头倚在手背上，左手轻抚着小酒杯的边缘，一副扫兴的样子。

刘江于是拿起一杯里面有一颗红果的酒，喝了一口。

辣、辣、辣。

烈、烈、烈。

"这是樱桃酒吧？"乔婉杭看着酒杯说道，又看刘江扯着喉咙下咽的样子，于是拿出了手机，发了一段语音："我在招待所边上的地下酒窖，你把资料送到这里来。"

刘江放下酒杯，缓了口气。

乔婉杭右手一抬，又拿出另一杯来说道："这个度数低，压压。"

刘江可不信他的话，直接把她的手推开，这个女人，套路太深。

乔婉杭只是轻轻一笑，然后拿着手里的酒杯碰了碰刘江身前留着半杯酒的酒杯，然后仰头一口全喝下了。

最后的一点酒液还被她含在口里品味了一番，像是颇为享受这个味道，喝完，又冲刘江晃了晃空杯子。

刘江只得端起面前的酒杯，把剩下的半杯酒喝了下去。

乔婉杭手腕上的手表发出了滴滴的声音，刘江眯缝着眼看了过去，看到手表闪烁着预警的红光。

"舍命陪君子。"乔婉杭说完，一抬手把手表摘了下来，扔进了旁边的垃圾桶，这东西是她在翟云忠葬礼以后，家庭医生要求她戴上的，因为那个时候她心跳总是不太稳。

两人也不知尝了几种酒，大门才被打开，一阵风迎面而来，进来一个女人，刘江看着有些晃神。

刘江眯缝了一下眼，看清来的人正是颜亿盼。

一袭红色大衣，浅笑嫣然，大冷天，她进来以后也没带来什么暖意。

颜亿盼看到刘江在，也有些意外，又看了看乔婉杭。

"给我吧。"乔婉杭抬手说道。

颜亿盼把U盘递给乔婉杭。

"这些你都听过？"乔婉杭问道。

颜亿盼点了点头看着乔婉杭，想看出点端倪来。

"放下吧。"乔婉杭给了她一个眼色，颜亿盼便知道，她不宜久留，便转身离开了。

乔婉杭又让酒窖里的人去自己房间拿笔记本电脑，等待的间隙，两人又你来我往喝了几杯。

"听说刘处长过去是做刑侦的？"

"这都能听说？"

"我这个人实在无聊，最好打听。"

"还听说过什么。"

"听说你专门侦破大案要案。"

"比如？"

"都是些杀人见血的。"

"还有杀人不见血的呢。"

"哦？找到凶手了吗？"

"正在找呢……"

两人看着对方，酒香飘散着直熏人眼睛，聊到后来也不知到底谁先醉了。

过了一会儿，服务员送来了电脑，乔婉杭接过电脑，径直挨坐在了刘江身边。

刘江打量着她，竟感觉有些招架不住，只见乔婉杭拿出耳机，把另一边耳机递给了他。

两人如上课的同桌，并排坐着，开始了听力练习。

听会议录音时，刘江就有些晕晕沉沉了，加上冗长的内容，他不知不觉地趴在桌子上睡着了。

倒是乔婉杭，仿佛优等生一般，坐直着身子，目不转睛地看着进度条，听着里面自己丈夫的声音。

"这个产业园区不是给谁的，也不是面子工程，是云威产业必不可少的一个环节，我们可以选择别的地方，但是你们给的税收优惠很有诚意，所以，不存在谁帮了谁……"

这是翟云忠的声音，乔婉杭闭目，让自己的情绪冷静，不随着喝下的酒精发酵。

中间有些嗞呀嗞呀的声音，接着低沉的说话声又出现了。

"我说过，云威会建立一个牢不可破的产业链。"

"芯片研发、制造、封装、测评，每个环节都不能有闪失……"

那声音在自己脑海里回荡，仿佛那人就在眼前向她介绍自己的蓝图，她的眼眶不知何时早已红了一片。

她将U盘的内容进行了拷贝。

此刻，刘江已经醉得不省人事了，乔婉杭上前摸了摸他的几个口袋，找到一个钱包和一个巴掌大的笔记本。

她把钱包里的身份证掏了出来，看了一眼，然后交给服务员，说道："先上去给他开个房。"

服务员走后，乔婉杭开始翻看那个笔记本，里面用极为潦草的字写了一些提示内容，页数不多，乔婉杭在旁边一一拍了照，又放了回去。

服务员回来时还从酒店带来了两个服务生，他们过来把刘江架起来时，乔婉杭又把那个U盘塞进了刘江工装上衣的口袋里。

他们离开后，她回到座位，管他们要了一些下酒零食，一直听录音听到快凌晨，才拿着东西离开。

刘江第二天在床上起来时，头还觉得重，脑子却清醒着，摸了摸自己浑身上下，手机、钱包，还有内裤都还在。

他轻叹了一口气，上回落荒而逃，这回被人架着出去。这个女人，真难对付。

他坐了起来，又摸到那枚U盘和小笔记本，嘴角扬了扬，右手拿着小本本在左手上拍了拍，喃喃说道："一物换一物，还算公道。"

乔婉杭回到研发大楼的时候，向程远借了两个专门做芯片密码安全研发的人。

"你要做什么？"程远问道。

"就是学习，因为上次你说这是我们的强项。"乔婉杭说道，"竞标前，我想恶补一下这方面的知识。"

程远看了她一眼，还真就打电话派了两个人过去。

出来前，乔婉杭问了一句："Danial Xu，这个人你认识吗？"

程远神色微动。

乔婉杭立刻问："认识？"

"谈不上认识，我来的时候，他正好离职，是那个时候研发中心的高工。"

"那现在研发中心还有人认识他吗？"

"可能知道，但不一定熟，他走了以后，整个研发中心都换了血。"

乔婉杭看了程远一眼，只看到他恢复静水如潭的眼神，接着听到他平静问道："你还在查他跳楼的原因？"

"你觉得这个Danial和他跳楼有关？"

"我不知道。"

"那你为什么那么问？"

程远嗤笑了一声，说道："那什么会让你关注一个十年前的人？"

"对呀，"乔婉杭抬眉反问，"在调查，不行吗？"

"你如果查到什么，"程远声音有些低沉地说道，"也请告诉我，我也想知道。"

乔婉杭愣了几秒，看着程远，试图判断他说的话是真是假，毕竟小尹曾描述过翟云忠临死前和他的争吵，他并不是看上去的那么无辜，或者那么一无所知。

"怎么，不信？"程远嘴角勾了勾，无奈地摇了摇头，坐下不再说话。

乔婉杭索性决定一试，她从口袋里掏出手机，调出那张书签的图片，递给程远，问道："这是你写的吗？"

程远看着这个字迹，眼里的错愕转瞬即逝，说道："怎么可能？"

"但你见过这个字……"乔婉杭看出了程远眼神的变化。

"有些面熟，但一时想不起来。"程远仍旧看着图片，恢复了古井般的眸色。

"是吗？"乔婉杭把手机抽走，打量了一眼程远，依然无法得出结论，"想到了告诉我。"

程远点了点头。

乔婉杭转身出去。

小型会议室里。

乔婉杭将一张打印的纸展开，这张纸来自刘江的小本本，上面写着云威的一些产品线，还有一个被红笔圈出的大写英文字母：THE INSTITUTION。

这个机构？

什么机构？

两位密码组工程师看着乔婉杭有些纳闷。

"帮我找人。"乔婉杭说完，指了指下面写的人名"Danial Xu"，"中文名徐浩然，能不能在全网搜到这个人的足迹？"

密码组组长开始搜内容。

两位密码组的其中一位恰好就是小尹，小尹的强项是芯片安全性能，他拿着这张纸问道："这个Danial Xu中间好像有一条下划线。"

几人又放大了那张拍摄照片，发现确实有一条极细的下划线。

"这可能是一个账号名。"密码组组长也是解码专家，他说道。

"THE Institution，可能是T—H—E 机构，"小尹说道，"我听导师说过，Tech Helps Economics，中间那个也许是Heals，总之就是在美国经济大衰退时，成立用科技拉动经济的组织，又厉害又神秘，聚集了硅谷最顶尖的人才，那里面不看地位，不看财富，只看某方面的天赋。"

解码专家迅速搜到了这个机构的网址，一段非常简单的介绍，还有一个简单的鹦鹉螺壳一样的会徽，小尹称："这是对数螺线，纵深无限延展。"

"Danial Xu可能也是里面的成员吧。"解码专家看着这个页面，他年龄偏大，知道乔婉杭关注什么。

"翟云忠可能是吗？"乔婉杭问道。

两人都摇头说不确定。

小尹很快找到一个突破口：THE机构的内网邮箱登录地址。查到邮箱后缀是：theins.com。

乔婉杭立刻用个人邮箱给Danial_Xu@theins.com发了简短的问询函，"经朋友介绍，不知能否加入组织。"

她点击了发送。

省检察院信息侦察组，三台联机电脑并排而立。

三四个办案人员看起来很疲惫，有一个还在旁边休息，桌上有没吃完的外卖。

他们的页面也显示着THE机构首页。

"这个网站您是怎么找到的？"一位侦查员问道。

他旁边坐着的正是刘江，刘江一只脚架在桌子上，一只耳朵塞着耳机听录音。听侦查员侧头问他，便答道："我在翟云忠早年的几篇论文里翻到的，他多次引用这个研究机构数据，这个名字起得太复杂了，我看了好几遍才明白过来。"

侦查员给他竖了个大拇指，又接着问道："怎么最近突然查起这个来？"

刘江嗤笑了一声，说："让你们平时用点功，就不听……"

其中一块显示屏上的一个曲线突然上升，图片下显示的是用户登录的IP地址。

"头，云威内部有人上了这个网站。"一个网络侦查员说道。

刘江眼里闪着屏幕的光泽，盯着跳动的数字，说道："跟上。"

这是他一年来，最大的一个成就，接触翟云忠接触的人，才能知道他到底做了什么。

那个本子上的信息，必须给翟云忠最亲近的人。只有她，才有可能让过去那个神秘账号复活。

云威研发中心的小会议室里，乔婉杭和两位研发人员目光灼灼地看着宽屏LED显示器。

几秒钟后，乔婉杭对Danial Xu发的问询函被退了回来。

云威解码专家在这个网站数据后台输入了一系列字符串，最后得出结论："系统内才能互通邮件。"

小尹推理道："假设这是一个存在的邮箱，而董事长又留下了它，那就说明，董事长在这个网站也有邮箱账号。"

解码专家很快找到一个内网注册入口，让乔婉杭输入一下翟云忠可能会用的邮箱账号，乔婉杭几乎没怎么思索就输入了：Felix_Zhai@theins.com，旁边就显示，该名字已经被注册。

Felix是翟云忠的英文名。这个机构的会员应该不多，而有中国姓氏又姓翟的概率也极低。

乔婉杭在网站登录页迅速输了这个邮箱账号。

接着准备输入密码。

解码专家提醒道："只有三次机会。"

乔婉杭迅速输入了他的生日，点确认。

密码错误。

输入乔婉杭生日。

"等一下，"小尹在乔婉杭要按确认的时候，说道，"应该还有字符串。"

乔婉杭输入了他的姓氏zhai。然后点了确认。

还是不对。

最后一次。

"您起来一下，我试试，能不能破译几个。"

小尹背后一通操作,摇了摇头说道:"这个加密性做得太好了,只能看到一些规律。"

"什么规律?"解码专家问道。

"有连着的两组相同的数字,和不相连的两个数……后面连着的是四个英文字符,最后一个字母是o。"

乔婉杭想了想,忽然拿出了挂在胸前的翟云忠的工牌,下面有一行入职日期:19960116,那年他二十岁,请求父亲把公司里一个不大的芯片研发部门扩充为研发中心。

Zhao?还是Qiao?

她记得过去他电脑登录密码就是她的姓氏,不会变吧?于是手有些发颤地把数字输入进去,然后输入了自己的姓qiao。

英文页面显示:正在登录。

大家松了一口气之后,又紧接着深吸一口气,等待页面打开。

就在大家都盯着屏幕的时候,突然显示出第一封发的邮件的时间和标题。信件来自Danial_Xu。

前面有好几个"Re:"。看来,联系还不止一次。

"至少三个来回。"解码专家说道,"五个Re。"

她手发抖地点开第一封邮件,突然,邮件如同有人操作一般,什么都不见了,什么都不看见了。

旁边有个发件箱按钮,她很快点开,看到三封发出的邮件。

她迅速点开,忽然弹出了一个红色警告对话框,"该邮箱已被禁用,您的登录记录将通知给邮件管理员"。

整个界面被强制退出。

乔婉杭看到这个消息,心猛地往下沉,落入一片无声的黑暗中。她感到自己的心在黑暗中兀自跳动,周遭却毫无回应。

解码专家说道:"不用担心,你没有留下什么个人信息。"

乔婉杭有些失落地摇了摇头,说道:"我担心的就是没有留下个人信息,他联系不上我。"

两位研发人员没有完全理解她此时的心情,对这个系统而言,他们现在是入侵者,毫无痕迹是最好的。

对乔婉杭而言,这是一次失败的尝试。

"最后那封邮件你们看到了吗?"乔婉杭晃过神来。

"标题全是星号。"解码专家说道,"这都加密,太绝了。"

"我看到日期了,"乔婉杭声音不受控地发抖,觉得脑子一直嗡嗡嗡地叫,眼睛不知什么时候布满了血丝，讷讷地问道："是12月25日吗？"

"是，还有时间，"小尹咽了咽口水，说道，"翟总工发出的最后一封邮件，12月25日，早上八点整。"

在他跳楼后，他给Danial发了邮件。不，不对，警察从监控中确认翟云忠是七点四十六分跳楼，所以，跳楼前，他设定了发件时间。

遗书吗？还是什么？

她的心坠入夜雾中，有一种极强的被抛弃的痛苦。

随即，又被某种惶恐所取代，因为这关系到他的死亡真相。

她以为自己早有准备，可临近时，却如同受了酷刑一般。那酷刑是从心里钉了一根生锈的钉子，然后带着寒冷和腐朽的血液流向她身体的每一处。

疼痛、灼烧感，还有数不尽的委屈。

唯一留下的理智告诉自己：她在接近真相，而这个真相被翟云忠藏得很好。

可能会是云威未来破局的机会，也可能是曾拉他下坠的深渊。总之，她要走近了看清楚。

65.什么是差距？

第三季度平稳度过，业绩总结会上大家意气风发。

销售部吴凡汇报完第三季度业绩后，说道："今年，我们整个销售体系最重要的战略项目就是：智慧城市。不过，从我们渠道得到的消息，云威没有入围他们的竞标名单。"

他接着又把细节说了一下："这一次，他们要把过去的信息系统全面升级换代，理论上国兴还是首选，因为熟。而国兴的体量肯定吃不下，他需要一个出色的芯片设计厂商来做定制化服务。"

销售部老大蒋真接着补充道："国兴之前已经和Xtone签订了战略合作协议，他们想做成一个标杆，未来能在全国推广，如果这套体系一旦形成，那些进不了'智慧城市'的公司就边缘化了。"

一家企业从成功到失败，可能就是差一个战略项目。

几个月的狂欢到了今天，又回归现实的残酷。

"这么说吧，"蒋真顿了几秒，说道，"我们不能，也不想和国兴成为对手，打不赢。大伯对于和云威合作这件事没有松口，也没有说死。现在即便是我们热脸贴冷屁股，也要贴，他们是进入智慧城市的首选。"

"几个业务部，辅助销售完成这一单，"廖森给了结论，"蒋真和亿盼牵头。"

"好。"颜亿盼知道和大伯合作，代价一定不低，但和他竞争，以云威现在的实力和威望来说，赢面不大。

颜亿盼看了一眼乔婉杭，见她神色漠然而冷静，猜到她应该有所打算。

会议结束后，她去乔婉杭办公室商量此事。

"大伯和别的合作者都不同，我们很难判断他的意图。"颜亿盼分析，暂时没有给出结论。

"他的意图不是很明显吗？"乔婉杭挑眼看着颜亿盼说道。

"现在云威的工程院比较稳定，他撬不走，现在我们双方对对方都有期待，这个期待就是我们博弈的空间。"颜亿盼耐心解释道。她见识过乔婉杭的狠绝，说实话，此刻，她并不希望乔婉杭出手，断了所有后路。

"你先谈，"乔婉杭嘴角一扬，语气淡然地说道，"听听他的想法。"

颜亿盼回到办公室后很快就收到了邮件，是廖森亲自发给销售部、研发部和战略沟通部的三位负责人蒋真、程远和颜亿盼的，请他们共同准备与国兴的合作方案，下周去见"大伯"赵正华。

邮件没有抄送乔婉杭。也对，从表面上看，这个项目和大股东关系不大。

而事实上，乔婉杭知道赵正华的意图，而廖森知道与否却无人知晓，这让合作变得微妙敏感。乔婉杭会不会让步和解，廖森会不会将工程院拱手他人，都很难说。

不管哪种方案，对颜亿盼而言，目标只有一个：入围。

但颜亿盼没有料到，棘手的不仅仅是乔婉杭，还有程远。

他们夜以继日准备方案的那一周，程远全程没有参与，都是派工程院集成IC设计组的人参加，颜亿盼不知道是不是这个项目没有达到程院长的重视级别。

去国兴那天，颜亿盼化了比较浓的妆，掩盖这一周熬夜的疲劳。她和杨阳、蒋真、吴凡刚到国兴的楼下，看到罗洛正在一楼沙发上埋头修改方案。

罗洛见她来了，很礼貌地站起来打了招呼，然后又开始改资料，脸上有些紧张。

"就你一个人？"颜亿盼问道。

罗洛点头。

吴凡低声说道："国兴的人很想见你们程院长。"

"我出来的时候，程院长还没上班，也没接电话。"罗洛说这话的时候，小心地看了一眼颜亿盼，"新款芯片进入了测试，他抽不开身。"

"他没收到邮件吗？"蒋真皱眉说道。

"他派了我过来……"吴凡说道。

正说着，国兴的一位副总和业务部经理过来迎接他们。

吴凡赶紧介绍："这是国兴芯片事业部副总裁李琢，李总。"然后又转向蒋真，"蒋真副总，您见过……"

李琢和他们一一握手以后，第一句话就问："程院长没来？"

"工程院那边有事，走不开。"颜亿盼笑道。

"可以理解，他是你们研发的CPU，不能轻易离开。"李琢说这话时笑呵呵地，辨不出几分真意，几分嘲意，他手往旁边一道门示意，接着说道，"大伯交代我们一定要带你们参观我们的实验室。"

"荣幸至极。"蒋真笑着说道。其他人脸色也变得轻松起来，说明大伯还是比较看重云威的。

国兴的实验室比云威在市区的实验室更大，外部装潢也更为现代，以玻璃和钢筋结构为主，给人一种科技感和未来感。

里面有人在工作，他们也被要求把手机留在外面，穿着防尘服，戴着防护镜，负责人强调不得拍照。

李琢很有耐心地一一介绍每个工作台，期间还时不时与云威在资宁科技园的实验室做对比。他说："大伯说资宁实验室将是亚洲最大的实验室，他看了外观，叹为观止，但内部实验设备还是没有我们这里齐全。"

"是，"颜亿盼笑道，"现在云威有一半的研发人员在里面工作。"

参观结束的时候，李琢看了一下手表，说道："现在可以上去了。"

颜亿盼从实验室出来，到休息室等候的时候，还是拨通了程远的电话。电话响了很久，在她准备要挂掉的时候，传来了他的声音："什么事？"

"这次会议，主要是听你介绍云威和国兴的研发合作模式，你不出现，不合适吧？"

"罗洛很清楚合作模式。"

"今天国兴董事长出席，你作为工程院院长，理应出席。"

"你很期待这次合作？"

"……为什么这么问？"

"回答我。"

"这是公司的战略，我没必要违背。"

"那你恐怕要失望了。"

"为什么？"

那边语气淡漠地说道："汇报完，让罗洛带着你们来工程院开会讨论具体合作模式，我会让你们知道，和国兴合作的可能性是多少。"

客观来说，罗洛的汇报很好，很专业，会议是李琢主持，他一边听，一边记，偶尔还不忘提问。只是"大伯"赵正华听了一半又出去了,回来再听的时候,有些漫不经心。

汇报中除了李琢反应比较热忱,国兴的其他人都表现得很商务,礼貌而有距离。

总之,这次汇报谈不上多么成功,也谈不上失败。

他们出来后,蒋真低声和吴凡说着什么,吴凡眉头紧皱。一行人又坐着商务车回到工程院的研发中心大楼。

下车的时候,吴凡还是说了一句:"国兴如果不跟我们玩,我们未来几年的业务就等着萎缩吧。"

其他人也都不说话,跟着罗洛一同上了楼。

乔婉杭从颜亿盼进会议室开始就发现她状态不好。

无论之前发生多大的事,颜亿盼都有两个本事,一个是用笑容隐藏自己的情绪,另一个是收起自己的攻击性。明明是冷绝的,却总让人相信她是温暖的。

但此刻,颜亿盼是真的情绪不好。

吴凡简单说明了这次汇报情况,话里有话地说道:"比我们强的比我们身段还低,我们也要考虑云威比Xtone强在哪里……"

"今天的探讨议题不是与国兴合作,而是如何拿下智慧城市项目。"程远打断了吴凡的话。

吴凡是个惯看人脸色的,此刻神色讪讪,不知如何继续。

蒋真脸色铁青,但也不好说什么。

CPU研发中心经理罗洛接过了话头:"这次智慧城市系统,硬件系统肯定是在我们、Xtone和英泰达三家中选择,但是因为里面涉及最新款掌上电脑的集成,英泰达在这方面的优势不强。我把客户需求划分为三个等级,他们最需要的是速度性能,其次是安全性,然后是兼容性,也就是可扩充性。后两个都没有问题,如果是性能对比,那评测维度就很多了,是运算能力、图片解析能力,还是现在流行的5G解码能力?"

外国工程师问:"When will the project begin?"(项目什么时候开始?)

吴凡回答:"明年三月,开发时间是半年,运维至少五年。"

厚皮说:"也就给我们半年时间准备,按照现在的进度,半年后,我们在性能上要超过Xtone的换代产品才行。"

外国工程师大笑了一声,有人也跟着笑了几声。

乔婉杭抬眼问道:"解释一下这个笑。"

"九月我们推出了千窍一代,当时性能超过了Xtone8%;但十二月,Xtone推出了凌云，性能超越我们12%。"程远语气很平稳地解释，"什么是现实，这就是现实。我们的团队用了一整年取得的优势，对方用了三个月就全面赶超。"

吴凡说道："国兴选择Xtone不是没有道理，那是一艘科研航母。"

"从Intel发布X86技术开始，他们在这个领域的领先优势，我们至少需要十年，甚至二十年才能追上。"蒋真掷地有声地说道。

吴凡挥着拳头呐喊般说道："所以，我们才要和强者联合。"

众人不为所动，他纳闷地看着众人，又尴尬地收起拳头。

沉默。

办公室里饮水机咕嘟咕嘟鼓了几个泡泡。

程远说道："再回到刚刚的问题，那三个需求等级，我建议调整。"

罗洛道："可是，这是我开会前和销售部确认过的。"

程远问："你们在座的有几个有对象的？举手让我看看。"

大家都面面相觑。几个人举了手。不到三分之一。

颜亿盼说："请问，问这个问题是做什么？"

厚皮说道："老大要给我们分配对象。"

厚皮的声音有些调皮，整个气氛都变好了。

程远："……我只想有对象的和没对象的谈一谈你们恋爱中的需求，为什么选择对方，你们考虑过没有，尤其是你们中有的人选择面不仅是一个的时候，你们内心都有评分机制，最后是什么原因实现了'牵手'。"

外国工程师道："Even we do not realize the scoring system, it exists, your appearance, your wealth, your skill, your family, your background…"（就算我们没有意识到这个评分机制，但它存在，你的长相、财富、技能、家庭、背景……）外国人一边说，一边用手势比画着高低，兴奋让他的脸变得通红。

程远说道："如果你想牵手的人需要的素质，你恰恰没有，但是你特别想得到她的青睐。也就是对方的需求评分机制和你的素质不匹配，怎么办？"

颜亿盼看着程远，眸色更黯了，与其说这是两家公司合作，不如说是她和程远的结合，现在的匹配度越来越低。

"云威的强项是加密性和延展性。"赵工说道。

"现在我们遇到的就是这个问题：云威的强项，并不是客户看重的需求。"程远说道，接着又看向蒋真和吴凡，"换句话说，如果我们强，和谁合作都可能赢；如果我们弱，抱谁的大腿都不行。"

颜亿盼试图理解程远让他们过来开会的原因，就是打破所有人的希望，告诉大家：我就这样了，你爱合作不合作。

果然，蒋真紧抿的唇线一动不动。

颜亿盼不想当面去质疑程远。待蒋真和吴凡离开后，颜亿盼直接进了程远的办公室。

办公室的烟味瞬间弥漫而来，程远眼底发青，看来这段时间确实辛苦了。

"我记得你以前说，国兴这个平台很好，怎么这一次……是觉得人家太好了，自己配不上了？"颜亿盼笑道，她莫名地用了一种调侃的轻松口吻。

"你觉得我是那样的人吗？"程远却并不买账，审视般定定地看着颜亿盼，在工作中的程远总是莫名会给人无处逃离的压制感。

"你是怎样的人，我到现在也摸不清。"颜亿盼声音发沉。

短暂的沉默和微不可察地一声轻叹。

"你不知道我，我却知道你。"程远开口时，恢复了冷静而平稳的语气，"尽人事、不听天命，是你的一贯风格。亿盼，我只是想提醒你，对任何事、任何人，不要期待太高……"

正在此时，门外响起了敲门声，对方还没等里面答复，就直接推门了。

"呀，忙呢？"乔婉杭站在外面，歪着身子，笑眯眯说道。

"没有。"颜亿盼看到她，知道再说下去反而会把矛盾激化，于是转身往外走。

颜亿盼出门前听到乔婉杭拉开椅子问程远："你之前是不是就没打算投奔国兴？"

这个问题让她脚步一顿，但还没听到程远怎么回答，门就自动关上了。

她猜测，在这件事上，她和乔婉杭的分歧，对程远的影响微乎其微，他有他自己的一套路子，不被时局左右，不被个人左右。

这么想着，作为同事，她对他有一种隐秘的敬畏，但作为妻子，她因无法提前获知他的想法而产生一丝怪罪。